Lindsay Harrel
WINTERLIEBE IN CORNWALL

LINDSAY HARREL

Winterliebe in Cornwall

Francke

Über die Autorin:
Lindsay Harrel hat Journalismus und Englische Literatur studiert. Zusammen mit ihrem Mann, ihren zwei Kindern und zwei Golden Retrievern lebt sie in Arizona. Es ist ihr ein Herzensanliegen, mit ihren Romanen den Menschen neue Hoffnung zu geben, denen diese irgendwie abhandengekommen ist, und darauf hinzuweisen, dass Gott in einem ganz gewöhnlichen Leben Außerordentliches zu vollbringen vermag.
www.lindsayharrel.com
lindsayharrelauthor
Lindsay Harrel, Author

Bibliografische Information der Deutschen Nationalbibliothek
Die Deutsche Nationalbibliothek verzeichnet diese Publikation in der Deutschen Nationalbibliografie; detaillierte bibliografische Daten sind im Internet über http://dnb.dnb.de abrufbar.

ISBN 978-3-96362-354-7
Originally published in English under the title
PORT WILLIS HOLIDAY COLLECTION
Like a Winter Snow, Like a Christmas Dream
German edition © 2023 by Francke-Buch GmbH
35037 Marburg an der Lahn
Deutsch von Christian Heinritz
Umschlagbilder: © iStockphoto.com /
oversnap; PIKSEL; Christian Horz; Niko_Cingaryuk
© pixabay.com / gerald
Umschlaggestaltung: Francke-Buch GmbH / Marion Schramm
Satz: Francke-Buch GmbH
Druck und Bindung: CPI books GmbH, Leck

www.francke-buch.de

Wie ein Sturm im Winter

Kapitel 1

Wäre es nicht Sophia Barrett gewesen, deren Hochzeit bevorstand, Joy Beckman hätte nicht im Traum daran gedacht, am nächsten Morgen ein Flugzeug zu besteigen. Die Aufzugtüren glitten auf und sie setzte ihren Fuß auf das glatt polierte Laminat des Gangs. Wenn sie schon die Stadt verlassen musste, dann wollte sie wenigstens sichergehen, dass ihre Mutter bestmöglich versorgt wurde, während sie sich nach ihrem Hüftbruch von der Operation erholte. Zum Glück genoss diese Rehaklinik hier in New Port Richey einen guten Ruf.

Leise spielte ein Radio *Rocking Around the Christmas Tree*, als Joy zum Zimmer ihrer Mutter ging. Sie lächelte den Patientinnen und Patienten zu, die in ihren Rollstühlen den Gang auf und ab fuhren, und die dankbaren Blicke, mit denen sie reagierten, ließen ihr Herz ein ganzes Stück schwerer werden. Wie gerne hätte sie sich zu ihnen gesetzt und sich mit jedem Einzelnen von ihnen unterhalten, besonders mit denen, deren Familien weit weg lebten, doch es fehlte ihr einfach die Zeit. Natürlich ging ihr die Einsamkeit der Leute zu jeder Zeit des Jahres nahe, doch an den Advents- und Weihnachtstagen sollte definitiv kein Mensch allein sein.

Heute aber galt ihre ganze Aufmerksamkeit ihrer Mutter. Joy hatte sich davor gefürchtet, sich von ihr zu verabschieden, auch wenn es nur für zwei Wochen war. Sie hoffte inständig, dass es ihr gelang, ihre Stimme fest genug klingen zu lassen, um ihr etwas vorzumachen. Falls ihre Mutter einen ihrer schlechten Tage hatte, würde das allerdings sowieso keine Rolle spielen.

»Klopf, klopf.« Joy warf einen vorsichtigen Blick durch die geöffnete Zimmertür. Der Raum war klein, aber gemütlich eingerichtet und an den blassblauen Wänden hingen Fotos wunderschöner Gärten in zarten Pastellfarben. Ein Lufterfrischer verbreitete einen angenehmen Lavendelduft.

Linda, die Krankenschwester ihrer Mutter, notierte gerade die aktuellen Daten für die Patientenakte. Auf Joys Gruß hin blickte sie auf. »Guten Tag, Frau Dr. Beckman«, grüßte sie leise.

Joy trat ans Bett heran und warf einen vorsichtigen Blick auf ihre schlafende Mutter, die so zerbrechlich aussah unter dem hellrosa und gelb karierten Quilt, den sie vor Jahren selbst geknüpft hatte. Frisch und lebendig wie die Farben dieser Decke war auch sie, Betty Beckman, einmal gewesen, mit ihren langen, braunen Locken, die im Sonnenlicht schimmerten, und den grünen Augen, die stets eine geheimnisvolle Freude ausgestrahlt hatten. Nun aber hingen ihr die grauen Haare über die Schultern wie welkes Laub, gut gekämmt zwar und sauber, doch ohne den früheren Glanz. Ihre Wangen waren eingefallen; sie hatte enorm an Gewicht verloren in den sechzehn Monaten seit ihrer Alzheimer-Diagnose.

Und dann war da dieser Ausdruck in Bettys Blick. Während sie Joy früher voller Liebe angesehen hatte – ihre Tochter, deren Geburt sie vor zweiundvierzig Jahren nach so vielen Fehlgeburten wie ein Wunder empfunden hatte –, starrte sie sie in letzter Zeit oft an wie eine Fremde.

Joy räusperte sich. »Linda, ich habe es Ihnen doch schon so oft gesagt. Nennen Sie mich nicht Dr. Beckman, Joy reicht vollkommen.« Obwohl sie zehn Jahre zuvor so stolz auf das Erlangen dieses Titels gewesen war, hatte sie ihren Beratungsdienst für Frauen aus allen Gesellschaftsschichten an den Nagel gehängt, ihre Praxis in Arizona verkauft und war vor etwa einem Jahr nach Florida gezogen, um ihrem Vater bei der Pflege ihrer Mutter zu helfen.

Damals hatte sie die richtige Entscheidung getroffen. Tat sie das auch jetzt, wo sie im Begriff stand, eineinhalb Wochen vor Weihnachten so weit weg zu reisen, um Sophias Trauzeugin zu sein?

Doch es gab kein Zurück. Ihr Flug war gebucht. Außerdem zählte Sophia auf ihre Unterstützung bei den letzten Vorbereitungen für den großen Tag. Joy konnte sie nicht im Stich lassen. Andererseits wurde sie auch hier gebraucht. Hatte sie ihre Eltern nicht schon einmal enttäuscht? Auf keinen Fall wollte sie sich hinterher noch mehr Vorwürfe machen müssen als jetzt schon.

»Na gut, Joy.« Linda beendete ihre Untersuchung und hängte sich das Stethoskop um den Hals. Sie warf Joy einen prüfenden Blick zu. »Ich habe gehört, Sie verlassen die Stadt für eine Weile?«

»Ja, ich nehme an einer Hochzeit teil.« Wusste Linda das von ihrem Dad oder hatte es Joys Mutter in einem ihrer lichten Momente verraten? »Wie geht es meiner Mom denn heute?«

Linda runzelte die Stirn. »Auch wenn sie sich von der Operation ganz gut erholt, so wird es doch noch zwei oder drei Wochen dauern, bis sie entlassen werden kann. Wie Sie wissen, war das ein ziemlich übler Sturz.«

Joy versuchte, nicht zuzulassen, dass diese Worte ihre ganze zerstörerische Wirkung entfalteten. *Wäre ich an diesem Tag nicht eingeschlafen, dann ...* Nein! Negative Selbstgespräche brachten sie nicht weiter.

»Und ihr Gedächtnis? Hatte sie heute einen guten Tag?« Joy zog sich einen Stuhl neben das Bett, nahm die faltige Hand ihrer Mutter und strich mit dem Daumen sanft über zwei Adern, die auf dem sehnigen Handrücken hervortraten. An Moms Ringfinger glitzerte der einkarätige Diamant ihres ansonsten schlichten Eherings.

»Na, Sie wissen doch, wie das ist. Gute und schlechte Momente wechseln sich ab. Erst erzählt sie mir von Ihrer Reise, und als ich ihr dann eine Frage nach Ihrer Freundin stelle – Sophia, stimmt's? –, weiß sie plötzlich nicht mehr, wen ich meine.«

»Ja, es schwankt wirklich sehr.« Joy hatte bereits mehrere Frauen begleitet, die einen Elternteil verloren hatten, dessen Geist durch Demenz oder Alzheimer getrübt worden war. Sie wusste also, wie rücksichtslos dieses Leiden voranschritt. Und doch war ihr Herz nicht vorbereitet darauf, all das als Angehörige selbst zu erleben.

Tapfer blinzelte sie die Tränen weg und wechselte das Gesprächsthema. »Ich hatte erwartet, meinen Vater hier anzutreffen.«

»Der ist vor etwa einer Stunde gegangen. Er wollte zu Mittag essen, wollte danach aber gleich wieder zurückkommen.« Linda sammelte den leeren Joghurtbecher ein, der noch auf Bettys Nachttisch stand, und warf ihn in den kleinen Mülleimer unter dem Waschbecken. »Er hat mir übrigens von der Einrichtung für betreutes Wohnen berichtet, die er ins Auge gefasst hat. Und ich habe ihm erzählt, dass ich einige Patienten kenne, die dort leben und sehr zufrieden sind.«

»Wovon reden Sie?«

Lindas Wangen verloren ihre Farbe. »Ach du meine Güte. Ich … Bitte machen Sie sich keine Gedanken. Vergessen Sie einfach, was ich gesagt habe.« Eilig strebte sie auf die Tür zu.

»Linda!«

Zögerlich drehte sich die Krankenschwester um und legte die Stirn in Falten. »Ich dachte, Sie wüssten davon. Ich hätte nichts sagen sollen, tut mir leid. Sprechen Sie mit ihm. Aber«, sie warf Joy einen kritischen Blick zu, »prüfen Sie erst mal die Fakten, bevor Sie sich eine Meinung bilden.«

Linda machte auf dem Absatz kehrt und verließ das Zimmer. Joy lehnte sich auf ihrem Stuhl zurück. Hatte Dad tatsächlich vor, Mom in eine Pflegeeinrichtung zu geben, sobald die Reha-Maßnahmen abgeschlossen waren?

Sie musste unbedingt mit ihm reden. Und zwar jetzt. Joy holte ihr Handy aus ihrer Handtasche und ihr Blick fiel auf eine Nachricht von Sophia, die ihr vom Display entgegenleuchtete: *Keine sechsunddreißig Stunden mehr! Freu mich so auf dich!*

Joy entsperrte das Handy mit einem Seufzen und wählte die Nummer ihres Vaters. Ihr Anruf ging direkt an die Mailbox. Wann würde dieser Mann endlich lernen, wie man die Rufumleitung ausschaltete? Mit fast achtzig Jahren hatte Dwight Beckman keinen Sinn mehr darin gesehen, sich ein Handy zuzulegen, doch Joy war es gelungen, ihn vom Gegenteil zu überzeugen. Schließlich mussten sie oft spontan Absprachen treffen, was Moms Versorgung anging.

Sie verstaute das Handy wieder in der Tasche, sprang auf und ging im Zimmer auf und ab.

Eine Viertelstunde und einige ärgerliche Gedankengänge später spazierte ihr Vater in den Raum, in der Hand einen riesigen Becher mit einem dunklen Getränk. »Keine Sorge, das ist Diät-Cola.«

»Ich sag ja gar nichts.« Sie hatte gelernt, ihre Zunge im Zaum zu halten, wenn es um ihren zuckerkranken Vater und seine Essgewohnheiten ging. Ihr blieb nur, für gesunde Lebensmittel zu sorgen und darauf zu achten, dass er regelmäßig seinen Arzt aufsuchte. Und zu beten. Und zwar eine ganze Menge.

Ihr Vater ließ sich auf dem Stuhl nieder, auf dem sie vorhin gesessen hatte, und sie konnte nicht umhin zu bemerken, dass sein Bauch sich bedenklich über den Gürtel wölbte. Dad beugte sich über die Armlehne, ächzte verhalten und stellte das Glas auf dem Boden ab. »Bist du fertig mit Packen?«

»Ja. Ich bin gekommen, um mich von Mom zu verabschieden, aber sie ist bisher noch nicht aufgewacht.«

»Wir hatten heute Morgen ein gutes Gespräch, bevor sie eingeschlafen ist.« Er wandte sich seiner Frau zu und betrachtete sie mit liebevollem Blick.

Früher hatte Joy davon geträumt, eine Liebe zu finden, die genauso tief war wie die ihrer Eltern. Sie hielten treu zueinander, auch in schweren Zeiten. In allen entscheidenden Fragen des Lebens waren sie einer Meinung. Und da, wo sie sich unterschieden, halfen sie einander, ihre Stärken zur Geltung zu bringen.

Mit der Zeit hatte Joy sich damit abgefunden, dass das wohl nicht dem Plan entsprach, nach dem ihr eigenes Leben ablief. Dass es anscheinend ihre Bestimmung war, jedermann eine gute

Freundin zu sein und zu helfen, wo sie konnte. Irgendwann hatte sie damit ihren Frieden gemacht. Und dennoch – wäre es nicht schön, jemanden an seiner Seite zu haben, mit dem man Schweres gemeinsam tragen konnte – eine Schulter zum Anlehnen? Ja gut, sie hatte Sophia, aber ihre beste Freundin war der Liebe wegen vor über einem Jahr nach England gezogen.

Natürlich, Joy hatte auch Gott, der sie niemals verlassen würde. Und doch konnte sie nicht leugnen, dass sie sich manchmal doch immer noch einen Partner wünschte. Ja, die Vorstellung war schön ... aber utopisch.

»Worüber habt ihr euch unterhalten, Dad?« Sie zog sich einen zweiten Stuhl heran und setzte sich ihm gegenüber. Er schien zu zögern. »Linda hat etwas von einer Einrichtung für betreutes Wohnen erzählt.«

Dad runzelte ärgerlich die Stirn und schob sich seine große Nickelbrille über den Nasenrücken nach oben. »Das hätte sie sich sparen können.«

»Sie dachte, ich wüsste bereits davon.« Ihre Mutter bewegte sich leicht und Joy dämpfte ihre Stimme. »Was nicht der Fall war – warum?«

Sie glaubte, die Antwort zu wissen. Ihr Vater war der Meinung, er könne sich nicht auf sie verlassen.

»Es ist noch nichts entschieden, JoJo.« Seine Stimme wurde weicher. »Deine Mutter und ich gehen nur die Möglichkeiten durch.« Er kramte in einem Stapel von Broschüren herum, der auf einem Nebentisch lag, zog einen Prospekt von ganz unten heraus und reichte ihn ihr.

Das Hochglanzcover trug den Titel »Glenn River – Betreutes Wohnen für Menschen mit Demenz« und darunter sah man lächelnde alte Menschen um einen Tisch sitzen und Karten spielen.

»In diesem Haus können wir zusammen in einem Apartment wohnen. Deine Mutter erhält die Pflege, die sie benötigt, und für mich fallen nur die Kosten für Unterkunft und Verpflegung an, zumindest so lange, bis auch ich Pflegeleistungen in Anspruch nehmen muss. Sie kochen für uns, übernehmen die Reinigungsdienste und kümmern sich um alles, was wir sonst brauchen.«

»Aber das alles tue ich doch auch für euch.« Joy konnte ein Zittern in ihrer Stimme nicht mehr unterdrücken. »Ihr wollt aus eurem Haus ausziehen?«

»Du hast das alles ganz hervorragend gemacht und wir könnten dir nicht dankbarer sein, aber ich denke, es ist an der Zeit, dass du dich wieder mehr den Dingen widmest, die dir Freude machen.«

So liebevoll seine Worte auch waren, sie konnten nicht über die Wahrheit hinwegtäuschen, dass er einen solchen Schritt niemals in Erwägung ziehen würde, wenn Joy nicht über ihrer Aufgabe eingeschlafen wäre – und zwar buchstäblich

Sie legte die Prospekte auf den Quilt und sah ihrem Vater direkt in die Augen. »Mich um euch beide zu kümmern, macht mir Freude!«

»Wie gesagt, es ist nur eine von mehreren Optionen, über die wir nachdenken. Ich möchte nicht, dass du dir darüber den Kopf zerbrichst. Mach du deine Reise und hab Spaß dabei.«

»Na gut.« Sophia zuliebe machte sie keinen Rückzieher. Doch in zwei Wochen würde sie wieder voll und ganz für ihre Eltern da sein.

Kapitel 2

Ein Begeisterungsschrei drang an Joys Ohren, als sie die Schranke zum Sicherheitsbereich des Newquay Cornwall Airport durchschritt. Als Letzte in einer Gruppe von Reisenden, die in die Lobby des Flughafengebäudes strömte, musste sie sich auf die Zehenspitzen stellen, um einen Blick auf Sophia zu erhaschen. Es gab Tage, an denen es vorteilhaft war, nur 1,60 m groß zu sein. Dieser Tag zählte nicht dazu.

Der Hüne vor ihr bog nach links ab und sie hatte endlich freie Sicht auf den Raum vor ihr. Keine zwei Sekunden später flog Sophia ihr in die Arme.

»Du bist da, du bist da!«

Joy lachte. »Ja, da bin ich.«

Sophia löste sich wieder von ihr und zog sie unbeschwert grinsend mit sich.

»Hattest du einen guten Flug?«

»Er war endlos.« Sie meinte, bereits zu spüren, wie der Stress langsam von ihr abfiel. »Aber trotzdem gut.«

Tatsächlich war es ihr gelungen, auf der langen Strecke zwischen Tampa und London ein bisschen zu schlafen. Das kam einem Wunder gleich, zumal ihr Sitznachbar den größten Teil der Flugzeit schnarchend verbracht hatte, während ihr Gewissen nicht aufhören wollte, sie mit Vorwürfen zu bombardieren. Linda hatte ihr auf ihre wiederholte Nachfrage hin fast schon eingeschnappt zu verstehen gegeben, dass Mom während ihrer Abwesenheit bestens versorgt sei. Dennoch fühlte es sich schrecklich an, so ungewohnt weit von ihrer Mutter entfernt zu sein.

»Super!« Sophia hakte sich bei Joy unter. »Wir holen dein Gepäck und dann geht's nach Hause. Ich kann's kaum erwarten, dir Port Willis zu zeigen.«

Sieh es positiv, Joy. Sophia freut sich so, verdirb ihr das nicht.
»Und ich kann es kaum erwarten, alles zu sehen.« Eigentlich war Joys Besuch bereits zum letzten Weihnachtsfest geplant gewesen, doch der Gesundheitszustand ihrer Mutter hatte sich unerwartet verschlechtert. Stattdessen war Sophia vor neun Monaten nach Florida gekommen und sie hatten eine wunderbare Woche miteinander verbracht.

Arm in Arm gingen sie zur Gepäckausgabe. Während sie auf Joys Koffer warteten, betrachtete Joy ihre Freundin genauer. Sophias schwarzes Haar fiel ihr in weichen Wellen bis auf die Schultern und brachte ihre strahlend blauen Augen erst richtig zur Geltung. Wie immer war sie schlicht und stilvoll gekleidet. Sie trug ein weißes Sweatshirt zu ihrer schwarzen Lieblingshose. Die Ballerinas hatte sie dank der Jahreszeit gegen dunkle Stiefel eingetauscht und ihren Hals zierte das zarte Gelb eines Infinity-Schals. Es war schön, sie so strahlen zu sehen. Sie hatte ihre letzte Beziehung, die von Gewalt überschattet gewesen war, endlich hinter sich gelassen.

Das Laufband sprang an und eine ganze Reihe von Gepäckstücken in allen Formen und Größen zog an ihnen vorbei. Joy entdeckte ihren Koffer, trat vor und zerrte das gute Stück mit dem Leoparden-Design von der Förderanlage.

Sophia schmunzelte. »Ich wusste sofort, dass das deiner sein muss.«

Ja, mit ihrer blonden Pagenfrisur und ihren hellen Kleidern im Retrostyle bildete Joy einen auffälligen Kontrast zu Sophias Äußerem.

»Was soll das denn bitte schön heißen?« Joy stimmte so fröhlich in das Lachen ihrer Freundin ein, dass ihre tanzenden Creolen sie am Hals kitzelten.

Es fühlte sich so gut an, wieder einmal herzhaft lachen zu können. Das vergangene Jahr hatte ihr wenige Gelegenheiten dazu geboten.

Als sie Sophia durch den Ausgang ins Freie folgte, schlug ihr eine kräftige Böe entgegen, die ein Kribbeln auf ihren Wangen hinterließ. »Wow, ganz schön kalt hier!«

»Ganz anders als in Florida, was?«, rief Sophia.

Sie eilten über den Parkplatz.

»Du meintest, ihr hättet durchschnittlich zehn Grad.« Der Himmel war voller schwerer grauer Wolken, die jeden Augenblick zu platzen drohten. Blieb nur zu hoffen, dass das Wetter sich bis zur Hochzeit besserte.

Sophia drückte einen Knopf auf ihrem Autoschlüssel und die Lichter einer blauen Limousine blinkten auf. Sie öffnete den Kofferraum und verstaute Joys Gepäck darin. »›Durchschnittlich‹ trifft es auch ganz gut. Seit Monatsanfang hatten wir keinen einzigen Tag ohne Regen. Ich weiß nicht mehr, warum um alles in der Welt ich mir den Dezember für meine Hochzeit ausgesucht habe.«

Sie stiegen ein und Joy schüttelte den Kopf über das Lenkrad auf der rechten Seite.

Sophia startete den Motor und die Autoheizung verbreitete langsam wohltuende Wärme.

Joy schnallte sich an. »Du wolltest zu Weihnachten heiraten, in der romantischsten Zeit des Jahres.«

»Ja, aber im Sommer ist das Wetter hier einfach herrlich. Das ist meine Lieblingsjahreszeit. Vielleicht auch deshalb, weil ich im Sommer das erste Mal hergekommen bin.«

»Und William kennengelernt habe«, ergänzte Joy mit einem Schmunzeln.

Sophia lächelte. »Auch deshalb.« Der Duftspender am Rückspiegel schwang sanft hin und her, als sie das Auto aus der Parklücke steuerte. »Na ja, auch wenn an meinem Hochzeitstag Wolken aufziehen und alles grau in grau ist oder sogar durchregnet – am Ende des Tages bin ich Mrs Rose und das allein zählt.«

»Da hast du recht. Und gleich danach kommen eure wundervollen Flitterwochen in Italien, bevor William ins Frühjahrssemester startet.« Angesichts der Tatsache, dass Sophia als Bücherwurm sogar eine eigene Buchhandlung führte, erschien ihre Ehe mit einem Literaturprofessor wie das Tüpfelchen auf dem i.

»Es wird schon alles gut gehen.« Sophia hielt die Augen fest auf die Straße gerichtet, doch Joy entging das leichte Zittern ihrer Unterlippe nicht, auch wenn sie schrecklich müde war.

»Dich bedrückt doch was.«

»Vor dir kann ich einfach nichts verbergen, oder?«

»Nein, und du solltest das auch gar nicht erst versuchen.« Im Vorbeifahren entdeckte Joy ein Schild, das auf einen Aussichtspunkt hinwies. Laut Sophia war Port Willis nur eine halbe Stunde vom Flughafen entfernt und Joy rechnete damit, dass sie nach ihrer Ankunft in dem kleinen Ort nicht lange zu zweit bleiben würden. »Wir sollten reden, fahr bitte links rein.«

»Ich sehe schon – du sagst, wo es langgeht, wie immer«, lachte Sophia, tat aber, worum Joy sie gebeten hatte.

»Als deine beste Freundin und Trauzeugin darf ich das.«

Und nicht nur das. Joy hatte in ihrer neun Jahre jüngeren Freundin immer die kleine Schwester gesehen, die sie nie bekommen hatte.

Sie erreichten den Aussichtspunkt und stiegen aus. Joy verschlug es den Atem angesichts des Panoramas, das sich vor ihnen ausbreitete. Die Küste zu Hause war zwar sehr schön, konnte aber nicht mit dieser Kulisse mithalten. Sie standen auf einem grasbewachsenen Steilufer, an dessen Fuß das Wasser mit einer derartigen Gewalt gegen die Klippen donnerte, dass die Gischt noch auf ihrem luftigen Ausguck zu spüren war und ihre Gesichter benetzte. Das Meer brüllte laut, aber nicht wütend, und es erinnerte Joy daran, dass sie nur ein kleiner Teil dieser Welt war und keineswegs die Kraft, die sie antrieb.

Sie sog die frische Luft in tiefen Zügen ein, wickelte sich fest in ihren frisch erworbenen neongelben Parka ein und wärmte ihre Hände in den Taschen. Dann drehte sie sich zu ihrer Freundin um. »Also? Lass hören!«

Sophia verschränkte ihre Arme vor der Brust. »Es ist keine

große Sache, wirklich. Ich denke, es liegt am Stress. Zu Ferienzeiten im Buchladen zu arbeiten und gleichzeitig eine Hochzeit zu planen, ist wohl heftiger, als ich mir das vorgestellt hatte.«

»Hat deine Mutter dir denn nicht geholfen?« Sandy Barrett war eine bekannte Eventmanagerin, die sich sogar auf Hochzeiten spezialisiert hatte.

»So gut, wie es ihr von Phoenix aus möglich war. Aber sie kennt hier ja niemanden und hat mit ihren Veranstaltungen in Arizona genug um die Ohren. Sie wird wohl erst am ersten Weihnachtsfeiertag hier eintreffen, da sie am Heiligabend noch eine große Hochzeitsfeier organisieren muss, die bereits angesetzt war, als wir diesen Termin für unsere Trauung ausgemacht haben. Sie hat mir angeboten, das Ganze an eine Mitarbeiterin abzugeben, doch ich habe darauf bestanden, dass sie auch für die andere Braut ihr Bestes gibt.« Gedankenverloren fuhr Sophia sich mit der Hand übers Gesicht. »Und jetzt bereue ich es ein Stück weit. Es gibt noch so viel zu erledigen vor dem großen Tag und es wird alles sehr knapp.«

»Wann kommt Ginny?«

Ginny Rose – eine der Brautjungfern und die ehemalige Schwägerin des Bräutigams – stammte auch aus Amerika und machte in London eine Ausbildung zur Köchin. Sie war Sophias erste Freundin in Port Willis gewesen und früher hatte der Buchladen ihr gehört.

»Dieses Wochenende – rechtzeitig zum Junggesellinnenabschied.«

»Ich kann es kaum erwarten, sie wiederzusehen.« Joy gab ihrer Freundin einen sanften Schubs mit der Hüfte und legte ihr den Arm um die Taille. »Aber jetzt rück deine To-do-Liste raus, dann lege ich gleich los.«

»Echt jetzt?«

»Na klar. Was glaubst du denn, warum ich hier bin? Um die ganze Zeit herumzulungern und Bonbons in mich hineinzustopfen?«

»Was hast du gegen Bonbons?« Sophia umarmte Joy ein weiteres Mal und drückte sie fest an sich. »Ich weiß nicht, was ich ohne dich tun würde. Im Ernst. Auch wenn ich mein Leben hier wirklich genieße – ich habe dich unheimlich vermisst.«

»Du fehlst mir auch. Es lebt sich …« Joy verstummte, als ihre Gedanken zu ihrer Mutter, ihrem Vater und dem betreuten Wohnen schweiften. Dann aber schoss ihr durch den Kopf, dass sie nach Cornwall gekommen war, um Sophia zu unterstützen, und nicht, um in Selbstmitleid zu baden angesichts der Richtung, die ihr Leben im Moment einschlug. Angesichts der Fehler, die sie gemacht hatte. »Na ja. So, dann lass uns mal …«

»Halt, halt, nicht so schnell«, unterbrach Sophia sie. »Ich bin eine schreckliche Freundin – ich hab noch gar nicht gefragt, wie es um deine Mutter steht. Sorry, ich kreise gerade viel zu sehr um meine Baustellen.«

Der Geruch von Regen und feuchter Erde erfüllte die Luft. »Mach dir keinen Stress, ist ja auch eine Ausnahmesituation gerade.«

»Bei dir aber auch. Also, wie geht es ihr?«

Joy zuckte die Achseln. »Seit unserem letzten Gespräch hat sich nicht viel verändert. Nur, dass Dad jetzt darüber nachdenkt, ob sie nicht in eine Einrichtung umziehen sollten, in der man sich um sie kümmert.«

»Und was denkst du darüber?«

Joy wollte nicht näher auf dieses Thema eingehen, Sophia wusste noch nichts von dem fatalen Fehler, der ihr passiert war. »Ich …«

Sie kam nicht weiter, denn ein erster dicker Regentropfen landete auf ihrem Arm und der Himmel öffnete innerhalb von Sekunden seine Schleusen.

Fluchtartig stürzten sie zurück zum Parkplatz, wo das Auto ihnen Zuflucht bot. Sophia förderte vom Rücksitz ein Handtuch zutage und gab es Joy. »Ich habe mich langsam an diese überfallartigen Regengüsse gewöhnt. Mittlerweile bin ich vorbereitet.«

»Nicht schlecht.« Joy rieb sich Gesicht und Hände trocken. »So. Sag mal – diese Last-Minute-Liste … Was steht da denn alles drauf?«

Sophia runzelte die Stirn. »Es sind nur einige kleinere Aufgaben, die aber alle noch erledigt werden müssen, so wie das Abholen des Geschenks, das ich für William bestellt habe. Oder das Treffen mit der Frau, die alles organisiert, mit der durchgesprochen werden muss, wie die Trauzeremonie und der Empfang im Anschluss ablaufen sollen. Oder die Anrufe bei den Lieferanten, mit denen noch ein paar Details zu klären sind. Bei dem unglaublichen Andrang im Buchladen ertrinke ich regelrecht in Bestellungen, die ich alle noch vor Weihnachten rausschicken muss, während sich an der Kasse manchmal sogar eine richtig lange Schlange bildet. Meine Aushilfsbuchhändlerin hat einen Familiennotfall, sodass jetzt William einspringt, wann immer er kann, aber …«

»Keine Sorge, meine Liebe.« Joy gab ihr das Handtuch zurück. »Mit vereinten Kräften schaffen wir das.«

Kein Zweifel, diese To-do-Liste lieferte ihr einen überaus praktischen Grund für ihr Kommen – und eine Rechtfertigung dafür, dass sie ihre Eltern zurückgelassen hatte.

Kapitel 3

Kein Wunder, dass Sophia so unter Druck stand.

Joy nahm die Liste, steckte sie in ihre Tasche und trat aus dem Buchladen *Rosebud Books* auf die Straße. Obwohl die Sonne von einem nur leicht bewölkten Himmel strahlte, fuhr ihr ein heftiger Windstoß in den Mantel und gab ihr einen Grund, sich zu beeilen. Das hinderte sie jedoch nicht daran, jedes noch so kleine Detail in dem kleinen Fischerort an der Küste Cornwalls in sich aufzunehmen.

Port Willis war genau so, wie Sophia es beschrieben hatte: malerisch, mit alten und neuen Geschäften, die sich entlang der Straße aufreihten, und zahlreichen Postkartenmotiven, die um den Titel der spektakulärsten Ecke des Städtchens wetteiferten. Nicht zu vergessen die netten Bewohner, die bei ihrer Ankunft einen Tag zuvor in die Buchhandlung geströmt waren, um die beste Freundin der Besitzerin willkommen zu heißen. Mehr noch als seine Häuser und Menschen aber beeindruckte Joy die ganz besondere Atmosphäre. Irgendwie schien dieser jahrhundertalte Ort, in dem sich der Salzgeruch des Meeres mit dem Duft von Karamellbonbons mischte, ihr neue Energie zu geben.

»Hallo, ist das nicht ein herrlicher Tag heute?« Der Gemüsehändler nickte Joy freundlich zu und machte sich daran, Äpfel und Orangen auf die Lattenkisten in der Auslage vor seinem Geschäft zu verteilen.

»Ja, wirklich wunderschön.«

Vorbei an der Bäckerei *Trengrouse* und der örtlichen Bank ging sie nun die Highstreet hinauf, die quer durch die Stadt verlief und unten am Hafen endete. Sophia und William hatten sie am Abend zuvor in ihren Lieblingspub ausgeführt, der dort direkt an der Mole lag. Danach hatten sie noch eine Weile im schimmernden

21

Mondlicht am Pier gestanden. Es war richtig kalt geworden, aber Joy hatte das sanfte Schwanken des Bootssteges und das leichte Schaukeln der Boote als etwas ungeheuer Beruhigendes empfunden. Und als Sophia sich dann in Williams Arme zurückgelehnt hatte, war ihr warm ums Herz geworden. Wie sehr hatte sie sich gewünscht, dass ihre Freundin nach allem, was sie durchgemacht hatte, einen solchen Mann finden möge. Ihr Hochzeitsfest sollte genau so werden, wie Sophia es sich immer gewünscht hatte.

Joy setzte ihren steilen Weg fort, der sie hinauf zum Antiquitätengeschäft führte, wo Mrs Mavis Lincoln Sophias Geschenk für ihren Bräutigam bereithielt.

Als Joy das Ladenschild entdeckte, überquerte sie mit wenigen Schritten die Straße. Wohltuende Wärme empfing sie und Mariah Carey begrüßte sie mit ihrem Song über ihren großen Weihnachtswunsch. Der Laden war bis unter die Decke vollgestopft mit Schätzen aus längst vergangenen Epochen. Das riesige Möbelstück, das sich direkt vor ihrer Nase erhob und sie an den Kleiderschrank aus den Narnia-Filmen erinnerte, schien auch hier die Funktion als Durchgang in eine fremde Welt zu erfüllen. Drum herum türmte sich allerlei Krimskrams, der nur darauf zu warten schien, dass sie ihm ihre Aufmerksamkeit schenkte. Vom Service aus feinstem chinesischem Porzellan über Stühle aus den Fünfzigerjahren und museumsreife Geldbörsen bis hin zu einer perlenbesetzten Handtasche – alles schien ihr zuzurufen: Nimm mich mit!

An einer kunstvoll drapierten Zusammenstellung von Weihnachtspostkarten aus der viktorianischen Zeit konnte sie kaum vorübergehen, zu sehr juckte es sie in den Fingern, diesen Schatz durchzublättern. Aber nein, sie hatte eine Aufgabe zu erledigen. Andererseits – auf ein paar Sekunden hin oder her kam es auch nicht an.

Joy zog ihre Handschuhe aus und fischte eine Karte mit runden Ecken heraus, deren Farben ihre Leuchtkraft schon ein wenig verloren hatten. Sie zeigte einen Weihnachtsmann, der eine Schar

Wildgänse mit Körnern fütterte. Auf dem nächsten Bild, das Joy schmunzelnd betrachtete, stritten sich zwei Mäuse um ein riesiges Bonbon.

Als sie die Karte unter die Deckenlampe halten wollte, um das Motiv besser zu erkennen, versetzte ihr ein kurzes Jaulen einen Schreck. Sie zuckte zusammen und ließ die Karte fallen. Joy drehte sich um und sah vor sich einen Hund mittlerer Größe mit schneeweißem Fell, der auf seinen Hinterpfoten saß und sie anstarrte. Wie er so dasaß, wirkte er keineswegs aggressiv, eher neugierig, mit seinem zur Seite gelegten Kopf und dem aufgerichteten linken Ohr.

Langsam bückte sich Joy, hob die Karte auf und legte sie zurück an ihren Platz, dann ging sie erneut vor dem Hund in die Knie und streckte ihm ihre Hand entgegen. »Hallo mein Junge. Bist du hier der zuständige Wachhund?«

»Na, wohl eher der Schoßhund.«

Sie hob ihren Kopf, um herauszufinden, wer da mit einem derart unverkennbaren britischen Akzent sprach.

Hinter dem Hund war ein Mann aufgetaucht, etwas über 1,80 m groß und breitschultrig, mit kurz geschnittenem Bart und Augen, deren kräftiges Braun sie an ihre Lieblingskaffeebohnen erinnerte. Er trug dunkelblaue Jeans, ein hellblaues Hemd und darüber einen schwarzen Pullunder. Jeden anderen Mann, der Joy in dieser Aufmachung gegenübergetreten wäre, hätte sie als langweilig bezeichnet, ihm jedoch stand es ihrer Meinung nach überraschend gut.

»Ha-hallo.«

Ha-hallo? Ernsthaft? Sie war 41, nicht 14!

Doch wenn man einen Mann vor sich hatte, der aussah wie die Schauspieler Henry Cavill und Gerald Butler in ein und derselben Person, dann konnte es schon mal vorkommen, dass einem die Worte fehlten. Insbesondere, wenn dieser Mann keinen Ehering trug. Ja, sie hatte es sich nicht verkneifen können, direkt mal einen prüfenden Blick zu werfen.

Sei nicht albern, Joy. Konzentrier dich auf den Hund.

Sie richtete ihre Blicke wieder auf den süßen Mischling, der wiederum sein Herrchen ansah, als ob er auf ein Stichwort warte. Schließlich schnüffelte er kurz in der Luft herum, erhob sich dann und steuerte auf Joy zu. Das gelang ihm nur halb hüpfend, da ihm ein Hinterbein fehlte.

»Ach du meine Güte, bist du niedlich«, murmelte Joy. Als der Hund mit seiner feuchten Nase ihre Hand anstupste, war es um sie geschehen. »Wie heißt du denn, Süßer?«

»Lassen Sie sich nicht von ihm einwickeln.« Der Mann kam näher und ging neben den beiden in die Hocke.

Das Parfüm, das er benutzte, hatte einen orientalischen Touch. Joy nahm Zimt, Vanille und eine weitere Note wahr, die sie aber nicht benennen konnte. Sie biss sich auf die Unterlippe, um nicht wohlig zu seufzen, als ihr dieser Duft in die Nase stieg, der so männlich und doch kultiviert daherkam.

Oh weh.

»Sein Name ist Rascal«, fuhr der Fremde fort. »Und er ist so einer, der es gnadenlos ausnutzt, wenn man Essen unbewacht auf dem Tisch stehen lässt. Stimmt's, alter Junge?« Er kraulte den Hund hinter den Ohren und Rascal hechelte mit heraushängender Zunge.

»Also ich kann ihn verstehen«, sagte Joy. »Wer will schon Hundefutter, wenn er einen Burger haben kann, was, Rascal?« Als sie mit der Hand durch sein samtweiches Fell strich, stiegen ihr beinahe die Tränen in die Augen. Ihre eigenen Hunde abgeben zu müssen, um wieder bei ihren Eltern einziehen zu können, hatte ihr das Herz gebrochen. Wenigstens waren sie in gute Hände gekommen.

Da der Mann schwieg, warf sie ihm einen verstohlenen Blick zu.

Er erwiderte ihn, dann räusperte er sich und richtete sich auf. »Bitte entschuldigen Sie, dass wir Sie beim Stöbern gestört haben. Kann ich Ihnen helfen, suchen Sie etwas Bestimmtes?«

Auch Joy rappelte sich hoch und wischte sich im Aufstehen ein paar Hundehaare von der Hose. »Kein Problem. Eigentlich bin ich hier, um eine Bestellung abzuholen.«

»Gut. Ich sehe gleich nach. Wenn Sie mitkommen möchten?« Ein kurzer Pfiff und Rascal war an seiner Seite.

Joy folgte ihm und sie schlängelten sich durch die engen Gänge des Ladens, bis sie zu einem Schreibtisch gelangten, auf dem die Ladenkasse stand. Der Mann holte einen Stoß Bestellkarten aus einer Schachtel. Wie altmodisch – und doch absolut passend für ein Antiquitätengeschäft!

»Auf welchem Namen läuft die Bestellung?«

»Sophia Barrett.«

Er sah auf und seine Lippen verzogen sich zu einem Lächeln. »Ah, die Braut in spe. Es ist mir ein Vergnügen, Sie kennenzulernen.«

Joy musste unwillkürlich lachen. »Es ist tatsächlich ein Vergnügen, Sophia kennenzulernen.« Sie streckte ihm ihre Hand entgegen. »Ich bin allerdings Joy Beckman. Die Trauzeugin.«

War da ein Funkeln in seinen Augen? »Pardon, mein Fehler. Oliver Lincoln.« Er nahm ihre Hand und für einen Moment glaubte sie, er hätte vor, einen Kuss daraufzudrücken. Unwillkürlich hielt sie den Atem an, doch da gab er ihre Finger schon wieder frei.

Oookay. Es wird Zeit, den ungehemmten Konsum romantischer Jane-Austen-Verfilmungen etwas einzuschränken.

Joy hakte die Finger in ihre Hosentaschen. »Lincoln sagten Sie? Dann sind Sie mit der Geschäftsinhaberin verwandt?«

Oliver blätterte den Kartenstapel durch. »Sie ist meine Tante. Eigentlich lebe ich in London, doch es geht ihr nicht sehr gut in letzter Zeit. Ich fürchte, die Gicht fordert ihren Tribut. Und da auch ich zur Hochzeit eingeladen bin, war ein Besuch in Port Willis ohnehin geplant. Ich habe einfach ein paar Urlaubstage drangehängt und versuche, meine Tante wieder auf die Beine zu kriegen.« Er zog eine Karte aus dem Stoß. »Hier ist sie. Hat ja auch lange genug gedauert. Ich habe versucht, Mavis von einem PC mit einem Bestellsystem zu überzeugen, aber davon will sie nichts wissen. Bin gleich wieder zurück.«

Während er hinter einem Vorhang verschwand, versuchte Joy zu verarbeiten, dass dieser Mann einen dreibeinigen Hund hatte und seine Zeit opferte, um seiner kranken Tante zu helfen.

Von dieser Begegnung durfte Sophia kein Sterbenswörtchen erfahren, sonst würde sie Joy ewig damit aufziehen. Noch nie hatte es ein Mann geschafft, ihr den Kopf zu verdrehen, zumindest nicht so spontan wie dieser. In ihren Zwanzigern war sie vollauf mit Studieren beschäftigt gewesen. In ihren Dreißigern hatte sie es ein paarmal mit Onlinedating versucht, doch schnell hatte sich gezeigt, dass das nicht ihr Ding war. So mancher Kandidat hatte den ersten gemeinsamen Dinner-Abend damit verbracht, über seine Ex zu jammern, und Joy – wie immer ganz Therapeutin – hatte diesen armen Kerlen geholfen, an die Wurzeln ihrer Beziehungsprobleme vorzustoßen. Häufig war es ihnen dann wie Schuppen von den Augen gefallen, welche Vorzüge ihre Verflossenen doch gehabt hatten. Und das noch vor dem Dessert.

Es war also schon eine ganze Weile her, dass Joy das Singledasein als ihren Weg akzeptiert hatte. Warum aber reagierte sie dann jetzt auf Oliver so seltsam?

»Es muss am Jetlag liegen«, murmelte sie.

»Wie meinen Sie, meine Liebe?« Klar, der Mann musste gerade rechtzeitig zurückkommen, um ihr Selbstgespräch zu hören.

»Äh, nichts weiter.« Ein weiteres Mal biss sie sich wieder auf die Unterlippe – hatte er sie gerade wirklich »meine Liebe« genannt?

Jetzt hör aber auf, Joy. So was sagen höfliche Engländer nun mal.

Sie lenkte ihre Aufmerksamkeit auf den Gegenstand in Olivers Hand.

»Hier haben wir das gute Stück.« Er schob ein Rosenholzschächtelchen über den Tisch und öffnete es. Es enthielt einen klassischen Füllfederhalter.

»Oh ja, das passt perfekt zu William. Er wird begeistert sein.«

Joy hatte sich im Laufe des letzten Jahres ein paarmal mit Sophias Verlobtem unterhalten, um sicherzugehen, dass er wirklich nur die besten Absichten in Bezug auf ihre Freundin hatte. Jeden ihrer kleinen Tests hatte er mit Bravour bestanden.

»Absolut.« Oliver schloss die kleine Kiste und steckte sie in eine Tüte. »Mein Freund liebt seine Bücher und das Schreiben über alles.«

»Wie lange sind Sie beide schon befreundet?«

»Die ersten elf Jahre meines Lebens habe ich hier in Port Willis verbracht, dann sind meine Eltern mit uns nach London gezogen. William ist fünf Jahre jünger als ich und war ursprünglich der beste Freund von Ben, meinem Bruder. Doch dann haben wir eine Zeit lang die gleiche Uni besucht, als ich Doktorand war und er in seinen ersten Semestern. Wir blieben in Verbindung, auch als er nach Port Willis zurückging.«

Joy übte sich unter Hochdruck im Kopfrechnen. William war 36 oder 37 Jahre alt. Das hieß, dass Oliver Anfang Vierzig sein musste. So wie sie.

Jetzt aber los, Joy!

»Das ist wunderbar. Freundschaften sind so wichtig.« Sie nahm ihm die Tüte ab, die er ihr reichte, und ihre Finger streiften seine Hand.

Irgendwo über ihren Köpfen sang Nat Kling Cole eine stimmungsvolle Serenade.

Oliver blickte ihr direkt in die Augen. »Ja, das sind sie.«

Es dauerte einen kurzen Augenblick, bis sie in der Lage war, ein paar Worte an dem Kloß in ihrem Hals vorbeizubringen. »Ich denke, wir sehen uns ...«

»Das hoffe ich.«

»Ich auch. Mit Sicherheit werden wir das, bei all den Vorbereitungen für die Hochzeit und so.«

Und während sie sich zum Gehen wandte, schaffte es ein Gedanke, die Mauer zu überwinden, mit der sie ihr Herz gegen jede

Art von Romantik abgeschirmt hatte: Ja, Freundschaften waren wichtig.

Manchmal aber reichten sie nicht ganz aus.

Und manchmal mussten sie es trotzdem.

Kapitel 4

»Und das ist die Highstreet.« Joy kippte ihre Handykamera, damit ihre Eltern die Umgebung besser sehen konnten. Es war Donnerstagabend und gerade mal neunzehn Uhr, doch die Straßen waren wie leer gefegt, als hätten alle sich beeilt, nach Hause zu kommen oder zum Abendessen den nächsten Pub aufzusuchen. Überall an den Geschäften strahlten Lichterketten, rund um Schaufenster und Ladentüren flimmerte es in allen Farben. An den historischen schmiedeeisernen Straßenlaternen hingen unter den schön geformten Glaskegeln Weihnachtskränze mit roten Bändern und Schleifen. Hätte nun noch eine glitzernde Schneedecke alles bedeckt, Joy hätte sich in eines der Städtchen aus den kitschigen Weihnachtsfilmen versetzt gefühlt, die ihre heimliche Leidenschaft waren.

Sie richtete das Handy erst in Richtung Meer und dann auf den markanten Hügel, der den ganzen Ort überragte. »Folgt man der Straße bergauf, kommt man zu einem Leuchtturm. Er ist nicht mehr in Betrieb, doch man kann ihn besichtigen.«

»Wo ist sie hin?« Die Stimme ihrer Mutter war kaum noch zu verstehen, anscheinend hatte sie sich abgewandt. »Warum kann ich sie nicht mehr sehen?«

Joy drückte erneut einen Button auf dem Display und kehrte zurück in den Selfie-Modus. »Hier bin ich, Mom.«

»Oh, Schatz, gerade habe ich deinem Vater gesagt, dass du verschwunden bist.«

Ihre Mutter saß aufrecht in ihrem Krankenhausbett und wirkte klar. Sie hatte einen guten Tag nach einer ausgesprochen schwierigen Phase, von der Dad in seinem täglichen Bericht erzählt hatte.

Und nun verpasste Joy diesen Tag.

Sie machte sich auf den Weg die Highstreet hinab zu Sophias Cottage, das gleich hinter der Buchhandlung lag. Eine Aufgabe von Sophias To-do-Liste hatte mehr Zeit in Anspruch genommen als erwartet. Noch vor dem Anruf bei ihren Eltern war deshalb klar gewesen, dass sie sich zum Abendessen mit ihrer Freundin heillos verspäten würde. Trotzdem hatte sie das Telefonat mit ihren Eltern keine einzige Minute weiter aufschieben wollen.

»Entschuldige Mom, ich wollte euch doch nur den Ort hier zeigen. Ich werde Fotos machen und schicke sie euch dann. Jetzt ist es schon ziemlich dunkel hier.«

Im Dezember ging die Sonne in Cornwall schrecklich früh unter. Die Dämmerung setzte gegen Viertel nach vier ein und um halb sechs war es bereits stockdunkel. Heute Nacht aber wölbte sich ein sternenklarer Himmel über Joy, es schien, als ob dort oben Tausende Diamanten voller Vorfreude auf Sophias Hochzeit in weniger als neun Tagen funkelten.

»Das wäre schön, Liebes.« Mutter sprach jetzt merklich undeutlicher und ihr Blick war unstet.

Oh nein, bleib bei mir! »Ich vermisse euch.«

Dads Gesicht schob sich vor die Linse. »Wir vermissen dich auch, aber es hört sich an, als ob du eine schöne Zeit hast.«

»Eine schöne Zeit? Aber wo ist sie denn? Joy? Schatz? Warum bist du nicht hier?« Mutters Wimmern drang aus dem Smartphone, hallte durch die leere Straße – und durch Joys Herz.

»Mom …«

»Wir machen jetzt besser Schluss, okay, JoJo? Wir hören uns bald wieder.« Mit diesen Worten beendete ihr Vater das Gespräch und entließ Joy in die Stille des Abends.

Ihre Lippen zitterten. Für einen Moment schloss sie die Augen, atmete ein, aus, tief und kräftig. Es gab nichts, was sie für ihre Mutter tun konnte. Ihr blieb nur, dafür zu beten, dass es ihrem Vater gelang, sie wieder zu beruhigen.

Joy steckte ihr Handy zurück in die Manteltasche und beschleunigte ihre Schritte. Schmerzhaft wurde ihr bewusst, dass gelbe

Spangenpumps nicht die beste Wahl waren, wenn man einen Tag voller eiliger Besorgungen in einer Stadt, die hügeliger war als San Francisco, mit einem Eilmarsch hangabwärts beschließen wollte. Dabei passten sie so gut zu ihrem schwarzen Kleid mit dem ausgestellten Rock, das zahllose kleine Kakteen zierten. Mit dem breiten gelben Taillengürtel, schwarzen Leggings, der roten Strickjacke und Ohrringen – ebenfalls im Kaktus-Desgin – war eines ihrer Lieblingsoutfits komplett.

Zu schade, dass seine Wirkung dadurch etwas geschmälert wurde, dass Joy das Ganze in ihren flauschigen Parka hüllen musste. Doch sie war klug genug, nötigenfalls wärmender Kleidung den Vorzug vor einem modischen Auftreten zu geben; schließlich war die Temperatur seit ihrer Ankunft vor zwei Tagen noch mal gefallen. Sophia meinte sogar, im Laufe ihres Besuches würde es noch eisiger werden. Die Meteorologen prophezeiten tatsächlich Schnellfall zu Weihnachten, was in dieser Region seit fast fünfzehn Jahren nicht mehr vorgekommen war.

Während Joy in Richtung des Cottages eilte, hörte sie, wie ganz in der Nähe eine Tür zugezogen wurde und ein Glöckchen läutete.

»Joy. Hey! Warten Sie!«

Beim Klang von Olivers Stimme wirbelte sie so abrupt herum, dass sie umknickte und zu Boden stürzte. Sie hatte kaum realisiert, was passiert war, da leckte ihr eine feuchte Zunge quer über das Gesicht.

»Oh danke, Rascal.« Sie tätschelte den Hund und blickte hoch zu dem Mann, der ihr nicht aus dem Sinn gegangen war, seit sie ihn am Vortag das erste Mal gesehen hatte.

»Alles in Ordnung?« Er reichte ihr seine Hand.

Joy griff zu und er half ihr auf. »Ja, das Einzige, was etwas angekratzt wurde, ist mein Stolz. Mir geht es gut.« Dann suchte sie ihre Leggings ab und fand einen kleinen Riss über dem rechten Knöchel. Sie deutete darauf und meinte: »Ich nehme alles zurück. Der Tag ist gelaufen. Davon werde ich mich nie wieder erholen.«

Olivers Lippen verzogen sich zu einem Grinsen. »Sie müssen mir erlauben, Ihnen neue zu kaufen.«

Sie lachte. »Das ist ja sehr lieb von Ihnen, aber diese sind leider unersetzbar.«

»So teuer?« Oliver klang weniger besorgt als neugierig. Kein Wunder angesichts seines schicken blauen Sakkos, für den er sicher ein hübsches Sümmchen hingeblättert hatte.

»Nein, ich habe sie für etwa zwei Dollar bei Woolworth erstanden. Es geht um die Erinnerungen, die mit diesen Leggings verbunden sind.« Joy musste daran denken, wie sie sie bei einer Einkaufstour mit Sophia erstanden hatte. Und wie ihre Freundin sie spaßeshalber anprobiert hatte, an deren Beinen sie wie leicht verlängerte Bermudashorts ausgesehen hatten. Oh, was hatten sie gelacht …

Oder als sie sich bei einem Filmabend zusammen mit ihrer Mutter Salsasoße über die Leggings gekippt hatte. Joys Wahl war auf *E-Mail für dich* gefallen, Moms Lieblingsfilm, und sie hatten sich auf dem Sofa zusammengekuschelt, bis ihre Mutter eingeschlafen war. Ja, das war eine Erinnerung, die sie sich in den kommenden Monaten immer wieder ins Gedächtnis rufen würde, etwas, an dem sie sich festhalten konnte, wenn Kummer und Sorgen überhandnahmen.

Oliver steckte seine Hände in die Taschen und lehnte sich an einen Laternenpfahl. »Oh, Ihr Lächeln ist ziemlich plötzlich verschwunden.«

»Ich musste gerade an meine Mutter denken.«

Er schwieg und irgendwie weckte das in ihr den Drang, mehr zu erzählen.

Hm. Das war eigentlich eine Taktik, die sie selbst einsetzte, wenn sie ihre Klientinnen dazu bringen wollte, sich zu öffnen. Nun stand sie selbst kurz davor, ihr Herz einem mehr oder weniger fremden Menschen auszuschütten.

Er brachte sie in mehrfacher Hinsicht völlig aus dem Gleichgewicht.

Langsam wurde es wirklich zu kalt. In dem Versuch, sich wenigstens etwas warm zu halten, verschränkte sie ihre Arme vor der Brust. »Tut mir leid, ich unterhalte mich normalerweise gern, aber jetzt sollte ich dringend gehen, ich habe mich bereits sehr verspätet.«

»Sind sie zufällig auf dem Weg zu Sophia? Ich will nämlich auch zu ihr.«

»Tatsächlich?«

»Tatsächlich.« Er löste sich von der Laterne, trat an ihre Seite und holte Rascal mit einem Pfiff an seine Seite. »Wenn Sie also nichts dagegen haben, dass ich Sie begleite ...«

»Oh nein, im Gegenteil.«

Oh Mann, hat das jetzt nicht etwas zu euphorisch geklungen?

Rascal flitzte an ihnen vorbei und voraus. Obwohl ihm ein Bein fehlte, meisterte der Hund das steile Gefälle viel besser als Joy auf ihren Absätzen. Ihre Zehen wurden in die Schuhspitzen gequetscht und brannten wie Feuer.

»Darf ich Ihnen meinen Arm anbieten? Und bei der Gelegenheit vielleicht gleich auch das Du?«

Dieser Mann punktete und punktete. Die Punkte, die er sammelte, waren allerdings nichts wert, denn in weniger als zwei Wochen würde sie wieder abreisen. Und doch. Sie genoss einfach seine Aufmerksamkeit.

»In Anbetracht der Tatsache, dass ich als Trauzeugin meiner besten Freundin den rund hundert Gästen gern unversehrt gegenübertreten würde – danke, ja. Und gern.« Joy hakte sich bei ihm unter und erlaubte ihm, ihr den Hang hinunterzuhelfen. Sie reichte ihm nur bis zur Schulter. Immer wieder rieben im Gehen ihre Arme aneinander.

Vielleicht waren die Schuhe doch keine schlechte Idee gewesen.

Er ist doch einfach nur nett, Joy.

Stimmt. Zurück in die Realität, und zwar schnell. »Du hast gesagt, dass du in Port Willis bist, um deine Tante zu unterstützen. Wie geht es ihr denn?«

»Schon etwas besser. Danke der Nachfrage.«

»Kümmerst du dich ganz allein um sie?«

»Nach den Weihnachtsfeiertagen kommen meine Eltern und bleiben für ein paar Wochen. Im Moment bin ich aber der Einzige, den sie hat. Meine Hilfe beschränkt sich allerdings darauf, sie zu fragen, was sie braucht und was ich ihr bringen kann.«

»Und darauf, den Laden für sie zu führen.« Sie kamen an einem Süßwarenladen vorbei und Joy sog den Schokoladenduft tief ein. »Das ist überlebenswichtig fürs Geschäft.«

»Das ist richtig.« Oliver räusperte sich. »Ich führe selbst eine kleine Firma.«

»Tatsächlich? Ich hatte ein Beratungsinstitut für Frauen.«

»Na, dann sind wir wohl beide Unternehmensgeister.«

Sie konnte sich ein Grinsen nicht verkneifen. »Was für eine Firma ist es denn bei dir?«

»Ein Wirtschaftsprüfungsunternehmen.«

»Oh weh, also unterm Strich kann ich dann keine allzu große Ähnlichkeit zwischen uns feststellen. Ich hasse Mathematik.«

»Schade. Was war dein Lieblingsfach in der Schule?«

»Zählen da auch die Pausen?«

Olivers herzliches Lachen schallte durch die Nacht. »Du arbeitest gern mit Menschen, oder?«

»Ja, ich habe bewusst einen Beruf gewählt, in dem ich tagtäglich anderen zuhöre.«

»Ich bin das genaue Gegenteil. Wenn man mich ließe, würde ich die ganze Zeit in meinem Büro verbringen. Das heißt, nur wenn Rascal an meiner Seite wäre.«

»Er ist aber auch ein knuffiges Kerlchen.«

Bei diesen Worten hielt Rascal an, drehte sich zu ihnen um und bellte zustimmend. Oliver und Joy lachten.

»Du bist ganz offensichtlich eine Hundeliebhaberin«, meinte Oliver.

»Ich hatte mal sechs eigene. Sie wären alle eingeschläfert worden, wenn ich sie nicht zu mir geholt hätte.« Sie seufzte und ihre

Ausgelassenheit war plötzlich dahin. »Vielleicht werde ich nie Kinder haben – dafür waren diese Hunde meine Babys. Ich konnte sie nicht mitnehmen, als ich umgezogen bin ...«

»Umgezogen?«

Sie waren am Fuß des Hügels angekommen und Oliver gab ihren Arm frei.

Siehst du? Es war nur eine Gentleman-Geste, nichts weiter.

Ein eiskalter Windstoß fuhr unter den Saum von Joys Kleid und ließ sie erzittern. »Ich bin vor anderthalb Jahren von Phoenix nach Florida gezogen, um bei der Pflege meiner Mutter zu helfen, als bei ihr Alzheimer diagnostiziert wurde. Meine Eltern sind neunundsiebzig und achtzig, darum war dieser Schritt notwendig, wenn auch schwer für mich. Mit sechs Hunden im Gepäck wäre an die Ruhe nicht zu denken gewesen, die meine Mutter jetzt braucht.«

Oliver strich ihr über den Oberarm und Joy verspürte plötzlich den sehnlichen Wunsch, sich in seine Arme zu schmiegen.

»Das finde ich bewundernswert«, sagte er leise.

»Meine Eltern sind die Bewundernswerten. Und ich kann mich glücklich schätzen, dass ich bei ihnen sein kann.«

Er schüttelte scheinbar ungläubig den Kopf. »Ich muss sagen, du beeindruckst mich wirklich, auch wenn ich dich noch gar nicht richtig kenne.«

»Vergiss nicht, dass ich unfähig bin, alleine einen Hügel hinunterzugehen. Also ...«

Er musterte sie von der Seite. »Ich glaube, ich könnte eine Menge von dir lernen.«

»Und ich bin sicher, dass ich genauso viel von dir lernen könnte.« Auch wenn diese Worte eher beiläufig klingen sollten, klangen sie irgendwie bedeutsamer als geplant.

»Dann frag mich, was immer du willst. Ich bin ein offenes Buch.«

Sie neigte ihren Kopf. »Warum lässt mich dann das Gefühl nicht los, dass das nicht ganz der Wahrheit entspricht?«

Am Spiel seiner Kiefermuskeln erkannte sie, dass sie damit anscheinend einen Nerv bei ihm getroffen hatte. »Es mag sein, dass das nicht immer zutrifft, jetzt gerade aber bin ich absolut aufrichtig. Es fällt mir so leicht, mit dir zu reden. Wahrscheinlich liegt das an der Therapeutin in dir.« Oliver machte eine kurze Pause. »Oder auch einfach nur an dir.«

Sie standen nun gegenüber von Sophias Haus im matten Lichtschein einer Straßenlaterne. Die Hälfte seines Gesichts lag im Schatten. Es war ein Augenblick voller Geborgenheit und er schien ganz allein ihnen zu gehören.

Joy musste diesen Moment dringend abkürzen. Umgehend.

»Das bekomme ich oft zu hören.« Joy zwang sich zu einem Lächeln und deutete auf Sophias Haus. »Sollen wir?«

»Natürlich.«

Sie folgten Rascal über die Straße und Joy schloss die Haustür auf. »Sophia! Tut mir wirklich leid, dass ich so spät komme.«

Sophia steckte den Kopf durch die Küchentür. »Hey! Oh, gut, dass du Oliver gleich mitgebracht hast.« Ihr Blick ging zwischen ihnen hin und her und darin lag eine unverkennbare Neugier.

Erwischt.

Joy tat einen Schritt auf sie zu. »Kann ich dir beim Dinner helfen?«

Als sie die Küche betrat, bemerkte sie William, der mit einem rothaarigen Mann an dem kleinen Esstisch saß.

»Du hast doch nicht wirklich geglaubt, dass ich heute Abend was koche, oder?« Sophia beugte sich hinab zum Backofen und holte drei Pizzen aus dem Ofen, die sie offenbar zum Wiederaufwärmen hineingeschoben hatte.

»Nein, dazu kenne ich dich doch zu gut«, gab Joy zu. »Aber ihr hättet ruhig schon essen können.«

William und der Mann am Tisch unterbrachen ihr Gespräch. Sophias Verlobter stand auf, trat zu ihnen und begrüßte Joy mit einer Umarmung. »Hey Leute. Schön, dass ihr gekommen seid.« Er rückte sich die Brille zurecht, gab Oliver einen freundschaftlichen Klaps auf den Rücken und legte dann den Arm um Sophias Schultern.

Der Rothaarige erhob sich ebenfalls. Er trug Jeans und Kapuzenpullover und wirkte darin neben Oliver und William in ihren schicken Hemden etwas underdressed. »Ich glaube, wir kennen uns noch nicht.«

»Äh, ja, entschuldige bitte.« William fuhr sich mit der Rechten durch seine dunkelblonden Locken. »Joy, das ist mein Freund, Steven Applegate. Steven, das ist Joy Beckman, Sophias Trauzeugin. Oliver kennst du ja.«

»Sehr erfreut.« Steven gab Joy die Hand.

»Ganz meinerseits. Ich habe schon viel von dir gehört.«

»Nur Gutes, hoffe ich?«

»Selbstverständlich.« Joy drehte sich um und blinzelte Sophia zu, deren Lippen verräterisch zuckten. Ja, nur Gutes, in der Tat. Wäre es nach Sophia gegangen, wären Steven und ihre Freundin Ginny längst ein Paar, sie pflegten jedoch eine rein platonische Freundschaft.

»Wie wäre es, wenn wir uns beim Essen weiterunterhalten? Ich bin am Verhungern. In der Buchhandlung war heute unglaublich viel los.« Sophia drückte William einen Kuss auf die Wange und deutete auf die Pizzen.

»Ich sehe, du hast dir Schinken und Ananas bestellt.« Joy kniff ihre Freundin in die Seite. »Verrücktes Huhn.«

»Sie ist nicht verrückt. Nur außergewöhnlich«, meinte William und zwinkerte Joy zu.

»Na, das läuft ja wohl aufs Gleiche raus.« Joy nahm sich ein paar Pappteller von der Küchentheke und verteilte sie an die Anwesenden. Dann bedienten sich alle.

William erhob sein Glas Mineralwasser. »Stoßen wir an!«

»Auf was?«, fragte Sophia.

»Auf die Liebe – und auf die unmöglichsten Orte, an die sie einen führen kann.«

Die Gläser klirrten, als sie einander zuprosteten.

Joy spürte, wie Olivers Blick auf ihr ruhte. Sie sah auf und schaute direkt in seine Augen.

Er kippte seinen Drink auf fast schon elegante Weise hinunter.

Joy hielt es zwar für angebracht, sich gegen das Flattern der zarten Schmetterlingsflügel in ihrem Bauch zu wehren, dennoch lächelte sie, nickte und nahm einen tiefen Schluck aus ihrem Glas.

Kapitel 5

»Joy, er konnte den ganzen Abend lang seine Augen nicht von dir lassen.« Sophia klatschte einen Adressaufkleber auf das Buchpaket, das nach London gehen sollte, legte es beiseite und nahm das nächste von der Ladentheke. »Er ist Single, nur falls es dich interessiert.«

Es war bereits nach dreiundzwanzig Uhr gewesen, als die Männer sich am Abend zuvor endlich verabschiedet hatten; dennoch waren die beiden Frauen früh aufgestanden und hatten sich noch vor Öffnung des Buchladens an die Arbeit gemacht. Über Nacht war ein Dutzend weiterer Bestellungen eingegangen, die sich fast alle um seltene Bücher drehten – eine Spezialität von *Rosebud Books* –, und Sophia war fest entschlossen, die Titel noch rechtzeitig vor Weihnachten an den Mann oder die Frau zu bringen.

Joy verdrehte die Augen und wanderte mit dem Zeigefinger über eine Aufstellung verschiedenster Buchwünsche. »Im Hochgefühl deines bevorstehenden Eheglücks willst du doch nur, dass alle anderen ebenfalls unter die Haube kommen.« Sie fand den gesuchten Titel und strich ihn mit dem Filzstift durch.

Während sie einen Schluck von ihrer dritten Tasse Kaffee an diesem Morgen nahm, wanderte ihr Blick durch den Raum. Sie war nie eine Vielleserin gewesen, Film und Fernsehen waren mehr ihr Ding, doch das hier war für sie dennoch ein Ort, der etwas unglaublich Beruhigendes ausstrahlte, ein Ort, der so viele Geschichten zu atmen schien.

Auch der klassische Weihnachtsschmuck trug zu dem Gefühl tiefen Friedens bei, der die Stimmung in diesem gemütlichen Kleinstadtladen prägte. Ein halbhoher Tannenbaum stand in der Auslage im Schaufenster. Mit breiten Schleifen geschmückte Bestseller waren von Sophia kunstvoll zwischen den untersten

Zweigen drapiert worden. Auf der Ladentheke links neben der Kasse hatte sie eine einfache Weihnachtskrippe aus Weidenholz aufgebaut. Schlicht, doch an prominenter Stelle. Die Krönung aber war eine unendlich lange Lichterkette, die von Regal zu Regal hing und immer festlicher leuchtete, je näher die Dämmerung rückte.

»Nein, daran liegt's nicht – da lag tatsächlich was in der Luft.« Sophia pustete sich eine Haarsträhne aus dem Gesicht, wickelte ein Klebeband um die nächste Schachtel und machte sich daran, zwei antiquarische Bücher mit ziemlich zerfransten Einbänden so vorsichtig wie möglich einzupacken. »Versuch erst gar nicht, das abzustreiten.«

Joy schnappte sich eine der Buchbestellungen. »Bin gleich wieder da.«

Sie nahm den nächstbesten Weg, um dem wissenden Blick ihrer Freundin zu entgehen, und verschwand zwischen den Bücherregalen, die sich haushoch über ihr aufzutürmen schienen. Kaum hatte sie sich wieder dem Notizzettel in ihrer Hand zugewandt, ertönte ein verjazztes Weihnachtslied aus den gut versteckten Lautsprechern.

Joy wanderte die Gänge der Buchhandlung auf und ab, bis sie das erste Buch auf der Liste gefunden hatte. Als sie es aus dem Regal nahm, zog eine breite Bahn gleißend hellen Morgenlichts ihre Aufmerksamkeit auf sich. Der Schein fiel durch die hohen Fenster vor der Galerie im offenen Obergeschoss, wo die Kunden sich niederlassen konnten, um sich zu unterhalten oder zu lesen. Schnell durchdrang die aufgehende Sonne mit ihren Strahlen den ganzen Laden, verlieh ihm eine ungeahnte Tiefe und eröffnete völlig neue Perspektiven.

Im Lichte des Tages besehen, sahen die Dinge immer ganz anders aus.

Was Olivers Blicke am Abend zuvor betraf, so musste Joy ihrer Freundin eigentlich recht geben. Immer, wenn er sie angesehen hatte, war ihr warm ums Herz geworden. Und wenn ihre Blicke sich getroffen hatten, dann hatte sie eine besondere Verbindung zwischen ihnen zu spüren geglaubt.

Heute Morgen hatte sie diese Anwandlungen dann als vollkommen lächerlich empfunden. Wie sollte er nachvollziehen können, wie sie sich fühlte? Sie hatten sich ganze zwei Mal getroffen.

Sie suchte zwei weitere Bücher heraus, balancierte ihre Fracht zurück zur Theke und schaute im Vorbeigehen auf die große Standuhr. Die Buchhandlung würde in einer Dreiviertelstunde öffnen. Wenn sie mit den Bestellungen durch waren, wollte Joy mehrere Telefonate führen, um sich mit Lieferanten abzusprechen.

Schluss jetzt mit dem Grübeln! Zeit, in die Gänge zu kommen.

Sophia wartete neben dem Drucker, um die Etiketten gleich am Auswurf in Empfang zu nehmen. »Ich hatte gestern Abend gar keine Gelegenheit zu fragen, wie das Gespräch mit deinen Eltern lief.«

Endlich ein Themawechsel.

Sophia hatte nie verstanden, warum Joy Single war. Vor einer Weile hatte sie sogar damit gedroht, ein Onlinedating-Profil für Joy anzulegen. Zum Glück hatte ihr entrüsteter Blick ausgereicht, um Sophia von diesem Plan abzubringen.

»Gestern ging es Mom ganz gut. Das macht ein bisschen Mut.« Joy schichtete die Bücher, die sie eingesammelt hatte, aufeinander und griff wieder nach der Liste.

»Haben sie irgendetwas Neues zum Thema ›Betreutes Wohnen‹ gesagt?«, fragte Sophia.

»Gott sei Dank nicht.« Joy studierte ihren Zettel, griff nach dem ersten Buch und steckte es in eine Versandtasche. Sie suchte sich das dazugehörige Adressetikett heraus und klebte es auf die Vorderseite.

»Meinst du, dass sie es immer noch vorhaben?«

Irgendwo über ihren Köpfen sprang der Heizlüfter an. »Ich hoffe nicht.« Sorgfältig schloss sie den Umschlag.

»Warum bist du eigentlich dagegen, dass sie umziehen? Ich weiß, du würdest es vermissen, sie um dich zu haben, aber …«

»Es ist mehr als das. Warum sollten sie Tausende Dollar ausgeben, um die gleiche Pflege zu bekommen, die ich auch selbst leisten kann?« Energisch wischte sie den Gedanken beiseite, dass man ihre Zuwendung im Hinblick auf Umfang und Qualität natürlich nicht mit der einer professionellen Einrichtung vergleichen konnte. Dass ihre Mutter sich niemals die Hüfte gebrochen hätte, wäre sie besser betreut worden.

»Aber glaubst du nicht, dass es für euch alle besser wäre, wenn du mehr Raum für dich hättest? Und wenn deine Mutter die Unterstützung, die sie braucht, von Fachkräften bekommt?« Sophia legte das Buch, das sie gerade bearbeitete, weg, umrundete den Tisch und ergriff Joys Hände. »Du bist ein wunderbarer Mensch, aber du hast einen Doktortitel als Therapeutin und nicht als Ärztin. Und vermisst du nicht auch diese Arbeit? Du bist so begabt und hast schon so vielen Menschen geholfen.«

»Natürlich vermisse ich meine Arbeit, aber das Thema steht im Moment nicht auf der Tagesordnung. Ich helfe ja nach wie vor anderen – meinen Eltern.« Joy drückte die Hände ihrer besten Freundin und zwang sich zu einem Lächeln. »Ich nehme einfach einen anderen Weg, so wie du auch.«

»Ja, aber mein Weg schenkt mir wieder Freude am Leben.« Sophia ließ ihren Blick durch den Laden wandern und schenkte den zahllosen Büchern ein Lächeln, so wie man Freunde anstrahlt. Dann richtete sie ihre Augen wieder fest auf Joy und sah sie so eindringlich an, wie nur sie es konnte. »Dein Weg aber … Nun, ich habe Angst, dass du daran zerbrichst. Keiner weiß besser als ich, was schwierige Umstände aus einem Menschen machen können, und ich befürchte, dass deine Situation dich immer weiter runterziehen wird. Und dass du dich nicht dagegen wehrst, weil du meinst, dazu verpflichtet zu sein, mit dem Schiff unterzugehen.«

Joys Lippen zitterten. »Es sind doch meine Eltern.«

»Ich weiß, meine Liebe. Doch ich denke, es ist einfach zu viel für dich.«

»Aber ich bin doch schuld an dem Ganzen.« Die Worte waren kaum heraus, da bereute sie sie auch schon. Was für ein Fehler, das zu Sophia zu sagen, die anscheinend bis in den hintersten Winkel ihres Herzens blicken konnte.

»Was soll das denn heißen?«

Joy gab keinen Ton mehr von sich. Sie musste irgendwas tun. Jetzt. Hektisch angelte sie sich das nächste Buch vom Stapel und fing an, es sorgfältig einzupacken.

Sophia kam um den Tisch herum, stellte sich neben sie und setzte ihre Arbeit fort, ebenfalls ohne ein Wort zu sagen – abwartend. Ihr war in ihrem Leben schon mehr Kummer begegnet, als Joy sich vorstellen konnte. Dennoch hatte Sophia es dem Leid nicht gestattet, aus ihr eine verbitterte Frau zu machen. Sie war ihren Weg gegangen und hatte Schmerz und Schwierigkeiten hinter sich gelassen. Und sie hatte Joy erlaubt, sie auf diesem Weg zu begleiten. Warum hatte Joy ein Problem damit zuzulassen, dass Sophia das Gleiche nun für sie tat?

Sophia nahm eine alte Ausgabe von *Sinn und Sinnlichkeit*, hielt es an ihre Nase und genoss den stockigen, aber nicht unangenehmen Geruch von Papier und Tinte, der die ganze Geschichte umfloss. Sie glaubte an die Heilkraft des geschriebenen Wortes.

Und Joy wusste aus Erfahrung, dass auch das gesprochene Wort heilende Wirkung entfalten kann.

»Ich meinte, dass Dad *meinetwegen* mit Mom ins betreute Wohnen ziehen will.«

Sophia ließ die Hände sinken und sah sie voller Mitgefühl an.

Joy atmete tief durch. »An dem Tag, als es passierte, war ich an der Reihe mit Moms Betreuung. Vater brauchte dringend eine Pause und deshalb drängte ich ihn, sich mal etwas Zeit für sich zu gönnen. Um uns solle er sich keine Sorgen machen.« Ihr Daumen glitt über den Rücken des Buches, das sie gerade in der Hand hielt.

Sophia strich sich ihre Haare hinter die Ohren und fragte nach einigen Augenblicken behutsam: »Was geschah dann?«

Joy legte das Buch zurück auf den Tisch. »Ich glaube, ich war erschöpfter, als ich mir selbst eingestehen wollte.« Die Erinnerung an diesen Tag stürmte nun auf sie ein und das, was geschehen war, sprudelte nur so aus ihr heraus: zunächst der Schreck, als sie aus dem ungeplanten Nickerchen aufwachte und entdeckte, dass ihre Mutter verschwunden war. Dann die wachsende Panik, als sie unauffindbar blieb, eine Stunde lang, dann zwei, dann fünf. Die überwältigende Erleichterung beim Anruf der Polizei und der Nachricht, dass man sie etwa eine Meile weit weg gefunden habe. Und das zermürbende Schuldgefühl, das einsetzte, als Joy erfuhr, dass ihre Mutter über einen Bordstein gestürzt war. Sie hatte sich die Hüfte gebrochen und sollte gleich am nächsten Tag operiert werden.

Joy wurde die Erinnerung an Mutters schmerzvolles Stöhnen nicht los. Nach der OP war sie so verwirrt gewesen und hatte sich nur schwer an die körperliche Einschränkung und die neue Umgebung in der Klinik gewöhnt.

»Oh Joy.« Sophia nahm sie in ihre Arme und die Tränen ihrer Freundin tropften auf ihr Schlüsselbein. Vielleicht waren es auch ihre eigenen.

Irgendwann ließ Sophia sie los und zauberte eine Schachtel Kleenex unter der Ladentheke hervor. Sie zog sich selbst ein Taschentuch heraus und reichte die Box an Joy weiter, die sich ebenfalls bediente und ihre Wangen trocknete.

Nachdenklich betrachtete Sophia sie. »Weißt du noch, was du mir immer und immer wieder gesagt hast, als ich damals die Verantwortung für Davids übergriffiges Verhalten bei mir selbst gesucht habe?«

»Dass es nicht an dir liegt.«

»Ja.« Sophia zerknüllte das Taschentuch in ihrer Faust. »Und auch du trägst keine Schuld.«

»Es gibt da aber einen Unterschied. Ich bin für meine Eltern verantwortlich. Ich mache mir Sorgen …«

»... nicht gebraucht zu werden?«, unterbrach Sophia sie.

»Wie? Nein.« Joy machte eine Pause. »Vielleicht. Ach, ich weiß auch nicht.« Sie betrachtete ihre Hände. Winzige weiße Taschentuchfetzen klebten an ihren feuchten Fingerspitzen.

»Joy, du kümmerst dich ständig um andere. So bist du nun mal. Aber du musst auch auf dich selbst achtgeben.«

Wie oft hatte sie genau diesen Gedanken ihren Klientinnen gepredigt?

Joy seufzte. »Das stimmt. Nur habe ich keine Ahnung, wie ich das in diesem Fall hinkriegen soll. Das eine zu tun, heißt doch, das andere zu lassen.«

»Ich kann verstehen, dass du dich dabei unwohl fühlst, und trotzdem glaube ich, dass es möglich ist.«

»Und wie?«

»In erster Linie dadurch, dass du dir die Wahrheit vor Augen hältst. Du musst diese Schuldgefühle bewusst bekämpfen. Ich kann mir vorstellen, wie schwer es für dich ist, sehen zu müssen, welches Leid diese fiese Alzheimererkrankung über deine Mutter und auch deinen Vater bringt. Natürlich darfst du traurig darüber sein und es ungerecht finden. Aber fühle dich nicht schuldig für etwas, für das du absolut nichts kannst.« Sophia schniefte, ihre Stimme begann zu zittern. »Du solltest dir eine Aufgabe suchen, der du nur für dich selbst nachgehst. Bewirb dich auf die eine oder andere Stelle – einfach nur, um zu sehen, was passiert.«

»Ich weiß nicht ...«

»Aber ich weiß es.« Der unnachgiebige Blick, mit dem Sophia ihr Kinn hob, erinnerte Joy an ihr eigenes Verhalten, wenn sie sich im Recht wusste. »Wenn wir unseren Blick nicht heben, sondern stur auf den Weg starren, den wir einmal eingeschlagen haben, können wir all die Türen nicht sehen, die sich für uns öffnen. Nimm wieder wahr, was um dich herum vor sich geht.«

»Du hast ja recht.«

»Oh ja, das habe ich.« Sophias Augen blitzten. »Und ich rede nicht nur über einen Job, das weißt du.«

Natürlich nicht.

Wieder gingen Joy Erinnerungen vom vergangenen Abend durch den Kopf. Wie Oliver sie angesehen hatte, als sie mit Sophia herumalberte. Sein stilles Lächeln, das so viel mehr ausdrückte als ein lautes Lachen. Das Stolpern ihres Herzschlags, als er sich zu ihr herabgebeugt hatte, um sie zum Abschied zu umarmen. Es war nur eine kurze Geste – die eines neuen Freundes –, und doch hatte sie etwas mit ihr gemacht.

Sie fühlte sich zweifellos von ihm angezogen, doch wie empfand er? Und spielte das überhaupt eine Rolle? Noch bevor das Jahr zu Ende ging, würde sie wieder zu ihren Eltern zurückkehren. Ihre nächsten Schritte standen fest, egal wie sehr sie sich eine romantische Entwicklung zwischen ihnen herbeisehnen mochte.

Joy gab sich Mühe, einen sachlichen Gesichtsausdruck zur Schau zu tragen, und wedelte mit ihrem Taschentuch vor Sophias Gesicht herum. »Hey, eigentlich bin ich die ältere und viel vernünftigere Freundin, ist das klar? Hör auf, mir zu sagen, was ich tun soll.« Sie zwinkerte Sophia zu, wandte sich um und nahm die nächsten Etiketten aus dem Drucker. »Wir sollten hier langsam zum Ende kommen, sonst kannst du das mit dem Versand heute vergessen.«

Ihre Freundin öffnete noch einmal den Mund, schloss ihn aber gleich wieder und machte sich kopfschüttelnd ans Verpacken der letzten Sendungen.

Kapitel 6

Hier draußen schienen all ihre Sorgen weit, weit weg zu sein. Das Tosen des Meeres füllte ihre Ohren. Entspannt setzte sie einen Fuß vor den anderen und durchkämmte mit den Fingerspitzen die langen braunen Grashalme am Wegesrand, als sie den Hügel erklomm, hinauf zu dem Leuchtturm, der über Port Willis wachte.

Sie war in Bettys Süßwarenladen gewesen und hatte eine Schachtel Buttertoffees für den Junggesellinnenabschied am nächsten Abend besorgt, doch dann hatten ihre Füße – und, wie sie meinte, auch ihr Herz – wie von selbst diesen Weg eingeschlagen. Dorthin, wo sich der immer dunkler werdende Himmel des Spätnachmittags über das grasgrüne Steilufer wölbte, das einen spektakulären Blick auf die schäumenden Atlantikwogen freigab.

Joy unterbrach ihren Spaziergang, ließ den Trampelpfad hinter sich, trat vorsichtig an den Rand der Klippe und blickte hinab. Weiße Gischt tanzte auf den Wellen und umspielte die Felsbrocken in der Tiefe. Graue Wolken jagten über den Horizont heran wie Krieger, die sich zum Angriff rüsteten. Es sah ganz danach aus, dass sie bald einen Schauer abbekommen würde. Doch sie hatte nichts dagegen, schließlich hatte sie vor ihrem Umzug nach Florida fünfzehn Jahre lang im niederschlagsarmen Arizona gelebt und genoss es nun regelrecht, auch mal richtigen Regen zu erleben. Sie freute sich über die Schönheit, in der die Umgebung danach jedes Mal erstrahlte.

Der Wind wirbelte ihr die halblangen Strähnen so ungestüm um die Ohren, dass die Haarklammern ihren Dienst versagten.

Die Kälte war jedoch nichts im Vergleich zu der Wärme, die sie tief in ihrem Inneren spürte. Es war ein arbeitsreicher Tag gewesen und sie hatte immer noch zahlreiche Telefonate und Besorgungen für Sophia zu erledigen. Deshalb war ihr keine Zeit geblieben, um über das nachzudenken, was ihre Freundin ihr am frühen Morgen ans Herz gelegt hatte. Nun aber wollte sie den Weg vom Städtchen zum Leuchtturm zum Nachdenken und Beten nutzen.

Für Sophia war dieser Ort etwas ganz Besonderes. Sie hatte erzählt, dass sie ein Jahr zuvor genau dort nach langer Zeit wieder Gottes Gegenwart gespürt habe. Und Joy glaubte ihr – hier, fernab von aller Alltagsgeschäftigkeit empfand sie einen wohltuenden Frieden. Das machte es ihr leichter hinzuhören. Leichter zu verstehen.

Noch hatte sie keine Antworten erhalten auf die Fragen, die sie beschäftigten, aber vielleicht ging es ja auch gar nicht darum.

Joy wandte sich um und setzte ihren Weg fort. Ein letzter steiler Anstieg und die flache Hügelkuppe war erreicht. Über ihr erhob sich der Leuchtturm. Das runde Gebäude schien bis in den Himmel zu ragen und die Ruhe, die das schlichte Weiß seiner Ziegel ausstrahlte, bildete einen reizvollen Kontrast zum Toben des Meeres, das sich donnernd gegen den Fuß des Hügels warf.

Sie trat näher heran und bemerkte eine hölzerne Hinweistafel, die an der leuchtend roten Tür hing. Es war schon so dämmrig, dass sie die Augen zusammenkneifen musste, um lesen zu können, was auf dem Schild geschrieben stand:

Leuchtturm von Port Willis
geöffnet von Sonnenaufgang bis Sonnenuntergang
Der Leuchtturm ist nicht mehr in Betrieb, kann aber besichtigt werden.
Betreten auf eigene Gefahr!
Träger: die Historische Gesellschaft von Port Willis

Joy schaute erneut zu den heranziehenden Wolken und runzelte die Stirn. Wahrscheinlich wäre es besser, zum Buchladen zurückzukehren, bevor der Sturm losbrach – Sophia hatte noch eine

Last-Minute-Werbeaktion gestartet und konnte ihre Hilfe sicher gut gebrauchen – doch die Möglichkeit, den Turm zu erkunden, war einfach zu verlockend. Sie hatte tatsächlich viel zu häufig nur das Wohlergehen anderer Menschen im Sinn. Ein kurzer Rundgang war auf jeden Fall drin, allerdings sollte sie Sophia informieren, dass ihre Rückkehr sich leicht verzögern würde. Joy kramte eine ganze Weile in ihrem Stoffbeutel herum, bis sie ihr Smartphone unter der Schachtel mit den Toffees fand. Sie schoss ein Foto vom Turm und schickte Sophia eine kurze Nachricht dazu. Dann steckte sie ihr Handy zurück in die Tasche, öffnete die Tür und trat ein.

Die Luft, die ihr entgegenschlug, hatte Kühlschranktemperatur. Mit schnellen Schritten eilte Joy zu der steinernen Wendeltreppe. Die Stufen waren ausgetreten und ein Geländer, das vor einem Sturz bewahren könnte, fehlte – zumindest bis zu der Stelle, an der die Treppe einen Bogen beschrieb und in der Decke verschwand. Dieser Turm musste mindestens hundert Jahre alt sein, wenn nicht mehr.

Joy erklomm die ersten Stufen, die deutlich mehr Abstand zueinander hatten als die einer normalen Treppe. Bei der Planung hatte man anscheinend weniger an kleine Menschen gedacht. Joy musste mehrmals eine kurze Pause einlegen, weil sie Probleme mit dem Gleichgewicht bekam, doch irgendwann endete die Treppe und vor ihr öffnete sich ein mittelgroßer Raum. Sie trat an ein riesiges Fenster, das der Treppe gegenüber die gesamte Wand ausfüllte. Klein wie ein Spielzeugdorf duckte sich dort unten Port Willis zwischen die Klippen und in seinem Hafen schaukelten Fischerboote in allen Größen und Farben.

Während ihr Blick auf das Meer hinauswanderte, klatschten die ersten dicken Regentropfen gegen die Scheibe und innerhalb weniger Augenblicke prasselte es nur so an die Fenster. Von weit draußen auf dem Ozean rollten hohe Wogen heran. Joy fühlte sich geborgen in dieser Hülle aus Stein und Stahl und was auch immer für den Bau des Leuchtturms verwendet worden war. Fasziniert hörte sie dem Pfeifen und Heulen des Windes zu, der sich in den Ritzen und Vorsprüngen des alten Gebäudes fing. Sie legte ihre Hand gegen das Fenster und spürte der Kälte nach. Sie schloss ihre Augen und lauschte.

»Joy?«

Erschrocken riss sie ihre Augen wieder auf, drehte sich um und sah Oliver, der völlig durchnässt auf dem obersten Treppenabsatz stand. Sein dichtes Haar, sonst akkurat gekämmt, hing ihm in braun gelockten Strähnen in die Stirn. Wasser tropfte von seiner schwarz glänzenden Jacke zu Boden, während er nach Luft rang.

»Oliver!« In wenigen Schritten war Joy an seiner Seite. »Ist alles okay?«

»Mir ist bloß etwas kalt.«

Seinem Schlottern nach zu urteilen eher mehr als »etwas«.

»Was machst du denn hier?«

Er schauderte, doch seine Lippen verzogen sich zu einem Lächeln. »Ich wollte dich vor dem Sturm retten – zumindest habe ich mir das so vorgestellt. Doch nun finde ich dich hier, allem Anschein nach trocken und in Sicherheit.«

»Hier.« Joy knöpfte ihren Parka auf, zog ihn aus und drückte ihn Oliver in die Hand, bevor er Einspruch erheben konnte.

Er grinste sie an. »Du glaubst doch nicht wirklich, dass mir der passt, oder?«

»Nun, bevor du den Erfrierungstod stirbst, ist es einen Versuch wert.« In gespieltem Trotz schob Joy ihr Kinn vor.

»Ja, das wäre tatsächlich ein Problem, wenn ich denn frieren würde.« Langsam schälte er sich aus seiner Jacke, legte sie über den Handlauf unterm Fenster und präsentierte mit einer eleganten Handbewegung sein Outfit, das so gut wie trocken geblieben war. »Aber danke für das Angebot.«

»Oh, alles klar.« Eine leichte Röte überzog ihre Wangen, als sie ihren Mantel wieder anzog. »Und ich danke *dir*, dass du dich überhaupt meinetwegen nach draußen gewagt hast. Woher wusstest du, wo du mich findest?«

»Ich war gerade in der Buchhandlung, um etwas für meine Tante zu besorgen, als Sophia deine Nachricht bekommen hat. Da habe ich mich freiwillig gemeldet, es mit dem Unwetter aufzunehmen, damit die Trauzeugin uns nicht davonschwimmt.«

Sie wusste seinen Blick nicht genau zu deuten, genauso wenig wie das seltsame Bauchgefühl, das sie dabei beschlich.

Joy war es gewohnt, auf sich selbst aufzupassen. Und sie war dazu auch problemlos in der Lage. Doch dass da jemand sein könnte, der sich um sie kümmerte – dieser Gedanke gefiel ihr irgendwie.

Energisch riss sie sich von seinen Augen los und wandte sich dem Fenster zu. »Das war sehr nett von dir. Ich weiß, ich hätte umkehren sollen, als ich gemerkt habe, dass ein Sturm aufzieht. Aber ich wollte es so gern zum Turm schaffen. Und ich bin froh, dass ich diesen spektakulären Blick von hier oben nicht verpasst habe.«

Unter ihnen schleuderten die Brecher Wasserfontänen empor, die sich mit dem prasselnden Regen vermischten wie in einem Lied ohne festen Takt.

»Cornwall ist bekannt für seine Winterstürme. Es gibt hier sogar schon einen richtigen Trend zum Stormwatching – viele Leute mögen es, Stürme zu beobachten.« Er trat neben sie ans Fenster und sie spürte seine Körperwärme.

»Wenn bei uns in Florida ein Hurrikan aufzieht, dann machen wir die Schotten dicht, wie man so schön sagt. Doch während meiner Zeit dort mussten wir uns nur ein einziges Mal derartig verbarrikadieren. Und ich war froh, dass der Sturm an Kraft verloren hatte, bevor er auf Land traf.«

Ihrer Mutter war es damals gar nicht gut gegangen. Sie war verwirrt gewesen und hatte immer wieder vor Angst geschrien.

»Keine schöne Erinnerung, nehme ich an?«, fragte Oliver.

Waren ihre Gedanken wirklich derartig leicht lesbar oder war er nur außergewöhnlich einfühlsam? Joy seufzte. »Nein. Meine Mutter … nun, der Rollentausch fällt mir nicht leicht. Früher war ich so abhängig von ihrer Stärke und jetzt muss ich der Fels in der Brandung für sie sein.«

»Es tut mir leid, was ihr durchmachen müsst.« Keine Binsenweisheiten, keine billigen Ratschläge. Nur ein paar verständnisvolle Worte, die wohltuender für ihre Seele waren, als ihm vielleicht bewusst war.

Ihr Kinn begann zu zittern und sie stieß den Atem aus. »Meine Mutter hat Gewitterstürme geliebt. Als ich noch klein war, hat sie mich manchmal mitten in der Nacht geweckt, mir eine Decke umgelegt und mich zu dem großen Panoramafenster in unserem Wohnzimmer gebracht. Die Blitze zuckten nur so über den Himmel, Donnerschläge krachten und ich weiß noch, wie Mom sagte: ›Schau, wie mächtig unser Gott ist. Du brauchst dich vor nichts zu fürchten, denn es gibt nicht einen Blitz, der ihm entgeht, und keinen einzigen Tropfen Regen, dem er nicht erlaubt hat zu fallen.‹« Joy kämpfte mit den Tränen. »Doch weißt du was? Ich fürchte mich schrecklich!«

Sie erschrak über ihre eigenen Worte. Hatte sie damit nicht viel zu viel von sich preisgegeben gegenüber einem Menschen, den sie erst vor Kurzem kennengelernt hatte?

Oliver legte ihr einen Arm um die Schulter und drückte sie sanft. Joy konnte seinen Herzschlag spüren. Es fühlte sich schöner an, als sie sich jemals hätte vorstellen können. Für einen kurzen Augenblick erlaubte sie sich, die Geborgenheit in Olivers Umarmung zu genießen. Ihre Augen versuchten, die Regenschwaden zu durchdringen, doch Port Willis war nur noch ein verschwommener Fleck hinter einem undurchdringlichen Wasservorhang. Nun gab es nur noch sie, Oliver und diesen Leuchtturm.

Ein Zufluchtsort mitten im Sturm.

Sie seufzte. »Das Verrückte an der Sache ist – ich bin durchaus in der Lage zu erkennen, dass sich die schlimmen Dinge, die in meinem Leben passieren, im Nachhinein oft als Segen herausstellen. Mein Verstand sagt mir, dass der Regen gleichermaßen auf böse und gute Menschen fällt. Dass unsere Wahrnehmung von Lebensstürmen nicht objektiv ist. Wir sehen darin nur Chaos und Zerstörung – den Schaden, den sie anrichten, die Art und Weise, wie sie unsere Pläne bedrohen. Doch bringen Feuer und Wasser nicht auch Leben hervor? Neuanfang? Verjüngung?« Joy schüttelte den Kopf. »Doch diesmal ... Ich glaube, ich bin nicht einverstanden mit dem, was Gott mit meinem Leben vorzuhaben scheint.«

Oliver umfasste ihre Schultern fester und legte sein Kinn auf ihren Scheitel. Schweigend standen sie so da, während die Sekunden verstrichen, und Joy verlor sich ganz und gar in diesem Moment. Olivers ruhige Atemzüge schienen ihr Halt zu geben, während draußen der Sturmwind nach und nach abflaute.

»In dem Nebel, der uns umgibt, kann keiner erkennen, wohin sein Weg ihn führen wird«, sagte Oliver schließlich. »Es bleibt uns nur, einen Schritt nach dem anderen zu tun ...«

»... und darauf zu vertrauen: Das Licht wird uns ans Ziel führen«, beendete Joy seinen Satz und hob ihren Kopf, um Oliver anzusehen. »Ein Zitat aus *Wenn die Nebel fallen*. Einer meiner Lieblingsfilme.« Durch Zufall war sie vor langer Zeit an einem Samstagnachmittag darüber gestolpert und hatte ihn sich hinterher direkt auf DVD zugelegt. Die Geschichte handelte von zwei Menschen, die sich ineinander verlieben und sich dann in verfeindeten Lagern eines Krieges wiederfinden.

»Was für ein Zufall, mir sind die Worte ebenfalls im Gedächtnis geblieben – obwohl ich den Film nur einmal gesehen und ihn leider nicht in meiner Sammlung habe!« Oliver löste seine Arme von ihren Schultern und sah ihr direkt in die Augen. »Verrückt, dass du ihn auch kennst!«

»Wollte ich auch gerade sagen!«

»Dieser Satz bedeutet mir eine Menge«, meinte Oliver gedankenverloren.

Joy hatte sich ihm geöffnet, aber das hieß nicht automatisch, dass sie das Gleiche nun von ihm erwartete. Ihren Klientinnen gegenüber hatte sie immer eine besondere Verpflichtung empfunden, sobald diese ihr ihre Geschichte anvertraut hatten. Und sie wusste, dass seine Antwort auf ihre nächste Frage ihr das Herz brechen könnte. Dennoch stellte sie sie:»Warum?«

»In meinem Leben hat es Zeiten gegeben, in denen ich einfach nicht wusste, welchen Weg ich einschlagen sollte«, erzählte er, ohne zu zögern.»Ich stellte alles infrage – von meinen Beziehungen, die mich immer weiter von Gott wegführten, bis hin zu beruflichen Entscheidungen, denen ich ängstlich auswich. Mein erstes Unternehmen habe ich deswegen in den Sand gesetzt. Ich habe Jahre gebraucht, um wieder in die Spur zu kommen, doch heute habe ich Dutzende von Mitarbeitenden, die darauf vertrauen, dass ich Führungsstärke zeige. Ich trage eine große Verantwortung, die ich wirklich nicht auf die leichte Schulter nehme. Und nach wie vor weiß ich nicht immer, in welche Richtung ich weitergehen soll. Doch ich habe mir geschworen, dass ich meiner Angst nie wieder erlauben werde, alles zum Stillstand zu bringen.« Sein Adamsapfel hüpfte, als er schluckte.

Unglaublich. Sie schmolz förmlich dahin. Noch nie in ihrem Leben war ein Mann ihr so aufgeschlossen und vertrauensvoll begegnet, geschweige denn so schnell. Was geschah da mit ihnen?

Joy überlegte, wie sie auf diesen Vertrauensbeweis reagieren sollte. Ein einfaches Dankeschön erschien ihr fehl am Platz. Sollte sie ihn nicht vielmehr bitten fortzufahren, weil sie spürte, dass es da noch etwas gab, was er ihr erzählen wollte? Aber wenn sie sich ihm schon jetzt derartig nah fühlte, was würde es mit ihr machen, wenn sie noch mehr über ihn erführe, über seine Gedanken, seine Gefühle? Vor allem mit der Perspektive, dass sie in wenigen Tagen wieder getrennte Wege gehen würden?

Joy trat etwas zurück.»Oliver, ich …«Sie presste ihre Lippen aufeinander.»Danke, dass du gekommen bist. Und dass du mir zugehört hast. Doch jetzt wäre es besser, wenn wir zurückgehen.«

Rechtzeitig zur Dämmerung war die Sonne wieder am Abendhimmel aufgetaucht, als ob es nie einen Gewittersturm gegeben hätte.

Auf Olivers Stirn erschienen Falten, trotzdem nickte er. Er folgte ihr die Treppe hinab, sie passierten die Türschwelle und traten ins Licht.

Während sie schweigend den Weg ins Städtchen zurücklegten, ging Joy eine Frage durch den Kopf: Warum beunruhigte sie gerade der Sonnschein mehr als der Regen?

Kapitel 7

Sophias Gästezimmer lag im hinteren Bereich ihres kleinen Hauses. Trotzdem konnte Joy die Türglocke hören, deren aufgepeppte Version von *Jingle Bells* durch den Hausflur und unter ihrer Tür hindurch dudelte.

In wenigen Minuten sollte der Junggesellinnenabschied beginnen.

Sie nahm einen tiefen Atemzug und drückte auf »Senden«, bevor sie Gefahr laufen konnte, ihre Meinung zu ändern. Prompt poppte die Sendebestätigung auf.

Sie haben den Suchauftrag für Jobs in Ihrer Region erfolgreich aktiviert!

Joy lehnte sich zurück an das Kopfende ihres Bettes, klappte ihren Laptop zu und legte ihn auf ihren ausgestreckten Beinen ab. Auch wenn sie keine Ahnung hatte, wohin der Versuch, neue Wege einzuschlagen, führen würde, so hatte sie immerhin Sophias Ratschlag befolgt. Und nun wollte sie ausprobieren, wie es sich anfühlte, endlich wieder etwas Spaß zu haben.

Im Hochgefühl neu erwachender Energie schubste sie ihren Laptop auf die weiche Matratze und sprang auf. Mit einem kurzen Blick in den Spiegel überzeugte sie sich, dass ihre senfgelbe, hochtaillierte Hose im Cigarette-Pants-Schnitt und der Strickpullover mit dem Chevron-Muster keine Knitterfalten aufwiesen. Sie legte ihre grünen Lieblingscreolen an, schlüpfte in ein Paar roter Pumps und eilte die Treppe hinunter.

In der Küche sprach Sophia gerade freudig-aufgeregt mit einer großen brünetten Frau, die eine Reisetasche in ihren Armen hielt.

Joys Schuhe, die über die hölzernen Dielen klapperten, kündigten sie an und beide Frauen wandten sich zu ihr um, als sie eintrat.

Auf dem Gesicht der Braunhaarigen, deren blaues Sweatshirt die Aufschrift *London Culinary Institute* trug, breitete sich nun ein Grinsen aus, das den ganzen Raum zu erhellen schien, während sie ihre Tasche abstellte und den Küchentisch umrundete. »Joy!«

Angesteckt durch die herzliche Fröhlichkeit der Frau, lachte Joy sie an. »Es ist so schön, dich endlich persönlich zu treffen, Ginny!«

Sie umarmten sich wie zwei gute alte Freundinnen. Dass sie über den Ozean hinweg Kontakt zueinander gefunden hatten, hatten sie Sophia zu verdanken.

Die Braut in spe warf nun ihre Arme um sie beide und erweiterte das Ganze zu einer Gruppenumarmung. »Ich bin so froh, euch hier bei mir zu haben.«

Sie lösten sich voneinander und Ginny hüpfte in ihren violetten Chucks glücklich auf und ab. »Ich bin so was von froh, diesen letzten Lehrgang hinter mir zu haben.«

»Du bist also bald fertig mit deiner Ausbildung? Was bist du dann? Patissière, stimmt's?« Auf dem Küchentresen hatte Joy verschiedene Snacks angerichtet, die bei einem Mädelsabend nicht fehlen durften. Aus einer Schale mit Salzgebäck fischte sie sich eine Handvoll Minibrezeln heraus. Nun warteten sie nur noch auf Mary, die dritte Brautjungfer, deren Familie Sophias Lieblingspub im Ort betrieb. Danach standen ein gemeinsames Essen und schließlich ein langer Filmeabend auf dem Programm. Joy und Ginny hatten zwar ursprünglich an eine größere Party gedacht, doch alles, was Sophia wollte, war ein ruhiger Abend mit ihren besten Freundinnen.

Ginny steckte sich ein Stück türkischen Honigs in den Mund. »Yep. Bin tatsächlich grade erst fertig geworden, muss aber noch ein dreimonatiges Praktikum hinter mich bringen, das im Januar beginnt. Dann bin ich mit allem durch und meiner Karriere sind keine Grenzen mehr gesetzt.«

»Ich bin echt stolz auf dich«, meinte Sophia und fiel ihr um den

Hals. »Wenn du erst mal fertig bist mit allem, werden wir dich hier öfter zu Besuch haben, was?«

»Das würde ich mir jedenfalls wünschen. Ich kann's kaum erwarten, mein Leben endlich nach meinen Träumen zu gestalten.« Ginny kaute auf ihrem Honigstück herum und lehnte sich an den Tresen.

»Und wie wird das aussehen?« Knirschend zersplitterten die Minibrezeln in Joys Mund und das Salz betäubte fast ihre Geschmacksnerven.

»Ich würde gerne meine eigene Bäckerei aufmachen. Damit könnte ich allein bestimmen, wohin die Reise im kreativen Teil meiner Arbeit geht. Außerdem habe ich bereits Erfahrung im Betreiben eines Geschäfts.« Sie zuckte mit den Achseln. »Das wäre einfach ideal!«

Sophia seufzte. »Ich habe versucht, sie davon zu überzeugen, das Ganze hier in Port Willis in die Tat umzusetzen. Die Töpferei nebenan macht zu, weil der Besitzer in Rente geht, und diese Räumlichkeiten wären perfekt.«

Ginny griff nach einer Serviette und legte ihren Kopf in den Nacken. »Und das klingt auch alles wunderbar, ehrlich, aber ich bin mir einfach nicht sicher, wie genau meine Zukunft aussehen soll, und ich möchte mich nicht schon jetzt so festlegen und eingrenzen.« Sie wischte sich ihre klebrigen Finger ab.

»Du willst damit sagen, du weißt nicht, wie es mit Steven weitergeht. Ist es nicht so?« Sophia stupste Ginny in die Seite. »Du hattest versprochen, mich in dieser Sache auf dem Laufenden zu halten, Madame, doch ich habe kein Sterbenswörtchen mehr von dir gehört, seit du zum letzten Mal hier warst.«

»Und wann war das?« Joy beobachtete die beiden Frauen, sah die Leichtigkeit in ihrem Umgang miteinander und spürte auf einmal, wie ein unangenehmes Gefühl sie beschlich. Sie war nicht eifersüchtig, im Gegenteil, sie freute sich für sie, eher bedrückte sie eine gewisse Wehmut, weil sie wusste, dass sie diesen Ort bald verlassen musste, während die beiden hierbleiben konnten.

Die Welt wartete auf sie. Sie hatten die richtigen Wege eingeschlagen und waren dadurch verändert worden. Sie waren frei. Das wünschte sich Joy ebenfalls. Auch wenn sie glaubte, es nicht zu dürfen. Genau diese Freiheit würde sie daran hindern, ihrer großen Verantwortung gegenüber ihren Eltern nachzukommen. Einer Verantwortung, die ein großes Opfer rechtfertigte.

Plötzlich musste sie daran denken, wie Oliver ihr am Vorabend im Leuchtturm seinen Arm um die Schulter gelegt hatte. Ohne zu zögern, wischte sie das Bild zur Seite.

»Im September.« Ginny stieß sich von der Theke ab, machte einige wenige Schritte – das Cottage war keine hundert Quadratmeter groß – und ließ sich auf dem zartblauen Sofa nieder.

Braut und Trauzeugin folgten ihr in das Wohnzimmer und Joy stellte überrascht fest, dass in diesem Raum, abgesehen von einem Christbaum in einer Ecke, jeglicher Weihnachtsschmuck fehlte. Anscheinend hatte Sophia ihre komplette Deko für die Ausgestaltung der Buchhandlung eingesetzt.

»Ich hätte es dir schon mitgeteilt, wenn es etwas Neues gegeben hätte. Steven hat mich im Verlauf des letzten Jahres ein paar Mal in London besucht und ich bin hierhergekommen. Aber ich weiß einfach nicht … Ich habe ihn schon gern, etwa so wie …« Ginny verzog ihre Lippen zu einem schiefen Grinsen und legte ihre Stirn in Falten. »Keine Ahnung. Ach Mädels, vielleicht liebe ich ihn ja auch. Etwa so wie Schokochips sich besonders gut mit Keksteig verstehen. Doch ich hatte so viel zu tun und ganz ehrlich, ich habe auch ein bisschen Angst. Ich will ihn nicht mit Garrett vergleichen, doch ich möchte die Fehler, die ich mit ihm gemacht habe, trotzdem nicht wiederholen.«

Sophia drückte Ginnys Hand. »Du hast recht. Steven ist nicht wie dein Ex-Ehemann. Und du bist auch nicht mehr die Frau, die du warst, als ich dich das erste Mal traf. Du weißt, was dir nicht guttut – dennoch solltest du deine Ängste ein für alle Mal überwinden. Er ist ein guter Mann und bin mir sicher, dass er dich liebt.«

»Ja, ich weiß.« Ginny fingerte an ihrem Pferdeschwanz herum. »Zu Weihnachten verbringe ich etwas Zeit mit ihm und seiner Familie. Dann werden wir ja sehen, was sich daraus entwickelt. So oder so – ich werde mich irgendwann entscheiden müssen, was ich will. Wenn ich wieder nach Port Willis ziehe, dann möchte ich das um meinetwillen tun, nicht seinetwegen.«

Joy empfand so etwas wie Bewunderung für die Stärke der Frau, die da vor ihr stand. »Ich denke, du handelst klug, wenn du nichts überstürzt.«

Ein schwaches Lächeln huschte über Ginnys Gesicht. »Danke. Entschuldige Sophia, aber ehrlich gesagt hatte ich ein bisschen Panik vor der Zeit hier. Sosehr ich mich freue, dabei zu sein, wenn ihr vor den Altar tretet, so gut kenne ich Steven. Wir werden reden müssen. Und dann ist da noch das Wiedersehen mit Garrett. Seine neue Frau kommt sicher auch mit …«

Sophia nickte und Ginny zog eine Grimasse. »Natürlich, das verstehe ich. Trotzdem bin ich echt froh, dass Garrett sich wieder mit William versöhnt hat. Es ist wichtig für ihn, dass sein Bruder bei der Hochzeit dabei ist, erst recht, da sie ja keine Eltern mehr haben. Du hättest unsere Einladung ausschlagen können und ich hätte dir das nicht verübeln können. Umso mehr bedeutet es mir, dass du hier bist.«

»Aber klar, Süße. Du bist doch meine beste Freundin und William war fünf Jahre lang mein Schwager. Ich habe euch beide lieb.« Ginny stöhnte und streckte sich. »Doch genug von mir. Wie geht es euch denn? Wie steht's um die Vorbereitungen für den großen Tag?«

Nun entspann sich eine Diskussion über die Frage, ob die Farbe der Rosen in Sophias Hochzeitsstrauß zur Tischdekoration passen sollte. Mitten in das Gespräch hinein summte Joys Handy. Sie las die Textnachricht. »Mary hat sich gemeldet. Sie wird sich verspäten und stößt dann im Restaurant dazu. Gehen wir?«

Ginny sprang auf, stopfte sich noch eine süße Leckerei in den Mund und nuschelte mit vollem Mund: »Habt ihr was dagegen, wenn ich mich noch bisschen frisch mache?« Sie warf einen kritischen Blick auf Sophia und Joy. »Neben euch beiden sehe ich ziemlich abgewrackt aus.«

Sophia lachte. »Tust du nicht. Aber mach ruhig. Wir haben keine Eile.«

»Nur fünf Minuten. Ich bin gleich wieder zurück.« Ginny griff nach ihrer Tasche und verschwand im Hausflur.

Joy stand auf und ging in die Küche. Ginnys Vergleich mit dem Schokoladengebäck hatte sie hungrig gemacht. Passend dazu nahm sie sich eine Schachtel mit Nougatkeksen und riss sie auf. »Ich mag Ginny sehr.«

»Das freut mich mehr, als du ahnst.« Sophia folgte ihr und kletterte auf einen der Barhocker, die am Küchentresen standen. »Du, Ginny und Mary – ihr seid neben meiner Familie meine absoluten Lieblingsmenschen. Wie sollte ich ohne euch mit meinem Leben klarkommen?«

»Ja, wir sind schon toll, was?« Joy hielt Sophia die Kekspackung hin, die jedoch gedankenverloren abwinkte. »Was ist?«

Ihre Freundin warf ihr einen forschenden Blick zu. »Du warst eben sehr still.«

»Ich habe einfach nur zugehört, mich zurückgelehnt und darüber nachgedacht, wie all diese Puzzlestücke zusammenpassen.«

»Ja, aber das hast du nur auf der Arbeit immer so gemacht. Das war nicht die Joy, die ich kenne. Sonst bist du immer die Erste, die sich in ein Gespräch stürzt.« Sophia biss sich auf die Lippe. »Hattest du das Gefühl, dass wir dich mit unserem Gerede über Liebe und Beziehungen ausgeschlossen haben?«

»Oh nein, Sophia, natürlich nicht!« Joy steckte eine Hand in die Schachtel und raschelte darin herum. Schließlich förderte sie mit einem triumphierenden Lächeln einen unbeschädigten Keks zutage und biss hinein. So lecker! Sie seufzte genüsslich.

»Bist du dir da sicher? Ich kenne dich doch, du gibst dich immer so cool und unabhängig, aber fühlst du dich nie ...?« Sophia zuckte die Achseln.

»Einsam?«

»Hm, ja?«

Joy kaute und schluckte. »Schau mal, ich bin wirklich zufrieden mit meinem Leben, so wie es ist. Das habe ich dir auch schon tausendmal gesagt. Ich habe kein Problem damit, Single zu sein – ich mag es sogar. Ich bin frei zu tun, was immer ich möchte. Ich liebe meine Unabhängigkeit.« Noch während sie sprach, schien ihr die Ironie, die in diesen Worten steckte, eine Ohrfeige zu verpassen. Gleichzeitig war es die Wahrheit. Sie wäre nie und nimmer in der Lage gewesen, ihr altes Leben so leicht aufzugeben und ihren Wohnort ans andere Ende des Landes zu verlegen, um bei ihren Eltern zu sein, wenn sie einen Partner und vielleicht sogar Kinder gehabt hätte. »Und überhaupt. Ich bezweifle, dass ich einen Mann finden könnte, der mit all meinen Macken zurechtkommen würde. Ich habe mir da so einiges angewöhnt. Zum Beispiel bleibe ich gerne lange auf und schaue an einem Abend *Dr. Who* und am nächsten *Stolz und Vorurteil*. Ich bin eine seltsame Mischung aus Althergebrachtem und Modernem und genau so mag ich es. Der Kerl, der aus mir schlau wird, muss erst noch geboren werden. Und ich habe nicht die Absicht, mich zu ändern. Deshalb denke ich, dass ich besser dran bin, wenn ich bleibe, wie ich bin – eine gute Freundin und Unterstützerin für die Menschen, die mich brauchen. Das ist meine Stärke und ich liebe diese Rolle. Punkt.«

Sophia sah nicht überzeugt aus. »Und was ist mit Oliver?«

»Was soll mit ihm sein?«

Mehr Kekse. Sie brauchte dringend mehr Kekse. Ihre Finger angelten in der Packung und sie schob sich ein angeknackstes Stück in den Mund. Dieses Mal schmeckte die Schokolade bitter.

Sophia rutschte von ihrem Hocker, nahm Joy die Schachtel weg und zog eine Augenbraue hoch. »Das habe ich mir gedacht.«

Kapitel 8

Um acht Uhr morgens aufzustehen, fühlte sich definitiv zu früh an. Vor allem, nachdem es am Vorabend richtig spät geworden war. Doch Joy konnte nicht mehr schlafen. Sie tapste über die Holzdielen barfuß aus dem Gästezimmer hinunter in die Küche. Ein köstlicher Kaffeeduft zog bereits durch den Flur. Entweder war Sophia schon wach oder die Zeitschaltuhr hatte die Kaffeemaschine in Gang gesetzt.

Als sie um die Ecke bog, sah sie Ginny, die am Tresen saß und an einem Kaffeebecher nippte. Nach vorne gebeugt kauerte sie auf ihrem Stuhl, die Stirn in tiefe Falten gelegt, und starrte aus dem kleinen Küchenfenster. Das Morgenlicht, das den Raum erfüllte, war so schwach, dass Joy sich auf einen wolkenverhangenen Tag einstellte.

Sie räusperte sich dezent.

Ginny fuhr hoch und drehte sich mit weit aufgerissenen Augen zu ihr um. »Oh, Joy. Hey.«

»Morgen.« Joy umrundete die Theke, trat an die Kaffeemaschine und nahm sich eine Tasse vom Regal darüber. »Hast du gut geschlafen?«

»Leider nicht wirklich.«

Joy schenkte sich ein und nahm einen ersten Schluck. *Ahhh.* Das half, die Dinge klarer zu sehen. »Aus einem besonderen Grund?« Sie selbst war gegen drei Uhr morgens ins Bett gefallen, nachdem sie in einem bezaubernden kleinen Fischrestaurant ein reichhaltiges Essen zu sich genommen, dann zwei Liebeskomödien gesehen und schließlich noch lange gequatscht hatten, bis sie irgendwann so müde gewesen waren, dass sie fast nur noch herumgekichert hatten.

»Oh, nichts Außergewöhnliches. Nur das übliche ›Was-fange-ich-danach-nur-mit meinem Leben-an?‹«

»Ach so, also wirklich nichts von Bedeutung.« Joy stand Ginny gegenüber an die glänzende Granitplatte der Küchentheke gelehnt und grinste sie an.

»Ja.« Ginny runzelte die Stirn. »Warum bist du schon so früh auf den Beinen?«

»Aus ungefähr dem gleichen Grund.« Joy nahm einen weiteren Schluck und erzählte dann von ihrer Mutter, ihrem Vater, den Überlegungen, ihre Arbeit wieder aufzunehmen – sie hatte in den letzten zwölf Stunden bereits fünf Stellenangebote erhalten –, und sogar von den Schuldgefühlen, die sie angesichts ihrer langen Abwesenheit plagten. Fast hätte sie auch Oliver erwähnt, brach dann aber unvermittelt ab. Diese Sache war nicht vergleichbar mit Ginnys Beziehung zu Steven. Joy brauchte kein Mitleid. Eigentlich war es lächerlich, auch nur darüber nachzudenken.

Ginny und Steven würden zueinanderfinden, das war für alle außer die beiden offensichtlich. Am gestrigen Abend war er an ihrem Tisch aufgetaucht, hatte Ginny zur Begrüßung kurz umarmt und ihr einen Kuss auf die Wange gedrückt. Mit dem Feuer, das sie füreinander gefangen hatten, hatten die Flammen, die in dem großen Kamin in der Ecke des Pubs züngelten, nicht mithalten können.

Joy und Oliver jedoch … Selbst wenn sie versuchte zu ergründen, ob sich da etwas zwischen ihnen entwickeln könnte – es würde nirgendwohin führen.

»Du wirst dir über alles klar werden, Ginny. Du bist klug und begabt und Steven ist ein toller Mann, der dich unterstützt und immer nur das Beste für dich will.«

Ein Lächeln breitete sich über Ginnys Gesicht aus. »Du hast recht. Danke Joy. Ich bin so froh, dass du da bist. Kannst du heute für mich beten? Steven und ich wurden von seinen Eltern zum Mittagessen eingeladen und zum Abendessen gehe ich mit ihm in ein schickes Restaurant. Wir haben einiges zu besprechen.«

Joy nahm sie in die Arme. »Auf jeden Fall.«

»Oha! Warum umarmen wir uns denn schon wieder?« Sophia stand in der Küchentür und grinste.

Die beiden lösten sich voneinander und Ginny lachte. »Ich habe nur eine kurze Therapieeinheit gebraucht und Joy war so nett, meinen Wunsch zu erfüllen.«

Es hatte gutgetan, für sie da sein zu können. »Ich höre gerne zu.« Sie sah Sophia erwartungsvoll an. »Also – was steht heute im Terminkalender?«

Sophia zog sich einen Kaffee, nahm sich einen Schokoladenkeks und ließ sich am Küchentisch nieder. »Ich habe geplant, den Buchladen ab zehn Uhr für ein paar Stunden zu öffnen. Da es das Wochenende vor Weihnachten ist, sollte ich das machen, denke ich.«

»Ergibt Sinn. Und was ist meine Aufgabe?«

»Stell dir vor, William hat angeboten, den Ladendienst für mich zu übernehmen, ist er nicht süß? Darum habe ich mir gedacht, wir beide könnten damit beginnen, die ersten Umzugskisten zu packen.« Sophia plante, nach der Hochzeit zu William zu ziehen, weil dessen Haus mehr Platz bot. Sie hoffte, ihr Cottage nach der Rückkehr aus den Flitterwochen im Laufe des neuen Jahres vermieten zu können. »Es wären zwar noch ein paar letzte Besorgungen zu erledigen, doch die meisten Geschäfte sind heute zu.«

»Hört sich gut an.«

»Bis zu meiner Essenseinladung kann ich auch helfen.« Ginny nahm einen letzten Schluck Kaffee und hüpfte von ihrem Stuhl. »Ach und übrigens, ich bin so neugierig auf dein Hochzeitskleid, ich könnte platzen. Wäre jetzt nicht ein guter Zeitpunkt für eine kleine Modenschau?«

»Au ja!« Joy klatschte in die Hände. »Super Idee.«

»Es ist ein kleines Kunststück, da hineinzukommen. Ich werde eure Hilfe brauchen.«

»Das ist eine Generalprobe für deinen großen Tag.«

Sophia fuhr sich mit der Hand durch die Haare und quietschte. »In sechs Tagen bin ich Mrs William Rose. Könnt ihr das glauben?« Sie sprang auf. »Also los, schauen wir es uns mal an.«

Sie folgten ihrer Freundin durch den Flur in ihr Schlafzimmer. Sophia hatte den Raum ganz und gar in zarten Farben dekoriert. Weiß, Rosa und Lindgrün dominierten die Einrichtung. Das Kingsize-Bett bedeckte ein Quilt mit einem geschmackvollen Blumenmuster und auf dem Schminktisch im Shabby-Chic-Stil stand eine Vase mit Rosen, die in einem seidigen Pink leuchteten. An der Tür des Wandschranks hing ein großer weißer Kleidersack, der fast bis zum Boden reichte.

Sophia griff die Hülle am Bügel und hob sie auf das Bett. Ein leuchtend gelbes Schild am oberen Ende wies den Inhalt als Eigentum von »S. Barrett« aus.

Mit leuchtenden Augen wandte sie sich Joy und Ginny zu. »Bereit?«

»Und wie!« Ginny rang in vorfreudiger Erwartung ihre Hände.

Langsam öffnete Sophia den Reißverschluss – und erstarrte.

»Stimmt was nicht?« Joy trat näher heran. Hatte sie einen Fleck entdeckt? Doch das mit weißen Perlen besetzte Mieder – für Sophias Verhältnisse auffallend tief dekolletiert – und der fließende Rock aus Seiden-Georgette waren vollkommen unversehrt. Dennoch kamen Sophia die Tränen und sie schüttelte den Kopf.

»Was ist denn, Liebes?« Joy legt ihren Arm um die Schulter ihrer Freundin.

Sophia gab sich einen Ruck, deutete auf den Sack und seinen Inhalt und seufzte: »Das ist nicht mein Kleid.«

»Wie meinst du das?«

»Meins hat Flügelärmel, einen Herzausschnitt, wunderschöne Stickereien und ganz viel Tüllspitze. Das hier« – wieder zeigte sie auf das Bett – »ist ein ganz anderes.« Ihr Atem ging immer schneller.

»Hier, jetzt setz dich erst mal hin.« Sanft entzog Joy Sophia den Kleidersack und bedeutete ihr, sich auf die Bettkante zu setzen.

»Du rufst einfach bei dem Brautmodengeschäft an, informierst sie, dass sie da was verwechselt haben, und bestehst darauf, dass sie dir dein Kleid auf dem schnellsten Weg zuschicken.«

»Die sitzen in London.«

»Egal, auf jeden Fall ist es ihr Fehler, oder?«

Sophia nickte und Joy fuhr fort: »Die finden sicher einen Weg, wie sie dir das Kleid innerhalb eines Tages zukommen lassen. Es bleibt noch genug Zeit, um das in Ordnung zu bringen. Alles wird gut.«

Sophia atmete hörbar aus und öffnete langsam ihre geballten Hände. »Du hast recht. Habt ihr mein Handy gesehen?«

Ginny entdeckte es auf der Kommode und gab es ihr.

»Danke.« Sophia suchte die Telefonnummer heraus, wählte und stand wieder auf, um im Zimmer auf und ab zu gehen. Nach einiger Zeit des Wartens legte sie auf. »Es klingelt und klingelt, aber keiner nimmt ab. Man hat auch keine Möglichkeit, eine Nachricht zu hinterlassen.«

»Vielleicht schicken wir ihnen eine E-Mail?«, schlug Joy vor.

»Es ist nur ein ganz kleiner Laden, ich kann mir kaum vorstellen, dass sie eine Internetseite betreiben. Ich habe ihn zufällig bei einer Einkaufstour durch die Londoner Boutiquen entdeckt.« Sophia rieb sich die Stirn. »Mir bleibt nichts anderes übrig, als weiterhin anzurufen und darauf zu hoffen, dass sich bald jemand meldet.«

»Okay. Wir fangen einfach mit dem Packen an und du rufst alle zehn Minuten dort an und betest, dass du jemanden erreichst.« Joy zog den Reißverschluss hoch, trat an den Schrank und blickte mit skeptischem Blick nach oben. Dann drehte sie sich auf dem Absatz um und meinte: »Tut mir leid, aber da hier kein Stuhl greifbar ist, wird das wohl eine von euch übernehmen müssen.«

Ginny schnappte sich den Sack und hängte ihn wieder an seinen Platz.

Die folgenden Stunden verbrachten die drei damit, die Sachen in Sophias Schlafzimmer zu verpacken. Zwischendrin verabschiedete sich Ginny und der Tag ging langsam in den Nachmittag über. Sophias Versuche, die Boutique zu erreichen, scheiterten allesamt und mit jedem unbeantworteten Anruf sank ihre Zuversicht. Das konnte ihre Freundin jetzt wirklich nicht gebrauchen. Während Joy sich langsam zur Rückwand des Kleiderschranks vorarbeitete, nahm in ihrem Kopf ein Plan Gestalt an. Sie verstaute ein Paar schwarzer Ballerinas in einem Umzugskarton, daneben legte sie Sandalen, die mit roten Strassperlen besetzt waren, und eins weiter platzierte sie die weißen Keilschuhe.

»Du hast doch was vor, oder?«, fragte Sophia aus der gegenüberliegenden Ecke des Raumes.

Joys Freundin kannte sie einfach zu gut. »Ich könnte selbst nach London fahren und zu dem Brautmodengeschäft gehen. Dann wüssten wir wenigstens, woran wir sind, und können sicherstellen, dass alles klappt.«

Sophia, die gerade stapelweise Hausanzüge und Sweatshirts in eine Schachtel legte, hielt inne. »Das wäre tatsächlich eine gute Idee, aber wie willst du dorthin kommen?«

»Für so was gibt's doch GPS. Damit krieg ich das hin.«

»Und der Linksverkehr? Ich habe Monate gebraucht, um mich daran zu gewöhnen. Für die Fahrt nach London braucht man außerdem etwa fünf Stunden.«

»Ich habe zahllose lange Autofahrten hinter mir.« Der Gedanke daran, auf der linken Seite der Straße fahren zu müssen, machte Joy zwar leicht nervös, stellte in ihren Augen aber kein unüberwindliches Problem dar. »Du musst mir allerdings dein Auto leihen.«

Sophia machte ein nachdenkliches Gesicht, wandte sich dem Schrank zu und starrte das Kleid an. »Eigentlich sollte ich diejenige sein, die fährt.«

Joy schob ein Paar Stiefeletten zur Seite, ging zu Sophia hinüber und legte ihr die Hand auf den Arm. »Da ist ein Buchladen, um den du dich kümmern musst, und es gibt auch noch ein paar letzte Details in der Hochzeitsplanung, die nur du klären kannst. Es macht mir wirklich nichts aus, ich bin doch hier um zu helfen. Lass mich fahren.«

»Ich rufe William an und frage, was er denkt.« Sophia nahm ihr Smartphone wieder zur Hand und drückte die Kurzwahl ihres Verlobten.

Während sie telefonierte, ging Joy in die Küche und holte sich eine Flasche Mineralwasser aus dem Kühlschrank. Sie entfernte den Kronkorken und genoss das Gefühl, als das frische Wasser ihre ausgetrocknete Kehle hinunterlief. *Wer hätte das gedacht, dass man mitten im britischen Winter so ins Schwitzen geraten kann?*

Wenige Augenblicke später kam Sophia zu ihr in die Küche. Sie legte ihr Handy auf den Tresen. »Laut William sagt der Wetterbericht Schneefall für London und Umgebung voraus. Vielleicht gibt es sogar einen Wintersturm. Die Straßenverhältnisse könnten grenzwertig werden. Wir halten es beide für keine gute Idee, dich loszuschicken.«

»Aber …«

»Zumindest nicht allein.« Sophia neigte ihren Kopf und ihr Gesicht nahm einen verschwörerischen Ausdruck an. »Du kannst natürlich Nein sagen, Joy, aber als ich anrief, war Oliver gerade bei William. Er hat angeboten, mit dir zu fahren. Seiner Tante geht es wohl etwas besser, und falls ihr euch morgen früh auf den Weg macht, wäre sie durchaus in der Lage, den Laden einen Tag lang selbst zu schmeißen.«

Ein ganzer Tag mit Oliver? Nur er und sie? Als sie den leichten Schauer spürte, der ihr bei diesem Gedanken über den Rücken lief, ärgerte sie sich über sich selbst. Er war nichts weiter als ein guter Freund. Ein netter, ungewöhnlich einfühlsamer Freund, der …

Halt, Joy. Denk nicht mal dran!

Anscheinend hatte sie mit ihrer Antwort zu lange gezögert, denn Sophia schüttelte bereits den Kopf. »Kein Problem, ich versuche weiter, jemanden ans Telefon zu kriegen.«

»Ich werde fahren, Sophia. Du brauchst unbedingt dein Hochzeitskleid, das steht fest. Und ich für meinen Teil möchte mich nicht darauf verlassen, dass das Geschäft eine rechtzeitige Lieferung hinkriegt.« Joy machte eine Pause und dachte nach. »Olivers Angebot, mich zu begleiten, ist wirklich sehr nett. Ich denke, um eine sichere Fahrt zu haben und um deine Nerven zu schonen, werde ich es annehmen.«

Kapitel 9

Zwanzig Stunden später stand Joy mit einem triumphierenden Lächeln vor dem Schaufenster des Brautmodengeschäfts. In der Hand hielt sie Sophias Kleid und vier 50-Pfund-Noten als Aufwandsentschädigung.

Oliver folgte ihr zum Auto und pfiff durch die Zähne. »Ich bin immer noch ganz begeistert davon, wie du deine Beschwerde vorgetragen hast, ohne auch nur ein einziges Mal die Stimme zu erheben oder grob zu werden.« Er machte die Hintertür seines silbergrauen SUVs auf, nahm Joy den Kleidersack ab und legte ihn vorsichtig auf die Rückbank. »Dazu braucht man Talent.«

Joy umrundete das Fahrzeug und öffnete die andere Hintertür. Sie beugte sich vor und zog das obere Ende des Sacks an sich, sodass das Kleid gerade über den Sitzen lag. »Es ist mir unbegreiflich, warum sie die Kleidungsstücke nicht sorgfältiger kennzeichnen. Wir können von Glück sagen, dass Samantha Barrett noch nicht Sophias Kleid bekommen hatte.«

»Wohl wahr.«

Sie schmunzelte. Gestern Abend hatte Sophia noch behauptet, dass er wohl eher zu den Introvertierten gehöre, doch Joy gegenüber war er während der Fahrt sehr gesprächig gewesen. Sie hatte erfahren, dass er für sein Leben gerne Sushi aß, Lachs aber verabscheute, dass er leidenschaftlich Kniffel spielte, ab und zu, wenn sein Terminkalender es zuließ, auf der Gitarre herumzupfte und dass es einer seiner Lieblingsbeschäftigungen war, im Hyde Park spazieren zu gehen und mit Rascal das Apportieren zu üben.

Als er Joy aber gebeten hatte, von sich zu erzählen, hatte sie zunächst nicht gewusst, was sie sagen sollte. Auch wenn sie sich selbst mochte, so fand sie sich nicht gerade interessant. Denn was wollte man von einer Person erwarten, die den größten Teil ihrer

Zeit damit verbrachte, bei ihren Eltern herumzuhängen? Schließlich hatte sie ihre Begeisterung für alles, was mit Kinofilmen zu tun hatte, mit ihm geteilt und auch, dass sie heimlich Fan der britischen Königsfamilie war. Als sie noch allein in Arizona gelebt hatte, war sie extra aufgeblieben, um die Hochzeiten von William und von Harry im Livestream zu verfolgen.

Selbst Sophia hatte sie nichts davon erzählt, weil sie fürchtete, ihre Freundin würde sie daraufhin gnadenlos damit aufziehen.

Ihr Interesse hatte noch einen anderen Hintergrund: Eine ihrer allerersten Erinnerungen galt der Hochzeit von Prinzessin Diana, die sie in den frühen Morgenstunden zusammen mit ihrer Mom eingekuschelt auf dem heimischen Sofa erlebt hatte.

Jedenfalls war die Zeit, die Joy mit Oliver im Auto auf dem Weg nach London verbracht hatte, fast schon zu schön gewesen, um wahr zu sein.

Sie setzten sich wieder ins Auto. Oliver startete den Motor und warf ihr einen unternehmungslustigen Blick zu. »Wo soll's jetzt hingehen?«

»Na, wohin wohl? Sophia braucht ihr Kleid.« Warme Luft drang aus den Lüftungsschlitzen und Joy streckte die kalten Hände aus, um sie davorzuhalten.

»Du willst mir doch wohl nicht erzählen, dass du die weite Reise nach London unternommen hast und nichts von den Sehenswürdigkeiten mitnehmen möchtest? Das geht einfach nicht.«

»Du kannst dir nicht vorstellen, wie gerne ich die Stadt erkunden würde. Hast du eine Ahnung, wie viele Filme ich gesehen habe, die hier in England spielen? Wie oft ich diesem Land schon einen Besuch abstatten wollte?« Sie konnte immer noch kaum glauben, dass sie in England war. Allerdings sah der Himmel heute sehr viel düsterer aus als in ihren Lieblingsfilmen und die Hinterlassenschaften schwerer Schneewolken zierten Dächer und Regenrinnen. Dennoch weckten die weißen Straßen und die mit bunten Lichterketten geschmückten Schaufenster in Joy das Gefühl, auf Ferienreise durch ein Wunderland zu sein. »Trotzdem müssen wir zurück nach Port Willis. Es gibt noch eine ganze Menge zu tun und Sophia braucht meine Hilfe.«

»Ich weigere mich zuzulassen, dass du in meine Heimatstadt kommst und nicht einen einzigen historisch bedeutenden Ort siehst.«

Dieser Mann konnte wirklich stur sein – sie aber auch. »Und was ist mit dem Wetter? Sophia meinte, die Chancen stünden gut, dass wir einschneien.«

Oliver nahm sein Smartphone und tippte eine Weile darauf herum. »Nun, es sieht so aus, als ob die Sturmwolken noch ein paar Stunden brauchen. Wir werden längst weg sein, wenn die hier eintreffen.« Er legte sein Handy zurück in die Ablage und schaute ihr direkt in die Augen. »Also, wie sieht's aus?«

Joy schnaubte. »Na gut, du hast gewonnen.«

Nicht viel später betraten sie Westminster Abbey. Begeistert nahm Joy all die Eindrücke in sich auf, die die jahrhundertealte gotische Kirche bot. Hier hatte so manche Krönungszeremonie stattgefunden, hier waren königliche Ehen geschlossen worden.

»Ich glaub, ich träume.« Sie strahlte Oliver an, der seine Hände tief in den Taschen seines grauen Trenchcoats vergraben hatte, und berührte ihn am Arm. »Danke, dass du mich überredet hast.«

Sie kauften Tickets für eine geführte Tour. Der Mann, der ihnen an die Seite gestellt wurde, war ein älterer Herr mit schütterem Haar und einer langen schwarzen Robe. Er zeigte und erklärte ihnen alles, was in diesem imposanten Gotteshaus von Interesse war, von den königlichen Gräbern bis zur »Poets' Corner«, wo viele berühmte Schriftsteller ihre letzte Ruhe gefunden hatten. Zu gern hätte Joy Fotos geschossen, doch das war nicht erlaubt. Sie tröstete sich mit dem Gedanken, dass sie dadurch die nötige Aufmerksamkeit hatte, zu betrachten, zu beten und diesen Ort zu genießen.

Sie erreichten das östliche Ende des Kirchenschiffs und der Guide führte sie weiter durch eine große Messingtür in die »Lady

Chapel«, die Marienkapelle. In seinen Brillengläsern spiegelte sich das Licht, das durch die wunderschönen Buntglasfenster fiel. Begeistert erklärte er ihnen die Besonderheiten der spätmittelalterlichen Architektur, die sich besonders im Fächergewölbe zeigten, das aus regelmäßig gebogenen Ästen zu bestehen schien und wirkte, als habe der Erbauer viele Fächer aneinandergereiht.

Joys Nacken schmerzte bereits, weil sie ihre Augen ausschließlich nach oben richtete, um Dutzende prachtvoll gestalteter Banner zu bewundern, die die Ritter des Bath-Ordens repräsentierten. Zwischen den Fahnen hatte man mehr als hundert Heiligenstatuen aufgestellt, die umfangreichste Sammlung bildhauerischen Schaffens der Tudorzeit. Unter den Flaggen standen zu beiden Seiten des Ganges lange Bankreihen aus dunklem Mahagoniholz und bildeten einen reizvollen Kontrast zum hellen Mauerwerk.

»Hier wurden fünfzehn Könige bestattet, darunter Mary Stuart und Elisabeth I.« Die Hände auf den Rücken gelegt schritt der Kirchendiener vor ihnen her durch die großzügig dimensionierte Kapelle.

Nun, da er sie erwähnt hatte, fielen auch Joy die zahlreichen Grabmäler ins Auge, die sich im ganzen Raum verteilten. Dem Eingang gegenüber am anderen Ende des Kirchenschiffs sah sie den steinernen Sarg mit den vergoldeten Bronzefiguren von Heinrich VII. und seiner Gemahlin. Das Marmorbildnis von Elisabeth I. stellte eine streng dreinblickende Frau dar, die in ihrem prächtigen königlichen Ornat auf dem Sarkophag lag.

Die beeindruckende Decke, die sich über ihnen wölbte, die vielen kunstvollen Details und die Stimmung, die das hereinströmende Licht in der Kapelle erzeugte – in alldem fand Joy eine unbeschreibliche Schönheit, die sie tief in ihr Innerstes aufnahm. Dieser Ort, der doch mit all seiner Pracht an Tote erinnern sollte, vermittelte Joy das Gefühl von … Lebensfreude. Wie paradox.

Oliver beugte sich zu ihr und flüsterte: »Umwerfend, was?«
Sie spürte seinen Atem an ihrem Ohr.
»Hmm …«

»Ist das alles, was dir dazu einfällt?«

Ihr Blick traf den seinen, und obwohl sie deutlich den Schalk sah, der aus seinen Augen blitzte, fiel ihr keine witzige Erwiderung ein – nicht in diesem Moment, in dem sie sich zum ersten Mal seit langer Zeit so unbelastet fühlte. So frei von aller Angst vor dem, was die Zukunft bringen könnte. Dieses Bauwerk, das den Schöpfer ehren sollte, das angesichts des Todes das Leben würdigte, vermittelte ihr etwas wirklich Greifbares, das nicht von dieser Welt zu sein schien, an das sie sich halten konnte. Darum brachte sie keine Antwort über ihre Lippen. Sie konnte Oliver ihre Dankbarkeit dafür, dass er sie hierhergebracht hatte, nur zeigen, indem sie seine Hand nahm und ihre Finger fest mit den seinen verschränkte.

Er wirkte ein klein wenig überrascht, entzog sich aber nicht ihrem Griff. Stattdessen erwiderte er ihren Händedruck, als ob er nicht die Absicht habe, sie so bald wieder loszulassen.

Da war auf einmal etwas – ob es nun an diesem Ort lag oder an der Veränderung, die in ihr vorging … Nun, sie ließ es gern zu.

Ihr Blick wanderte erneut in die Höhe und fand noch einmal das Licht. Und als sie mit klopfendem Herzen die Augen schloss, leuchtete es weiter in ihr.

Cʒ

Während sie sich auf den Weg zum Ausgang der Kathedrale machten, warf Oliver einen Blick auf seine klassisch-elegante Armbanduhr. »Ach du meine Güte, es ist schon halb vier. Wie ist das denn passiert?«

Offenbar war nicht nur Joy jegliches Zeitgefühl abhandengekommen.

»Es war einfach alles so faszinierend.« Und damit meinte sie nicht nur die Kirche. Als ihr Rundgang sein Ende gefunden hatte, waren sie noch einmal Hand in Hand durch alle Räume und Hallen gegangen und hatten die Schauplätze auf sich wirken lassen.

Normalerweise war Joy ein mitteilsamer Mensch, doch in dieser Umgebung hatte sie sich wie in einem Traum gefangen gefühlt, der zu zerplatzen drohte, sobald sie das Wort ergriff. Ein Traum, aus dem sie ohne triftigen Grund so bald nicht hatte erwachen wollen.

Und nun war er da, dieser triftige Grund.

Joy ließ Olivers Hand los und suchte in ihrer Handtasche nach ihrem Smartphone. »Mal schauen, wie's jetzt mit dem Wetter aussieht.« Sie bogen um die letzte Ecke vor dem riesigen Kirchenportal. Kaum hatten sie als Letzte einer Gruppe von Besuchern die Kirche verlassen, traf sie völlig unvermittelt ein Schwall eisiger Luft.

Joy ließ ihr Handy in ihre Tasche zurückgleiten. Das mit dem Nachschauen hatte sich erübrigt. Schneeflocken fielen in geradezu beunruhigenden Massen vom Himmel.

Joy sah Oliver an, der nur die Stirn runzelte. »Traust du dich so hinters Steuer?«

»Es macht mir nichts aus, bei winterlichen Verhältnissen zu fahren, aber das ist heftig.« Oliver knöpfte seinen Mantel zu und reichte ihr wieder seine Hand. »Komm. Schlagen wir uns erst mal zum Auto durch.«

Sie schob ihre Finger zwischen seine und stemmte sich gegen den Wind.

Als sie endlich beim Auto angekommen waren, hatten die weißen Flocken ihre Haare durchnässt und ihre Finger waren steif vor Kälte.

Oliver drehte die Heizung auf und warf die Scheibenwischer an, um die Schneedecke zu entfernen, die sich bereits auf der Frontscheibe gebildet hatte. »Einen Moment, ich versuche herauszufinden, wie die Lage ist.« Er holte sein Handy aus der Manteltasche und sein Daumen huschte über das Display.

Joy nutzte die Gelegenheit, Sophia eine Nachricht zu schicken. Sie schrieb, dass sie sich melden würde, sobald sie aufbrechen konnten.

Die Reaktion kam prompt: *Habe versucht, dich anzurufen. Hier schneit es nur ganz wenig, aber zwischen Port Willis und London scheint es heftig zu stürmen, schlimmer als vorausgesagt. Wartet lieber ab!*

Mit fliegenden Fingern tippte Joy: *Aber wir haben doch dein Kleid. Und du brauchst meine Hilfe.*

Ein Summen verkündete kurz darauf Sophias Antwort: *Eure Sicherheit ist ja wohl wichtiger. Es wäre vielleicht besser, wenn ihr erst morgen zurückfahrt.*

Joy konnte sich ein Stöhnen nicht verkneifen. »Sophia schreibt, die Wetteraussichten sind einfach nur schlimm.«

Gleichzeitig schlug Oliver vor: »Ich denke, wir sollten hier in der Stadt übernachten.« Er versuchte, durch die teilweise vereiste Windschutzscheibe einen Blick auf den Himmel zu werfen. »Ich weiß ja nicht, wie gut die amerikanischen Wetterdienste sind, aber hier liegen sie oft weit daneben.«

»Scheint so.«

»Also sind wir uns einig, dass der Versuch, heute noch nach Cornwall zurückzukehren, keinen Sinn macht?«

»Sind wir.«

Oliver steuerte den Wagen vorsichtig auf die Straße zurück, auf der sich bereits die Autokolonnen stauten. Irgendwo in der Nähe hupte der entnervte Fahrer eines Doppeldeckerbusses.

»Wo geht's jetzt also hin?«, fragte Joy. Es musste mindestens ein Dutzend Hotels geben, die sie zu Fuß hätten erreichen können.

Oliver antwortete nicht und starrte gedankenverloren geradeaus. »Oliver?«

Er räusperte sich. »Was hältst du davon, wenn wir in meine Wohnung gehen? Ich überlass dir gern mein Schlafzimmer und nehme die Couch.«

Ein gewisses Unbehagen beschlich Joy. Aber warum? Das war doch die beste Lösung und vor dem Alleinsein mit ihm hatte sie auch keine Angst.

Oh bitte, es hat keinen Sinn, dich selbst zu belügen!

Mit ihm zusammen in einem Auto zu sitzen, war das eine. Etwas ganz anderes aber war es, sein Zuhause zu sehen, sich in seiner vertrauten Umgebung aufzuhalten, in seinem Bett zu schlafen. Es könnte sie näher zu dem Punkt bringen, die Grenze von Freundschaft hin zu etwas anderem zu überschreiten. Und sie wusste, wäre dieser Schritt erst einmal getan, gäbe es kein Zurück mehr.

Nicht mit ihm.

Und doch war seine Wohnung in ihrer Situation die beste Lösung, oder?

Sie zwang sich zu einem Lächeln. »Aber klar doch. Hört sich gut an.«

Kapitel 10

Vor der großen dunkel gebeizten Tür zu Apartment 404 machten sie halt. Joy hielt Sophias Kleid im Arm und Oliver steckte den Schlüssel ins Schloss. Er öffnete, machte Licht, nahm ihr den Kleidersack ab und bat sie einzutreten.

Joy gab sich einen Ruck und überschritt die Schwelle. Ein angenehmer Geruch nach etwas Süßem empfing sie. »Hast du noch einen Kuchen gebacken, bevor du abgereist bist?«

Er schloss die Tür mit einem leichten Fußtritt und deponierte das Hochzeitskleid in einem Dielenschrank. »Das kommt von einer Duftkerze, die mir meine Mutter mitgebracht hat. Sorte ›Warm Cookies‹, glaube ich. Sie verströmt ihren Duft anscheinend auch, ohne zu brennen.«

Sie zogen ihre feuchten Mäntel aus und hängten sie auf. Joys Pullover war glücklicherweise trocken geblieben, die Jeans nur halbwegs.

Die Diele ging in einen Flur über, der sich zur Rechten in einen großen Raum samt Küchenbereich öffnete. Joys Blick fiel auf Geräte aus blitzendem Chrom und eine Arbeitsplatte aus weißem Marmor, den feine graue Schlieren durchzogen. Der kastanienbraune Holzboden unter ihren Stiefeln schimmerte, als sei er eben erst poliert worden.

An die offene Küche schloss sich ein Esstisch für vier Personen an, hinter dem ein bodentiefes Fenster einen herrlichen Ausblick über den Hyde Park bot, der von Minute zu Minute tiefer in der weißen Pracht versank.

Wie sehr unterschied sich Olivers Apartment von ihrem früheren Haus in Arizona – all die antiken Möbel und die hellen Farben. Und auch wenn es auf den ersten Blick wie von einem

Designer entworfen aussah, so herrschte doch eine heimelige Atmosphäre.

»Deine Wohnung ist richtig schön.« Joy zog ihre Stiefel aus, um den prachtvollen Perserteppich zu schonen, trat an das Fenster und schaute hinaus. Gedankenverloren strich sie mit ihren Fingerspitzen über das Glas und sah zu, wie die untergehende Sonne einen letzten Streifen ihres Lichtes durch eine schmale Lücke in der Wolkendecke schickte. Sanft herabsinkende Schneeflocken tanzten im Schein der Straßenlaternen.

»Danke.« Er trat neben sie. »Mach es dir gemütlich und fühl dich wie zu Hause.«

Sie drückte ihre Hand an die Brust. Er hatte keine Ahnung, wie sehr seine Worte sie berührten. Weil sie kein Zuhause mehr hatte. Auf jeden Fall keines, das sie ihr Eigen nennen konnte.

Sie schüttelte die melancholischen Gedanken ab. »Das mache ich. Ich danke dir.« Sie schlenderte über den Teppich und die Holzdielen zu der Sofalandschaft aus cognacbraunem Leder, die sich um eine aus weißen Ziegeln gemauerte Feuerstelle gruppierte. Elegante weiß lackierte Bücherregale rahmten den Rauchfang ein. Bevor Joy sich setzte, drückte sie einen Schalter neben der Couch und im Kamin flammte ein künstliches Feuer auf.

Während Oliver seinen Küchenschrank nach etwas Essbarem durchsuchte, ließ sie ihren Blick über das schweifen, was ihr vom Wohnzimmer bisher entgangen war. Sie wusste – wenn man einen Menschen richtig kennenlernen will, sollte man sein Zuhause studieren. Erst jetzt fiel ihr auf, dass es keinen Weihnachtsschmuck gab. *Hmm.* Ein Hundekörbchen in einer der Zimmerecken wirkte in dieser geschmackvoll eingerichteten Junggesellenbude derartig fehl am Platz, dass sie lächeln musste. Sie wettete, dass Rascal, den Oliver bei seiner Tante gelassen hatte, einen Platz auf der Couch sicher hatte, egal wie teuer diese auch gewesen sein mochte.

Auf dem Kaminsims standen mehrere gerahmte Fotografien. Eine zeigte Oliver mit seinen Eltern, seinem jüngeren Bruder und

einer Frau in einem Brautkleid, wahrscheinlich seine Schwägerin. Auf einer anderen drückte er mit einem fröhlichen Lächeln
zwei kleine Mädchen an sich. Und auf der letzten hatte er seinen
Arm um eine wunderschöne Frau gelegt, deren langes schwarzes
Kleid einen Blick auf ihre langen, sonnengebräunten Beine freigab – ein Anblick, der Joy wider Willen einen Stich versetzte.

Schnell lenkte sie ihre Aufmerksamkeit von den Bildern auf
einen dicken Wälzer, der neben den Fotos lag. In silbernen Titel-
buchstaben strahlte ihr *Die Heilige Schrift* entgegen.

»Was hältst du von Salzcrackern, Käse und etwas Schinken
zum Abendbrot?«

Sie drehte sich zu Oliver um, der ein Tablett in den Händen
hielt. »Find ich super!«

Er grinste. »Möchten Sie sich bitte an den Tisch begeben,
Madame?«

»Wie wäre es, wenn wir stattdessen hier sitzen?« Die Wärme
der Kaminheizung und das flackernde Licht waren so einladend,
dass Joy sich gar nicht davon lösen mochte.

»Klar, gerne«, meinte Oliver und steuerte auf das Sofa zu, ließ
sich dann aber auf dem Fußboden davor nieder, den ein Läufer
aus Seide bedeckte. Er stellte das Tablett ab und klopfte mit der
flachen Hand auf den Platz neben sich.

Joy machte es sich auf dem weichen Teppich bequem, angelte
sich einen Cracker von der Servierplatte und belegte ihn mit einer dicken Scheibe Gouda. »Bon appétit!« Sie hob den Keks empor, als wolle sie einen Trinkspruch ausbringen.

Schnell griff Oliver sich selbst einen Cracker und stieß behutsam mit ihr an. »Es tut mir leid, dass ich dir nichts Besseres an-
zubieten habe.«

»Das ist doch wohl nicht dein Ernst! Es ist doch alles perfekt.
Und außerdem genau so, wie ich auch zu Hause esse, vor allem,
wenn ich allein bin. Was im Übrigen ziemlich oft vorkommt, seitdem meine Mutter in der Reha ist.«

»Wie geht es ihr?«

Joy dachte an den Anruf bei ihren Eltern, den sie vor ihrer Tour durch Westminster Abbey gemacht hatte. »Alles in allem ganz gut. Dank der Physiotherapie macht sie Fortschritte und die Ärzte meinen, sie könne kurz nach Neujahr wieder nach Hause.«

»Ich kann mir vorstellen, wie erleichtert du bist.«

»Oh ja, das bin ich.«

Stille machte sich breit, während sie aßen und nachdenklich in den Kamin blickten. Oliver schaltete das Radio ein und Weihnachtsmusik erfüllte den Raum.

Joy nahm ihre Serviette und wischte sich den Mund ab. »Bist du nicht so für adventliche Deko zu haben?«

»Hier gibt es nur Rascal und mich und ich bin davon ausgegangen, dass wir in der Zeit nicht zu Hause sein würden.« Er nahm das leere Tablett und legte es auf den Beistelltisch neben der Couch. »Dafür war mir der Aufwand zu groß.«

Er starrte ins Feuer, als ob ihm das, was er soeben gesagt hatte, noch einmal durch den Kopf ginge. Die orangefarbenen Flammen spendeten einen warmen, sanft glühenden Schimmer, der kaum bis in die dunklen Ecken reichte. Sie saßen in einem Kreis aus Licht und die Welt um sie herum schien nur noch außerhalb davon zu existieren.

»Ich denke nicht, dass man seine Zeit vergeudet, wenn man eine schöne Umgebung schafft. Für mich gibt es nichts Behaglicheres, als vor einem Weihnachtsbaum zu sitzen, die funkelnden Kerzen zu betrachten und die Stimmung dieser Zeit auf sich wirken zu lassen. Und zu staunen über die Tatsache, dass Gott in seiner Liebe zu uns auf die Welt gekommen ist, obwohl wir es so wenig verdient haben.«

»Ich weiß, was du meinst. Etwas Schöneres kann ich mir gerade auch kaum vorstellen. Obwohl …« Er machte eine kurze Pause. »Eine Sache, die dem ziemlich nahe kommt, fiele mir schon ein.«

Joy spürte seinen Blick, der auf ihr ruhte. Als sie sich ihm zuwandte, meinte sie, in seinen Augen zu ertrinken.

Im Lauf ihres Gesprächs waren sie immer näher aneinandergerückt, sodass ihre Arme und Beine sich leicht berührten. Die Luft flirrte nur so von unausgesprochenen Gefühlen.

Steh auf. Geh. Sag Gute Nacht. Daraus kann nichts entstehen, was von Dauer ist.

Eigentlich hätte Joy ihrer inneren Stimme gehorchen sollen. »Und was wäre das?«, raunte sie stattdessen.

Langsam wandte Oliver sich ihr zu und schaute ihr direkt in die Augen. Dann hob er seine Hand und strich ihr sanft über die Wange. »Es ist schön, hier mit dir zu sitzen. Ich genieße jeden einzelnen Augenblick. Trotz des kläglichen Abendessens.«

»Hey, das war doch gar nicht so übel!«

Er lächelte. »Du machst Witze, aber ich meine es gerade echt ernst. Joy, ich bin noch nie einem Menschen wie dir begegnet, der eine solche Lebensfreude ausstrahlt und dabei ein so großes Herz für andere hat. An deiner Seite fühle ich mich lebendiger denn je. Und, um ehrlich zu sein, ich bin verrückt nach dir.«

Joy konnte ihre Augen nicht von ihm abwenden, sie brachte kein Wort mehr heraus. Es war, als ob ihre Bedenken und Fragen zusammen mit den Schneeflocken, die noch immer vor den Fenstern tanzten, hinweggewirbelt worden waren.

Er sah sie. Er verstand sie. Er … wollte sie.

Und sie wollte ihn.

In diesem Moment spielte es keine Rolle mehr, für wie unmöglich sie es gehalten hatte. Joy warf die letzten Reste ihrer Zweifel über Bord und erlaubte sich selbst, die Wahrheit auszusprechen: »Mir geht es genauso.«

Mit einem Lächeln beugte er sich zu ihr hinüber, und noch bevor sie ihre Augen schließen konnte, berührten seine Lippen die ihren.

Sekunden später erlosch die Flamme im Kamin.

ɔઝ

Joy erwachte mit einem Ruck.

Trotz der Socken und einem Stapel von Decken, die Oliver ihr geliehen hatte, fröstelte sie.

Wie spät war es? Der Dunkelheit jenseits der Vorhänge nach zu urteilen, war die Nacht noch nicht vorbei. Hatte sie lange geschlafen? Falls ja, dann fühlte es sich zumindest nicht so an. Vielleicht lag das daran, dass das Kopfkissen nach Olivers Shampoo roch und sie in Gedanken wieder und wieder seinen Kuss erlebte, obwohl er viel zu kurz angedauert hatte.

Joy kuschelte sich tiefer in die Steppdecke. Der Stromausfall hatte den besonderen Moment wie eine Seifenblase zerplatzen lassen. Oliver war es gelungen, im Dunkeln zwei Taschenlampen aufzutreiben. Mit dem Handy hatte er bei den Elektrizitätswerken angerufen, um die Ursache für den Blackout zu erfahren. Natürlich war der Schneesturm schuld und keiner konnte voraussagen, wann der Strom wieder fließen würde.

Aber vielleicht hatte diese Unterbrechung auch etwas Gutes.

Joy drehte sich hin und her und versuchte, wieder in den Schlaf zu finden. Ihr auf Hochtouren arbeitendes Gehirn und ihr frierender Körper ließen es jedoch nicht zu. Vielleicht würde etwas Bewegung helfen? Vielleicht etwas zu essen? Das sollte doch reichen, um wieder warm zu werden, oder? Einen Versuch war es jedenfalls wert. Sie wollte Oliver, der sich ins Wohnzimmer zurückgezogen hatte, nicht wecken, aber sie konnte ja heimlich, still und leise die Küche durchstöbern.

Joy kletterte aus dem Bett und legte sich einen dicken Quilt um die Schultern. Dann nahm sie die Taschenlampe zur Hand und schaltete sie auf der niedrigsten Stufe ein. So behutsam wie möglich öffnete sie die Schlafzimmertür, konnte aber nicht verhindern, dass sie leise quietschte. Joy zuckte kurz zusammen, schlich dann aber weiter, vorbei an Olivers Arbeitszimmer. Als sie die Wohnküche erreicht hatte, warf sie einen Blick hinüber zur Couch.

»Kannst du auch nicht schlafen?«

Joy fuhr herum, ließ ihre Decke fallen und leuchtete hastig in Richtung Essecke. Im Lichtkegel erkannte sie Oliver, der mit der Rechten seine Augen abschirmte. Eilig knipste sie die Lampe aus und wartete darauf, dass ihre Augen sich an das Dunkel gewöhnten. Er hatte es sich in einem der Küchenstühle bequem gemacht, den er vor das Fenster geschoben hatte. Abgesehen vom silbern schimmernden Mondlicht, das hier und da die Wolken durchbrach, herrschte nach wie vor tiefe Nacht. Es sah aus, als ob jemand weißes Konfetti vom Himmel herabwerfen würde. Kreuz und quer wirbelten Schwaden dicker Schneeflocken, die einen schienen sich auf den Rückweg in die Wolken zu machen, die anderen stürzten senkrecht nach unten.

Abgesehen von ihrer beider Atemzüge herrschte absolute Stille.

Die Tatsache, dass der Sturm kaum nachgelassen hatte, bereitete Joy Sorgen – was, wenn sie es nicht in absehbarer Zeit zurück nach Cornwall schafften? –, doch Gedanken wie diese schienen sich angesichts des tiefen Friedens, der sie in diesem Moment umgab, von selbst zu verflüchtigen.

Nach einem kurzen Zögern schob Joy sich einen Stuhl neben Oliver ans Fenster.

Er legte ihr seinen Arm mitsamt der Decke um die Schultern. Sie schmiegte ihren Kopf an seinen Oberarm.

»Frohe Weihnachten«, flüsterte er ihr ins Ohr und ein wohliger Schauer lief ihr über den Rücken.

»Ist Mitternacht schon durch?«

»Ja.«

Bei dem Versuch, die Decke zurechtzuziehen, stieß sie gegen seine Hand. In einem Anflug von Mut nutzte sie die Gelegenheit und schob ihre Finger zwischen die seinen. »Wo warst du letztes Jahr um diese Zeit?«

»Höchstwahrscheinlich im Bett.«

Ihr Lachen durchbrach die Stille. »Okay, vielleicht nicht grade zwischen Mitternacht und dem Morgengrauen, ich meinte eher

Heiligabend. Ich weiß noch, ich habe mit meiner Mom Plätzchen gebacken. Abends bin ich mit ihr und Dad in den Weihnachtsgottesdienst gegangen. Wir haben uns in einem Nobelrestaurant ein paar Leckereien für das Festessen abgeholt und dann den Abend mit dem Filmklassiker *Weiße Weihnachten* ausklingen lassen. Ein perfekter Tag.« Ein Lächeln umspielte ihre Lippen, als sie an diese glücklichen Stunden dachte. »Am ersten Feiertag hatte Mom dann leider einen schlimmen Zusammenbruch und ich war mit den Nerven am Ende. Doch Heiligabend war wunderschön.«

»Das freut mich für dich.« Er strich mit seinem Daumen über ihre Fingerspitzen und seufzte. »Was mich betrifft – ich habe den Tag zusammen mit meiner Familie verbracht. Doch eigentlich hätte am 24. meine Hochzeit stattfinden sollen.«

Joy richtete sich auf und lehnte sich zurück, um ihm ins Gesicht sehen zu können. Die Decke, die sie beide eingehüllt hatte, rutschte ihr von den Schultern. »Hätte stattfinden sollen?«

Oliver brauchte einige Sekunden, um seine Gedanken zu sortieren. Seine Finger drückten gegen ihre Hand, als ob er dort Halt suche. Vor dem Fenster riss die Wolkendecke auf und im gedämpften Licht des Mondes konnte Joy die Konturen seines Gesichtes erkennen, seinen Mund, den bittere Erinnerungen zusammenzupressen schienen.

»Nun, meine Verlobte hatte unsere Beziehung zwei Monate zuvor beendet.«

»Das tut mir leid. Möchtest du mir erzählen, wie es dazu gekommen ist?«

»Natürlich möchte ich das, darum habe ich es dir gesagt.« Er richtete sich in seinem Stuhl auf. Insgeheim hoffte Joy, er würde sie wieder an sich ziehen, doch ihr war klar, dass sie ihre Aufmerksamkeit nun auf seine Geschichte richten musste, nicht darauf, wie wundervoll es sich anfühlte, von ihm umarmt zu werden.

»Drei Jahre waren Jana und ich schon zusammen, als ich endlich den Mut aufbrachte, sie zu bitten, meine Frau zu werden. Wir waren beide beruflich extrem eingespannt – sie als Innenarchitektin und ich als Unternehmensinhaber. Nach meinem Antrag liefen die Dinge eine ganze Weile so, wie sie sollten, doch mein Job nahm mich mehr und mehr in Anspruch. Sehr viel stärker als zuvor. Ich widmete meinen beruflichen Aufgaben bald den größten Teil meiner Zeit. Einerseits, weil ich unbedingt erfolgreich sein wollte, nachdem mein erstes Firmenprojekt gescheitert war, andererseits, weil die Existenz so vieler Mitarbeitenden von meinem Erfolg abhing. Der Druck, der auf mir lastete, war enorm.«

»Das kann ich mir vorstellen.« Joy drückte seine Hand, um ihm zu zeigen, wie gut sie ihn verstand.

»Jedenfalls war das der Grund, aus dem ich Jana verloren habe. Irgendwann hatte sie genug davon, mich nur spätabends zu Gesicht zu bekommen. Sie war es leid, dass ich ständig unsere Verabredungen absagte und sie mit der Hochzeitsplanung allein ließ. Irgendwann bin ich auch nicht mehr in den Sonntagsgottesdienst gegangen, weil ich dadurch weitere Zeit gewann, die ich für meine Arbeit einsetzen konnte. Ich war maximal motiviert, habe aber die falschen Prioritäten gesetzt.«

»Du hast vor allem an die Menschen in deinem Team gedacht. Das kann so falsch doch nicht gewesen sein.«

»Das wäre richtig, wenn ich nicht irgendwann einen regelrechten Retterkomplex entwickelt hätte. Ich habe geglaubt, ich allein trüge die Verantwortung dafür, dass meine Angestellten nicht das gleiche berufliche Debakel erleiden, wie ich es Jahre zuvor erlebt hatte. Doch in meinen Berechnungen hatte ich einen Faktor vernachlässigt.« Er machte eine kurze Pause. »Ich rechnete nicht mit Gott.«

Dieser Gedanke traf Joy unerwartet. Sie richtete ihren Blick wieder auf das Schneetreiben – das Problem, das sie immer noch davon abhielt, Sophias Hochzeit zu »retten«. »Ich glaube, ich kenne dieses Gefühl.«

»Anscheinend verbindet uns mehr, als wir dachten, was?«

Joy musste lachen. »Sieht ganz so aus.« Plötzlich fiel ihr etwas ein. Sie biss sich auf die Unterlippe.»Ist Jana die Frau auf dem Foto, das da drüben steht?« Die Frau, derentwegen Oliver so glücklich aussah.

»Ja, genau.«

»Also …« Wie sollte sie nur die Frage formulieren, die sie auf dem Herzen hatte, ohne verunsichert oder gar besitzergreifend zu wirken?

»Also heißt das, dass ich noch nicht darüber hinweg bin?«, half Oliver ihr.

»Ähm, ja.«

»Ich werde dich nicht anlügen. Als sie unsere Verlobung gelöst hat, bin ich daran fast zerbrochen. Es gab Tage, an denen ich nur einen einzigen Grund sah, das Bett zu verlassen, und der waren auch in dieser Zeit meine Mitarbeitenden. Dann aber, eines Tages, weckte Gott mich auf aus meinem Albtraum und erinnerte mich daran, dass die Sonne jeden Tag aufs Neue aufgeht und dass auch seine Gnade jeden Morgen neu ist.«

»Das ist eine enorm wichtige Erfahrung … Aber warum platzierst du dann Janas Foto auf dem Kaminsims, wo du es ständig siehst? Warum setzt du dich diesem Schmerz aus?«

»Ich denke, es ist so was wie eine Gedächtnisstütze. Es erinnert mich daran, dass das, was Gott für unser Leben geplant hat, nicht immer deckungsgleich ist mit dem, was wir erwarten. Und doch ist es gut. Irgendwie ist es immer gut.« Oliver zog Joys Hand unter der Decke hervor, hob sie an seine Lippen und küsste sie mit der Zärtlichkeit jener britischen Gentlemen, die ihr aus ihren Lieblingsfilmen so vertraut waren. Dann sah er ihr direkt in die Augen.»Ich habe auch nicht erwartet, dir zu begegnen, Joy Beckman.«

Joy hielt den Atem an. Das war er. Der Augenblick, nach dem es kein Zurück mehr geben würde. Der Moment, in dem ein Weg begann, der zum totalen Zerbruch ihres Herzens führen könnte. Doch angesichts der fröhlich wirbelnden Flocken vor dem Fenster, angesichts des neuen Tages, der vor ihr lag, und angesichts der wundervollen Dinge, die Oliver gesagt hatte, blieb Joy gar nichts anderes mehr übrig, als sich fallen zu lassen.

Mit ihrer freien Hand strich sie Oliver über den Scheitel, schob ihre Finger durch seinen zerzausten Haarschopf und streichelte seinen Hinterkopf. Dann drehte sie sich zu ihm um, wandte ihm ihr Gesicht zu und schenkte ihm ein Lächeln.

Er ließ ihre Hand sinken, nahm ihr Kinn sanft zwischen Zeigefinger und Daumen und sein Blick hätte trotz aller Dunkelheit nicht intensiver sein können. Langsam beugte Oliver sich zu ihr herüber und drückte ihr zwei, drei kurze Küsschen auf die Lippen, die schließlich in einen langen, leidenschaftlichen Kuss mündeten.

Joy legte ihren Arm um seinen Nacken und zog ihn an sich. In diesem Moment waren sie wie zwei sanft fallende Schneeflocken, die im Hinabschweben so fest miteinander verschmolzen, dass keine Macht der Welt sie hätte trennen können.

Kapitel 11

»Das ist wahrscheinlich der beste Eierauflauf, den ich je gegessen habe«, stöhnte Joy, während sie sich den letzten Bissen von Ginnys Weihnachtsfrühstück in den Mund schob. Andächtig kauend genoss sie den Geschmack von kross gebratener Wurst und Eiern.

»Das ist wirklich ein ganz einfaches Rezept«, verriet Ginny, die es sich auf dem Teppich neben Sophias Weihnachtsbaum bequem gemacht hatte.

»Das sagst du so dahin. Ich bin mir aber sicher, dass ich es nicht so gut hinkriegen würde.«

Sophia legte ihre Gabel auf den leeren Teller und ließ sich in ihr Sofakissen zurücksinken. »Joy hat recht. Das war wirklich lecker. Natürlich weiß ich, dass du dich auf Backwaren spezialisiert hast, aber du hättest definitiv auch das Zeug dazu, ein eigenes Restaurant zu eröffnen.«

Ginny zog ihre Beine an und legte ihre Arme um die Knie. »Ich habe tatsächlich schon so einige Ideen, wie ich das Angebot meiner Bäckerei erweitern könnte. Der Betrieb eines ganzen Restaurants würde es mir unmöglich machen, mich in diese Richtung zu spezialisieren.«

Draußen kündigte die Sonne einen wolkenlosen Tag an und der blaue Himmel schien sich kaum mehr an den Sturm zu erinnern, dank dem Joy und Oliver beinahe das Weihnachtsfest in Port Willis versäumt hätten. Doch rechtzeitig in den frühen Morgenstunden hatte es aufgehört zu schneien, und obwohl für London und Cornwall über die Feiertage weiterer Schneefall vorhergesagt wurde, hatten die Schneepflüge bis zum Nachmittag ihre Aufgabe erfüllt. Aus welchem Grund auch immer bewegten Joy zwiespältige Gefühle – einerseits war sie dankbar dafür, wieder bei Sophia zu sein, andererseits traurig darüber, dass das Ende ihrer Beziehung zu Oliver bereits abzusehen war. Soweit man bei einem knappen Tag mit ein paar Umarmungen, Küssen und Gesprächen über dieses und jenes von einer Beziehung sprechen konnte.

Sie nippte an dem heißen Apfelwein, den Ginny seit dem frühen Morgen auf dem Herd köcheln ließ. Die Wärme, die dieses köstliche Getränk von den Lippen durch die Kehle bis in den Bauch verbreitete, tat unfassbar gut. Joy kuschelte sich unter eine Wolldecke und betrachtete den Weihnachtsbaum, den Sophia wunderschön geschmückt hatte. Dann ließ sie ihren Blick zu dem Gemälde mit dem Paar weiterwandern, das vor etwa zweitausend Jahren an einer einfachen Futterkrippe kauerte, in der ein Baby lag – ein ganz besonderes Königskind.

Joy sog den Duft des Apfelweins ein. Von dem, was da zwischen ihr und Oliver passierte, bis zum körperlichen und geistigen Verfall ihrer Mutter hatte sie viel Grund zum Grübeln, doch heute war ein Tag, der der Dankbarkeit gewidmet sein sollte. Ein Tag, an dem sie sich daran erinnern wollte, dass die Hoffnung stets über die Sorgen triumphiert.

»Wie wäre es, wenn wir ein paar von den Geschenken schon aufmachen, bevor die Jungs da sind?« Sophia stand auf, kniete sich neben den Baum und wählte eine große Tüte und eine mittelgroße Schachtel mit glitzernder Goldschleife.

William, Steven und Oliver sollten zum Festtagsessen kommen, danach wurden die beiden Letzteren zum Dinner bei ihren Familien erwartet. Der Gedanke daran, ihren Freund wiederzusehen, versetzte Joy in Hochstimmung.

Hast du gerade »Freund« gedacht? Jetzt schalt mal 'nen Gang runter!

»Hey Leute, ich bin die schlechteste Freundin, die man sich nur vorstellen kann. Ich habe es einfach nicht geschafft, einkaufen zu gehen.« Ginny schlug sich die Hände vor das Gesicht. »Nicht ein einziges Geschenk habe ich besorgt, für niemanden, nicht mal für Steven.«

»Ach, nimm's nicht so tragisch. Wir wissen doch, was du alles um die Ohren hast.« Sophia überreichte ihr die Tüte und die Schachtel stellte sie vor Joy auf das Beistelltischchen aus Eichenholz. »Außerdem habe ich so das Gefühl, dass es nicht unbedingt ein Geschenk ist, das man kaufen kann, was Steven zum glücklichsten Menschen der Welt machen würde.«

Joy legte beide Hände um ihre Tasse und lehnte sich vor. »Habe ich was verpasst?« Bei all dem Durcheinander, das die Jagd nach dem Hochzeitskleid mit sich gebracht hatte, und der damit verbundenen Zwangspause in London hatte sie ganz vergessen, Ginny zu fragen, wie sich die Dinge in Sachen Steven entwickelt hatten.

Eine sanfte Röte überzog Ginnys Wangen. »Wir hatten ein gutes Gespräch neulich Abend.«

»Aha? Details bitte!«

»Sophia hat sich das doch schon alles anhören müssen und ich möchte sie nicht langweilen.«

»Als ob du das könntest.« Mit einem fröhlichen Glucksen ließ sich Sophia auf die Couch sinken und schlang ihre Arme um ein weinrotes, fransenbesetztes Kissen. »Ich meine, ich kann schon nicht genug kriegen von *E-Mail für dich*« – wie sollte es mir da zu viel werden, von den romantischen Abenteuern meiner Freundin zu hören?«

»Oh ja, erzähl, Ginny!« Joy war dankbar, dass damit die Aufmerksamkeit nicht auf ihrem eigenen romantischen Abenteuer lag, dessen Einzelheiten sie den beiden anderen noch schuldig war. Für einen ausführlichen Bericht war sie zu erschöpft gewesen, als sie vergangene Nacht endlich eingetrudelt war.

Ginny strich sich eine Haarsträhne hinter das rechte Ohr und berichtete strahlend: »Am Sonntag habe ich – wie ihr ja wisst – mit Steven und seinen Eltern zu Mittag gegessen. Ich hatte sie schon ein paar Mal getroffen, sie sind absolut liebe Leute.«

»Die allerliebsten. Komm jetzt bitte zu dem Teil, der uns wirklich interessiert.«

Ginny streckte Sophia die Zunge heraus. »Haha. Na gut.« Sie wandte sich wieder Joy zu. »Ich bin davon ausgegangen, dass wir den Abend in dem Restaurant verbringen, in das wir häufig gehen, wenn ich in Port Willis bin. Doch er hat mich auf sein Hausboot mitgenommen, wo er Spaghetti für uns gekocht hat.«

»Oha, ein Mann, der kochen kann. Das finde ich gut.« *Kann Oliver kochen?* Joy wischte diesen Gedanken zur Seite, weil es auf so etwas nun wirklich nicht ankam. Abgesehen davon würde ihr Kennenlernen nicht lang genug dauern, um es herauszufinden.

»Nun, wie gesagt ... Spaghetti. Aber trotzdem.« Ginny biss sich lächelnd auf die Unterlippe. »Als wir mit dem Essen fertig waren, haben wir es uns auf seinem Sofa gemütlich gemacht und über unsere Pläne für Weihnachten geredet, auch über Sophias Hochzeit und über das, was ich mit der Bäckerei vorhabe. Jedenfalls über alles Mögliche – nur nicht über den Elefanten im Raum. Irgendwann habe ich dann all meinen Mut zusammengenommen und ihm gesagt, wie ich mich tatsächlich fühle.«

»Was heißt das? Was hast du genau gesagt?« Normalerweise unterbrach Joy niemanden, der ihr gerade etwas anvertraute, doch sie hatte sich einfach nicht zurückhalten können.

Ginny schnippte mit ihren Fingern gegen das rote Papier, das aus ihrer Geschenktüte ragte. »So ungefähr das, was ich auch euch schon gesagt hatte. Dass ich überlege, zurückzukommen und die Bäckerei hier zu eröffnen, dass ich allerdings Angst habe, es aus den falschen Beweggründen zu tun. Als er fragte, was ich damit meine, habe ich gesagt: ›Ich fürchte, ich tue das nur, weil du hier lebst.‹« Sie machte eine kurze Pause und eine Träne lief ihr über die Wange. »Daraufhin hat er mir seine Hände auf die Schultern gelegt und gesagt: ›Ginny, eröffne deine Bäckerei da, wo du es für richtig hältst! Ich würde dir bis nach London, Paris und selbst nach Boston folgen, wenn das dein Ziel wäre.‹« Wieder schwieg sie für ein paar Sekunden. »Was ich im Übrigen gar nicht vorhabe, auch wenn ein Teil von mir meinen Eltern gern beweisen würde, wie erfolgreich ich sein kann. Aber ich schweife ab.

Jedenfalls meinte er, dass er bereit sei, alle Zelte abzubrechen und mir zu folgen, egal, wohin ich gehe. Der Grund, warum er das nicht schon längst getan habe, sei, dass er mir Zeit lassen wollte, selbst zu entscheiden, wie mein weiterer Weg aussehen soll. Zeit, über Garretts Betrug und die Scheidung hinwegzukommen. Zeit, um Gott zu finden und mir darüber klar zu werden, wer ich wirklich bin.«

Jetzt hatte auch Joy feuchte Augen und sah, dass es Sophia nicht anders ging.

Joy freute sich für Ginny und Steven, doch sie spürte, dass ihre Tränen auch noch eine andere Ursache hatten. Tief in ihrem Herzen saß ein Schmerz und der hatte damit zu tun, dass sie wahrscheinlich den Richtigen gefunden hatte, ihn aber letzten Endes wieder ziehen lassen musste. Wo um alles in der Welt wäre sein Platz in ihrem Leben?

Sie hatte diese Frage schon von allen Seiten beleuchtet. Selbst wenn sich ihre Liebe vertiefte – wie könnten sie auch räumlich zueinanderfinden? Joys Eltern brauchten sie. Ihren Wohnort auf die andere Seite des Erdballs zu verlegen, war keine Option. Und Olivers Unternehmen mit den Mitarbeitenden, die ihm so wichtig waren? Sie wollte auf keinen Fall die Frau sein, die ihm all das nahm.

»Er ist einfach einer von den Guten.« Sophia hüpfte förmlich auf und ab. »Verrat ihr endlich das Ende der Geschichte!«

»Oh ja, bitte.« Joy versuchte, sich nicht anmerken zu lassen, wie bedrückt sie war. »Und lass nichts aus.«

»Also gut.« Ginny lachte und wischte sich über die Augen. »Was er gesagt hat, hat mich überwältigt, um ehrlich zu sein. Ich habe auf einmal begriffen, dass ich zwar wegen eines Mannes nach Port Willis gekommen bin – Garretts wegen –, dass es aber mittlerweile meine Heimat ist. Die Menschen, die mir am meisten bedeuten, leben alle hier. Und ja, backen kann ich überall auf der Welt, doch ich möchte es nirgendwo anders tun. Erst jetzt kann ich mir das eingestehen. Es brauchte einfach Zeit, die schlechten Zeiten, die ich hier auch erlebt habe, hinter mir zu lassen. Jedenfalls habe ich für morgen ein Treffen mit dem Besitzer des Gebäudes vereinbart, das neben Sophias Buchladen liegt, weil ich es mieten möchte. Sophia und ich wollen einen Durchgang zwischen beiden Häusern schaffen, sodass unsere Kunden direkt von einem Geschäft in das andere hinüberwechseln können. Wir müssen die Einzelheiten noch mit der Stadt klären, aber ... ja, es ist alles super aufregend.«

»Das ist absolut wunderbar, Ginny! Ich freu mich so für dich.«

»Ja, suuuuper aufregend.« Sophia warf Ginny einen strengen Blick zu. »Aber wenn du ihr jetzt nicht erzählst, wie Steven darauf reagiert hat, dann übernehme ich das für dich.«

Joy verpasste ihrer besten Freundin einen leichten Schubser. »Oh Mann, seit wann hast du diesen Kommandoton drauf?«

»Ich denke, seitdem ich viel zu viel mit dir herumhänge.«

Sie kicherten beide und schauten dann erwartungsvoll Ginny an.

»Nachdem Steven das also klargestellt hatte, hat er meine Hände in seine genommen, mir tief in die Augen gesehen und gesagt: ›Ginny Rose, du hast im vergangenen Jahr Erstaunliches geleistet. Einfach Unglaubliches. Doch auch wenn du meinst, du hättest nicht gewusst, wo du stehst und welche Person wirklich in dir steckt – ich wusste es. Und ich liebe diese Frau. Ich liebe dich.‹«

Joy und Sophia ließen synchron ein hingerissenes Seufzen hören.

»Ja, oder? Womit habe ich so viel Glück verdient? Jedenfalls habe ich dann drauflosgeplappert, ich weiß gar nicht mehr, was genau – ihr kennt mich ja –, nur um irgendwann die Kurve zu kriegen und ihm zu sagen, dass ich ihn auch liebe.«

Joys Finger trommelten gegen die Geschenkbox auf ihrem Schoß. »Das ist auf jeden Fall die schönste Geschichte, die ich je gehört habe.« *Werde ich jemals so etwas zu erzählen haben?* Diese Frage hatte sie sich noch nie gestellt, jedenfalls seit vielen Jahren nicht. Als Sophia und William im vergangenen Jahr zusammengekommen waren, hatte sie nichts anderes empfunden als reine Freude. Keine Spur von Eifersucht. Und jetzt?

Sie wünschte sich so sehr, die Uhr anhalten zu können, damit diese Woche nie ein Ende fände.

Aber nein. Sie kannte ihre Zukunft und hatte sich damit abgefunden. Eine Urlaubsromanze mit einem Mann, den sie kaum kannte, würde daran kaum etwas ändern. Sie musste sich nur immer wieder bewusst machen, wie zeitlich begrenzt das alles war und dass sie es einfach genießen musste. Vielleicht konnte sie so ein paar schöne Erinnerungen für Momente der Einsamkeit sammeln.

»Jetzt aber.« Sophia nahm nun Joy ins Visier. »Glaub nicht, du kämst darum herum, uns zu erzählen, was in London passiert ist.« Sie hob ihre Augenbrauen.

In diesem Augenblick läutete die Türglocke.

Joy entfuhr ein leiser Seufzer – das war Rettung in letzter Sekunde – und sie sprang auf. »Ich denke, das kann warten.«

Oh nein, Sophia ließ sich so schnell nicht abschütteln … Doch für den Moment war Joy noch mal davongekommen. Mit klopfendem Herzen freute sie sich auf die Stunden, die sie nun mit Oliver verbringen würde.

Frohe Weihnachten, Joy!, dachte sie.

☾

War das wirklich noch ihr Leben? Joy fühlte sich wie in einem Hollywoodfilm.

Sie standen vor Sophias Haus und die sanft herabschwebenden Schneeflocken streichelten ihre Wangen und glitzerten auf ihren Wimpern. Schon seit dem Mittagessen schneite es, eine dünne Decke hatte sich über das ganze Land gelegt. Laut Sophia würde die weiße Pracht im Nu verschwinden, wenn die Temperaturen wieder anstiegen, was für den nächsten Tag vorhergesagt wurde – rechtzeitig für die Hochzeit in drei Tagen.

Oliver war an ihrer Seite, einen Arm um ihre Schulter gelegt und Rascal zu seinen Füßen. Gemeinsam beobachteten sie das Schneegestöber, das in atemberaubenden Wirbeln auf die schlafende Stadt niederging. Die Straßen waren wie leer gefegt, kein Mensch kam vor die Tür, kein Auto war zu sehen. Aus den Kaminen quollen weiße Rauchwolken. Die Laterne, die irgendwie schon *ihre* Laterne war, tauchte alles in ein warmes Licht.

Und wieder waren sie miteinander allein, nur sie beide, in einer friedlichen Welt voll zarter Farben.

»Was geht dir durch den Kopf?« Olivers Atem wärmte ihr Ohr.

Joy wandte ihren Blick vom Himmel und sah ihm in die Augen. »Dass das ein herrlicher Tag war.« Sie ergriff seine freie Hand. Am liebsten hätte sie ihn auf die Bank neben der Laterne gezogen, doch auf den hölzernen Latten türmte sich bereits der Schnee. »Und dass das hier ein wunderschöner Ausklang des Weihnachtsfestes ist.«

Er beugte sich zu ihr hinunter, um ihr einen Kuss zu geben – kurz zwar, aber wirkungsvoll. Bei der Menge von Freunden, die sich in Sophias winzigem Häuschen eingefunden hatten, um miteinander zu feiern, hatten sie kaum Gelegenheit gehabt, ein paar ungestörte Minuten zu zweit zu verbringen. Bis jetzt. »Es ist ja auch noch nicht vorbei.«

»Wie meinst du das?«

Er hob seinen Arm von ihrer Schulter und öffnete seinen schweren grauen Mantel. Aus der Innentasche zog er einen flachen Gegenstand, der in Geschenkpapier eingewickelt war. »Es ist nicht der Rede wert, aber ich dachte, du könntest dich darüber freuen.«

Vorsichtig drehte Joy sein Geschenk in ihren purpurroten Fäustlingen. Das Papier raschelte, als sie es auspackte. Das Bild mit den zwei großen Mäusen kam zum Vorschein und sie lachte laut auf. Sie blätterte durch die gleiche Sammlung alter Weihnachtspostkarten, über die sie sich schon bei ihrer ersten Begegnung in dem Antiquitätenladen so amüsiert hatte. Es waren zehn kleine Kunstwerke, eines witziger als das andere.

»Hab vielen Dank.« Sie sah ihn an und machte ein zerknirschtes Gesicht. »Aber ich habe kein Geschenk für dich.«

»Ach, ich bin sicher, dir fällt da was ein. Überleg einfach mal.« In seinen Augen blitzte der Schalk.

»Hmm.« Joy ließ die Karten in ihre Manteltasche gleiten und wandte sich ihm zu. »Wie wäre es mit einer Extrastreicheleinheit?«

»Das fände ich toll, wenn ich Rascal hieße. Also kalt.«

»Was hältst du von einer Umarmung?«

Oliver legte seine Hände um ihre Taille. »Schon wärmer.«

»Oh ja, in deinen Armen würde es mir tatsächlich wärmer. Danke.« Dem eisigen Wind zum Trotz, der ihr ins Gesicht blies, verzog sie ihre Lippen zu einem breiten Grinsen.

Er zog sie an sich und sie schmiegte sich an seine Brust. Wie kam es, dass sie sich so geborgen und zu Hause fühlte an einem Ort, der ihr zwei Wochen zuvor noch völlig unbekannt gewesen war?

Einen Moment lang genoss sie die Wärme, dann sah sie auf und hob die Augenbrauen. »Eine Sache fiele mir noch ein.«

»Und was wäre das?«

»Ein Kuss natürlich.«

»Ich denke, das kann ich gelten lassen.«

»Du musst mir allerdings etwas entgegenkommen. Eine Frau kommt nicht höher, als ihre Zehenspitzen es zulassen.«

Oliver beugte sich so weit zu ihr, dass ihre Nasenspitzen sich berührten.

Joy schlang ihre Arme um seinen Nacken und legte ihre Lippen an seine Wange. »Na also. Fröhliche Weihnachten!«

Er lächelte sie zärtlich an und ihr Herz machte einen Satz. »Das ist mit Sicherheit das schönste Geschenk, das ich in diesem und wahrscheinlich in allen folgenden Jahren bekommen werde.«

»Herausforderung angenommen. Mal sehen, ob ich es schaffe, dir zu jedem Weihnachtsfest ein noch besseres Geschenk als im Vorjahr zu machen.«

In Sekundenbruchteilen wechselte sein Gesichtsausdruck von

albern zu ernst. Gleichzeitig wurde auch ihr bewusst, was sie da eben gesagt hatte. Wie es geklungen hatte. Was sie vorgeschlagen hatte. Joy musste schlucken. Sie wollte doch nicht ... Sollte sie nun mit fadenscheinigen Ausreden erklären, warum sie Andeutungen von solcher Tragweite machte, ohne sie wirklich zu meinen? Das war einfach zu peinlich, darum tat sie das, was sie den ganzen Tag schon tun wollte.

Sie küsste ihn.

Nun spannte er seine Arme noch fester um ihren Rücken und sie drückte sich an ihn, bis nur noch die Fragen zwischen sie passten, die sie quälten. Mit jeder Sekunde jedoch, die sie in seiner Umarmung verbrachte, verblassten ihre Zweifel mehr und mehr. Und so wie die Intensität ihrer Küsse sich steigerte, um gleich darauf wieder abzuebben und von Neuem zuzunehmen, so wuchs ihre Leidenschaft und ein geradezu schmerzendes Verlangen erfasste sie, das drauf und dran war, sich Bahn zu brechen. Sie spürte es bis hinunter in die Zehen in ihren pinkfarbenen Stiefeln.

Irgendwann schaffte sie es, sich loszureißen, um Luft zu holen. In ihrem Kopf drehte sich alles und ihr Puls hämmerte, als Oliver sie erneut an sich zog. Dass sie auch seinen Herzschlag spüren konnte, war ihr Beweis genug, dass nicht nur sie von der Anziehungskraft mitgerissen wurde.

»Ich bin gespannt darauf, wie du das in Zukunft noch toppen willst. Freu mich drauf!«

Welche Zukunft?

Vielleicht konnten sie einfach für immer hier stehen bleiben, für alle Zeiten eingesponnen in die Schönheit dieses Augenblicks? Joy schloss ihre Augen und atmete Olivers Geruch ein.

Oliver spielte mit einer ihrer Haarsträhnen. »Ich muss gehen, auch wenn es mir unendlich schwerfällt.« Das Abendessen mit seiner Tante und ihren Freunden war auf achtzehn Uhr angesetzt und die Turmuhr hatte bereits Viertel vor sechs geschlagen, als sie vor die Tür traten.

»Und ich muss wieder rein.« Sophias Mutter hatte sich für den nächsten Morgen angekündigt und Ginny verbrachte den Abend mit Stevens Familie, sodass sie mit Sophia und William allein sein würde. »Aber auch mir fällt es so schwer.«

»Ich fürchte, daran trage ich die Schuld.« Eisige Kälte streifte über Joys Wangen, als er sie freigab. Die blinkenden Lämpchen der Lichterkette, die Sophia an der Dachkante befestigt hatte, warfen ein lustiges Flackern auf Olivers Gesicht. »Sehen wir uns morgen?«

»Ich hoffe doch. Danke noch mal für die Karten. Ich finde sie so süß!«

»Bitte, bitte. Und ich denke, es wird dich kaum überraschen, dass ich mich über dein Geschenk genauso gefreut habe – und über die Begeisterung, mit der du es überreicht hast. Frohe Weihnachten, Joy.«

»Frohe Weihnachten, Oliver.« Mit diesen Worten drehte sie sich um, stöckelte zurück ins Haus und lehnte sich erst mal gegen die Tür, nachdem sie sie geschlossen hatte.

»Na, hat da jemand Herzrasen?« Plötzlich stand Sophia vor ihr, die Arme vor der Brust verschränkt, ein breites Grinsen auf den Lippen.

Joy zog Handschuhe und Mantel aus und hängte sie an die Garderobe, bevor sie ins Wohnzimmer trat. »Es war ziemlich kalt draußen. Wo ist denn William?«

»Er meinte, er wolle sich noch ein bisschen hinlegen, ich denke aber, er weiß, dass wir uns jede Menge zu erzählen haben. Und bitte versuch nicht, das Thema zu wechseln!« Sophia folgte ihr und setzte sich auf das Sofa. Im Fernsehen war ein flackerndes Kaminfeuer zu sehen, unterlegt von wunderschöner Weihnachtsmusik.

In the bleak midwinter, frosty wind made moan. Earth stood hard as iron, water like a stone …

Joy war noch zu aufgewühlt, um sich setzen zu können, also trat sie an das Fenster neben dem Weihnachtsbaum, von dem aus man die Straße überblickte. Durch die Gardine hindurch sah sie

Oliver und Rascal, deren Umrisse langsam im Schneetreiben verschwammen.

Snow had fallen, snow on snow, snow on snow. In the bleak midwinter, long ago.

»Du hast ihn wirklich sehr gern, hm?« Sophias Stimme klang jetzt viel ernster.

Joy drehte sich zu ihrer besten Freundin um. »Ja.«

»Ich habe dich nicht mehr so interessiert an einem Kerl erlebt, seit, seit ... nun, eigentlich noch nie. Da war Chase, aber auch er hat es nur auf drei Dates geschafft.«

»Ich weiß, Sophia, doch es gibt da zwei kleine Probleme. Ich möchte weiter für meine Eltern da sein und Oliver brennt für seinen Job, sodass das mit uns beiden keine Zukunft hat. Das alles ist einfach nicht realistisch.« Und doch hatte sich in seinen Armen alles so richtig angefühlt.

In the bleak midwinter, a stable-place sufficed. The Lord God Almighty – Jesus Christ.

»Das habe ich auch gedacht, als ich gemerkt habe, dass ich mich langsam in William verliebe. Ich konnte mir beim besten Willen nicht vorstellen, wie das funktionieren soll. Aber schau dir an, was daraus geworden ist.« Sophia klopfte auf den Platz neben sich.

Mit schweren Schritten schleppte sich Joy zur Couch und ließ sich in die Polster fallen. Sie schnappte sich ein Kissen und drückte es an sich, während sie in die Flammen auf dem Bildschirm starrte. »Bei dir lagen die Dinge etwas anders. Du hattest niemanden, der dich in den Staaten festgehalten hätte.« Joy erschrak. »Das hörte sich jetzt schrecklich an. Ich liebe meine Eltern!«

»Natürlich tust du das.« Sophia drückte Joy an sich. »Hast du mal darüber nachgedacht, was ich letzte Woche zum Thema Stellensuche gesagt habe?«

»Klar. Ich habe mich sogar auf einer Website für Jobsuchende angemeldet.« Sie musste daran denken, wie viele Mails mit Therapeutenstellen rund um ihren Wohnort sie bereits erhalten hatte. Es war zwar noch nicht das Richtige dabei gewesen, doch Joy musste zugeben, dass ihr bei dem Gedanken daran, wieder Frauen zu begleiten, die ihre Hilfe brauchten, das Herz aufging.

»Das ist ein wichtiger Schritt.«

»Danke, dass du mir Mut gemacht hast, ihn zu gehen. Das ganze Durcheinander mit meinen Eltern, der Umzug nach Florida, der Verkauf meiner Praxis – es war eine überaus anstrengende Zeit.«

»Es tut mir so leid, dass ich nicht bei dir sein konnte. Und dass meine Hochzeit die Situation für dich verkompliziert hat.«

»Stopp, stopp, stopp!« Joy stupste ihr den Ellbogen in die Seite. »Es gibt keinen Ort auf der Welt, an dem ich jetzt lieber wäre.«

»Ich nehme mal an, das liegt wohl nicht allein an mir, oder?«

Joy stöhnte auf. »Du kannst es nicht lassen, oder? Aber ja, ganz offensichtlich habe ich mich auch in die Gegend verliebt.«

»Darauf wette ich.«

Sie mussten beide lachen, während im Fernsehen die Flammen auf und ab tanzten.

What can I give Him, poor as I am?

»Joy.« Sophia wählte ihre Worte nun sanft und vorsichtig. »Wirst du mir jemals erzählen, was in London zwischen Oliver und dir passiert ist?«

Yet what I can give Him: give my heart.

»Aber klar werde ich das, Sophia.«

Kapitel 12

»Hallo Mom.« Joy trat vor die Tür des riesigen Herrenhauses, in dem die Generalprobe für Sophias Trauung in vollem Gange war und die Teilnehmer gerade zu Mittag aßen.

In den letzten Tagen war es ungewöhnlich warm gewesen. Dennoch lag rund um die kleine Stadt Wendall, die etwa achtzig Kilometer westlich von Port Willis lag und zum Schauplatz der Hochzeitsfeier auserkoren worden war, immer noch ein Hauch von Frost in der Luft. Joy lenkte ihre Schritte in den bezaubernden Garten vor dem Haus. An seinem Ende stand ein mächtiger Baum, ein uralter Riese mit knorrigen Ästen, die sich über den Rand einer Klippe wölbten. Die meisten Pflanzen lagen im tiefsten Winterschlaf, einige Blumen und Bäume jedoch erblühten jetzt schon in allen Farben und Formen und flankierten den sorgsam geharkten Kiesweg.

Joy starrte auf einen rosa leuchtenden Rhododendronbusch, während sie versuchte, sich ganz auf ihre Mutter zu konzentrieren. »Wie fühlst du dich?«

»Ach, eigentlich ganz gut, Liebes.« Aus der leichten Unsicherheit, die in ihrer Stimme lag, schloss Joy, dass ihrer Mutter anscheinend nicht klar war, mit wem sie gerade sprach – obwohl sie selbst angerufen hatte. Ein rasselndes Husten drang durch den Hörer.

Joy legte den Kopf in den Nacken. »Das hört sich aber nicht gut an.«

»Das kommt nur von dem Schnupfen, den ich hatte. Der war ganz schön hartnäckig.«

»Du warst erkältet?« Als sie zum Weihnachtsfest zwei Tage zuvor angerufen hatte, war ihre Mutter nicht in der Lage gewesen, ein Gespräch zu führen, und ihr Vater hatte es anscheinend nicht für nötig gehalten, das zu erwähnen.

Wäre Joy vor Ort gewesen, hätte sie es natürlich mitbekommen. Stattdessen verbrachte sie ihre Zeit damit, Sophia bei ihren letzten Vorbereitungen zur Hand zu gehen und so oft wie möglich mit Oliver zusammen zu sein. Sie hätte zwischendurch noch mal anrufen sollen!

»Kümmern sich die Schwestern auch gut um dich?« Joy vergrub ihre freie Hand in der Manteltasche.

»Aber natürlich.«

Ein weiterer Hustenanfall versetzte Joy in Alarmstimmung. »Mom, bist du sicher, dass mit dir alles in Ordnung ist? Hat Dr. Liebermann dich schon untersucht? Er soll dich unbedingt abhören und klären, ob mit deiner Lunge alles okay ist.«

»Ach Blödsinn. Wenn ich die nächsten Nächte einigermaßen gut schlafe, fühle ich mich wieder frisch wie der junge Morgen.«

»Kann ich mal Dad sprechen?« Um nicht auszukühlen, setzte Joy ihren Weg durch den Garten fort. Nach wenigen Schritten trat sie aus dem Schatten einer großen Zeder und das strahlende Licht der Sonne wärmte ihre Wangen.

»Nein, er … nun, ich weiß nicht, wo er hingegangen ist.«

»Alles in Ordnung, Mom. Mach dir keine Sorgen.« Ein Seufzer der Frustration entfuhr ihr. Nur noch drei Tage, dann wäre sie wieder in Florida und würde sich darum kümmern, dass alles in geordneten Bahnen verlief. Sie konnte nur hoffen, dass es ihrer Mutter bis dahin einigermaßen gut ging und andere sich bestmöglich um sie kümmerten.

Während sie nun von den Hochzeitsplänen für den kommenden Tag erzählte, schlenderte sie bis zu dem Baum, unter dem eine Stunde zuvor die Probe für die Feier stattgefunden hatte. Die Hochzeitsgesellschaft hatte das Panorama auf sich wirken lassen, das der Blick über die Klippe aufs offene Meer dahinter bot. Die steife Brise allerdings, die dort draußen blies, hatte die Teilnehmer frösteln lassen. Wäre die Trauungszeremonie nicht so angenehm kurz gewesen und hätte man auf die geschickt platzierten Heizpilze verzichtet – Joy hätte sich mit Sicherheit in einen Eiszapfen verwandelt.

Der gleiche Wind heulte nun derart durchdringend, dass es ihr schwerfiel, ihre Mutter am anderen Ende der Leitung noch zu verstehen. »Bitte, was hast du gerade gesagt?«

»Ich bin so müde.«

»Dann machen wir jetzt besser Schluss. Danke, dass du angerufen hast. Ich hab dich lieb!«

Ohne ein weiteres Wort drückte ihre Mutter sie weg. Obwohl Joy wusste, dass die Krankheit schuld daran war, dass Mom ihre Liebe nicht mehr zum Ausdruck brachte, konnte sie sich des Gefühls nicht erwehren, zurückgestoßen zu werden, und diese vermeintliche Ablehnung tat weh.

Joy steckte das Handy zurück in ihre Jeans, lehnte sich an den Baum und sah hinab in die wirbelnden Wassermassen tief unter ihr. Ihre zerzausten Haare tanzten in den aufsteigenden Böen und kitzelten ihre Ohren.

»Hier versteckst du dich also.« Über das Getöse der Elemente hinweg war Oliver kaum zu verstehen. Er trat neben sie. »Die Braut sucht nach dir. Es sieht so aus, als ob sie eine Dankesrede halten möchte.«

»Ist gut, ich komme.« Joy konnte nicht verhindern, dass eine gewisse Traurigkeit in ihren Worten mitschwang. Mit jeder Minute, die verging, wurde der Ruf, in ihr altes Leben zurückzukehren, lauter. Sie gehörte mit Sicherheit nicht zu denen, die vor ihren Problemen davonliefen, doch wäre es ihr möglich gewesen, die Zeit ein klein wenig zu verlangsamen …

»Irgendwas stimmt doch nicht mit dir, meine Süße.«

Sie biss sich auf die Unterlippe, Tränen stiegen ihr in die Augen. »Ich habe gerade mit meiner Mutter telefoniert.«

»Aha.« Er nahm sie in seine Arme und sofort durchströmte sie ein Gefühl von Geborgenheit, mehr denn je genoss sie den Schutz vor dem stürmischen Seewind. War es nicht erstaunlich, wie gut

Oliver sie verstand, sodass ihr die Worte erspart blieben, die ihren Schmerz aufs Neue aufgewühlt hätten? Wie er verstand, dass sie einfach nur jemanden brauchte, der mit ihr da durchging?

Du liebe Güte, sie sollten schleunigst zurück zu Sophia, denn sonst würden die Dämme brechen. Sie legte ihren Arm um Olivers Hüfte und schob ihn den Gartenweg hinab. Kurz vor dem Haus hielt er an und brachte damit auch sie zum Stehenbleiben. Er nahm ihr Gesicht in beide Hände und streichelte ihre Wangen mit seinen Daumen. »Es tut mir so leid, dass dir das einen solchen Kummer bereitet, Joy.«

Und das war's. Ihre Augen liefen über und die ersten Tränen rannen über seine Finger. Er legte seine Arme um sie und hielt sie fest, während sie vor sich hin schluchzte und feuchte Flecken auf seinem braunen Kaschmirpullover hinterließ.

Als die Flut langsam versiegte, löste sie sich so weit von ihm, dass sie ihm in die Augen sehen konnte. »Danke.« Ihre Nase war verstopft und ihr Make-up erinnerte bestimmt an moderne Malerei. »Du hast nicht zufällig so ein Stofftaschentuch dabei, wie es die Heldin in romantischen Filmen von ihrem Liebsten hingehalten bekommt?«

»Na, so alt bin ich nun auch wieder nicht.«

Ein schüchternes Lächeln huschte über ihr Gesicht. »Aber es käme ziemlich britisch rüber, oder?«

»Sorry, dass ich dich da enttäuschen muss.«

»Man sollte eben nicht alles glauben, was man in Filmen sieht.« Sie wischte sich die mascaraschwarzen Tränen mit der Hand von den Wangen und lachte.

»Das wahre Leben kann viel schöner sein als jeder Film.« Oliver drückte ihr einen Kuss auf die Lippen, der für ihren Geschmack viel zu schnell zu Ende war. Der Blick in seine braunen Augen jedoch entschädigte sie. »Es ist unfassbar, Joy.«

»Unfassbar? Was meinst du?« Ihre Worte klangen so zart wie die Blütenblätter der Christrose, die neben ihnen am Wegesrand blühte.

»Was ich für dich empfinde.« Er ergriff ihre Hand. »Es hat uns überrascht wie der Schneesturm, den wir in London erlebt haben. Genauso schnell und stark. Ich weiß nicht, wie es dir geht, aber ich habe noch nie erlebt, dass mich etwas so überwältigt hat.«

Das war mit Sicherheit nicht wahr. »Aber wie war es denn mit Jana?«

»Wir waren schon Sandkastenfreunde und unsere Beziehung hat sich mit den Jahren entwickelt. Wenn ich zurückschaue, bin ich mir gar nicht mehr so sicher, dass ich Jana auf die richtige Art und Weise geliebt habe. Wir waren eher wie zwei gute Freunde, die sich an eine gewisse Zweisamkeit gewöhnt haben.«

»Ehrlich gesagt sind meine Lieblingsgeschichten die, in denen sich gute Freunde langsam, aber sicher in ein Liebespaar verwandeln, so wie Anne und Gilbert aus *Anne auf Green Gables* oder wie Harry und Sally oder wie Emma Woodhouse und George Knightley bei Jane Austen. Ich habe mir immer vorgestellt, dass auch meine Geschichte so verlaufen könnte.«

Du hast keine Geschichte. Nur diese Winterromanze hier, die als Fernbeziehung niemals funktionieren würde.

Und doch wünschte sie sich so sehr, dass es mehr sein möge.

Zum ersten Mal erlaubte sie sich zu träumen. Wie wäre es, wenn sie die Bürde der Verantwortung ablegte und sich ganz auf eine Beziehung mit Oliver einließ, weit über Sophias Hochzeit hinaus – vielleicht für immer? Wenn sie es ohne Rücksicht auf Verluste durchzog?

Oh nein, was war sie nur für eine schreckliche Tochter, dass sie auch nur daran dachte? Ihre Eltern waren immer für sie da gewesen, wenn sie sie brauchte, und denselben Anspruch hatte sie nun umgekehrt.

Oliver und sie schlenderten Arm in Arm den Weg entlang. Joy liebte den frischen Duft seines Rasierwassers.

»Was geht gerade in deinem klugen Köpfchen vor?«, fragte er.

»Ich mache mir so meine Gedanken.«

»Über?«

»Die kommende Zeit.«

Er wandte sich zu ihr hin und küsste sie auf die Stirn. »Mach dir keine unnötigen Sorgen.«

Es war Zeit, dass sie es aussprach. Dass sie die Blase, in der sie beide sich befanden, platzen ließ. »Was tun wir hier nur, Oliver? Unsere Beziehung hat keine Zukunft.«

»Woher willst du das wissen?«

Behutsam löste sie sich von ihm. »Ich mag dich Oliver. Das tue ich wirklich. Aber das ändert nichts an den Tatsachen. Wir sind zu alt, um uns etwas vorzumachen.« Ihre Kehle brannte wie Feuer, als sie das sagte, denn das war genau das, was sie getan hatte – sie hatte sich verführen lassen von der romantischen Stimmung dieser besonderen Jahreszeit, beflügelt von Sophias geradezu märchenhaftem Schicksal.

»Ich mache mir doch nichts vor, Joy.« Olivers Stiefel knirschten auf dem Kies, als er erneut einen Schritt auf sie zumachte.

Wenn er es nur sein lassen würde, sie anzusehen wie Charles Bingley seine Jane Bennett in *Stolz und Vorurteil* oder Luke Danes Lorelai in *Gilmore Girls*!

»Ich streite ja nicht ab, dass da was ist zwischen uns. Natürlich ist da was. Aber es führt ins Nichts. Ich bin nicht die Art Frau, die sich in eine unmögliche Beziehung stürzt, deren Ende schon abzusehen ist, bevor sie überhaupt begonnen hat – und du scheinst mir auch nicht die Art Mann zu sein.«

»Warum unmöglich? Nur weil wir in zwei verschiedenen Ländern leben?«

»Ist das etwa kein Problem für dich?«

»Ich gebe zu, es ist nicht gerade eine ideale Ausgangssituation, doch es macht das Ganze auch nicht aussichtslos. Nur ein bisschen komplizierter. Aber Joy, du bist es wert, es mit jeder Art von Komplikation aufzunehmen.«

Warum musste er nur so wundervoll sein und ausgeglichen und … nun, einfach wundervoll? Sie schloss die Augen, denn sie wusste, ihr Herz würde wie Wachs in seinen Händen schmelzen, wenn sie es nicht schaffte, sich auf das Problem zu konzentrieren. »Ich finde es schön, wenn du so etwas sagst. Und doch kann ich daraufhin nicht meine Eltern im Stich lassen. Sie brauchen mich und ich werde sie nicht enttäuschen.« Nicht noch einmal.

»Du ahnst nicht, wie sehr ich dich dafür bewundere.« Kopfschüttelnd öffnete sie ihre Augen wieder. »Dann würdest du mich aber nicht bitten, es zu tun. Wärst du denn bereit, deine Firma zu verlassen?«

Seine Kiefermuskeln spannten sich an.

»Siehst du.« Sie senkte ihre Stimme und strich ihm über den Arm.

»Du gibst einer anderen Lösung keine Chance«, erwiderte Oliver leise.

Sollte es wirklich eine Möglichkeit geben, die sie noch nicht in Betracht gezogen hatte? »Und wie sähe die aus?«

»Dass es einen Weg gibt, den im Moment noch keiner sehen kann, weil er eben nicht das Offensichtliche ist. Nur Gott weiß, was passieren wird, und er kann es so führen, dass es gut wird.«

»Ich weiß, dass Gott alles gut werden lassen kann – doch er tut es nicht immer.« Das beste Beispiel waren ihre Eltern, die sich so sehr gewünscht hatten, im Ruhestand die Welt bereisen zu können, und sich nun in den Klauen dieser schrecklichen Alzheimerkrankheit wiederfanden, die sie zwang, ebenso langsam wie qualvoll Abschied voneinander zu nehmen. »Wir müssen die bestmöglichen Entscheidungen treffen aufgrund der Informationen, die uns im jeweiligen Augenblick vorliegen.«

»Normalerweise würde ich dir zustimmen. Doch manchmal kann man dem Herzen nicht mit Logik kommen.« Hinter Oliver leuchtete ein Meer gelber Blüten von einem immergrünen Strauch herab. »Weißt du, wann es vor diesem Winter in Cornwall zum letzten Mal geschneit hatte? Das liegt lange zurück. Und weißt du, wie lange die letzte weiße Weihnacht zurückliegt? Noch länger. Trotzdem – dieses Jahr hat es mal wieder geklappt. Wer hätte das vor einem Jahr voraussagen können? Wir wissen also nicht, was die Zukunft bringt, das ist wahr. Doch du lässt eine Information außer Acht, die uns im Moment durchaus schon vorliegt.«

»Worauf willst du hinaus?« Joy konnte nicht verhindern, dass ihre Stimme bebte.

»Darauf, dass das, was wir füreinander empfinden, etwas ganz Seltenes ist. Es ist ein Geschenk.« In Olivers Blick lag eine solche Sehnsucht, dass es ihr fast den Atem nahm.

Sie hatte sich immer lustig gemacht über die Filme, in denen sich zwei Menschen kennenlernten und sofort eine feste Beziehung eingingen – doch war das nicht genau das, was ihnen passiert war?

Sie hätte in diesem Augenblick nichts lieber getan, als sich in seinen Armen zu bergen und zu vergessen, dass es Dinge wie Alzheimer und Weltmeere und Verantwortung überhaupt gab. Doch in wenigen Tagen würde sie in die Staaten zurückkehren und er nach London. Daran würde sich nichts ändern.

Joy schluckte mühsam. »Du hast recht. Es ist ein wunderbares Geschenk. Und ich möchte die Erinnerung daran auch nicht ruinieren, indem ich es mit einem Streit beende. Es wäre besser, wenn wir jetzt den Schlussstrich ziehen und im Guten auseinandergehen.«

»Joy.«

»Es tut mir leid, Oliver. Ich muss mich jetzt um Sophia kümmern. Ihretwegen bin ich schließlich hergekommen.«

Sie stellte sich auf die Zehenspitzen, küsste ihn auf die Wange, schob ihre Hände in ihre Manteltaschen, um sich davon abzuhalten, noch einmal nach den seinen zu greifen, und ging zurück ins Haus.

Kapitel 13

Beim Anblick von Sophia in ihrem schneeweißen Kleid machte Joys Herz einen Sprung. Ihre Freundin stand vor einem bodentiefen Spiegel und bewunderte die perlenbesetzten Applikationen und die elegant angeschnittenen Ärmel. Die fallende V-Taille, der mit feiner Spitze gesäumte Tüllrock und die vornehme Kapellenschleppe betonten ihre Figur perfekt. Im Kontrast zu dem Weiß kamen Sophias helle Augen, ihre schwarzen Locken und die kirschroten Lippen mehr denn je zur Geltung. Letztere umspielte ein glückliches Lächeln, als ihre Mutter ihr von hinten die Arme um die Schultern legte. Heute war sie Schneewittchen, die endlich ihren Prinzen heiraten durfte, und trotz des Kummers, den ihr ihr eigenes Liebesleben bescherte, hätte Joy sich nicht mehr für ihre beste Freundin freuen können.

»Du bist schöner als alle Bräute, die ich jemals gesehen habe, und ich habe eine *Menge* gesehen«, sagte Sandy Barrett mit zitternder Stimme. Sie trat einen Schritt zurück und brachte den U-Boot-Ausschnitt ihres silberfarbenen Kleides in Form. Nicht vielen Frauen in ihrem Alter war es vergönnt, ein solches Mieder mit asymmetrischen Rüschen tragen zu können, die über eine tiefe Taille bis zu den Knöcheln reichten; Sandy jedoch sah darin blendend aus.

Sophia wischte eine Träne weg, bevor sie fallen konnte. »Ich werde nicht weinen. Ich werde nicht weinen.«

Schnell drückte sich Joy an Ginny und Mary, den beiden Brautjungfern, vorbei und hielt ihr eine Schachtel Make-up-Tücher hin. »Ist schon okay. Das kennen wir doch alle. Steck dir ein paar davon in den Brautstrauß.«

»Gute Idee.« Nachdem sie sich bedient hatte, beugte sich Sophia vor und umarmte Joy. »Ich danke dir so sehr für alles, was du seit deiner Ankunft für mich getan hast. Ohne dich hätte ich das nie geschafft.«

»Du weißt, wie gern ich das getan habe.« Nach der Generalprobe am Tag zuvor und dem anschließenden Mittagessen waren sie in Sophias Haus zurückgekehrt, weil die Koffer für die Hochzeitsreise gepackt werden mussten. Joy hatte die Zeit genutzt, um die Dinge zusammentragen, die für die Feier wichtig waren. Wie zu erwarten war, hatte Sophia während des Packens gefragt, wieso Joys Schminke so gelitten hatte – dieser Frau entging nichts –, und Joy hatte ihr das Herz ausgeschüttet, diesmal tatsächlich, ohne zu heulen.

»Du siehst absolut umwerfend aus«, sagte Ginny. Sie selbst trug ein eisblaues, spitzenbesetztes Kleid mit einer zauberhaften Empire-Taille. »Wie eine köstliche, mit Trüffelschokolade verfeinerte Sahnetorte. Ooh, oder noch besser: ein Käsesahnekuchen mit Schokoladenboden und Himbeertopping. Elegant, klassisch und ausgesprochen delikat.«

»Äh, danke?« Sophia umarmte Ginny mit einem glockenhellen Lachen.

»Jetzt hast du's geschafft, dass wir alle Hunger haben!« Mary steckte noch eine letzte Haarklammer in ihre blonde Hochsteckfrisur, die sie gleich noch größer erscheinen ließ, als sie es ohnehin war.

»Umso besser, dass deine Family heute das Catering übernommen hat, denn das bedeutet, dass uns das beste Essen unseres Lebens erwartet.« Vorsichtig und voller Anmut ließ Sophia sich auf einer Stuhllehne nieder.

»Und dazu ich als deine Brautjungfer und mein Bruder als euer Fotograf. Wenn wir ehrlich sind … Ohne die Hilfe der Hammetts hättest du gar nicht heiraten können.« Mary legte sich eine Stola aus weißem Kunstpelz über die Schultern.

Da klopfte es an der Tür des Brautzimmers.

»Herein!«, rief Sophia.

Ein gut aussehender Mann, um dessen Hals ein Fotoapparat

hing, streckte seinen Kopf ins Zimmer. Er war sogar noch ein ganzes Stück größer als Mary, hatte braune Locken und die gleichen grünen Augen wie seine Schwester. »Wenn ihr fertig seid, könnten wir mit dem Shooting beginnen.«

»Großartig, danke, Michael!«

»Aber gern. Kann ich mal die Trauringe haben? Ich würde gern ein paar Bilder mit den Ringen im Vordergrund und euch beiden dahinter machen.«

»Na klar.« Sophia wandte sich an Joy. »Wo sind die denn?«

»Sie müssten in dem Karton da sein.« Joy ging in die Ecke, wo sie ihn abgestellt hatte. Normalerweise wäre es die Aufgabe des Trauzeugen des Bräutigams gewesen, sich um die Ringe zu kümmern, doch Williams Bruder Garrett hatte keine Zeit gehabt, an den Hochzeitsvorbereitungen teilzunehmen. Als Joy sich daraufhin bereit erklärt hatte, das an seiner Stelle zu übernehmen, hatten Sophia und William erleichtert zugestimmt.

Der Karton war ziemlich groß und vollgepackt. Sorgfältig sah Joy die Sachen durch: das Nähzeug, den Fleckenentferner, die Pfefferminzbonbons, die Schmerztabletten, die Zahnseide, die Ersatzknöpfe, das Deo und vieles mehr. Ungefähr bei der Hälfte des Inhalts angekommen, spürte sie langsam leichte Panik in sich aufsteigen.

Sie erinnerte sich daran, die Ringe genommen und auf die Frisierkommode gelegt zu haben. Aber hatte sie sie später auch in die Schachtel getan? Oder war sie nach ihrem Gespräch mit Oliver immer noch so durch den Wind gewesen, dass sie es einfach vergessen hatte?

»Oh nein, bitte nicht!«, murmelte sie mit wachsender Verzweiflung.

»Stimmt was nicht?« Sophia trat neben sie.

Joys Hand fuhr nun bereits zum dritten Mal über den Boden des Kartons, ohne das Gesuchte zutage zu fördern.

Ihre beste Freundin hatte sich auf sie verlassen und sie hatte sie enttäuscht. Wie war das möglich?

»Joy? Ist alles in Ordnung mit dir?« Sophias sanfte Berührung war viel zu liebevoll – das hielt Joy gerade kaum aus.

Mit einem Mal überkam sie eine schreckliche Schwäche, doch sie war entschlossen, ihr nicht nachzugeben. Sie sah Sophia in die Augen. »Ich habe die Ringe vergessen.«

Sophia klappte die Kinnlade herunter.

»Es tut mir so leid. Ich werde gleich losfahren, um sie zu holen …«

»Das würdest du niemals rechtzeitig schaffen.« Sophia kaute so heftig auf ihrer Unterlippe herum, dass helle Stellen im Rot des Lippenstifts entstanden. Dann straffte sie die Schultern und schüttelte fast sichtbar alle Zweifel und Bedenken ab. »Alles gut. Wir können einfach einen provisorischen Ersatz finden, aus einem Stück Draht oder so was.«

»Bin schon dran!« Ginny rauschte durch die Tür, den Gang hinunter und allem Anschein nach in Richtung Küche.

Sophia verdiente so viel mehr als einen Trauring in Form eines Drahtstücks. Leider fiel ihr Verlobungsring als Notfalloption weg, weil sie ihn eine Woche zuvor zum Goldschmied gegeben hatte, der ihn mit dem Ehering verlötete.

Wie hatte es nur so weit kommen können, dass Joy den Menschen, die ihr so viel bedeuteten, so wenig Aufmerksamkeit schenkte? Erst hatte sie ihre Mutter im Stich gelassen, nun ihre beste Freundin.

Das war eine Katastrophe.

»Mach dich nicht verrückt.« Sophia legte den Kopf schief und lächelte. »Es war doch klar, dass das eine oder andere heute nicht ganz glattgehen würde. Am Ende des Tages werde ich Williams Frau sein und nur das zählt für mich.«

Hatte nicht auch Vater versucht, Joy zu beruhigen, indem er ihr vor Augen geführt hatte, wie wahrscheinlich es gewesen war, dass Mutter eines Tages weglaufen und stürzen würde? Das war auch einer der Gründe für ihn, in die Einrichtung für betreutes Wohnen umzuziehen. Doch Joy hatte ihm widersprochen und ihn daran erinnert, welche Bedeutung die Familie und die eigenen vier Wände für Mutter hatten und wie wichtig es war, dass sie stets fest zusammenhielten.

Joy ging durch den Kopf, was Oliver am Weihnachtsabend gesagt hatte: *Ich habe geglaubt, ich allein trüge die Verantwortung dafür, dass meine Angestellten nicht das gleiche berufliche Debakel erleiden, wie ich es Jahre zuvor erlebt hatte. Doch in meinen Berechnungen hatte ich einen Faktor vernachlässigt. Ich rechnete nicht mit Gott.*

Machte sie jetzt den gleichen Fehler, indem sie in eine Rolle schlüpfte, die ihr gar nicht zugedacht war?

Doch bei jemandem angestellt oder jemandes Tochter zu sein, waren zwei sehr verschiedene Rollen. Letzteres blieb man ein Leben lang.

Ja, sie brauchte Gottes Beistand, wenn es darum ging, für ihre Mutter zu sorgen. Sie konnte beim besten Willen nicht erkennen, dass er eine andere Lösung für dieses Problem vorsah. Seine Lösung hieß *Joy*.

»Joy, es ist alles in Ordnung, okay?«

Sie versuchte sich an einem Lächeln. »Okay.«

Doch sie wusste, dass das nicht stimmte. Nicht im Geringsten. Sobald sie die Gelegenheit bekam, würde sie alles tun, um die Sache wiedergutzumachen.

○3

Wenn sie es richtig anstellte, würde sie es zu Sophias Haus und zurück schaffen, bevor die beiden zu ihrer Hochzeitsreise aufbrachen.

Joy tupfte sich die Wimperntusche aus dem Gesicht und steuerte auf den Ausgang des Ballsaals zu. Sie hatte gerade eine so rührende Rede auf die Braut gehalten, dass nicht nur ihnen beiden die Tränen über die Wangen gelaufen waren, und nun summte der ganze Saal wie ein Bienenstock, während Braut und Bräutigam ihre Runde machten, um die Gäste zu begrüßen.

Für einen Moment hielt Joy noch einmal inne und sah hinüber zu ihrer besten Freundin. Sophia sah fantastisch aus, wie sie da so neben William stand, dem sein Smoking mit dem spitzen Aufschlag und die schlichte Seidenkrawatte hervorragend standen. Die verliebten Blicke, die er seiner Braut zuwarf, und ihr Lachen, das durch den Raum klang, während sie an einem Sektglas mit alkoholfreiem Cidre nippte und unbekümmert plauderte – nun, die beiden gaben ein Bild ab, das Joys Herz fast zum Schmelzen brachte.

Dann aber fiel ihr Blick auf Sophias Rechte, die das Sektglas hielt. Anstelle eines prachtvollen Diamanten, in dem sich die Lichter der weihnachtlichen Lichterketten spiegelten, lag ein Ring aus rötlichem Kupferdraht um ihren Finger, den Ginny wenige Minuten vor Beginn der Trauzeremonie aus einer Einkaufstasche herausgeschnitten hatte.

Hochzeitsgesellschaft und Brautpaar hatten es mit Humor genommen, als die beiden sich die Drahtstücke gegenseitig um den Finger gewickelt und gewitzelt hatten, dass sie sie wohl nie wieder abziehen würden. Joys Magen aber hatte rebelliert und ihr Gesicht war feuerrot angelaufen. Sie hatte es nicht geschafft, ihre Schuldgefühle beiseitezuschieben und die Zeremonie zu genießen. Nicht mal die schönsten Momente, wie den, als Sophia den Gang entlangschritt, hin zu dem Mann, den sie liebte, oder den, als William gelobte, Sophia zu lieben und immer für sie zu sorgen. Und als ob das alles noch nicht ausreichte, um Joys Magen in Aufruhr zu versetzen, hatte sie die gesamte Feier damit verbracht, Oliver aus dem Weg zu gehen – zunächst seinen Blicken, mit denen er sie während der Trauung verfolgt hatte, und dann seinen Versuchen, sie während des Stehempfangs anzusprechen. Glücklicherweise hatte sie als Trauzeugin eine Reihe von Pflichten zu erfüllen, darum fiel es ihr nicht schwer, immer neue Gründe zu finden, warum ihr keine Zeit für Gespräche blieb.

Konzentrier dich, Joy!

Sie ließ die Geräuschkulisse der mehr als hundert geladenen Gäste und der klassischen Liebeslieder wie *My Girl*, *Lady in Red* oder *When A Man Loves A Woman* hinter sich. Langsam schlenderte sie zu der großen Freitreppe, die hinunter in die Eingangshalle führte.

Dabei ging sie im Geiste noch einmal ihren Plan durch: Zunächst wollte sie sich Ginnys Autoschlüssel ausleihen. Dann – während der Reden, die gehalten wurden – hinausschlüpfen und die Ringe aus Sophias Haus holen. Schließlich zurückkehren, bevor die Frischgetrauten sich auf den Weg in die Flitterwochen machten. Natürlich wäre sie dadurch nicht dabei, wenn die beiden ihre Hochzeitstorte anschnitten, doch sie hoffte, dass Sophia viel zu beschäftigt sein würde, um ihre Abwesenheit zu bemerken.

Am Fuß der Treppe erschien ein Mann. Oliver.

In seinem Smoking, seiner samtblauen Weste und mit dem passenden Schlips sah er mehr als gut aus, auch wenn ihm tiefe Sorge ins Gesicht geschrieben stand. Er kam herauf und machte erst eine Stufe unter ihr halt, sodass sie ihm auf Augenhöhe gegenüberstand.

»Bitte entschuldige, aber ich muss los.« Sie hob den Saum ihres Kleides, um ihren Weg fortzusetzen, und glitt an ihm vorbei. »Ich will Sophia und Willam diese Ringe bringen, ehe sie aufbrechen.«

Mit zwei, drei Schritten hatte Oliver sie eingeholt. Sie erreichten das Foyer, wo kostbare Gobelins die Wände schmückten und stilvolle Leuchter ein dezentes Licht verbreiteten. »Sie übernachten ja in einem Bed & Breakfast und fliegen morgen so früh nach Italien, dass sie keine Zeit mehr haben, auf dem Weg zum Flughafen einen Umweg über Port Willis zu machen.«

»Aber – «

»Ginny meinte, ich könne ihr Auto nehmen. Ich weiß, dass ich noch keine Erfahrungen sammeln konnte mit dem Verkehr hier, doch es geht ja nur über Nebenstraßen und außerdem ist es gar nicht so weit. Leider ist es ja schon dunkel, aber Nachtfahrten sind nichts Neues für mich, das wird schon gehen.«

»Joy …«

Sie zog ihren Mantel über das Kleid, knöpfte ihn zu und machte sich bereit, in die Kälte hinauszutreten. »Tut mir leid, Oliver.« Seine Hand auf ihrem Arm ließ sie innehalten. »Bitte hör mir zu, ich muss dir etwas erklären.«

Sie drehte sich zu ihm um und erlaubte sich, für einen kurzen Moment zu ihm aufzusehen. Das war ein Fehler. Sein sanfter Blick trieb sie beinahe zurück in seine Arme. Wie sehr wünschte sie sich, dort Zuflucht zu finden. Doch sie war eine erwachsene Frau, die sich zusammenreißen und ihre Probleme selbst lösen musste. »Ich habe das mit den Ringen vermasselt und ich möchte, dass William und Sophia sie so schnell wie möglich bekommen.«

»Das sehe ich genauso.«

Joy entzog sich seinem Griff. »Warum versuchst du dann, mich aufzuhalten?«

Ein Schmunzeln huschte über Olivers Gesicht. »Wenn du mich zu Wort kommen lässt, erfährst du es.«

»Entschuldige.« Sie blies sich ihren Pony aus der Stirn und verschränkte die Arme vor der Brust. »Also?«

Er steckte seine Rechte in die Hosentasche. »Ich habe die Ringe.«

»Was?«

Als er die beiden Schmuckstücke lächelnd hervorholte, entfuhr Joy ein kleiner Freudenschrei.

»Meine Eltern sind heute früh in Port Willis eingetroffen, und als ich gehört habe, dass die Ringe noch dort liegen, habe ich die beiden angerufen. Sobald er konnte, hat mein Vater sie hergebracht. Ich komme gerade vom Parkplatz, um sie dir zu übergeben.« Er drückte sie ihr in die Hand.

Andächtig schloss sie ihre Finger um das kühle Metall. Um keinerlei Risiko mehr einzugehen, verstaute sie sie umgehend in ihrer Manteltasche. »Aber wie ist er denn in Sophias Haus gekommen? Und woher wusste er, wo er sie findet?«

»Meine Tante hat einen Ersatzschlüssel für Notfälle. Ich habe William gefragt und er fragte Sophia, wo sie sein könnten. Es dauerte keine fünf Minuten, bis mein Dad sie hatte.«

»Ich weiß gar nicht, was ich sagen soll.« In ihrem Kopf arbeitete es so fieberhaft, dass sie kaum hinterherkam. »Ich glaube, wir sollten schnell wieder hochgehen.«

Oliver folgte ihr zurück zur Hochzeitsgesellschaft.

Vor der Tür zum Ballsaal verharrte sie und drehte sich zu ihm um. »Danke!«

»Keine Ursache. Auch mir liegen William und Sophia am Herzen. Genau wie du.« Ein paar Sekunden lang sah Oliver ihr fest in die Augen. »Ich wusste, dass du versuchen würdest, dich davonzustehlen. Obwohl Sophia so viel mehr daran liegt, dich bei ihr zu haben als den Ring.«

Es waren noch kaum zwei Wochen vergangen und er kannte sie bereits so gut ...

»Du weißt das, stimmt's?«, fuhr Oliver fort. »Die Menschen sind gern mit dir zusammen, nicht, weil du irgendwas Nettes für sie tust und ihnen behilflich bist. Sondern weil du so bist, wie du bist. Du machst jeden Raum, den du betrittst, ein bisschen heller. Du machst deinem Namen wirklich alle Ehre – du bist die Freude in Person, Joy.«

Sie schnappte nach Luft. Wie um alles in der Welt sollte sie ihn hier stehen lassen und so tun, als ob sie weiterhin fest entschlossen sei, auf Abstand zu gehen? Im Saal ertönten die ersten Takte von *Unchained Melody*, das zu ihren absoluten Lieblingsliedern gehörte. Ein Lied, so voller Sehnsucht. Es passte perfekt zu ihrer gegenwärtigen Gefühlslage. »Möchtest du mit mir tanzen?«

Ihr Blick schien ihm Antwort genug zu sein, denn er nahm ihre Hand und führte Joy wieder hinein. An der Garderobe half er ihr aus dem Mantel und schob sie dann sanft aufs Tanzparkett. Behutsam legte er seinen Arm um ihre Taille und zog sie an sich.

Joy lehnte sich an ihn und spürte den samtweichen Stoff seines Smokings an ihrer Schläfe. Sie waren ein perfektes Paar. Sie tanzten auf eine Weise miteinander, als hätten sie das schon viele Male getan. Auch die Tatsache, dass er ihr zu Hilfe gekommen war, ohne dass sie ihn darum hatte bitten müssen, sprach Bände. Die Art, wie er ihre Pläne vorhergesehen hatte und beschlossen hatte, ihr beizustehen.

»Joy?«

»Hmm?«

»Ich hatte noch gar keine Gelegenheit, dir zu sagen, wie umwerfend du heute Abend aussiehst. Einfach hinreißend.«

Schau jetzt bloß nicht hoch, schau nicht hoch, schau nicht hoch …
Wenn sie es tat, wäre sie hoffnungslos verloren. Nicht, dass ihr Herz nicht längst in höchster Gefahr schwebte. Doch das zarte Band, das es noch zusammenhielt, wäre vollständig entzweigerissen, wenn sie zugelassen hätte, dass er sie wieder küsste.

»Danke«, murmelte sie. Joy ließ ihren Blick im Raum umherschweifen und konzentrierte sich auf die Paare um sie herum.

Sie sah Mary und ihren Mann Blake, die die Feier sichtlich genossen und sich miteinander unterhielten.

Da waren Ginny und Steven, die Köpfe aneinandergeschmiegt, lächelnd.

Und neben ihnen drehte sich Sophia um William, beugte sich dann nach hinten und gestattete ihm einen zärtlichen Kuss.

Joy spürte einen leisen Stich. Sie drückte Olivers Hand umso fester und er erwiderte den Druck.

Das Lied endete viel zu früh und der DJ legte einen deutlich schwungvolleren Song auf. Trotzdem hörte Oliver nicht auf, Joy in seinen Armen zu wiegen. Vielleicht wollte er einfach nur seine letzte Gelegenheit nutzen, mit ihr zusammen zu sein.

Mit einem Seufzen riss sie sich von ihm los. »Das war wunderbar. Ich danke dir.«

»Joy …«

»Ich kann nicht.« Sie unterdrückte mit Mühe ein Schluchzen und bahnte sich einen Weg durch die Tanzenden, zurück zur Garderobe. Bevor sie vollständig die Fassung verlor, musste sie unbedingt die Ringe an das Brautpaar übergeben.

Als sie in der Tasche danach tastete, spürte sie, wie ihr Handy vibrierte. Sie holte es aus der Innentasche. Anscheinend hatte sie einen Anruf ihres Vaters verpasst. Wenigstens hatte er eine Nachricht hinterlassen. Wahrscheinlich war es nichts von Bedeutung. Aber warum hatte sie dann auf einmal so ein ungutes Gefühl in der Magengrube? Und woher kam diese Eiseskälte, die sich langsam um ihr Herz legte?

Den Mantel über dem Arm und das Handy am Ohr eilte sie weg von dem Lärm des Saals. Sie rief die Mailbox ab und gleich darauf erklang die Stimme ihres Vaters.

»Hallo, mein Schatz. Ich will dich nicht beunruhigen, aber deine Mutter hat leider eine Lungenentzündung. Sie behalten sie zur Beobachtung hier und werden sie in ein Krankenhaus überweisen, wenn sich ihr Zustand verschlechtert. Ich gebe dir Bescheid, wenn ich mehr weiß. Hab dich lieb. Ich hoffe, die Hochzeit ist schön.«

Eine Lungenentzündung? Das konnte für Menschen in der Verfassung ihrer Mutter richtig gefährlich werden!

Joy drückte die Rückruftaste, doch auch ihr Anruf landete auf dem Anrufbeantworter. »Dad, ich bin's. Ruf mich bitte an, wenn du Gelegenheit dazu hast. Ich habe ein paar Fragen, was Mom betrifft.«

Und nun? Eigentlich war ihre Abreise für kommenden Montag geplant, doch sie konnte nicht hier herumsitzen, während es ihrer Mutter schlecht ging. Wer konnte ihr sagen, wie ernst ihr Zustand war?

Die Rehaklinik. Die Leute dort sollten ja wohl wissen, wie es wirklich um sie stand. Joy wählte die Nummer und die Dame vom Empfang verband sie mit Linda.

»Linda, hallo, hier Joy Beckman. Wie geht es ihr?« Ihre Stimme zitterte.

»Im Moment wehrt sie sich nicht gegen die Behandlung. Und sie schläft viel, wenn sie nicht gerade hustet.«

»Also ist ihr Zustand im Moment stabil?«

»Ja, aber Sie wissen ja, wie schnell sich das ändern kann.«

»Okay, danke, Linda!«

»Tut mir leid, dass ich Ihnen nichts Konkreteres sagen kann.«

»Alles in Ordnung, ich komme, sobald ich kann.«

Sie beendete das Gespräch, steckte das Handy zurück in ihre Manteltasche und nahm stattdessen die Ringe heraus. Dann gab sie sich einen Ruck, öffnete die Tür zum Ballsaal und ließ ihren Blick schweifen, bis sie Sophia entdeckt hatte, die gerade mit ihrer Mutter und Ginny sprach.

Joys High Heels klapperten auf den hölzernen Dielen, als sie mit eiligen Schritten die Tanzfläche überquerte und neben die Braut trat.

Sophia sah ihren Gesichtsausdruck und ihr Lächeln erstarb. »Was ist passiert, Joy?«

»Meine Mutter. Lungenentzündung. Es ist noch zu früh, um eine Prognose stellen zu können. Aber …«

»Du musst den nächsten Flieger nehmen.«

Joy rang nach Luft, nicht nur wegen ihres Sprints auf Pfennigabsätzen, sondern vor allem, weil ihr die Situation die Kehle zuschnürte. »Ich möchte dich nicht im Stich lassen.«

»Das tust du nicht.« Sophia zog Joy an sich und umarmte sie, so fest sie konnte. »Ich hab dich lieb. Du bist die beste Freundin, die man sich wünschen kann. Und ich bin glücklich, dass es dir möglich war, diesen Tag mit mir zu feiern.«

»Ich auch.«

Sophia gab sie wieder frei. »Jetzt geh.«

»Wenn du willst, fahre ich dich«, bot Ginny an. »Es sei denn, es wäre dir lieber, dass Oliver das übernimmt. Ich bin sicher, dass er nichts dagegen hätte.«

»Nein, ich fahre gern mit dir.« Sich von Oliver bringen zu lassen, wäre einfach zu viel. »Auch wenn ich dich eigentlich nicht von der Hochzeit entführen möchte.«

»Wichtig ist nur, dass du zu deiner Mutter kommst.« Sophia drückte Joys Arm.

»Danke, ihr Lieben. Oh. Fast hätte ich es vergessen.« Joy öffnete ihre Hand und hielt Sophia die Ringe hin.

Ein Strahlen ging über das Gesicht ihrer Freundin. »Wo hast du die denn her?«

»Oliver.«

Sophia runzelte ihre Stirn. »Bist du dir sicher –?«

»Ja, ich bin mir sicher«, unterbrach Joy sie, denn sie wusste genau, was Sophia hatte fragen wollen. »Mom braucht mich – und ihn muss ich loslassen.«

Nun riss der letzte Herzensfaden doch noch. Es tat unbeschreiblich weh. Joy eilte aus dem Saal, bevor sie Sophias Hochzeitsfeier mit einem Zusammenbruch verderben konnte.

Kapitel 14

Sie konnte sich nicht daran erinnern, jemals so erschöpft und mit den Nerven am Ende gewesen zu sein.

Joy stand vor der Tür zum Zimmer ihrer Mutter und ihre zitternden Finger schwebten über der Klinke. Warum fiel es ihr so schwer einzutreten? Vielleicht weil sie nicht wusste, was sie vorfinden würde. Eigentlich war es ein gutes Zeichen, dass Mom immer noch hier in der Klinik war und nicht im Krankenhaus. Aber war es möglich, dass man sie hier nicht optimal versorgt hatte, während Joy weg war? Hatte Vater ausreichend darauf geachtet? Als Rehabilitationszentrum hatte dieser Ort die besten Bewertungen weit und breit, doch …

Geh einfach rein, Joy.

Sie holte so tief Luft, wie sie nur konnte, und öffnete die Tür. Der Raum lag im Halbdunkel, die letzten Strahlen der Abendsonne schafften es kaum mehr durch das Fenster. Auf wackligen Beinen legte Joy die Schritte zum Bett zurück. Gut, dass sie bei Sophia zu Hause vor dem Abflug noch Zeit gehabt hatte, ihre Kleidung zu wechseln und bequeme Sachen sowie flache Schuhe anzuziehen. Allerdings roch sie jetzt nach Flugzeug und zweifellos waren sowohl ihr Festtags-Make-up als auch ihre Locken vollkommen hinüber.

Da es ihr weiterhin nicht gelungen war, ihren Vater zu erreichen, war sie direkt vom Flughafen in die Klinik gekommen.

Je besser ihre Augen sich an die Dunkelheit gewöhnten, desto deutlicher konnte sie ihre schlafende Mutter erkennen. Ein plötzlicher Hustenkrampf schreckte die Kranke auf und sie warf sich stöhnend hin und her.

»Mom.« Joy beugte sich über sie.

»JoJo?«, fragte ihr Vater von einem Stuhl in der Nähe. Er

tastete unter seine Brille, um sich die Augen zu reiben. »Was machst du denn hier? Wir haben noch gar nicht mit dir gerechnet.«

»Ich habe deine Nachricht erhalten und bin sofort aufgebrochen.«

»Das hättest du nicht tun sollen«, erwiderte er stirnrunzelnd. »Ich wollte doch nur, dass du auf dem Laufenden bist. Deine Mutter ...«

»Sie braucht mich.«

Ihr Vater musterte sie mit besorgter Miene. »Lass uns auf den Flur gehen, dann stören wir sie nicht.«

Joy warf ihrer Mutter einen weiteren Blick zu und folgte ihrem Vater nach draußen. Ihre übermüdeten Augen schmerzten, als sie in das grelle Licht der Neonröhren traten. Sie gingen in den leeren Warteraum am Ende des Ganges. Aus einem Fernseher an der Wand blubberten die neuesten Nachrichten und in einer Ecke versuchte ein Nadelbäumchen, das dem mickrigen Exemplar aus dem Zeichentrickfilm *Frohe Weihnachten, Charlie Brown!* glich, mithilfe einiger roter Kugeln etwas Weihnachtsstimmung zu verbreiten.

»Es geht ihr gut, JoJo. Die Antibiotika schlagen an.«

»Das ist gut.« Joys Muskeln protestierten, als sie sich auf einen der weniger komfortablen Stühle sinken ließ. »Ich weiß, wie übel sich eine Lungenentzündung auswirken kann.«

Ihr Vater setzte sich neben sie. »Hast du deswegen die Hochzeit versäumt?«

»Nur die letzten paar Stunden. Sophia hat es verstanden.«

Und Oliver?

Daran wollte sie jetzt nicht denken – an die Art und Weise, wie sie gegangen war, ohne Lebewohl zu sagen. War es Pflichtgefühl oder Angst, die sie dazu bewogen hatte?

Vielleicht ein bisschen von beidem.

»Doch jetzt bin wieder da und ein paar Dinge werden in Zukunft etwas anders laufen als bisher«, fuhr sie fort. »Ich werde mich wieder voll auf euch konzentrieren. Während des Flugs habe ich mich schlaugemacht, wie wir es schaffen könnten, etwas mehr Hilfe bei Moms Betreuung zu bekommen. Das würde uns beiden die Möglichkeit geben, bei der Pflege in regelmäßigen Abständen Pausen einzulegen, was uns wiederum erlaubt …«

»Ich habe mich für den Umzug entschieden.«

Joy meinte plötzlich, laut und deutlich ein Rauschen zu hören, das nicht von dem Meteorologen kommen konnte, der gerade den Wetterbericht für den kommenden Tag verlas – sonnig bei Temperaturen um die dreiundzwanzig Grad.

Sie musste sich wohl verhört haben. »Wie bitte?«

Dads Züge entspannten sich und er lehnte sich mit dem Kopf an die weiße Wand. »Die Glenn-River-Pflegeeinrichtung. Ich habe dir die Broschüre gezeigt, erinnerst du dich? Dort ist gerade eine Wohnung frei geworden und ich habe beschlossen, sie für deine Mutter und mich zu mieten. Wir können im selben Apartment wohnen. So eine Gelegenheit bietet sich nicht oft, vor allem eine so günstige.«

Das konnte nicht sein Ernst sein. »Aber Dad, dieses Geld musst du nun wirklich nicht ausgeben. Ihr habt doch mich!« Joy klammerte sich so fest an die hölzernen Armlehnen des Stuhls, dass ihre Finger schmerzten.

Ihr Vater legte seine Hand auf ihre. Er schien sich um einen unbeirrten, tapferen Eindruck zu bemühen. Unter keinen Umständen konnte er sich wirklich mit dem Gedanken angefreundet haben, das Haus, das er und Mutter so sehr liebten, zu verlassen, um stattdessen in ein kleines Apartment zu ziehen. Mehrmals am Tag Fremde in seine vier Wände lassen zu müssen. Sein vertrautes Leben aufzugeben.

»Es tut mir so leid.« Eine Träne lief ihr über den Nasenrücken, als sie sich vornüberbeugte, ihre Ellbogen auf den Knien aufstützte und den Kopf zwischen beide Hände legte. »Das ist alles meine Schuld.«

»Was soll das denn heißen?«

»Wenn ich nicht eingeschlafen wäre und zugelassen hätte, dass Mom unbeaufsichtigt das Haus verlässt …«

»JoJo, schau mich an.«

»Nein.« Sie konnte es nicht ertragen, den Schmerz in seinen Augen zu sehen.

Er seufzte und strich ihr mit kreisenden Bewegungen über den Rücken, wie er es so oft getan hatte, als sie noch ein Kind gewesen war. »Ich habe schon vor dem Unfall mit dem Gedanken an einen Umzug gespielt. Du weißt genauso gut wie ich, dass so etwas früher oder später passieren musste, dass wir uns nicht ohne Unterstützung bis an ihr Lebensende um sie kümmern können. Das hat überhaupt nichts mit dir zu tun und dem, was du zu leisten imstande bist. Dich bei uns zu haben, war uns eine große Hilfe – du kannst dir gar nicht vorstellen, wie groß – und es gab in diesem Jahr so viele schöne Augenblicke, die wir gemeinsam erlebt haben. Jetzt aber wird es Zeit, andere diese Last tragen zu lassen.«

Joys Kopf fuhr hoch. »Mom ist keine Last.«

»Nein, sie nicht, aber ihre Pflege. Das ist die Last, die du auf keinen Fall unbegrenzt schultern solltest. Und es kann durchaus noch eine längere Wegstrecke werden, die wir miteinander zurücklegen.«

»Aber ich bin ihre Tochter.«

»Und ich bin ihr Mann. In guten wie in schlechten Tagen, bis dass der Tod uns scheidet. Das ist mein Leben, dafür habe ich mich entschieden. Ich möchte bei ihr sein, all die Tage, die uns zusammen noch bleiben. Das können zehn Monate sein oder auch zehn Jahre. Das weiß keiner – nur Gott. Du aber hast den größten Teil deines Lebens noch vor dir. In einem ihrer klaren Momente hat sie mir gesagt, wie schrecklich sie es findet, dass du deinen Beruf aufgegeben hast, um bei ihr zu sein. Sie möchte nicht, dass du deswegen dein Lebensglück einfach so wegwirfst.«

»Ich werfe nichts weg.« Bei diesen Worten schoss ihr der Gedanke an Oliver durch den Kopf, was ihre Beklommenheit nur noch verstärkte. »Das ist mein Leben und meine freie Entscheidung, Dad. Ich möchte nichts bereuen müssen.«

Warum hast du ihn dann stehen lassen, ohne dich zu verabschieden?

Ein frustriertes Stöhnen entfuhr ihr. Warum konnte ihre innere Stimme nicht mal einen Tag lang schweigen?

Joy stand auf und wischte sich die Tränen von den Wangen. Dann straffte sie die Schultern. »Ich gehe noch mal zu Mom. Wenn sie die Lungenentzündung überstanden hat und ich nicht mehr zu Tode erschöpft bin, reden wir weiter.«

Damit eilte sie den Gang hinunter und auf das Zimmer ihrer Mutter zu, bevor ihr Vater auch nur ein weiteres Wort vorbringen konnte.

Kapitel 15

Alle Welt schien in den Startlöchern zu stehen, um etwas Neues zu beginnen. Warum kam Joy damit nicht klar?

Sie spazierte einen gepflasterten Weg am Ufer des Flusses entlang, der durch New Port Richey floss, wenige Hundert Meter von der Rehaklinik entfernt. Seit ihrer Ankunft hatte sie anderthalb Tage fast pausenlos im Zimmer ihrer Mutter gesessen und es tat gut, endlich frische Luft zu schnappen.

Erst als sie durch den Empfangsbereich gegangen war, war ihr bewusst geworden, dass mit dem folgenden Tag bereits das alte Jahr zu Ende gehen und in der Silvesternacht das neue anbrechen würde. Es war die Zeit, in der man gute Vorsätze fasste. In der man Veränderungen anging.

Joy wollte weder das eine noch das andere. Sie bevorzugte es, wenn alles so blieb, wie es war.

Aber warum eigentlich?

Der Duft von Steaks, die auf einem Holzkohlegrill ganz in der Nähe brutzelten, stieg ihr in die Nase. Joy folgte dem gewundenen Pfad und kam an zahllosen Pärchen und Familien vorbei, die das schöne Wetter genossen. Hier brauchte sie keinen Mantel, ihre rote langärmelige Leinenbluse, umgeschlagene Jeans und weiße Sneakers waren bei dem Wetter genau das richtige Outfit.

Auf den Wiesen entlang des Flusses wurde Fahrrad gefahren und Frisbee gespielt und unter den Ahornbäumen saßen die Menschen auf Picknickdecken zusammen. Es war keine einzige Bank mehr frei.

Als Joys Handy klingelte und sie auf dem Display die Nummer der Anruferin erkannte, ließ sie es vor lauter Überraschung fast fallen. »Äh, entschuldige mal. Es ist gerade mal der zweite Tag eurer Flitterwochen. Warum um alles in der Welt rufst du mich jetzt schon an?«

Sophia lachte. »Hallo Joy, ich freu mich auch, dich zu hören.«

»Sorry, ich bin nur überrascht. Ist bei euch alles gut?«

»Oh ja. Italien ist atemberaubend. Alles hier atmet Geschichte, nicht nur in Rom.«

»Ich kann es kaum erwarten, die Bilder zu sehen, wenn ihr wieder zu Hause seid. Weiß William, dass du mich anrufst? Es überrascht mich, dass er dich nicht ganz für sich allein haben will.«

Ein Mann, der sie vom Aussehen her an Oliver erinnerte, kam ihr entgegen. An seiner Seite trottete ein Terrier, der sie im Vorbeigehen mit einem kurzen Bellen bedachte.

Joy beschleunigte ihren Schritt.

»Es war sogar seine Idee.« Joy konnte Sophias Grinsen förmlich vor sich sehen. »Durch deine Nachrichten bin ich zwar einigermaßen auf dem Laufenden, doch bevor wir zum Restaurant aufbrechen, wollte ich mich mal kurz bei dir melden. Wie geht es deiner Mom? Wie geht es *dir*?«

Joy atmete aus. »Mit Mom ist so weit alles in Ordnung. Es geht ihr besser, als ich zu hoffen gewagt hatte. Jedenfalls was die Lungenentzündung betrifft.« Der Grad ihrer Verwirrung dagegen schien höher denn je zu sein – aber vielleicht hatte Joy während ihrer zweiwöchigen Abwesenheit auch bloß verdrängt, wie schlimm es war. Jedenfalls hatte ihre Mutter sie seit ihrer Rückkehr nicht ein einziges Mal erkannt. Joy blieb nur, nicht die Nerven zu verlieren, wenn sie ihr in die Augen sah und nichts anderes als höfliche Distanz wahrnahm. »Ja und ich … Na ja, ich hänge etwas in der Luft. Dad hat sich nämlich dazu entschlossen, nach Abschluss der Reha zusammen mit ihr in eine Einrichtung für betreutes Wohnen zu gehen, die sich auf Alzheimer-Patienten spezialisiert hat. Deshalb suche ich im Moment eine Möglichkeit, ihm klarzumachen, dass er einen Fehler begeht.«

Ihre Freundin am anderen Ende der Leitung war einige Augenblicke still, bevor sie wieder das Wort ergriff. »Tut er das wirklich?«

»Sophia, darüber haben wir doch schon geredet.«

»Schon klar, aber ...« Sophia seufzte. »Lass gut sein. Hast du denn mittlerweile ein paar interessante Jobangebote?«

»Nein.« Die Versuchung, Sophia die Wahrheit zu verschweigen, wurde fast übermächtig. »Ich habe meine Suchaufträge wieder gelöscht.«

»Ernsthaft?«

»Eine Kurzschlussreaktion, nachdem Dad mir seine Entscheidung mitgeteilt hatte.« Joy war so aufgewühlt gewesen, so wild entschlossen, das durchzusetzen, was sie für das Richtige hielt.

Sie trat zur Seite, um eine Mutter, die einen breiten Kinderwagen schob, durchzulassen. Die junge Frau bedankte sich und Joy setzte ihren Weg fort, hin zu einem Ziel, das sie selbst nicht kannte. Vielleicht war dieser Weg ja auch ein Abbild ihres Lebens?

»Joy, jetzt mal im Ernst – wie fühlt es sich an, wieder dort zu sein? England hinter dir gelassen zu haben?«

Sie fand beim besten Willen keine Antwort darauf. »Ich versuche, nicht darüber nachzudenken.«

»Das wird nicht lange funktionieren.«

»Ich weiß.« Joy entdeckte doch noch eine freie Bank und unterbrach fürs Erste ihren Spaziergang. Sie setzte sich und starrte hinaus auf den Fluss. Ein Kajak glitt vorbei, Paddel stachen in das silbern glitzernde Wasser. »Wie hat er reagiert?«

»Oliver auf deine Abreise?«

»Ja.«

»Bist du sicher, dass du das wissen willst?«

»Nein. Und ja.« Joy biss sich so fest auf ihre Unterlippe, dass sie Blut schmeckte.

»Er war am Boden zerstört, Joy. Er konnte nicht glauben ...«

»... dass ich mich nicht von ihm verabschiedet habe?«

»Ja, und dass es wirklich vorbei sein soll. Jedenfalls würde ich das so interpretieren.« Sophia atmete tief durch. »Ich weiß, dass du ihm gesagt hast, du könntest keine Zukunft für euch beide sehen. Doch ich nehme an, er hat immer noch gehofft, dass du deine Meinung ändern würdest.«

»Aber ich musste weg.«

»Na ja ...«

Joy richtete sich auf. »Was ›na ja‹?«

»Nun, deine Mom war doch so weit okay, oder?«

»Aber das habe ich zu dem Zeitpunkt noch nicht gewusst.« Sie hörte selbst, dass es rechtfertigend klang, und doch war sie ehrlich. Sophia hatte kein Recht, Joys Entscheidungen in Bezug auf ihre Mutter infrage zu stellen.

»Stimmt – und ich hätte an deiner Stelle wahrscheinlich das Gleiche getan. Es ist nur so, dass ...«

»Spuck's aus, Sophia, wie hättest du denn gehandelt, wenn deine Mutter krank wäre? Natürlich ist es schwer, sich das vorzustellen, weil sie noch nie schwerere gesundheitliche Probleme gehabt hat, aber bitte, verrate mir doch, wie ich mich hätte verhalten sollen.«

Sophias Schweigen zeigte ihr, dass sie zu weit gegangen war. Joy hatte so nicht mit ihr reden wollen, aber da war so viel Druck in ihr, der ein Ventil suchte.

»Bitte entschuldige. Ich weiß ja, dass du mich lieb hast.« Sie stöhnte, schloss für einen Augenblick ihre Augen und rieb sich die Stirn. »Du warst gerade dabei, meinen Dickschädel für einen wichtigen Gedanken zu öffnen. Was war das?«

»Ich habe dich auch lieb und nur aus diesem Grund sage ich überhaupt was dazu.« In Sophias Stimme hatte sich ein Zittern eingeschlichen.

Joy hatte oft genug mit ihrer Freundin telefoniert, um zu wissen, dass sie drauf und dran war, in Tränen auszubrechen, und die Schuld dafür lag zweifellos bei ihr.

»Ich frage mich nur, ob deine Gegenwart wirklich etwas dazu beigetragen hat, dass sie sich schneller erholt.«

Auch wenn sie so behutsam wie möglich vorgetragen worden waren – auf Joy wirkten diese Worte wie eine Ohrfeige.

»Ich denke nicht, aber ich bin ja auch noch nicht lange zurück. Selbst wenn es ihr noch nicht viel gebracht hat, mir hat es geholfen. So weit von ihr entfernt zu sein, wäre jetzt die reinste Qual für mich.«

»Aber warum?«

Worauf wollte Sophia hinaus? »Weil ich sie liebe!«

»Natürlich tust du das. Das stand auch nie infrage. Du liebst leidenschaftlicher und tiefer als jeder andere Mensch, den ich kenne. Wenn du hörst, dass jemand, der dir am Herzen liegt, in Schwierigkeiten steckt, dann lässt du kurz entschlossen alles stehen und liegen, um ihm zu Hilfe zu eilen.«

»Und was ist daran falsch?«

»Nichts. Ich denke aber, dass du manchmal glaubst, du wärst die Einzige, die helfen kann.«

»Das stimmt doch nicht.« *Wirklich?* »Ich bin nur nicht so eingespannt wie andere. Mir steht mehr Zeit zur Verfügung. Da ich keine eigene Familie habe …«

»Ist das der Grund dafür, dass du dir selbst die Möglichkeit versagt hast, eine Beziehung mit Oliver einzugehen? Weil du es dadurch aufgeben müsstest, für andere da zu sein? Glaubst du, dass mich die Tatsache, dass ich jetzt verheiratet bin, davon abhält?«

»Natürlich nicht.«

»Dann ist es wahrscheinlich nur Angst, die dich daran gehindert hat, bei ihm zu bleiben«, stellte Sophia fest.

»Du kannst dir nicht vorstellen, wie viel es mich gekostet hat, ihn einfach da stehen zu lassen.« Joy konnte nicht mehr sitzen. Sie sprang auf und machte sich in aller Eile auf den Rückweg zur Klinik. Sophias Worte – so liebevoll sie auch gemeint sein mochten – hatten sie tief getroffen. »Vor was sollte ich mich denn fürchten? Das Schlimmste ist doch schon eingetreten: Ich habe ihn verloren.«

»Das tut mir so leid für dich. Ich will deinen Schmerz nicht noch schlimmer machen.«

»Ich weiß.« Joy unterdrückte ein Schluchzen. Oh, wie war sie das Weinen leid! Im zurückliegenden Jahr hatte sie mehr Tränen vergossen als in ihrem gesamten bisherigen Leben.

»Aber denk mal drüber nach. Du hast deine Eltern Oliver vorgezogen, weil dir die Beziehung zu ihnen weniger Furcht einflößt. Bei ihnen läufst du nicht Gefahr, dass sie dir das Herz brechen. Und du meinst, bei dieser Wahl auch die Bibel hinter dir zu haben, stimmt's? Den Gedanken, deinen Nächsten immer an die erste Stelle zu setzen. Das scheint dir die Entscheidung abzunehmen, ob du die richtige Wahl getroffen hast, denn wir handeln ja immer nach dem Willen Gottes, wenn wir anderen helfen.«

»Stimmt das denn nicht?«

»Durchaus, aber manchmal denke ich, dass Gott uns auch herausfordert, an unsere Grenzen zu gehen. Dinge zu tun, die auf den ersten Blick unsicher und Furcht einflößend aussehen mögen. Mutig zu leben und das völlig Unbekannte zu wagen.«

»Das verstehe ich ja, wirklich. Aber ich kann die beiden einfach nicht im Stich lassen, auch wenn mein Vater mich dazu auffordert.«

»Du lässt deine Eltern doch nicht im Stich, wenn du einen Beruf ausübst und eine Beziehung eingehst. Sie selbst wünschen sich das doch für dich. Ist denn dein Vater nicht mehr in der Lage, Entscheidungen für sich und seine Frau zu treffen? Oder meinst du, dass du das besser kannst als er?«

Joy öffnete ihren Mund, um zu protestieren, stockte dann aber, denn plötzlich merkte sie, dass sie – ohne es zu merken – tatsächlich davon überzeugt gewesen war.

»Außerdem … Traust du es Gott nicht zu, dass er auch ohne deine Hilfe für die sorgen kann, die du liebst?«

Mit jedem Millimeter, den Sophias Fragen in ihr Herz vordrangen, klopfte es heftiger. »Ich weiß nicht, Sophia. Ich weiß überhaupt nichts mehr.«

Ausnahmen bestätigten allerdings bekanntlich die Regel.

Joy wusste zwei Dinge: dass sie ihre Eltern unendlich liebte und dass sie Oliver Lincoln ihr Herz schenken würde, wenn sie noch einmal die Chance dazu bekäme.

∽

Auch noch zwei Stunden später rang Joy damit, was Sophia gesagt hatte.

Traust du es Gott nicht zu, dass er auch ohne deine Hilfe für die sorgen kann, die du liebst?

Sie saß auf einem Stuhl neben dem Pflegebett, in dem ihre Mutter schlief, und balancierte ihren Laptop auf den Knien. Der Cursor verharrte über einem Button, auf dem *Anmelden* stand. Sollte sie doch auf Jobsuche gehen? Aufhören, gegen Vaters Entscheidung anzukämpfen? Freiwillig auf ihre Rolle als Pflegerin ihrer Mutter verzichten?

So viele Monate lang hatte sie gewusst, wo ihr Platz war. Konnte es wirklich sein, dass Gott jetzt etwas anderes mit ihr vorhatte?

Noch traute Joy sich nicht, den endgültigen Schritt zu tun. Sie seufzte, klappte ihren Rechner zu und betrachtete ihre Mutter. Deren Wangen hatten wieder etwas Farbe bekommen. Sie hustete schon weniger als tags zuvor und laut Linda deutlich weniger als zu Beginn dieser Woche. Soweit Joy es beurteilen konnte, hatte das Pflegeteam seine Sache ausgesprochen gut gemacht.

Während sie noch über Sophias Worte nachdachte, öffnete ihre Mutter langsam die Augen. Joy wusste, dass es nicht ratsam war, sie anzustarren, denn es brachte Mom völlig aus der Fassung, wenn sie in einer Phase größerer Verwirrung aufwachte und noch halb im Schlaf ein Augenpaar auf sich gerichtet sah. Dennoch konnte Joy nicht anders, als sie zu betrachten.

»Hallo, mein Liebling. Warum das lange Gesicht?«

Liebling? Erkannte ihre Mutter sie dieses Mal? Joy hatte einen Kloß im Hals, als sie den Laptop zur Seite legte. »Alles in Ordnung, Mom. Wie fühlst du dich?«

Die alte Dame drückte auf einen Knopf, das Rückenteil richtete sich auf und sie nahm eine aufrechte Haltung ein. »Ich denke, es geht mir schon viel besser.«

»So siehst du auch aus.« Joy reichte ihr eine Tasse, die auf ihrem Nachttisch stand. »Hier ist etwas Wasser.«

»Danke.« Mithilfe eines dünnen Strohhalms nahm ihre Mutter einen Schluck. »Was hast du da gerade auf dem Computer gemacht? War es was für deine Arbeit?«

Es hatte keinen Sinn, ihrer Mutter die Lücken in ihrer Erinnerung vor Augen zu führen. »Ja, so was Ähnliches.«

»Wie war die Hochzeit, Liebes? Du hast mir noch gar keine Fotos gezeigt.«

Joy hatte das sehr wohl versucht, nahm aber, ohne zu widersprechen, ihr Smartphone zur Hand und rückte ihren Stuhl an die Bettkante.

»Warum kommst du nicht zu mir ins Bett? Dann kann ich sie besser sehen.«

»Okay?« Das letzte Mal, als sie das gemacht hatte, waren kaum zwei Minuten vergangen und Mom hatte völlig die Fassung verloren, weil sich anscheinend eine Fremde zu ihr ins Bett gelegt hatte. Trotzdem war Joy bei dem Angebot warm ums Herz geworden. »Na gut.« Sie setzte sich neben ihre Mutter und rief die Aufnahmen auf, die sie während ihrer Zeit in Cornwall gemacht hatte.

Langsam zeigte sie ihr Bild für Bild – mit einer Ausnahme: Bei dem Foto, das sie und Oliver vor Sophias Weihnachtsbaum zeigte, wischte sie hastig weiter. Oliver hatte ihr eine Nikolausmütze auf den Kopf gesetzt, ihr einen Kuss auf die Wange gedrückt und dabei mit ihrem eigenen Handy ein Selfie geschossen. Das Grinsen auf ihrem Gesicht sagte mehr als tausend Worte.

»Wer war das denn?«

»Äh, irgendjemand.«

Ihre Mutter warf ihr über ihren Brillenrand einen eindringlichen Blick zu. »Schätzchen, das war nicht irgendjemand. Das war ein attraktiver Mann, der meiner Tochter einen Kuss gegeben hat. Den sie im Übrigen auch sehr zu genießen schien.«

Meiner Tochter ... Diese Worte klangen in Joys Ohren süßer als alle Leckereien, die Ginny in den vergangenen Tagen fabriziert hatte. »Das hat keine Bedeutung, Mom.« Joy lehnte ihren Kopf gegen die Schulter ihrer Mutter und sog den Eukalyptusgeruch ihres Shampoos ein. Hier bei ihr zu sein – das war es, was wirklich zählte.

»Na, aber natürlich ist das von Bedeutung.«

Nun konnte Joy ihre Tränen nicht mehr zurückhalten.

Sofort nahm ihre Mutter sie in ihre dünnen Arme und Joy ließ sich dankbar in die Umarmung fallen. Für den Moment war sie nicht länger eine zweiundvierzigjährige Frau, sondern das kleine Mädchen, das sich das Knie aufgeschlagen hatte, die Zweitklässlerin, über die die anderen gelacht hatten, oder die Teenagerin, die Mist gebaut hatte. Egal welche Ereignisse ihres Lebens ihre Mutter bereits vergessen hatte oder ob ihr noch bewusst war, wer sie eigentlich war, egal wie schwach sie geworden war und wie weit sie sich bereits in sich selbst zurückgezogen hatte – sie war immer noch die, die Joys Tränen abwischte, die, die ihr neuen Mut machte, und für Joy einfach die wundervollste Frau der Welt. Diese und all die anderen schönen Momente, in denen ihre Mutter einfach nur ihre Mom gewesen war, wollte sie im Gedächtnis behalten.

»Schhh, ist ja gut mein Schatz, ist ja gut. Was immer es ist, nichts kann so schlimm sein, dass es die Sonne daran hindern könnte, auch morgen wieder aufzugehen.«

»Aber es ist schlimm, Mom, es ist schlimm.« Und dann brach alles aus ihr heraus, die ganze Geschichte, jede Einzelheit, selbst das eine oder andere Detail, auf das man auch hätte verzichten können. Doch in diesem Moment vergaß Joy, dass sie es war, die sich um ihre Mutter kümmern musste. Und vielleicht war es selbstsüchtig, aber in dieser Situation brauchte sie selbst einen Menschen, der ihr die Last tragen half.

»Oh, mein kleines Mädchen.« Ihre Mutter lehnte sich zurück, um Joy in die Augen sehen zu können. »Ich hätte nie erlauben dürfen, dass du zu uns zurückkommst.«

»Ihr hattet doch kaum eine Wahl, ich wollte unbedingt in eurer Nähe sein.«

Ihre Mom angelte sich ein Taschentuch vom Nachttisch und wischte ihr die Tränen aus dem Gesicht. »Letzten Endes war das auch mein Grund, es zuzulassen. Ich habe gemerkt, wie ich langsam, aber sicher anfing, euch zu entgleiten, und ich wollte die Zeit, die mir noch blieb, mit dir teilen. Doch nun erkenne ich, wie egoistisch das war.«

»Nicht einen einzigen Tag deines Lebens warst du egoistisch!«

»Nun, das kann auch eine Bürde sein. Wissen wir das nicht beide?« Joys Mutter schmunzelte. »Du warst für mich immer das beste Beispiel für Selbstlosigkeit.«

»Ich?« Das war ja wohl eher eine Übertreibung.

Joy kuschelte sich wieder an ihre Mutter. Dieses innige Zusammensein konnte jederzeit ein abruptes Ende finden, deshalb wollte sie jede einzelne Sekunde davon auskosten.

»Ja, du. Du warst immer meine kleine Helferin und ich habe es als selbstverständlich angesehen, dass du immer für mich da bist, wenn ich dich brauche.« Ihr Griff um das Taschentuch wurde fester. »Aber ich habe nie gewollt, dass du dafür ein gebrochenes Herz in Kauf nimmst. Liebe ist ein Geschenk, mein Schatz. Du solltest ihr nicht unnötig nachjagen, doch wenn sie zu dir kommt, dann halte sie ganz fest. Das ist nicht egoistisch. Angst einflößend? Oh ja. Aber nicht egoistisch.«

Das, was wir füreinander empfinden, ist etwas ganz Seltenes. Und ein Geschenk. Joy meinte, Olivers Stimme hören zu können.

Sie schüttelte den Kopf. »Wir hatten doch nicht mal zwei Wochen Zeit.«

»Eine tiefe Liebe kann auch in weitaus kürzerer Zeit entstehen. Ich brauchte bei deinem Vater nicht viel länger als einen Tag, um zu wissen, dass er für mich bestimmt war. Natürlich habe ich ihm das nicht gleich gesagt und auch er hat mir seine Liebe erst Monate später gestanden. Doch gewusst habe ich es von Anfang an.«

Joy hatte sich über diese Vorstellung stets lustig gemacht, sie als albern abgetan. Nun aber … »Und wie lösen wir das Problem, dass wir auf zwei verschiedenen Kontinenten leben?«

»Vertrau auf Gott. Wenn er seinen Segen dazu gibt, dann öffnet er auch einen Weg. Und den musst du nicht immer gleich kilometerweit einsehen können, um zu wissen, dass er existiert.« War das wirklich wahr? Reichte Gottvertrauen aus?

Ja.

Dieses Ja hallte in ihrem Herzen wider und plötzlich wusste sie, was sie zu tun hatte. »Mom, ich muss gehen.« Joy küsste ihre Mutter auf die kühle Wange. »Bitte, sei da, wenn ich zurückkomme.«

»Ich versuche es, mein Schatz. Ich versuche es.«

Kapitel 16

Das würde sie nie rechtzeitig schaffen.

Joy lenkte ihren Smart um die Ecke in die Highstreet hinein und stieß einen kurzen Schreckensschrei aus, als sie einen Van direkt auf sich zukommen sah. Sie riss das Lenkrad des Mietwagens herum und bugsierte ihn in letzter Sekunde auf die linke Fahrbahn, wo er eigentlich hingehörte. Wenigstens schneite es nicht. Der Nebel, der sie auf ihrer Fahrt vom Flughafen in Newquay bis nach Port Willis begleitet hatte, war ihr vollkommen genug.

Ihr schlug das Herz bis zum Hals, nicht nur wegen des Beinaheunfalls, auch das, was sie vorhatte, machte sie schrecklich nervös.

Trotz der späten Stunden herrschte in den Straßen des Städtchens immer noch ein reges Treiben. Die Fenster der Pubs, an denen sie vorbeifuhr, waren hell erleuchtet, und immer, wenn sich die Türen öffneten, drang laute Musik heraus. Von offizieller Seite war laut Sophia kein mitternächtliches Feuerwerk geplant; dafür hatten die Bürger jede Menge Wunderkerzen, Knallfrösche und kleinere Raketen bereitgelegt, um damit das neue Jahr zu begrüßen.

Joy blickte zu der Uhr auf dem Armaturenbrett, die mittlerweile 23:40 Uhr anzeigte. Sie hatte sich nicht so weit durchgeschlagen, zwei Zwischenlandungen mitgemacht und das lange Warten am Schalter der Mietwagenfirma überstanden, um jetzt zu spät zu kommen. Der Motor reagierte mit einem satten Brummen, als Joy noch einmal sachte beschleunigte.

Schließlich bog sie in die ruhige Seitenstraße ein, in der Olivers Tante lebte. Sie stellte das Auto ab, stieg aus und klemmte sich ein flaches Päckchen unter den Arm. Der eisige Wind erinnerte sie sehr deutlich daran, dass sie nicht mehr in Florida war. Joy zog ihre Pudelmütze in die Stirn und über die Ohren und warf zunächst einen Blick auf das zweigeschossige Fischerhäuschen mit seiner Verkleidung aus grauen Schieferplatten und den schönen Fensterrahmen aus Hartholz. Dann gab sie sich einen Ruck und betrat durch eine Gartentür den hübschen kleinen Vorgarten. Das warme Licht zahlreicher Christbaumkerzen schimmerte durch die dünnen Vorhänge hinter einem der Vorderfenster und sie konnte die Silhouetten mehrerer Menschen erkennen, die sich in dem Zimmer hin und her bewegten.

Ihre Zunge klebte an ihrem Gaumen fest. Was, wenn er sie nicht sehen wollte? Was, wenn sie es mit ihrer Aktion übertrieb und ihre große Geste völlig umsonst wäre?

Joy war schon versucht, auf dem Absatz kehrtzumachen, da fielen ihr wieder die Worte aus dem Film ein, den Oliver und sie beide so liebten: *In dem Nebel, der uns umgibt, kann keiner erkennen, wohin sein Weg ihn führen wird. Es bleibt uns nur, einen Schritt nach dem anderen zu tun und darauf zu vertrauen: Das Licht wird uns ans Ziel führen.*

Das Licht hatte sie hierhergeführt. Jetzt war es an ihr, auch auf den letzten Metern noch zu vertrauen.

Sie straffte sich, hob den Kopf und klopfte.

Es vergingen ein paar quälend lange Augenblicke, bis die Tür sich endlich öffnete und Stimmengewirr und Gelächter an ihr Ohr drangen.

Eine weißhaarige Dame mit einem herzlichen Lächeln sah Joy an. Ihre Augen blinzelten so lustig, dass Joy an eine uralte Postkarte erinnert wurde, von der ein Weihnachtsmann dem Betrachter zuzwinkerte, wenn man sie kippte. »Hallo, meine Liebe.«

Joy war Olivers Tante bisher nur einmal begegnet, als sie die letzten Besorgungen vor der Generalprobe für die Hochzeit gemacht hatte. »Hi.«

Die Gespräche hinter Mavis Lincoln verstummten.

»Joy?«

Oliver.

Mit weit aufgerissenen Augen trat er hinter seiner Tante in die Tür. »Du bist hier …«

»Ja, das bin ich.«

»Wer ist hier?« Hinter Oliver und seiner Tante erklang eine weitere Stimme und eine etwa fünfundsechzigjährige, geschmackvoll gekleidete Frau mit schulterlangem blondem Haar schob sich zwischen die beiden.

»Oh, hi.« Wie peinlich. Falls Oliver keine Lust auf eine Begegnung mit ihr hatte, so musste er sich spätestens jetzt dazu verpflichtet fühlen, sie hereinzubitten. Es wäre besser gewesen, ihn vorher anzurufen oder eine Nachricht zu schicken. In Filmen allerdings machte das nie jemand. Aber da konnte die Realität nun mal nicht immer mithalten.

»Mom, das ist Joy Beckman. Joy, das ist meine Mutter, Tabby Lincoln.«

Die Frau senkte ihren Kopf ganz leicht und sah sie an. »Hallo.«

»Hi.« Du liebe Zeit, es musste ja so wirken, als ob ihr heute Abend keine anderen Worte einfielen.

»Um Himmels willen, wenn ihr sie nicht gleich hereinlasst, wird sie noch hier festfrieren!«, rief Oliver.

Mavis kicherte. »Natürlich, bitte entschuldigen Sie.«

Die zwei Frauen gaben die Tür frei und Joy trat ein.

Sofort umfing sie wohlige Wärme, die schnell bis in ihre Knochen vordrang, und der Geruch von Plätzchen mischte sich in ihrer Nase mit herrlichem Tannenduft. In dem kleinen Wohnzimmer waren in einer Ecke ein paar Möbelstücke fast bis unter die Decke gestapelt, um Platz für den riesigen Tannenbaum zu schaffen, dessen Kerzen Joy schon durch das Fenster gesehen hatte.

Goldlametta und rote Schleifen fielen besonders ins Auge, doch dazwischen hatte ein besonders gewissenhafter Mensch Hunderte Kleinigkeiten in die Zweige gehängt, die kaum unterschiedlicher hätten sein können – von zierlichen roten Christbaumkugeln über funkende Schokoladentaler bis hin zu Objekten, die wie goldene Bilderrahmen aus einer Puppenstube aussahen.

Zwei Männer unterschiedlichen Alters, die beide große Ähnlichkeit mit Oliver aufwiesen, hatten es sich auf dem Sofa bequem gemacht und betrachteten Joy mit freundlichem Interesse.

Eine Frau, in der sie Olivers Schwägerin erkannte, saß an einem großen Tisch und versuchte, zusammen mit ihren zwei kleinen Mädchen ein Puzzle zusammenzusetzen.

Auf einem Beistelltisch standen Sektgläser und eine Flasche Champagner bereit. Die Familie war also bestens darauf vorbereitet, den Übergang in das neue Jahr gebührend zu feiern, und Joy war mitten in den Countdown hineingeplatzt. »Bitte entschuldigen Sie, dass ich einen so ungünstigen Zeitpunkt gewählt habe.«

Die Augen seiner Lieben richteten sich nun auf Oliver, doch der schien davon nichts mitzubekommen, denn sein Blick ruhte unverrückt voller Sehnsucht auf Joy. »Was tust du hier?«

Sie spürte, wie sie rot wurde. »Ich bin zurückgekommen. Um mit dir zu sprechen.« Dann fiel ihr der Geschenkumschlag ein, den sie immer noch in ihrer Hand hielt. »Und um dir das hier zu geben.«

Olivers Kiefer mahlte und er schüttelte seinen Kopf, als wolle er einen Albtraum loswerden. »Komm mit. Wir unterhalten uns draußen.«

»Oh nein, mein Lieber. *Wir* gehen raus.« Mavis zwinkerte in die Runde und der Rest der Familie erhob sich, um das Zimmer zu verlassen. Allerdings nicht, ohne Oliver noch ein paar verstohlene Blicke zugeworfen zu haben. Nur seine jüngste Nichte, die noch zu Ende puzzeln wollte, protestierte weinerlich.

Als sie endlich allein waren, trat Oliver einen Schritt näher. »Was ist da drin?«

Joy musste schlucken. »Ich habe dir doch nichts zu Weihnachten geschenkt.«

»Doch, das hast du.« Ein verstohlenes Lächeln erschien in seinen Mundwinkeln.

Ach ja, der Kuss. »Diesmal habe ich etwas Handfesteres gewählt.«

»Das war doch ziemlich handfest.«

Joy konnte ein Schmunzeln nicht unterdrücken. »Du weißt schon, was ich meine. Hier.« Sie drückte ihm den Umschlag in die Hand und wartete ab.

Das dicke braune Papier knitterte kaum, als er es entfernte. Schnell hatte er das Geschenk zutage gefördert und rief verblüfft: *Wenn die Nebel fallen*!«

»Du sagtest, du hättest den Film noch nicht.« Joy hatte ihm mit etwas Wehmut ihr eigenes Exemplar eingepackt. Doch selbst wenn mit diesem Besuch alles schiefgehen sollte, mochte sie den Gedanken, dass er etwas besitzen würde, was einst ihr gehört hatte.

»Das ist richtig.«

»Nun, jetzt hast du ihn.«

»Danke.«

»Gern.«

Stille. Was dachte er jetzt?

Joy wandte sich dem Weihnachtsbaum zu und spielte mit einem Strohengel herum.

»Wie geht es deiner Mutter?«

»Im Moment ganz gut. Das heißt, die Lungenentzündung hat einen weniger besorgniserregenden Verlauf genommen. Und mein Vater hat beschlossen, dass sie in eine Art Pflegeheim ziehen.«

Oliver trat langsam neben sie. »Findest du das gut?«

»Erst dachte ich, diese Entscheidung wäre alles andere als gut, aber so langsam kann ich dem Gedanken einiges abgewinnen.« Joy wollte kurz zu ihm aufsehen und blieb fast an seinem intensiven Blick hängen. »Ich weiß nicht, ob du das schon bemerkt hast, aber ich kann ziemlich stur sein.«

»Du doch nicht.« Der neckende Unterton in Olivers Stimme brachte sie zum Grinsen.

Sie verpasste ihm einen Stoß mit der Hüfte. »Jaja, ich weiß schon. Und das ist nur einer meiner vielen Vorzüge.« Dann wurde sie wieder ernst. »Aber manchmal bedeutet das auch, dass ich mir einbilde zu wissen, was das Beste für meine Mitmenschen ist. Ich klammere mich daran fest, auch wenn diese Menschen – und selbst mein eigenes Herz – mir etwas ganz anderes sagen.«

»Was versuchst du mir gerade mitzuteilen, Joy Beckman?«

Ihre Augen wanderten durch den Raum, bis sie auf dem Kaminsims eine Standuhr entdeckte. 23:57 Uhr. Es blieb ihr nicht mehr viel Zeit, um das hier hinzukriegen.

Also los.

Alles, was sich in den letzten Tagen in ihrem Herzen angesammelt hatte, brach nun aus ihr hervor und sprudelte über ihre Lippen: »Es tut mir so leid, dass ich davongelaufen bin, ohne dir Lebewohl zu sagen. Und ich habe keine Ahnung, wohin das alles führt, Oliver Lincoln, aber ich kann den Gedanken nicht ertragen, noch einmal von dir wegzugehen. Ich … Ich mache hiermit den nächsten Schritt, wo immer er uns auch hinführen wird.«

Schnell wie der Blitz hatte er seine Arme um sie gelegt und sein Lachen löste ihre Anspannung. »Ich habe so gehofft, dass du das sagen würdest.« Er beugte sich über sie, in der unmissverständlichen Absicht, sie zu küssen.

»Warte!« Sie entwand sich seinem Griff und suchte hektisch den Raum ab, bis ihr Blick auf einen Stuhl fiel. Sie schnappte sich das Möbelstück und platzierte es direkt vor dem verblüfften Oliver.

»Was hast du vor?«

»Gleich wirst du es wissen.« Joy kletterte auf den Stuhl und zog einen grünen Zweig aus ihrer Jackentasche. Er war leicht zerdrückt und ziemlich kurz, aber immerhin.

»Ist das etwa ein Mistelzweig?« Nun war es an Oliver, zu Joy aufzusehen.

»Ja, das dürfte wohl einer sein.« Sie legte ihm eine Hand auf die Schulter und beugte sich vor, während sie mit der anderen den

Mistelzweig über sie beide hielt. »Und schau. Wir stehen direkt darunter.«

Aus seinem Blick sprach so viel Liebe, dass sie meinte, dahinschmelzen zu müssen.

Hinter ihnen schlug die Turmuhr Mitternacht.

»Frohes neues Jahr, Oliver.«

»Frohes neues Jahr, mein Liebling.«

Dann fanden sich ihre Lippen zu dem Kuss, nach dem Joy sich so gesehnt hatte, und sie erkannte, dass die Realität durchaus jeden Film übertreffen kann.

Es mochte sein, dass sie keine Ahnung hatte, wie die nächste Szene ausging, doch wenn sie weiterhin vertraute, wenn sie liebte und nicht aufhörte, etwas zu wagen, dann war das hier nicht bloß ein Happy End.

Im Gegenteil, es war ein wundervoller Anfang.

Wie der Duft von Zimt

Kapitel 1

Ein Feuer war schon mal gelöscht, doch tausendundeins brannten noch.

Sarah Bentley fuhr den PC herunter, lehnte sich zurück und drehte vorsichtig ihren Kopf von links nach rechts und wieder zurück. Wie viele Stunden mochten vergangen sein, seit sie sich heute Morgen in ihrem Büro verschanzt und die Tür hinter sich abgeschlossen hatte? Nicht, dass es nötig gewesen wäre, sich so abzuschotten; die anderen Mitarbeiter von Bentley & Co. waren längst zu Hause und feierten Thanksgiving mit ihren Familien.

Wenn Sarah das Bedürfnis hatte, ihre Familie zu sehen, dann konnte sie mit dem Aufzug ihren Vater in seinem Chefbüro mit den massiven Eichenholzmöbeln im einunddreißigsten Stock aufsuchen. Oder sie konnte nach Hause fahren, wo ihre Mutter sie gleich für die Planung der alljährlichen Weihnachtssoiree einspannen würde.

Nein danke. Das würde nur wieder eine Menge sinnlose und stressige Arbeit bedeuten.

Natürlich hätte Sarah den Tag auch mit ihren Geschwistern verbringen können, doch Benjamin war mit Sicherheit beschäftigt – sein Job als Vizepräsident bei einem Tochterunternehmen von Bentley & Co. nahm ihn mindestens genauso in Anspruch wie ihr eigener Job sie selbst – oder er war gerade unterwegs und kippte mit ein paar Freunden oder seiner aktuellen Wochenendflamme ein paar Drinks. Und Ginny – nun, ihre jüngere Schwester lebte auf der anderen Seite der Erdkugel und Sarah hatte sie seit mehr als sieben Jahren nicht mehr zu Gesicht bekommen. Doch letzte Woche hatte sie, wie aus heiterem Himmel, eine E-Mail von ihr erhalten. Eine Einladung …

Sarah seufzte und sah aus dem großen Panoramafenster ihres Büros auf Boston hinab. Es hatte zwar aufgehört zu schneien, doch die schweren Wolken am Horizont versprachen Nachschub. Anstatt wie im Sommer zu glitzern, wirkte der Charles River jetzt schweigsam und düster. Auch »The Pru«, der Wolkenkratzer, der in den Sechzigerjahren als Erster seine Silhouette in den Himmel geschoben hatte, kam ihr heute viel wuchtiger und bedrohlicher vor als gewöhnlich.

Alles in allem passte das Wetter aber gut zu ihrer Stimmung.

Vielleicht würden ja ein oder zwei Stunden Arbeit an dem aktuellen Projekt reichen, um so langsam für das zweite Date mit Warren heute Nachmittag in Stimmung zu kommen.

Als sie sich gerade wieder in die Arbeit stürzen wollte, ließ das Klingeln ihres Handys sie hochschrecken.

Die Nummer auf dem Display sagte ihr nichts und ihr Puls beschleunigte sich.

»Hallo?« Sarah bekam keine Antwort, hörte aber am anderen Ende der Leitung eine Person schwer atmen.

Jeder Mensch, der einen derartig seltsamen Anruf bekommt, würde gereizt reagieren, Sarah jedoch hatte in den letzten drei Jahren mehr Telefonate dieser Art geführt, als sie zählen konnte. Mit sanfter Stimme fragte sie: »Mit wem spreche ich denn?«

»S-Sarah?«

Sarah versuchte, ein Gesicht zu dieser Stimme zu finden. War es Brittany, die Frau des jungen Feuerwehrmanns, die sie vor zwei Wochen getroffen hatte, um ihre Möglichkeiten durchzugehen? Nein, diese Stimme klang deutlich älter, reifer.

Plötzlich machte es klick bei ihr. »Elise, bist du das?«

Weiterhin Schweigen.

Elise Gentry. Oh wow. Wenn sie es tatsächlich war, dann gäbe es einiges zu klären.

Es war kompliziert.

Sarah stieß sich vom Schreibtisch ab und stand auf. Sie brauchte Bewegung. »Bitte – wie kann ich helfen?« Als sie ihre Hand an die Fensterscheibe legte, brannte die Kälte auf ihrer Haut.

Das hier war der schwerste Teil – dazu verurteilt zu sein, untätig abzuwarten.

»Ja, ich bin es, Elise. Und ich bin bereit. Bereit, ihn zu verlassen.« Es klang entschlossen. »Er wird mich nie wieder anfassen. Und ich werde ihm auch keine Gelegenheit mehr geben, Rose wehzutun. Ich ... Ich muss stark sein. Für sie.«

Egal wie viele Zweifel Sarah in diesem Augenblick beschlichen, auch sie musste stark sein, stark für Elise. »Ich bin stolz auf Sie. Ich kann mir vorstellen, dass das keine leichte Entscheidung war. Lassen Sie uns unser Gespräch in meinem Büro fortsetzen, aber zuerst muss ich wissen, wo Sie sich gerade aufhalten. Sind sie dort sicher?«

»Ja. Ich habe heute Morgen meine Sachen gepackt. Jeff ist bis nächste Woche auf Geschäftsreise und nicht in der Stadt.« Sie schluckte hörbar. »Meine Sch-Schwester ist bei mir. Ich rufe von ihrem Telefon aus an.«

»Gut, das haben Sie absolut richtig gemacht. Ich kann in einer Viertelstunde in meinem Büro sein. Können wir uns da treffen?«

»Ich werde etwa eine Dreiviertelstunde brauchen.« Pause. »Danke, Sarah.«

Hoffentlich würde sie ihr später, nach Wochen, Monaten oder auch Jahren, immer noch danken. »Keine Ursache. Sie wissen, wo Sie mich finden?«

»Ja.«

Das erste Mal war Sarah Elise bei einer Wohltätigkeitsveranstaltung begegnet. Das war etwa ein Jahr her. Sie waren ganz zufällig ins Gespräch gekommen. Sarah hatte erzählt, was ihre Aufgaben als Anwältin bei Bentley & Co. waren, und Elise hatte sie mit kleinen Anekdoten aus ihrem Leben als Frau eines der prominentesten Geschäftsmänner der Stadt unterhalten. Bis Sarah ihren Zweitjob erwähnt hatte. Ihr Herzensprojekt, das entstanden war, nachdem sie zehn Jahre zuvor im Rahmen ihres Studiums in Yale ein Jahr lang Einblicke in das Rechtswesen gemeinnütziger Vereine und Gesellschaften gewonnen hatte.

Unbewusst hatte Elise ihr alles offenbart, was Sarah hatte wissen müssen. Bisher war sie jedoch noch nicht so weit gewesen, mit der ganzen Wahrheit herauszurücken und so Sarahs unguten Verdacht zu bestätigen.

»Wir sehen uns also gleich. Und Elise?«

»Ja?«

»Es wird alles gut. Wir werden Ihnen helfen.«

Bitte lass das wahr werden.

Sarah beendete das Gespräch. Dann schnappte sie sich Handtasche und Schal, schlüpfte in ihren Mantel und eilte aus dem Raum. Als sie den langen Gang hinter sich gebracht hatte und die zwanzig Stockwerke bis in die Empfangshalle des Bentley-Gebäudes hinuntergefahren war, lag nur noch ein fünfminütiger Fußmarsch zu der Frauenberatungsstelle mit dem vielsagenden Namen *New Dawn* – Morgendämmerung – vor ihr, die sie zusammen mit ihrer besten Freundin Melissa gegründet hatte. Ihre Organisation bot Frauen, die von häuslicher Gewalt bedroht waren, kostenlose Rechtsberatung in Sorgerechtsfragen und bei Scheidungsprozessen an. Sie stellte auch Kontakt zu Frauenhäusern und anderen Einrichtungen her, die in einer Übergangszeit von Bedeutung sein konnten.

Im Allgemeinen half *New Dawn* Frauen, die nur über ein geringes Einkommen verfügten und niemanden hatten, an den sie sich wenden konnten. Gelegentlich kam aber auch die eine oder andere aus wohlhabender Familie zu ihnen. Manche Ehemänner drehten ihren Frauen den Geldhahn zu und kontrollierten sie auf diese Weise.

Bei Prozessen dieser Art jedoch waren die Richter nicht selten voreingenommen. Häufig wurden Gerüchte gestreut, die die öffentliche Meinung beeinflussten und den Ruf der Frau ruinierten. Oder aber die besten Anwälte der Stadt waren mit viel Geld engagiert und gefügig gemacht worden. Solche Fälle zu gewinnen, kostete ein Vermögen.

Und diese Frauen waren vollkommen auf sie angewiesen. Sarah konnte es sich nicht leisten, sie zu enttäuschen.

Wenn sie nur die Zeit hätte, sich mehr in die Arbeit bei *New Dawn* einzubringen! Doch ihr Vater setzte bei Bentley & Co. eine durchschnittliche Arbeitszeit von zwölf Stunden täglich voraus. Schließlich konnte sie dankbar sein, dass er der Gründung ihrer Organisation überhaupt zugestimmt hatte – auch wenn sie seine wahren Motive kannte. Denn ihr Vater tat nichts ohne Berechnung.

Kein Wunder, dass ihre Schwester Boston so weit hinter sich gelassen hatte. Bis nach England war sie gegangen, ohne einen Blick zurückzuwerfen. Hätte sie doch nur etwas von Ginnys Mut ...

Auf dem Weg zum *New Dawn*-Sitz fuhr der Wind durch Sarahs sorgfältig gestyltes Haar und blähte ihren roten Lieblingstrenchcoat von Michael Kors auf. Obwohl die Mittagszeit längst vorbei war und neuerlicher Schneefall drohte, waren die Straßen voller Menschen. Autos hupten hektisch und entlang der Gehsteige reihten sich silbern und lindgrün gestrichene Verkaufswagen aneinander, auf denen Händler lautstark ihre Ware anpriesen.

Sarah brauchte ein paar Minuten länger als gewöhnlich, um ihr Ziel zu erreichen. Erleichtert betrat sie das Bürogebäude und nahm den Aufzug in die vierte Etage. Die Absätze ihrer Prada-Stiefel klapperten über die Natursteinfliesen, als sie die Geschäftsräume unter der Nr. 405 betrat. Sie durchquerte den kleinen, aber geschmackvoll eingerichteten Eingangsbereich, winkte Jackie, ihrer Mitarbeiterin am Empfang, zu und ging in ihr eigenes Büro. Dieser Raum umfasste zwar nur ein Viertel der Quadratmeter, die ihr bei Bentley & Co. zur Verfügung standen, doch sie hatte alles hier, was sie brauchte: einen bequemen Bürosessel, einen Aktenschrank in der Ecke und einen mittelgroßen Schreibtisch, auf dem ein Foto von ihr und Melissa stand In ihrer Abwesenheit leitete ihre Teilhaberin das Büro.

Im Zimmer hing immer noch der Duft der Lavendelessenz, die Sarah vor ihrer letzten Beratungsstunde versprüht hatte. Heute aber trug das nur wenig dazu bei, ihre Nerven zu beruhigen.

Als Sarah den Mantel ausgezogen hatte, steckte Melissa ihren Kopf durch die Tür. »Was machst du denn hier?« Während Sarah einen blassen Teint und halblange rotbraune Locken hatte, war ihre Freundin eine Frau *of Color* mit schwarzem, dicht gekräuseltem Haar und einer Vorliebe für einen lässigen Kleidungsstil. Heute trug sie ein Flanellhemd zu ausgewaschenen Jeans.

»Elise Gentry ist auf dem Weg hierher.«

Melissas Augen weiteten sich und sie trat ein. In der Hand hielt sie eine Praline, die sie sich aus dem großen Glas auf ihrem Schreibtisch geangelt haben musste. »Dann lagst du also richtig.«

»Leider.«

Das Silberpapier raschelte, als Melissa ihr tropfenförmiges Schokoladenstück auspackte. »Ich werde Jackie bitten, sie gleich zu dir nach hinten zu bringen, wenn sie eintrifft.« Sie steckte sich die Süßigkeit in den Mund.

Sarah war in Gedanken schon so mit dem Fall beschäftigt gewesen, dass sie ganz vergessen hatte, Jackie zu instruieren. »Danke Mel. Du bist ein Goldstück.«

Sie ging zu ihrem Aktenschrank, öffnete die oberste Schublade und zog eine Mappe heraus, der sie einige Schriftstücke entnahm. In den Papieren war die Marschroute für den Weg festgehalten, den die Frauen nun einzuschlagen hatten.

Elise mochte denken, dass mit ihrem Auszug der schwerste Teil bereits geschafft war. Gegen einen gut vernetzten und angesehenen Mann wie Jeff Gentry das Sorgerecht zu erstreiten und den Unterhalt, der ihr zustand, war allerdings eine ganz andere Hausnummer.

Sarah würde freundlich, aber ehrlich mit ihr reden und nicht verschweigen, dass das schwieriger werden würde als alles, was sie in ihrem bisherigen Leben getan hatte.

Vielleicht auch schwieriger als alles, was Sarah selbst getan hatte.

»Hey.« Melissa legte ihr die Hand auf die Schulter.

Sarah drehte sich um und ihre Freundin schenkte ihr ein so

besorgtes wie ermutigendes Lächeln. »Du wirst deine Sache gut machen.«

»Vielleicht solltest lieber du diesen Fall übernehmen.« Auch wenn Mel sich stets entspannt gab, so glich ihr Verhalten im Gerichtssaal eher dem eines Hais. Ihre ersten Jahre in Yale hatten sie gemeinsam verbracht und das Studium auch in derselben Anzahl an Semestern absolviert. Doch anstatt danach ihre Zeit so wie Sarah mit Körperschaftsrecht zu vergeuden, war Melissa Mitarbeiterin im Familienministerium geworden und investierte ihre Kraft in den Kampf gegen Kindesmissbrauch.

»Du hast es doch schon geschafft, ein gewisses Vertrauensverhältnis zu der Klientin aufzubauen.«

»Du weißt aber schon, wer Jeff Gentry ist, oder?« Sarah schloss die Schublade etwas lauter als nötig. Der Knall hallte durch den Raum. »Eigentümer der Gentry Pharmazeutika GmbH. Anerkannter Wohltäter. Das zweite Jahr in Folge zum sympathischsten Mann Bostons gewählt.«

»Und es sieht so aus, als ob wir diesen Titeln noch einen weiteren hinzufügen könnten: übergriffiger Mistkerl.«

Sarah atmete geräuschvoll aus und versuchte, die Hummeln in ihrem Kopf zu beruhigen. »Für die Auseinandersetzung mit einem solchen Mann benötigt Elise die bestmögliche Strategie.«

»Und wer könnte ihr besser beistehen als eine Frau, die sich in der Welt der Schönen und Reichen so gut auskennt? Ich bin nur ein armes Mädchen aus Philadelphia. Aber du bist Sarah Bentley. Eine von den Boston-Bentleys.«

In Mels Stimme lag eine gehörige Portion Spott, doch Sarah hatte keine Lust, sich darüber Gedanken zu machen, was andere aufgrund ihres familiären Hintergrunds von ihr hielten. Sie rollte nur kurz mit den Augen, setzte sich an den Schreibtisch und sortierte die Unterlagen, die sie benötigte.

Melissa ließ sich auf den Stuhl ihr gegenüber fallen und wartete, bis Sarah aufblickte. »Ich weiß doch, wie sehr du es hasst, dass alle Welt meint, du wärst ein verwöhntes Prinzesschen und hättest deinen Job in Daddys Firma nur bekommen, weil du den gleichen Namen trägst wie er …«

»Na, vielen Dank auch.«

»Aber es ist offensichtlich, dass du vielmehr jemand bist, der sich leidenschaftlich um andere kümmert. Und du bist viel zu klug, als dass du nicht auch mal austeilen könntest. Also hör auf, an deinen Fähigkeiten zu zweifeln, stürz dich in diesen Fall und tu, was du am besten kannst. Kämpf für Elises Sache!«

»Ich wünschte, ich könnte viel öfter hier sein. Mich viel mehr für unsere Sache einsetzen.«

Melissa zog ihre rechte Augenbraue hoch. »Wenn du meinst, deinem Vater die Stirn bieten zu müssen – ich stehe zu hundert Prozent hinter dir, meine Liebe.«

»Das sagt sich so leicht. Doch in dem Moment, in dem ich das tue, verlieren wir unsere finanzielle Grundlage.« Sarah schnippte mit Daumen und Zeigefinger. »Und zwar so.«

»Das werden wir sehen.«

»Es würde bedeuten, dass wir zahllose Frauen und Kinder ihren Problemen überlassen müssen, während wir auf Spendengelder warten. Nein, ich muss einfach nur noch härter arbeiten.«

»Du ackerst dich doch schon in Grund und Boden. Wahrscheinlich ist ein Urlaub das, was du jetzt wirklich bräuchtest. Hast du schon mal daran gedacht? Also, ich meine so einen, bei dem man sich keinen Haufen Arbeit in den Koffer packt.«

»Eine Bentley macht keinen Urlaub. Und was die Arbeit angeht … Man kann ihr nun mal nicht entkommen.«

»Was hat es eigentlich mit der Bäckerei deiner Schwester auf sich? Du solltest sie mal kontaktieren, vielleicht kannst du ja etwas freie Zeit bei ihr verbringen. Du würdest zwei Fliegen mit einer Klappe schlagen. Und ich könnte mich um diesen Fall kümmern, während du weg bist.«

»Vater hasst es, wenn ich für ein paar Tage nicht im Büro bin. Wenn ich während dieser Zeit dann auch noch Ginny besuche, wird er völlig ausrasten.«

Ihre Eltern hatten Ginny verstoßen, nachdem sie die Schule geschmissen hatte, einem Briten in eine Kleinstadt an der Küste Cornwalls gefolgt war und ihn mit einundzwanzig geheiratet hatte. Wenige Jahre später hatte er sich von ihr scheiden lassen, doch anstatt daran zu zerbrechen und nach Hause zurückzukehren, hatte Ginny sich beim Culinary Institute in London für die Fachrichtung Konditorei eingeschrieben. Sarah folgte ihr in den sozialen Medien und wusste, dass sie vor einer Weile nach Port Willis zurückgekehrt war und dort kurz vor Weihnachten ihre eigene Bäckerei eröffnet hatte.

Obwohl ihre Familie sie wie eine Aussätzige behandelte, war es Ginny wichtig gewesen, ein Friedensangebot zu machen und sie zur Eröffnungsfeier einzuladen.

Ein Teil von Sarah sehnte sich danach, dorthin zu reisen, doch tief in ihrem Herzen wusste sie, dass sie sich diesen Wunsch unmöglich erfüllen konnte.

Nicht dass es jemals von Bedeutung gewesen wäre, was Sarah wollte. In den Augen ihrer Eltern spielte das einfach keine Rolle, vor allem nicht für ihren Vater. Das einzige Ansinnen seiner Tochter, dem er jemals nachgegeben hatte, war ihr Wunsch gewesen, *New Dawn* ins Leben zu rufen. Im Gegenzug hatte sie ihm allerdings versprechen müssen, der Firma Bentley & Co. niemals den Rücken zu kehren. Und als die Älteste ihrem Vater auf den Chefsessel zu folgen, sobald es an der Zeit war.

Wenn man Teil dieser Familie war, hatte man für alles einen Preis zu zahlen.

»Warum gibst du ihm gegenüber ständig klein bei?« In Melissas Stimme schwang eine Menge Frustration mit.

»Weil ich erlebt habe, was mit denen passiert, die ihn herausfordern.«

Ginny hatte bei ihrem Vater immer einen Stein im Brett gehabt. Als sie jedoch den Aufstand geprobt hatte, hatte er sie, ohne zu zögern, aus seinem Leben ausgeschlossen, nicht nur aus seinem Testament, sondern auch aus seinem Herzen. Und auch wenn Sarah sein Verhalten oft verabscheute, so war er doch immer noch ihr Vater. Der Einzige, den sie hatte. Wenn sie für ihn einmal nicht mehr existieren sollte, wer wäre sie dann noch in den Augen der anderen?

Sarah setzte sich aufrecht hin und richtete ihre Bluse. Elise konnte jeden Moment eintreffen. Es wurde Zeit, sich auf ihr Anliegen zu konzentrieren. Zeit, aus irgendetwas die Zuversicht zu ziehen, die sie jetzt brauchte, um diesen Kampf aufzunehmen und zu gewinnen. Nicht nur für Elise und die Frauen in ähnlichen Situationen. Auch um ihrer selbst willen.

CB

Hätte Sarah sich den perfekten Mann in die Realität hineinträumen können, er hätte wahrscheinlich große Ähnlichkeit mit Warren Kensington gehabt.

Warren steuerte seinen BMW auf den Parkplatz vor dem Haus ihrer Eltern und musterte Sarah durch die schwarz gerahmten Gläser seiner Brille. »Ich fand den Nachmittag mit dir wirklich sehr schön.«

Sarah fingerte am Riemen ihrer Handtasche herum. »Kann ich nur zurückgeben.«

Das stimmte. Nachdem sie sich so angestrengt auf das Treffen mit Elise Gentry konzentriert hatte, hatte sie unbedingt etwas Zerstreuung gebraucht und Warren hatte ihr diese beschert. Im Überfluss. Er sah nicht nur gut aus mit seinem Haarschnitt, bei dem jede Locke ihren perfekten Platz hatte, mit seinen braunen Augen, die schier bis auf den Grund ihrer Seele zu blicken schienen, seinem kantigen Kinn und seinem stets makellosen Outfit – Warren hatte auch eine natürliche Liebenswürdigkeit wie kein anderer Mann, mit dem Sarah in den letzten Jahren ausgegangen war. Zumindest hatte sie einen solchen Charakterzug bei den Männern aus ihren Kreisen nie wahrgenommen, deshalb war sie von Warren auch so angenehm überrascht. Auch wenn sie keinen wohligen Schauer spürte, der ihr bei seinem Anblick über den Rücken lief, so verstand sie sich doch sehr gut mit ihm. Und das Beste an dem Ganzen war, dass ihr Vater seine Finger ausnahmsweise mal nicht im Spiel gehabt hatte, als sie sich dazu entschlossen hatte, mit Warren auszugehen.

»Ich lasse dich jetzt mal besser reingehen.« Im Gegensatz zu seinen Worten verriet ihr sein Blick, dass er genau das eigentlich nicht wollte.

»Ja, ich sollte besser nicht zu spät kommen. Meine Mutter findet es unverzeihlich, wenn man Betsys perfekt zubereitetes Essen kalt werden lässt.« Sarah biss sich auf die Lippe. »Ich meine, wenn das keine Tragödie ist …«

Ein Lächeln huschte über Warrens Gesicht. »Daran möchte ich selbstverständlich nicht schuld sein.« Vorsichtig hob er seine Hand und strich Sarah eine Locke aus der Stirn. Dann ließ er seine Finger ganz sanft über ihre Wange gleiten. Wollte er sie etwa küssen? Und wollte sie, dass er das tat? Ihr letzter Kuss war schon so lange her. All die vielen Überstunden im Büro hatten ihr kaum Zeit für soziale Kontakte jeglicher Art gelassen.

»Wann sehen wir uns wieder?«, fragte er.

»Ich würde ja gern ›bald‹ sagen, aber ich bin mir da nicht so sicher.« Als Sarah Warrens zweifelnden Blick sah, beeilte sie sich zu erklären: »Es ist leider so, dass ich gerade an etlichen Projekten dran bin. Selbst wenn ich bis Neujahr durcharbeite, werde ich nicht mal die Hälfte davon abschließen können. Und dann sind da noch meine Aufgaben bei der *New Dawn*.«

Ihr erstes Treffen mit Elise war positiv verlaufen. Sie hatten sich bereits zu einer zweiten Lagebesprechung verabredet. Bis dahin würde sich Sarahs neue Klientin einigermaßen bei ihrer Schwester eingelebt und die nötigen Dokumente beschafft haben.

»Für die Arbeit, die du dort leistest, hast du meinen vollen Respekt.«

»Danke.« Wenn ihre Eltern es nur auch so sehen würden wie Warren …

Aus ihrer Handtasche drang das Klingeln ihres Handys. Ein kurzer Blick aufs Display zeigte ihr, dass es ihre Mutter war. »Das ist mein Stichwort.« Sie tastete nach dem Türöffner.

»Warte, lass mich das machen.« Warren sprang aus dem Auto und lief darum herum, um ihr die Tür zu öffnen und ihr die Hand zu reichen. Es war frostig kalt, und als sie ausstieg, knirschten ihre Absätze auf dem vereisten Schnee, den der morgendliche Sturm hinterlassen hatte.

Sarah sah Warren in die Augen. »Danke noch mal für heute.« Sie waren auf Kuchen und Cappuccino in ihrer Lieblingskonditorei gewesen und hatten sich wirklich gut unterhalten. »Ich schicke dir eine Nachricht, sollte ich eine Lücke in meinem Zeitplan entdecken.«

»Ich warte gern.« Sein Blick wanderte zu ihrem Mund und wieder zurück zu ihren Augen. Bevor sie überhaupt wusste, wie ihr geschah, hatte er ihr einen Kuss auf die Lippen gedrückt – kurz, aber leidenschaftlich.

Er richtete sich auf und Sarah lächelte. »Ich habe mich echt gefreut, als du mich endlich nach einem Date gefragt hast.«

Die Kensingtons und die Bentleys verband eine langjährige, enge Freundschaft, seit sie ihre Sommer in derselben Ferienanlage auf der Insel Nantucket verbrachten. Doch bisher hatte Warren seine Freizeit nur mit Benjamin verbracht, der zwei Jahre jünger war als Sarah. Zu Beginn des Jahres hatte er die Leitung des Bostoner Zweigs der Kensington AG übernommen, einer großen Firma mit Sitz in New York, die technologische sowie pharmazeutische Produkte herstellte. Sarah und Warren hatten sich auf einer Wohltätigkeitsveranstaltung näher kennengelernt, für die sie sich zusammengetan hatten, um Geld für die Opfer häuslicher Gewalt zu sammeln.

»Ich auch. Zuerst war ich etwas überrascht, als dein Vater mir das vorgeschlagen hat, aber ...«

»Moment mal – *was?*«

Warren kratzte sich hinter dem Ohr. »Unsere Väter treffen

sich ja in letzter Zeit mindestens einmal im Monat. Ich dachte, das wüsstest du. Bei einem ihrer letzten Zusammenkünfte hat er erwähnt, dass du noch Single bist und auf der Suche ...« Eine verräterische Röte überzog sein Gesicht. »Na, jedenfalls fand ich dich schon attraktiv, habe mir aber keine Chance bei dir ausgerechnet.«

Sarah meinte zu hören, wie das Blut immer schneller durch ihre Adern rauschte. »Mein Vater will uns verkuppeln?«

»Ich würde es nicht gerade *verkuppeln* nennen, aber ...«

»Das glaub ich einfach nicht.« Bildete ihr Vater sich etwa ein, dass er in ausnahmslos jedem Bereich ihres Lebens das Sagen hatte? Zuerst in der Frage, auf welches College sie zu gehen hatte, dann, in welchem Fach sie ihren Abschluss machen sollte, später, wo sie nach dem College zu arbeiten und welchen Berufsweg sie einzuschlagen hatte. Und nun mischte er sich auch noch in ihr Liebesleben ein?

»Ich wollte dich nicht kränken.«

Sarah war wütend, auch wenn Warren nichts dafür konnte, dass George Bentley ihn als Schachfigur für seine Zwecke eingesetzt hatte. Für jeden Zug, den er machte, hatte er einen Grund. Das hier war da garantiert keine Ausnahme.

Da kam ihr ein Verdacht. »Er trifft sich also regelmäßig mit deinem Vater?«

Warren nickte. »Ich denke, sie loten die Möglichkeiten für die Fusion unserer beiden Firmen aus.«

Aber natürlich! Sarah fuhr sich mit der Hand über die Stirn. Langsam bekam sie Kopfschmerzen. »Danke für die Info.« Ihr distanzierter Tonfall ließ sie selbst erschaudern, doch in diesem Moment war es ihr unmöglich, auch nur einen Funken Wärme in ihre Worte zu legen.

Konnte es sein, dass sie überreagierte? Möglicherweise. Trotzdem konnte sie nichts gegen das Zittern ihrer Hände tun, mit denen sie ihre Tasche umklammert hielt.

Na schön, als Gegenleistung für ihre Zuneigung sollten ihre

Eltern ruhig bestimmen, in welche Richtung ihre berufliche Karriere sie führen würde. Aber zu manipulieren, mit wem sie ausging, das würde sie ihnen nicht gestatten. Egal wie oft sie in der Vergangenheit schon ihren eigenen Willen hintangestellt hatte – diesen Bereich ihres Lebens würde sie nicht kampflos aufgeben.

»Okay, ich muss los.«

»Habe ich jetzt alles vermasselt?« Warren sah hundeelend aus. Verwirrt wie er war, hatte er die Stirn in Falten gelegt und sein Mund war nur noch ein Strich.

Sie legte ihm beruhigend eine Hand auf den Arm. »Nein, es ist nur so …« Da sie keine passenden Worte finden konnte, umarmte sie ihn einfach nur. »Ich melde mich.«

Damit drehte sie sich auf dem Absatz um und ging mit großen Schritten über die kreisrunde Auffahrt zu der prachtvollen Vordertür des herrschaftlichen Anwesens, das im georgianischen Stil erbaut war und dem Nobelviertel im Westen Bostons seinen Stempel aufdrückte. Als sie das Haus betrat, umfing sie eine wohltuende Wärme. Im Kamin unweit des Eingangs prasselte ein Feuer.

Seitdem Sarah sich am Morgen auf den Weg zur Arbeit gemacht hatte, waren die Hausangestellten damit beschäftigt gewesen, die Halle weihnachtlich zu schmücken. An einem fast fünf Meter hohen Christbaum funkelten nun Dutzende von Kerzen und wunderschöne Schmuckanhänger aus aller Welt baumelten in ihrem Licht von den Ästen. Um das Geländer der imposant geschwungenen Treppe hatte man Girlanden aus frischem Tannengrün gewunden und auf dem breiten Sims über der Feuerstelle im Empfangszimmer stand ein bunter Adventskalender. Es war der gleiche, der Jahre zuvor die kleine Sarah so lange mit seinen Verlockungen gereizt hatte, bis ihre Mutter sie beim Stibitzen der Schokolade erwischt und heftig zusammengestaucht hatte.

Sarah war gerade aus ihrem Mantel geschlüpft und hatte ihren Schal abgelegt, als eine der Haushaltskräfte um die Ecke bog und erschrocken meinte: »Bitte entschuldigen Sie, ich habe Ihr Kommen gar nicht bemerkt, Ms Bentley.« Sie nahm ihr den Mantel ab und eilte davon, bevor Sarah sie beschwichtigen konnte.

In Gedanken sortierte Sarah immer noch ihre Gefühle für Warren, als sie ihre Schritte in Richtung Speisezimmer lenkte und sich für die gemeinsame Mahlzeit mit ihrer Familie wappnete.

Mariah Bentley hatte am oberen Ende der Tafel Platz genommen, George Bentley am unteren, etwa wie König und Königin, die über ihren Untertanen thronten: Benjamin und Sarah. Bunte Salate waren auf ihren Tellern angerichtet, doch keiner aß.

Ihre Mutter versteifte sich, als Sarah den Raum betrat. »Wie nett von dir, dass du endlich zu uns stößt.« Ihre elegante Abendgarderobe bestand aus einer weit geschnittenen roten Bluse und einer schwarzen Designerhose, die ihre schlanke Figur sehr vorteilhaft zur Geltung brachten. Selbst ihr Haar, das sie zu einem seidig-glatten Haarknoten zurückgebunden hatte, schien wie geschaffen dafür, eine Krone zu tragen.

»Ihr hättet doch schon ohne mich anfangen können.« Sarah gab ihren Eltern eigentlich nie Widerworte. Doch was sie gerade eben von Warren erfahren hatte, war von solcher Tragweite, dass es richtig in ihr brodelte.

Ihre Mutter bemühte sich, die Fassung zu bewahren, die steil aufgerichtete Augenbraue aber verriet ihren Unwillen. »*Wir* wollten nicht unhöflich sein.«

Sarah presste die Lippen aufeinander. Als sie ihrem Bruder gegenüber Platz nahm, fing sie seinen amüsierten Blick auf. Am liebsten hätte sie ihm unter dem Tisch einen Tritt verpasst, doch bei einer Tafel, die für sechzehn Personen ausgelegt war, waren dafür selbst ihre Beine nicht lang genug. »Ich habe mich nur noch von Warren verabschiedet.«

Nun, da sie die Absichten ihres Vaters kannte, fiel es ihr nicht schwer, sein schmallippiges Lächeln richtig einzuordnen.

»Ich denke, in diesem Fall verzeihen wir dir gerne, meinst du nicht auch, Mariah?« Er spießte ein Gurkenstück auf und schob es sich in den Mund. George Bentley war fünfundfünfzig Jahre alt und mit seinen 1,95 m Körpergröße und seiner grau melierten Mähne eine stattliche Erscheinung. Auch wenn er in letzter Zeit leicht an Gewicht zugenommen hatte, so war doch ihre Mutter in ihren Bemühungen, seine Zuckerkrankheit in den Griff zu kriegen, weitgehend erfolgreich gewesen. Das Jackett seines Armani-Anzuges hatte er bereits ausgezogen und so saß er da in seinem hellen Hemd mit der edlen Seidenkrawatte und der Rolex am Handgelenk, die unter den goldenen Manschettenknöpfen hervorlugte.

Sarah nahm die Stoffserviette vom Tisch und legte sie sich auf den Schoß. »Ich werde mich nicht mehr mit ihm treffen.«

Sie spürte förmlich, wie sich der stechende Blick ihrer Mutter in ihre Haut bohrte, griff aber ungerührt nach ihrem Besteck und führte eine Gabel voll Salat zu ihren Lippen. Der Geschmack von scharfem Knoblauch im Dressing überraschte sie so sehr, dass sie sich fast verschluckte.

»Warum das denn nicht?«, fragte ihr Vater ungewohnt laut.

Ja, warum wohl?

Sarah setzte sich kerzengerade hin, vermied es aber, den Blicken ihrer Eltern zu begegnen. »Weil mit einer erzwungenen Ehe eindeutig eine Grenze überschritten würde.«

Benjamins wieherndes Lachen schallte durch den Raum, doch als Sarah ihn durchdringend ansah, verstummte er und nur noch seine blauen Augen blitzten sie amüsiert an. Er fuhr sich mit der Hand durch sein dichtes braunes Haar, auf das sie schon immer eifersüchtig gewesen war.

»Wie bitte?«, hakte ihr Vater nach.

»Ich weiß, dass du ihn aufgefordert hast, mich zu einem Date einzuladen. Ich nehme mal an, du bereitest damit die Fusion unserer beiden Firmen vor und möchtest, dass ich kooperiere. Doch da mache ich nicht mit.«

Uff. Wann hatte sie das letzte Mal so mit ihm gesprochen?

Sie zitterte am ganzen Körper, als sie ihre Gabel in eine Tomate rammte, dass ihr Saft nur so in den Salat spritzte.

»Du übertreibst, meine Liebe«, kam es von der anderen Seite des Tisches.

»Nein, Mariah, sie hat schon recht. Ich hatte gehofft, Scotts Pläne damit in die richtige Richtung lenken zu können. Du weißt, wie ausgeprägt sein Familiensinn ist.« Seine letzten Worte kamen ihm gepresst über die Lippen, so, als ob er diese Tatsache widerwärtig finde.

Also versuchte er erst gar nicht, das Ganze abzustreiten. Vielleicht empfand er ja auch noch einen letzten Rest von Respekt für seine Tochter. »Ich habe keinerlei Interesse daran, Warren dafür zu benutzen, dass du deine Ziele erreichst.« Was war los mit ihr? Warum konnte sie den wütenden Redeschwall nicht bremsen, der aus ihrem Mund heraussprudelte?

Sie steckte sich die zerlegte Tomate in den Mund und spülte sie mit einem Schluck Wasser hinunter.

Dann herrschte sicher eine Minute lang vollkommene Stille, bis ihr Vater erneut das Wort ergriff. »Ich denke, du solltest noch mal in Ruhe darüber nachdenken.«

Sarah sah zu Benjamin, ihrem einzigen Verbündeten in diesem Raum, und flehte ihn stumm an, einen Themenwechsel herbeizuführen.

»Was wird eigentlich aus der Einladung, die Ginny geschickt hat, hm? Fahrt ihr hin?« Benjamin zwinkerte ihr zu.

Alter Provokateur.

Sarah nahm einen weiteren Bissen und beobachtete ihre Mutter aus den Augenwinkeln.

Die hatte einen derart verbissenen Blick aufgesetzt, dass sich ihre Gesichtshaut straffte. »Das ist doch lächerlich, kurz vor Weihnachten eine Bäckerei zu eröffnen! So verzichtet sie auf den Umsatz, den gerade die Wochen vor den Feiertagen gebracht hätten. Und wenn ich daran denke, dass sie die Harvard Business School besucht hat …«

»Also fahrt ihr hin?«

»Nein Benjamin, natürlich nicht. Du weißt doch, dass dann auch noch unsere alljährliche Weihnachtsparty ansteht.«

Nette Ausrede – als ob sie sonst gefahren wären. Nein, Ginny war für sie einfach nicht mehr Teil der Familie, aber aus welchem Grund? Weil sie es gewagt hatte, ihrem Herzen zu folgen?

Die Diskussion verebbte in belanglosem Geplauder und mit jeder Minute, die verging, wurde es Sarah enger um die Brust. Was waren das für Eltern, die es darauf anlegten, ihren Kindern jeden einzelnen Schritt im Leben vorzuschreiben? Hatten sie etwa kein Recht auf eine selbstbestimmte Existenz?

Nein, ihr Vater hatte sein Haus stets mit harter Hand und seinem berüchtigten »gesunden Menschenverstand« geführt – und Sarah hatte es hingenommen. Seit ihrer Teenagerzeit hatte sie es nicht mehr gewagt, ihm Kontra zu geben. Bis heute. Und auf einmal sah es so aus, als ob ihre Weigerung, sich weiter mit Warren zu treffen, schon gar nicht mehr ausreichte.

Vielleicht musste sie ein noch viel stärkeres Zeichen des Widerstands setzen, um sich freizuschwimmen und ihren Eltern klarzumachen, dass sie eine eigenständige Persönlichkeit war. Vielleicht konnte sie sich ihren Respekt erkämpfen?

Ihr kam ihr Gespräch mit Melissa wieder in den Sinn.

Was wäre, wenn ich einfach doch …?

Bevor sie die ganze Tragweite ihrer Idee erfassen konnte, wurde sie schon wieder von ihrem eigenen Mundwerk überholt: »Ich werde Ginnys Einladung annehmen.«

Scheppernd knallte die Gabel ihrer Mutter auf den Teller. Mit einem kurzen Blick zu ihrem Vater meinte Sarah zu erkennen, dass sie sich falsche Hoffnungen gemacht hatte, wenn sie glaubte, er könnte sie jemals um ihrer selbst willen akzeptieren. Seine Ohren glühten förmlich. Er legte sein Besteck auf den Teller und schob ihn beiseite. Dann faltete er die Hände auf dem Tisch und starrte Sarah an.

Sie schluckte.

Schließlich nickte er. »Gut.«

Wie bitte? »Gut?«

»Ja, gut. Ich werde dir keine Steine in den Weg legen. Du vertrittst unsere Familie und berichtest uns, was Ginny da auf die Beine gestellt hat. Wenn du willst, kannst du dort an dem einen oder anderen deiner Projekte weiterarbeiten. Ich halte es aber für besser, eine Vertretung zu engagieren, die einige deiner Aufgaben übernimmt. Und warum nur ein paar Tage? Nimm dir einen Monat. Brich noch diese Woche auf.«

Diese Woche? Konnte sie sich das wirklich leisten? In ihrem Kopf schwirrten die Fragen durcheinander. Zunächst musste sie klären, ob Melissa sich imstande sah, die Arbeit bei *New Dawn* allein zu stemmen, insbesondere Elises Vertretung. Allerdings hatte ihre Freundin am ersten Treffen teilgenommen und war auf demselben Stand wie sie selbst. Abgesehen davon war der Dezember der Monat, in dem Gerichtsverfahren eine langsamere Gangart einlegten.

Die Möglichkeit, Ginny wiederzusehen, war sehr verlockend. Je mehr Zeit ihnen beiden zur Verfügung stand, desto intensiver konnten sie ihre Beziehung zu reparieren versuchen. Allerdings stieg damit auch die Gefahr, dass alte Verletzungen wieder aufbrachen.

Sarah kniff ihre Augen zusammen. »Wo ist der Haken?« Es gab immer einen Haken.

»Kein Haken, nur eine Bedingung: Du kannst fliegen, musst aber zur Weihnachtsparty deiner Mutter zurück sein. Bedenkt man den Zeitunterschied, dann heißt das, dass du direkt nach der Eröffnung aufbrechen musst, um rechtzeitig wieder hier zu sein.«

Das würde knapp werden, aber Sarah wollte dafür sorgen, dass es klappte. »Abgemacht!«

»Und« – das Licht des Kronleuchters über ihren Köpfen schimmerte in den Augen ihres Vaters – »du wirst die Party an der Seite von Warren Kensington besuchen.«

Wenn das sein Hintergedanke war … Nun gut. Eine Party zusammen mit Warren war drin. Eine Verpflichtung, ihn danach weiterhin zu daten, sah sie darin nicht. Und schließlich war es auch nicht so, dass sie seine Gesellschaft verabscheute.

Sarah zerknüllte ihre Serviette in ihrem Schoß und murmelte: »In Ordnung.« Die Stuhlbeine quietschten auf dem gebohnerten Parkett, als sie sich erhob. »Ich denke, ich gehe am besten gleich packen.«

Kapitel 2

»Ich kann Sie entweder auf dem Parkplatz oder am Hafen raus-
lassen, was wäre Ihnen lieber?« Der Taxifahrer, den Sarah am
Cornwall Airport in Newquay angeheuert hatte, suchte ihren
Blick über den Rückspiegel, während er herunterbremste und auf
ihre Antwort wartete.

»Wissen Sie zufällig, wo hier die Buchhandlung ist?« Sarah
wusste nur so viel über Ginnys neues Leben, dass zwischen der
Bäckerei, die sie eröffnen wollte, und der Buchhandlung, die sie
früher zusammen mit ihrem Ex-Mann Garrett betrieben hatte,
irgendeine Verbindung bestand. Die Internetseite von *Rosebud
Books* nannte eine Sophia Rose als gegenwärtige Besitzerin. »Hätte ich die Möglichkeit gehabt, mein Handy aufzuladen, könnte
ich sie jetzt über Maps suchen.« Wie sie es fertiggebracht hatte,
ihr Ladekabel zu vergessen, war ihr ein Rätsel. Vielleicht lag es
an ihren Nerven, die schon bei dem Gedanken, in Kürze ihrer
Schwester gegenüberzutreten, zu zerreißen drohten.

»Sorry, Miss. Ich kenne mich in Port Willis nicht aus und mein
Empfang ist hier nicht der beste. Ich brauche selbst ein neues
Handy.« Der Fahrer, ein älterer Herr mit buschigen grauen Au-
genbrauen, zwinkerte ihr zu.

»Egal. Hafen klingt gut. Da finde ich sicher jemanden, der mir
weiterhelfen kann.«

Auf den Gehsteigen bummelten die Leute an Schaufenster-
fronten entlang, die aussahen wie die Kulisse für einen Rosamun-
de-Pilcher-Film. Bis in das Taxi hinein meinte sie den Hauch der
langen Geschichte dieses Ortes zu spüren. Sie passierten einen
Süßwarenladen, einen Fischhändler und eine Bäckerei – Sarah
reckte den Hals, aber es war nicht Ginnys. In einem Pub verfolg-

ten hinter den bodentiefen Fenstern raubeinige Gesellen ein Fußballspiel.

Die Sonne stand schon tief über dem Meer, als ihr Wagen die Kaimauer erreichte, an der viele bunte Fischerboote schaukelten.

»Da wären wir.« Der Fahrer steuerte das Auto auf einen Taxistand vor einem Gasthaus.

Die Nase dicht am Fenster, entzifferte Sarah den Namen des Lokals, der vor Urzeiten auf ein verwittertes Schild über dem Eingang gepinselt worden war: *The Village Pub.*

»Ich denke, ich genehmige mir noch ein warmes Abendessen, bevor ich zurückfahre. Möchten Sie sich mir anschließen?«, fragte der alte Herr.

»Oh, das ist ein netter Vorschlag, aber ich muss meine Schwester ausfindig machen. Sie steckt hier irgendwo.«

»Und sie hat es nicht geschafft, Sie persönlich vom Flughafen abzuholen? Die Fahrt dauert doch gerade mal eine halbe Stunde.«

»Sie weiß ja gar nicht, dass ich komme.«

»Ah, ein Überraschungsbesuch! Das ist aber schön.«

Der Mann stieg aus dem Auto und öffnete den Kofferraum.

Sarah fuhr sich mit der Hand über das Gesicht. Ja, eine Überraschung würde das wirklich sein. Aber schön? Das konnte sie nur hoffen. Nach sieben Jahren Funkstille …

Vielleicht war es gar keine schlechte Idee, sich ein Zimmer in einem Gasthaus zu nehmen – nur für den Fall, dass die Begrüßung nicht so herzlich ausfiel. Könnte Ginny ihre Familie nur aus Trotz eingeladen haben, um ihnen zu zeigen, dass ihr gelungen war, was ihr keiner zugetraut hatte: mit ihren Träumen tatsächlich Erfolg zu haben?

Der Fahrer öffnete Sarahs Tür und reichte ihr mit einem aufmunternden Lächeln seine Hand. »Da wären wir, Miss.«

»Ich danke Ihnen.« Sie ließ sich aus dem Wagen helfen. Ihr Blick wanderte den Hügel hinauf. Oh nein. Ihre Pumps mit den acht Zentimeter hohen Absätzen mochten sich für ein Geschäftsessen oder eine Fahrt zum Flughafen bestens eignen, doch Kopfsteinpflaster war ihr Endgegner. Wenigstens war Sarah mit dem Rest ihres Outfits – dem Schal, den Handschuhen und dem Wintermantel – besser für das Wetter gewappnet. Ein kurzer Blick auf die Vorhersage zwei Tage zuvor hatte eine Durchschnittstemperatur von gerade Mal vier Grad angezeigt, und auch wenn in Cornwall im Dezember kaum mit Schnee zu rechnen war, so gab es doch immer Ausnahmen von der Regel. Im Vergleich zu der Kältewelle jedoch, die Boston überrollt hatte, würde es so oder so mild bleiben.

Sarah bezahlte den Taxifahrer und nahm ihren Rollkoffer entgegen. Der Mann verabschiedete sich freundlich und verschwand in dem Pub.

Hier am Hafen gab es vor allem Wohnhäuser, viele der Fenster waren hell erleuchtet. Sarah stand mit ihrem Rollkoffer am unteren Ende der Highstreet, die von wunderschönen schmiedeeisernen Laternen flankiert wurde. Vom Hafen aus führte sie quer durch die Ortsmitte immer weiter und weiter aufwärts, bis sie eine Kurve beschrieb und ihren Blicken entschwand.

Sarah wandte sich wieder dem Hafen zu. Plötzlich verspürte sie den unbändigen Wunsch, an Bord eines der vielen Boote zu gehen und davonzusegeln. Eine leichte Brise kitzelte sie in der Nase und wehte ihr eine Haarsträhne über die Lippen. Sarah schloss ihre Augen und atmete die salzige Meeresluft so tief ein, wie sie nur konnte.

Nur Mut, schien sie zu wispern. Oder war das ihr eigenes Herz?

»Wenn ich nur meine Kamera dabeihätte … Sie gäben ein wundervolles Bild ab.«

Sarah fuhr herum und fand sich einem stattlichen Mann mit braunem Lockenschopf gegenüber. Er stand im handgestrickten Pullover mit Zopfmuster vor dem Pub, die Hände tief in den Taschen seiner ausgewaschenen Jeans vergraben. Er hatte etwas Lässiges an sich und sein selbstsicheres Auftreten, gepaart mit einem verschmitzten Lächeln und dem typisch britischen Akzent, unterstrich seinen natürlichen Charme.

»Äh, wie bitte?« Sie hatte deutlich schärfer geklungen als beabsichtigt.

»Tut mir leid, ich wollte Sie nicht erschrecken.« Er trat ein paar Schritte näher und warf einen Blick auf ihren Koffer. »In den Wintermonaten trifft man hier nur selten auf Urlauber.«

»Ah.« Ein Kloß hatte sich in ihrem Hals gebildet und sie versuchte, ihn hinunterzuschlucken. Wie konnte es sein, dass sie, die mit ihren Blicken die übelsten Gestalten vor Gericht das Zittern lehrte, diesen Mann nur kurz anzusehen brauchte und schon weiche Knie bekam? »Ich besuche hier meine Schwester, Ginny Bentley – ich meine, Rose. Mein Problem ist, ich weiß nicht, wo ich sie finden kann.«

»Oh, ich kenne Ginny. Es ist kaum möglich, nicht mit allen bekannt zu sein, wenn man in Port Willis lebt. Besonders, wenn man hier aufgewachsen ist.« Sein unverkrampftes Lächeln zauberte ein gewisses Leuchten in seine schönen grünen Augen.

Gut, dass sie nicht hineinsah.

»Würden Sie mir vielleicht sagen, wo ich sie finden kann?«

»Ich kann Sie gern zu ihrem Haus bringen.«

Sarah trat von einem Fuß auf den anderen, weil ihre Zehen in den Schuhen zu schmerzen begannen. »Vielen Dank, aber es reicht, wenn Sie mir sagen, wie ich dorthin komme.«

»Es macht mir aber nichts aus. Ich wollte ohnehin bei ihr vorbeischauen und mit ihr über ein paar Werbefotos für die Bäckerei sprechen.«

Nun ergab auch seine Bemerkung über die Kamera Sinn. »Sie sind Fotograf?«

Er zuckte mit den Schultern. »Professionell nur an den Wochenenden. Den Rest der Woche arbeite ich in diesem Pub.« Er deutete hinter sich. »Er gehört meiner Familie.«

Sarah spähte durch die Fenster ins Innere. Obwohl es erst siebzehn Uhr am Dienstagnachmittag war, waren bereits zahlreiche Gäste da. In einer Ecke brannte ein Feuer und aus ihrem Blickwinkel konnte Sarah ein langes hölzernes Paddel und einen Anker erkennen, die die Wände schmückten. »Sieht sehr gemütlich aus.«

»Ich werde meiner Mutter ausrichten, dass Sie ihre Dekoration gut finden.«

Sarah griff nach ihrem Koffer. »Bitte tun Sie das. Und entschuldigen Sie, dass ich Ihren Namen vorhin nicht ganz verstanden habe.«

Er starrte sie einen Moment lang verdutzt an, nur um gleich darauf noch breiter zu grinsen. »Michael Hammett.«

»Sarah Bentley.« Sie streckte ihm ihre Rechte hin, wie sie es immer tat, wenn sie neue Bekanntschaften schloss, bereute es aber schon im nächsten Moment. Selbst mit den Handschuhen fühlte die Berührung sich irgendwie zu intensiv an.

»Nett, Sie kennenzulernen, Sarah. Aber lassen Sie uns nicht länger in der Kälte herumstehen. Sollen wir uns auf den Weg machen?« Er wandte sich der steilen Straße zu.

Die Highstreet, na klar. Sarah sah sich schon mit einem gebrochenen Knöchel in ihren lächerlichen Schuhen zusammensacken und schnitt eine Grimasse. Doch was für eine Wahl hatte sie?

Nun fiel auch sein Blick auf ihr Schuhwerk. »Es ist nicht weit, aber ich hole gern mein Auto und fahre Sie, wenn Ihnen das lieber ist.«

»Das wird nicht nötig sein. Gehen Sie nur voran.«

»Lassen Sie mich wenigstens den hier übernehmen.« Bevor sie protestieren konnte, hatte er ihren Fingern den Koffergriff entwunden.

Sie erklommen den steilen Weg den Hügel hoch und es dauerte nicht lange, da ging Sarahs Atem in Stößen und ihre Zehen glühten. Immerhin war sie noch nicht hingefallen. Mit Betonung auf *noch nicht.*

Neben ihr zeichnete sich Michaels Silhouette vor einem prächtigen Abendhimmel ab, an dem Tausende von Sternen leuchteten. Hatte sie schon jemals so viele gesehen? Vielleicht über ihrem Ferienhaus auf Nantucket, aber in der Stadt sicher nicht.

Durch eine Lücke zwischen den Häusern öffnete sich der Blick über grasbedeckte Hügel bis hin zu einem Leuchtturm. Wie ein Wächter erhob er sich über die Häuser des kleinen Ortes, die sich unter seinem Schutz an die Klippen schmiegten.

»Ginny weiß nicht, dass Sie kommen, oder?«

Die Frage kam so plötzlich, dass Sarah nicht nur innerlich ins Stolpern geriet. Schnell griff Michael nach ihrem Oberarm und zog sie an sich, um ihr sicheren Halt zu geben – so nahe, dass sie sein Aftershave riechen konnte.

»Alles in Ordnung?«

Was musste dieser Mann von ihr denken, dass sie über ihre eigenen Beine stürzte und ihn gleich mitzureißen versuchte? Sarah löste sich von ihm und zwang sich zu einem Lächeln. »Danke. Mit einer Gebirgswanderung habe ich bei der Wahl meiner Schuhe offen gesagt nicht gerechnet.«

Er grinste. »Das ist unschwer zu erkennen.«

Sie setzten ihren Weg fort. Abgesehen von einigen wenigen Leuten war die Straße nun leer. Anscheinend gehörte Port Willis zu den Kleinstädten, die außerhalb der Touristensaison die Bürgersteige hochklappten, sobald die Dämmerung einsetzte.

»Woher wussten Sie das?«, fragte Sarah nach ein paar Momenten.

»Na, weil die Frauen hier im Allgemeinen auf High Heels verzichten.«

»Das meine ich doch nicht.« Sarah räusperte sich. »Woher wussten Sie, dass Ginny keine Ahnung hat, dass ich komme?«

»Ach so. Nun, Ginny kann kein Geheimnis für sich behalten und würde es uns wohl kaum verschweigen, wenn sie mit jemandem aus ihrer Familie rechnet. Da bislang keiner von uns auch nur ein einziges Mitglied kennt, hätte es definitiv für Wirbel gesorgt ...« Er schmunzelte.

Bei dem Gedanken daran, ihre Schwester könnte anderen freudig aufgeregt von ihr erzählen, wurde Sarah warm ums Herz. »Ich kenne keinen authentischeren und aufrichtigeren Menschen als sie.« Ihre Eltern hatten diesen Charakterzug nie gewürdigt. Sie hatten sich vielmehr alle Mühe gegeben, Ginny zu ändern und sie in eine zweite Sarah zu verwandeln.

Ehrlich gesagt war Sarah erleichtert zu erfahren, dass diese Bemühungen erfolglos geblieben waren.

»Da wären wir.« Michael zeigte auf ein großes Gebäude auf der gegenüberliegenden Seite der Straße, das Hunderte von Jahren alt sein musste, so wie alles in dieser Stadt. Mehrere kleine Geschäfte teilten sich die breite Schaufensterfront, aus der ein Schild über einer gelben Ladentür herausstach, das den Eingang zur Buchhandlung kennzeichnete. Der Laden daneben befand sich anscheinend im Umbau.

Sarah überquerte die Straße und ihre Aufmerksamkeit fiel auf ein Plakat, das im Halbdunkel der Baustelle hing: »Wir eröffnen in Kürze. Willkommen in der *Once Upon a Time Bakery!*«

Michael trat neben sie und schirmte seine Augen mit der Hand ab, um besser ins Innere sehen zu können. »Sieht so aus, als ob keiner mehr da ist. Wahrscheinlich sind sie bei Ginny zu Hause. Das ist gleich hier um die Ecke.«

Er führte sie ein paar Meter weiter zu einem idyllischen kleinen Cottage.

Mittlerweile brannten ihre Füße wie Feuer, doch immer noch nicht so heftig wie ihr Herz. Würde Ginny froh sein, sie zu sehen, oder würde sie ihr abweisend begegnen?

Es gab nur eine Möglichkeit, das herauszufinden.

Sarah klopfte an die Tür. Der Wind spielte mit ihren Haaren, während sie wartete. Als ob Michael ihre Anspannung spürte, sprach er kein Wort.

Nach einer gefühlten Ewigkeit meinte sie drinnen Stimmen zu hören, die lauter wurden, bis die Tür sich knarrend öffnete.

Dann stand Ginny vor ihr – groß und schlank, mit glatten Haaren, die ihr bis über die Schultern fielen, und ihren sanften schokoladenbraunen Augen, in denen es verdächtig zu glänzen begann. Sie war barfuß und trug Jeans zu einem Beach-Boy-Shirt, das über und über mit Mehl bestäubt war.

Ein rothaariger Mann trat neben sie und legte seinen Arm um ihre Schultern. Als er Michael sah, hellte sich seine Miene auf. »Hey, wen hast du denn da mitgebracht?«

»Sarah …«, schniefte Ginny.

»Hallo, Gin.« Nervös biss sie sich auf die Lippe. »Schön, dich zu sehen.«

Kapitel 3

Irgendwie fühlte es sich so an, als ob es die letzten sieben Jahre nie gegeben hätte.

Sarah hatte auf Ginnys durchgesessener Couch Platz genommen und ihre Schwester klapperte in der Küche mit dem Geschirr herum. Sie waren nur noch zu zweit. Nach zahlreichen Umarmungen und einer Vorstellungsrunde hatten sich Steven – der Rotschopf – und Michael zurückgezogen, um den Frauen Gelegenheit zu geben, ihre Wiedervereinigung in Ruhe zu feiern. Ohne viele Worte zu verlieren, war Ginny mit Sarahs Koffer in Richtung Gästezimmer verschwunden. Dann hatte sie Sarah gebeten, auf dem Sofa Platz zu nehmen, während sie Tee kochte.

Da ihr Wohnzimmer direkt neben der Küche lag, konnte Sarah beobachten, wie sie hin und her lief, um alle möglichen Dinge aus Schubladen und Schränken zu holen, und dabei Selbstgespräche führte. Müde kuschelte sich Sarah in die hellgelben Sofakissen, bei deren Anblick ihre Mutter heftig zusammengezuckt wäre. Der Gedanke daran brachte sie zum Grinsen. *Gute Wahl, Gin!*

Etliche, überwiegend unbeschriftete Kartons standen im Raum verteilt. Ein Tannenbaum wartete in einer Ecke auf seinen Schmuck, nicht weit von einem Fenster, das einen spektakulären Blick über die nächtliche Bucht bot.

»Ich hatte so viel zu tun, dass ich es noch nicht geschafft habe, ihn zu dekorieren.« Vorsichtig balancierte Ginny zwei randvoll gefüllte Tassen über den Teppich und drückte Sarah eine davon in die Hand. »In einer dieser Schachteln müssen die Kugeln und Anhänger sein, ich weiß nur noch nicht in welcher. Der Umzug von London nach Port Willis und die Eröffnung der Bäckerei nehmen mich restlos in Beschlag. Steven hat den Baum für mich aufgestellt, doch ich finde einfach keine Gelegenheit.«

Und nun sitze auch noch ich hier, dachte Sarah, *und raube ihr ihre kostbare Zeit.* Sie nahm sich fest vor, es im Laufe der nächsten dreieinhalb Wochen wiedergutzumachen und ihr zu helfen, wo sie nur konnte. Nicht, dass sie besondere Erfahrungen darin gehabt hätte, wie man erfolgreich ein Unternehmen startete. Bei der Neugründung von *New Dawn* war Melissa die treibende Kraft gewesen. Doch mit Sicherheit würde sich ein Bereich finden lassen, in dem sie sich nützlich machen konnte.

»Bin gleich wieder da.« Wenige Augenblicke später kam Ginny zurück und platzierte eine Servierplatte voll köstlicher Schokoladenplätzchen auf dem Couchtisch. »Die habe ich erst vor einer Stunde aus dem Ofen geholt.«

Wie lange war es her, dass Sarah etwas von Ginnys Kreationen genossen hatte? Bilder von zwei kleinen Mädchen gingen ihr durch den Kopf, die in der riesigen Küche daheim in Boston spielten. Regelmäßig waren sie von der Köchin rausgeworfen worden, nur um genauso regelmäßig abends zurückzukommen. Das war die Zeit, in der Ginny ihre Backkünste entwickelte – und Sarah sie dabei unterstützte, indem sie die Ergebnisse verputzte.

Sie nahm einen Keks, biss hinein und seufzte genüsslich, als ein himmlisches Aroma ihren Mund erfüllte. »Wow, du bist noch besser geworden, soweit das überhaupt möglich war.«

»Nun, ich habe ja auch eine Ausbildung gemacht.« Ginny schien sich ehrlich über das Kompliment zu freuen.

»Stimmt.« Sarah nahm einen Schluck Tee. »Mmm, ist da Milch drin?«

»Ja. Du trinkst deinen Tee so, wie es eine echte Britin tut.«

»Perfekt.« Sarah legte beide Hände um die Tasse, um sie daran zu wärmen.

Sie schwiegen für eine Weile.

»Bist du denn jetzt nur rein zufällig in der Gegend oder …«, begann Ginny schließlich.

Sarahs Herzschlag beschleunigte sich und sie musste schlucken. »Eigentlich bin ich gekommen, um dich zu unterstützen. Ich könnte bis zum 23. Dezember bleiben.«

»Heißt das, du bist bei der Eröffnungsfeier auch noch da?« Der fragende Blick ihrer Schwester ging Sarah durch Mark und Bein. »Ich fliege zwar noch am gleichen Abend zurück, doch ja, das ist eigentlich mein Plan. Falls du damit einverstanden bist. Ich kann mir auch gern ein Hotelzimmer nehmen.« Sarah hielt insgeheim den Atem an und wich Ginnys Blick aus.

»Selbstverständlich gehst du nicht in ein Hotel! Das wäre mindestens so absurd wie … wie ein Grillkäse mit Nougat-Kuvertüre.«

»Wirklich, Gin?«

»Wirklich!« Pause. »Ich muss allerdings zugeben, es überrascht mich echt, dass Vater dir erlaubt hat herzukommen.«

Sarah packte die Teetasse fester, erhob sich und begann, auf und ab zu gehen. »Ich habe ihm auch kaum eine Wahl gelassen. Er hat einfach …« Zischend stieß sie den Atem aus und trat ans Fenster. Draußen fiel das sanfte Licht einer Straßenlaterne auf eine Bank, die direkt unter ihr stand. Dieses Bild vollkommener Stille beruhigte Sarahs Nerven ein wenig. Hier schienen die Bentleys ebenso weit weg zu sein wie das Leben, das sie für Sarah geplant hatten.

Auf einmal war Ginny neben ihr und legte ihr die Hand auf den Arm. »Ich weiß.«

So ruhig und bestimmt, wie sie das sagte … Sie wusste es wirklich.

Der eiserne Ring, der sich um Sarahs Brust gelegt hatte, lockerte sich. Falls Ginny wütend auf sie gewesen war, weil sie sieben Jahre lang nichts von sich hatte hören lassen, dann war davon nichts mehr zu spüren. Aber wie war es ihr gelungen, ihren Ärger zu überwinden?

»Und wie geht's dir, Gin?« *Ich habe dich so sehr vermisst.* Warum konnte sie ihr das nicht sagen? Sarah entzog ihr behutsam ihren Arm und setzte sich wieder aufs Sofa.

Ihre Schwester blieb noch einen Moment am Fenster stehen, dann drehte sie sich um und strahlte wie ein kleines Kind vor der großen Bescherung. »Es geht mir gut. Wirklich gut.« Sie holte sich einen Keks von der Servierplatte und setzte sich ebenfalls. »Das Leben kann nie perfekt sein, doch Gott hat mich mit so vielen Dingen gesegnet.«

Wie bitte? Seit wann glaubte ihre Schwester an Gott? Sie hatten nicht wirklich ein christliches Elternhaus. Ihre Eltern gingen zu Ostern und zu Weihnachten in die Kirche, weil sich das gut machte, und das war's.

Als Jugendliche hatte Sarah zwar heimlich zusammen mit ihrer Freundin Rachel die Jugendgruppe einer Gemeinde besucht und sich dort sehr angenommen gefühlt, doch ihr Vater hatte ihr den zarten Glauben, der in dieser Zeit gewachsen war, nach und nach wieder ausgetrieben. »*An jemand anderen als dich selbst zu glauben, macht dich nur schwach.*«

Anscheinend hatte Ginny da ganz andere Erfahrungen gemacht. Sarah nahm sich vor, sie bei Gelegenheit darauf anzusprechen. Sie räusperte sich. »Ich bin wirklich stolz darauf, eine Schwester zu haben, die nun eine Bäckerei eröffnet. Das war doch schon immer dein Traum.« Auch wenn ihre eigenen Eltern sie dafür auslachten, als ob sich ein solcher Wunsch von selbst verbot.

»Danke Sarah, das bedeutet mir viel.« Kauend studierte Ginny ihr Gesicht und ihre Züge wurden immer weicher. »Genauso viel bedeutet mir, dass du hier bist. Ich kann es immer noch kaum glauben.«

»Äh, ja, gern.« *Ich hätte definitiv früher kommen sollen.* »Aber sag mal, es sieht so aus, als ob Steven mehr für dich wäre als nur ein guter Freund?!«

Ginny wurde rot und wedelte sich einige schwer zu bändigende Haarsträhnen aus dem Gesicht. »Das stimmt. Bis vor etwa einem Jahr war er nur ein guter Bekannter, dann wurde mehr draus. Ich habe mich nach der Scheidung von Garrett lange Zeit dagegen gewehrt und ...« Sie hielt verlegen inne. »Ich schweife mal wieder ab. Bitte entschuldige, das passiert mir ständig.«

Sarah lachte. »Glaubst du, ich weiß das nicht mehr? Mutter hat dich jedes Mal ermahnt, auf den Punkt zu kommen.«

»Tja, meine große Schwäche.« Ginny streckte ihr die Zunge heraus. »Neben dem Herumzappeln, den Tagträumereien, den ständig dreckigen Klamotten und so weiter ...«

»Die Sache mit Garrett tut mir leid.«

»Ist schon gut. Ich habe wirklich eine sehr schwere Zeit durchgemacht, doch ich bin auch daran gewachsen. Und ich habe eine Menge gelernt. Zum Beispiel über das Bild, das ich von mir selbst habe. Über die Bedeutung von Erfolg. Und über Gott.«

Da war es wieder – das Wort schien Ginny so leicht über die Lippen zu kommen.

Sarah musterte ihre Schwester. Früher war Ginny fast zusammengebrochen, wenn andere Leute sie kritisiert hatten, und aufgeblüht, wenn sie Lob bekam. Umso unglaublicher fand sie es, dass Ginny nun in der Lage war, über all das zu lachen, was ihre Mutter ihr als Fehlverhalten angekreidet hatte.

Auch wenn sie die Ältere war, so konnte sie doch noch das eine oder andere von Ginny lernen.

»Ich habe Steven zwar nur kurz gesehen, doch er hat einen sympathischen Eindruck auf mich gemacht.« Sarah trommelte mit ihren Fingern auf dem Rand der Tasse herum. »Und wie ist der Stand der Dinge bei der Bäckerei?«

»Im Großen und Ganzen läuft es gut. Die eine oder andere Lieferung macht allerdings noch Probleme. Zum Beispiel wird sich der Einbau der Öfen noch etwas verzögern. Doch wir sind immer noch im Zeitplan. Nur ...« Ein Schatten huschte über Ginnys Gesicht.

»Was ist?« Sarah lehnte sich vor.

»Kurz bevor du eingetroffen bist, habe ich einen Brief bekommen. Er klebte an der Eingangstür meiner Backstube.« Ginny stellte ihre Tasse ab, stand auf und nahm einen Umschlag vom Kaminsims.

»Und? Was steht drin?«

»Dass eine kommunale Verordnung existiert, die vorschreibt, bei der Eröffnung eines Geschäftes einen Mindestabstand von einem Kilometer zu jedem konkurrierenden Unternehmen einzuhalten.« Gedankenverloren fuhr Ginny mit ihren Fingern über das Kuvert und starrte auf die schmucklose Tanne.

»Kann ich ihn mal sehen?« Sarah stellte ihre Tasse auf dem Beistelltisch ab und streckte die Hand aus.

Ginny zuckte mit den Achseln und reichte ihr den Brief, dann schlenderte sie zum Baum hinüber und zupfte nervös an den Zweigen herum, während Sarah das Schreiben prüfte. Der Absender hatte ein paar Seiten aus der Kommunalordnung kopiert und mit einem schwarzen Marker die Passagen unterstrichen, die das örtliche Geschäftsleben regelten. Sarah las die Bestimmungen und die Juristin in ihr begann zu arbeiten.

»Warum sollte dir das jemand schicken?«

»Ich glaube, ich bin dabei, gegen eine Bestimmung zu verstoßen, von der ich noch gar nichts wusste.« Ginny ließ sich auf die Couch fallen und vergrub das Gesicht in den Händen.

»Wie das?«

»Die *Trengrouse Bakery* liegt keine tausend Meter von hier entfernt.«

Sarah hob eine Augenbraue. »Ich bin bei meiner Ankunft in Port Willis daran vorbeigefahren. Hm, du eröffnest also eine Bäckerei in unmittelbarer Nähe zur Konkurrenz?«

»Ich bin doch nicht bescheuert!«

»Das habe ich auch nicht behauptet.«

»Sorry, ich wollte dich nicht anfauchen. Die Sache trifft mich gerade einfach.«

Eine Entschuldigung war das Letzte, was Sarah von Ginny erwartete, auch wenn sie von ihr angefahren worden war. Sie verstand nur zu gut, dass die Sache an Ginnys Nerven zehrte. »Kein Problem – wie ist also die Lage?«

»Mr Trengrouse betreibt sein Geschäft schon seit vielen Jahrzehnten. Und da ich ihm eben keine unerwünschte Konkurrenz machen wollte, habe ich ihn aufgesucht und ihn gefragt, was er von meinen Plänen hält. Er war geradezu erleichtert, weil er schon seit einer Weile mit dem Gedanken an eine Geschäftsaufgabe spielt, sich Port Willis aber nicht ohne eine Bäckerei vorstellen kann.«

»Kann es sein, dass er seine Meinung geändert hat?«

»Eigentlich nicht … Allerdings ist vor etwa drei Monaten seine Tochter Rebecca ins Geschäft eingestiegen. Sie ist hier aufgewachsen und hat die Stadt vor einiger Zeit fürs Studium verlassen. Um ehrlich zu sein, kenne ich sie kaum. Ich dachte, sie wäre nur gekommen, um ihm bei der Abwicklung zu helfen, aber vielleicht hat sie ihn überredet, sein Vorhaben zu überdenken.«

»Kein Grund, nervös zu werden. Ich werde mich mal schlaumachen und versuchen, Licht ins Dunkel zu bringen. Ich bin sicher, dass sich das ganz schnell klärt.« Sarah zwinkerte ihrer Schwester zu und bemühte sich, zuversichtlich zu klingen, auch wenn die Rechtslage durchaus ernst war. »Irgendein Schlupfloch findet sich immer.«

Natürlich kannte sie sich im britischen Recht nicht so gut aus, aber immerhin war sie eine Bentley, oder? Vielleicht konnte sie damit wettmachen, was sie die letzten sieben Jahre versäumt hatte.

Mit offenem Mund starrte Ginny sie an. Dann warf sie sich ohne jede Vorwarnung auf sie, schlang ihre Arme um ihren Nacken und drückte sie so fest an sich, wie sie konnte.

Sarah war einige Momente lang zu überrascht und überwältigt, um sich zu rühren, doch dann erwiderte sie die Umarmung mit aller Kraft.

Kapitel 4

Zwei Tage waren vergangen, seitdem Sarah sich darangemacht hatte, die fragliche Verordnung unter die Lupe zu nehmen, und noch immer konnte sie Ginny keine Entwarnung geben.

Sie erlaubte sich ein ausgiebiges Stöhnen und schob ihren Laptop beiseite.

»Schlechter Tag?«

Sarah wirbelte herum, als sie die Männerstimme mit dem britischen Akzent hörte. Michael stand in der Tür. Er trug eine alte braune Lederjacke über einem kragenlosen langärmligen Polo-shirt. Über seiner Schulter hing eine Kameratasche. Sarah hätte bis zu diesem Moment nicht gedacht, dass sie einen Mann in einem solchen Outfit attraktiv finden könnte.

»Hi, schön, Sie wiederzusehen.« Warum musste sie nur so förmlich klingen? Als ob sie sich darauf vorbereitete, eine eidesstattliche Aussage zu machen …

»Bitte entschuldigen Sie, dass ich hier einfach so eindringe, aber ich habe geklopft und keiner hat reagiert.«

»Vielerorts wird so etwas als Einbruch oder unbefugter Zutritt gewertet.« Sie versuchte, einen neckischen Unterton in ihre Stimme zu legen, doch es kam eher rüber, als meine sie es tatsächlich als Vorwurf.

Er reagierte mit diesem schiefen Grinsen, das sie schon bei ihrem ersten Aufeinandertreffen so aus der Fassung gebracht hatte. »Ach was? Nun sind Sie aber in Port Willis und hier ist es durchaus erlaubt, sich Zutritt zu verschaffen, wenn eine Freundin Sie erwartet, aber nicht öffnet. Die meisten Leute würden es sogar als fürsorglich bezeichnen, wenn man sichergeht, dass alles in Ordnung ist.«

Sarah rutschte von ihrem Barhocker, schob ihn unter die Granitplatte von Ginnys Küchentresen und fuhr mit der Hand über das große rote Schultertuch, das ihr bis über die schwarzen Leggins fiel. Mit ihrem eilig gebundenen Haarknoten und der riesigen Lesebrille fühlte sie sich nur bedingt herzeigbar. »Mir ist nicht ganz klar, wofür ich Ihre Hilfe brauche.« Sie nahm sich die Brille von der Nase und legte sie auf die Theke.

Michael schloss die Tür hinter sich und trat – nach wie vor lächelnd – näher. Wie um alles in der Welt hatte sie diese Grübchen übersehen können? Wahrscheinlich, weil ihre erste Begegnung bei Nacht stattgefunden hatte. »Ich habe von Ginny gesprochen. Sie hat mich gebeten, ein paar Fotos für ihre Website zu schießen, erinnern Sie sich?«

»Oh ja, richtig.« Das klang logisch. Seit gestern Morgen hatte Ginny ununterbrochen am Backofen gestanden. Backblech um Backblech hatte sie mit Keksen, Muffins und anderem Gebäck gefüllt. Noch immer duftete das ganze Cottage nach Zimt, Vanille und Muskatnuss. Anscheinend diente das alles zur Vorbereitung des Fotoshootings.

Aber Ginny wäre nicht Ginny gewesen, wenn sie die Gelegenheit nicht genutzt hätte, Sarah mit all den leckeren Dingen vollzustopfen. Und wenn sie nicht versucht hätte, mehr darüber zu erfahren, wie ihr Leben in den letzten Jahren verlaufen war. Doch mit welchem Recht durfte Sarah ihre Schwester mit ihren Sorgen belästigen, wenn sie selbst es nicht für nötig gehalten hatte, Ginny in all der Zeit beizustehen? Also war sie auf Nummer sicher gegangen und hatte ausschließlich über das unverfänglichste aller Themen gesprochen: den Job. Natürlich insbesondere über ihre Arbeit bei *New Dawn*. Ginny war begeistert gewesen, als sie von diesem Herzensprojekt erzählte. Als sie aber wissen wollte, ob Sarah plane, sich eines Tages voll dieser Arbeit zu widmen, war sie ausgewichen.

Natürlich hätte sie im Gegenzug gerne gewusst, woher Ginny den Mut genommen hatte, von zu Hause wegzugehen. Doch eine Flucht kam nicht infrage – nicht für sie. Andernfalls stünde der Fortbestand von *New Dawn* auf dem Spiel.

»Ist sie denn da?«

Michaels Frage riss sie aus ihrem Sinnieren darüber, wie gut es getan hatte, mit Ginny zu reden und alles über die Bäckerei und auch Steven zu erfahren. Hoffentlich hielt er sie jetzt nicht für ein totales Traumtier. »Ginny ist gerade in der Bäckerei. Ich kann ihr eine Nachricht schicken und sie bitten, kurz rüberzukommen, wenn Sie das möchten.«

»Nee, ist schon gut. Die Bäckerei ist ja gleich um die Ecke, ich gehe einfach rüber.« Er nickte. »Sie haben sie doch gesehen, oder?«

»Ja, Sie haben mich darauf hingewiesen, als wir hier angekommen sind.« Sarah zupfte an einem eingerissenen Fingernagel herum. Ihre Mutter mäkelte immer an ihr herum, wenn sie den Besuch im Nagelstudio länger als zwei Wochen hinauszögerte, doch vor ihrer Abreise nach Cornwall war dafür einfach keine Zeit mehr geblieben.

»Ich meinte, ob Sie nicht schon drin waren? Ich dachte, Sie wären so früh gekommen, um Ginny bei den letzten Vorbereitungen zu helfen.«

»Ich habe es noch nicht geschafft.« Sarah klappte ihren Laptop zu und nahm ihn vom Tresen. »Aber ich helfe anderweitig. Und wenn Sie mich jetzt bitte entschuldigen möchten, würde ich gerne damit fortfahren.« Sie drehte sich auf dem Absatz um und ging in Richtung Gästezimmer davon, doch Michael überholte sie und versperrte ihr den Weg.

»Es tut mir leid, wenn ich Sie verärgert habe.«

Das aufrichtige Bedauern, das in seiner Stimme lag, stimmte sie versöhnlich. Sie begegnete seinem Blick. *Nicht gut – sieh ihn nicht immer so an!*

In seinen Augen meinte sie goldene Punkte zu erkennen, vielleicht war das der Grund dafür, dass sie so strahlten.

Oh Mann. Sie konnte es sich nicht erlauben, die Fassung zu verlieren, auch wenn ein so sympathischer Mann mit so schönen Augen daran schuld war. Es gab zu viele Dinge, die sie im Verlauf ihres Aufenthaltes erreichen wollte – allem voran eine neue Vertrauensbasis mit Ginny. Und das bedeutete, dass sie unbedingt einen Weg finden musste, auf dem sie dieses lächerliche Gesetz umgehen konnten. Allerdings war es da weniger hilfreich, wenn sie die Freunde ihrer Schwester vor den Kopf stieß.

Sarah verlagerte ihren Laptop auf ihren anderen Arm. »Sie haben nichts falsch gemacht. Ich versuche nur, meine beruflichen Kenntnisse einzusetzen, um ein Problem zu lösen, das Ginny betrifft, doch ich komme nicht weiter.«

»Oh, verstehe. Um was geht es denn?« Michael lehnte sich an die Wand des schwach beleuchteten Flurs, an der mehrere Fotografien hingen: Ginny und Steven, Ginny und eine Braut mit schwarzen Haaren und faszinierenden blauen Augen und sogar eine alte Aufnahme, die Sarah, Ginny und Benjamin im Teenageralter zeigte.

Wäre man mit Sarah so umgesprungen wie mit ihrer Schwester, dann hätte in ihrer Diele mit Sicherheit kein Foto der Menschen gehangen, die sie so verletzt und ihre Träume torpediert hatten. War das am Ende ein Zeichen, dass Ginny ihnen all das vergeben hatte? Und wenn ja – wie hatte sie das geschafft?

Sarah räusperte sich. »Ich bin Anwältin in der Kanzlei meines Vaters und arbeite nebenher für eine Nonprofit-Organisation. Dort beraten wir Frauen, die ihre Beziehung zu einem gewalttätigen Partner beenden wollen. Ginny hat ein juristisches Problem im Zusammenhang mit der Eröffnung ihrer Bäckerei und hat mich gebeten, die Angelegenheit zu prüfen.«

Michael sah sie nur fragend an und sein Schweigen machte ihr Mut, mehr zu erzählen. Sie schilderte in groben Zügen, welche Gefahr Ginnys Vorhaben drohte und was die Verordnung bedeutete.

»Wie dem auch sei, ich finde keine näheren Informationen zu dieser Verfügung«, schloss sie. »Außer, dass sie bereits ein paar Hundert Jahre alt ist. Kann sein, dass es damals gute Gründe gab, sie zu treffen, aber mir kommt sie eher vor wie ein längst vergessenes und überholtes Gesetz. Egal, irgendein Mensch – wahrscheinlich Trengrouse oder seine Tochter – hat sie ausgegraben, um Ginny von der Eröffnung abzuhalten.«

»Haben Sie sich schon an die Gemeindeverwaltung gewandt?«

»Ja, aber ich habe noch keine Antwort erhalten.« Sarah lehnte sich neben Michael an die Wand. Ein paar Augenblicke lang war es mucksmäuschenstill. »In anderthalb Wochen tritt der Gemeinderat zusammen und da wäre vielleicht etwas zu erreichen, doch eigentlich würde ich Ginny gerne schon viel früher Entwarnung geben. Wenn das nicht klappt, dann setze ich mich dafür ein, dass sie das Thema auf die Tagesordnung nehmen.«

»Unter Umständen reicht schon ein Gespräch mit Rebecca Trengrouse. Ich kenne sie schon mein ganzes Leben. Wir sind zusammen zur Schule gegangen. Sie mag manchmal eine harte Nuss sein, aber davon abgesehen ist sie ein sehr lieber Mensch.«

»Na ja, *lieb* kann man das nicht gerade nennen, dass sie eine solche Notiz an die Tür meiner Schwester heftet, oder?« Sarah ignorierte Michaels amüsierten Gesichtsausdruck und holte tief Luft. »Dennoch haben Sie recht. Es kann nie schaden, das Problem direkt an der Wurzel zu packen.« Sie warf einen Blick auf ihre Uhr. Es war bereits später Nachmittag. »Rebecca ist sicher noch im Laden, es sei denn, sie machen an manchen Nachmittagen früher Feierabend. Haben Sie eine Ahnung?«

Michael legte seine Hand auf ihren Unterarm. »Immer mit der Ruhe, Eiserne Lady. Ich halte es für besser, wenn Sie sich in aller Ruhe überlegen, wie Sie sie auf die Sache ansprechen wollen.«

»Ohne mit der Tür ins Haus zu fallen?«

»Genau.« Michael stieß sich von der Wand ab. »Und ich weiß auch, wie Sie den nötigen Abstand gewinnen. Kommen Sie doch mit mir rüber auf Besichtigungstour.«

Einen Moment lang überlegte Sarah. Vielleicht wäre ein Tapetenwechsel gerade genau das Richtige. »Na gut. Geben Sie mir eine Minute und wir können gehen.«

Sie betraten die Bäckerei und Sarahs Blick fiel auf mehrere Sitz-garnituren und Tische, die die rechte Hälfte des Ladenlokals füllten und Platz für etwa dreißig Kunden boten. Die weiß ge-strichenen, noch kahlen Wände verliehen dem Raum eine eher unpersönliche Note, während das hübsche, grau-weiße Rauten-muster des Fußbodens im Eingangsbereich des Ladens etwas charmanter daherkam.

Rund um den Verkaufstresen zog sich eine Vitrine und auf der polierten Marmorplatte darüber erhob sich die Regis-trierkasse. Der Einbauschrank aus grau lackiertem Holz, der die Rückwand bildete und ausreichend Platz für Geschirr und andere Utensilien bot, war noch leer. Weiße Wandfliesen wie aus einer U-Bahn-Station umrahmten das riesige Möbelstück. Eine Tafel mit einer Übersicht über die angebotenen Backwaren suchte Sarah vergeblich. Wahrscheinlich saß Ginny noch an der Auswahl.

Während sie sich umsah, beschlich Sarah ein ungutes Gefühl, weil der aktuelle Stand der Arbeiten unmöglich dem Zeitplan entsprechen konnte. Andererseits hatte Ginny nie so akribisch gearbeitet wie sie. Auf jeden Fall bedeutete es, dass es viele Berei-che gab, in denen Sarah Ginny unterstützen konnte, auch wenn sie in den juristischen Fragen im Moment keine großen Fort-schritte machte.

»Ich glaube, sie ist da hinten«, sagte Michael.

Sie gingen durch eine Schwingtür in die hinteren Geschäfts-räume und trafen dort auf Ginny und Steven, die so damit be-schäftigt waren, einander anzuhimmeln, dass sie die Neuan-kömmlinge gar nicht bemerkten.

Ginny ließ ihren Freund gerade ein Teilchen mit Zuckerguss probieren.

Er schloss genussvoll die Augen. »Das ist mit Abstand der bes-te Beignet, den du bisher gebacken hast!«

»Meinst du wirklich?«, fragte Ginny aufgedreht und ein bisschen verlegen.

»Darf ich auch kosten?« Michaels Stimme ließ die beiden herumfahren.

Ginnys Wangen röteten sich. Sie klopfte sich den Puderzucker von den Händen, nahm ein Backblech von der Arbeitsplatte und hielt Michael das goldgelbe Gebäck unter die Nase. »Bedien dich!«

Er griff zu und nahm einen Bissen. »Steven hat recht«, urteilte er nach dem Schlucken. »Das grenzt an Perfektion!«

»Sarah? Möchtest du auch einen?« Ginny klang hoffnungsvoll. Anscheinend war da nach wie vor etwas in ihr, das die Anerkennung ihrer großen Schwester suchte.

Zwar lagen Sarah die vielen Törtchen, Brötchen und Biskuits vom Vortag immer noch im Magen und Schmalzgebäck war das Letzte, wonach ihr der Sinn stand, dennoch gab sie sich einen Ruck und nahm einen der Beignets. »Mein liebes Schwesterlein, du verwandelst mich in eine Mastgans!«

»Selbst wenn, würden Sie eine außergewöhnlich hübsche abgeben.«

Michaels Worte beschleunigten ihren Herzschlag. Hatte er gerade zugegeben, dass er sie attraktiv fand?

Was spielt das für eine Rolle? Irgendwie hast du doch so was wie eine Beziehung mit Warren.

Dieser Gedanke versetzte ihrer Stimmung einen kräftigen Dämpfer. Sie hatte bisher nur Zeit für eine Textnachricht gehabt, in der sie Warren in wenigen Worten über ihren Spontantrip nach England informiert hatte. Immerhin hatte sie ihn dabei auch gleich zu der Weihnachtsparty ihrer Eltern eingeladen.

Sarah verspeiste das butterweiche Teilchen, das ihr geradezu auf der Zunge zerging, und wusch sich die Hände. Dann wandte sie sich wieder Ginny zu. »Michael ist hier, um ein paar Fotos zu machen.«

»Ach ja, stimmt. Ich habe ganz vergessen, dir zu sagen, dass du uns hier findest!«

»Kein Problem.« Michael legte seine Kamera auf der vom Deckenstrahler beleuchteten Küchenplatte aus weißem Quarzstein ab. Er zog seine Jacke aus und bereitete den Apparat vor.

»Hier drüben habe ich alles, was mir fotogen vorkam, zusammengetragen.« Ginny zeigte auf einen langen Tisch unter einem Fenster, durch das das Licht eines wolkenverhangenen Tages fiel. »Platzier die Sachen so, wie sie deiner Meinung nach am besten zur Geltung kommen. Willst du, dass ich hierbleibe und dir helfe?«

»Ganz wie du möchtest. Ich hätte nichts dagegen, wenn du die Zeit nutzt, um andere Dinge zu erledigen, aber wenn du dabei sein möchtest, um sicherzustellen, dass alles in die richtige Richtung geht, dann ist das auch okay.« Michael schraubte ein Teleobjektiv vor die Linse, dem man seinen Wert schon von Weitem ansah. Sarah konnte den Blick kaum von seinen Handbewegungen abwenden, die schnell, elegant und trotzdem sicher zum Ziel kamen.

Als er sie dabei ertappte, wie sie ihn anstarrte, wandte sie sich so ruckartig ab, dass sie ihr Knie in einen Unterschrank rammte. Sie biss die Zähne zusammen, um den Schmerzensschrei zu unterdrücken.

»Super!«, sagte Ginny. »Steven will mit mir noch mal über die Website schauen und danach werden Sophia und ich die Details für die Eröffnungsfeier besprechen.«

Genau, ein erstes Treffen mit Sophia, Ginnys bester Freundin und baldiger Geschäftspartnerin, stand auch noch an. Die beiden Frauen hatten geplant, einen Durchgang in die Wand zwischen Sophias Buchladen und der Bäckerei legen zu lassen, sodass ihre Kunden mühelos von einem Geschäft ins andere hinüberwechseln konnten.

Noch ehe sie Ginny fragen konnte, ob sie sich ihr anschließen dürfe, ergriff Michael das Wort: »Sarah, wie wäre es, wenn Sie mir bei den Aufnahmen helfen?«

»Ich?« Sarah sah ihn verwirrt an. Was verstand sie schon von der Kunst des Fotografierens? Das gewisse Etwas aber, das in seinem Blick lag, jagte ihr einen angenehmen Schauer über den Rücken. Was war das? Verehrung? Bewunderung? Aber warum? An der Art und Weise, wie sie sich ihm gegenüber bisher verhalten hatte, gab es nicht viel zu bewundern. Sie hatte ihm zwar nicht die kalte Schulter gezeigt, doch sonderlich nett war sie auch nicht gewesen.

Dennoch, einfach alles an diesem Mann war eine Einladung an Sarah, ihm zu vertrauen. Vielleicht war es die ungeteilte Aufmerksamkeit, die er ihr schenkte – seine Bereitschaft, ihr wirklich zuzuhören. Dabei war ihr das gar nicht recht, denn es bedeutete, dass sie von sich erzählen musste. Dass sie ihr Herz öffnen musste. Nach ihrer Erfahrung aber brachte einem das für gewöhnlich nur eiskalte Blicke und wortkarges Schulterzucken ein. Melissa war der einzige Mensch, der Sarah wirklich kannte. Aus irgendeinem Grund war sie nicht auf Abstand gegangen, sondern hatte mutig in ihre Freundschaft investiert.

Sie fragte sich, ob sie hier nicht gerade ein bisschen übertrieb. Schließlich stand jetzt nicht zu befürchten, dass Michael versuchen würde, ihre intimsten, dunkelsten Geheimnisse aus ihr herauszukitzeln. Alles, was er von ihr wollte, war, dass sie ihm ein wenig zur Hand ging. Und das konnte sie ja nun wirklich tun. Jedenfalls war es besser, als in den Laptop zu stieren und verzweifelt nach Lösungen zu suchen. »Na gut.«

»Toll, danke! Und vielleicht wäre jetzt ein guter Zeitpunkt, um zum Du überzugehen?«

»Ähm, ja. Klar, wieso nicht?«

Steven ging hinüber ins Ladenlokal und Ginny folgte ihm, doch nicht, ohne ihrer Schwester einen fragenden Blick zugeworfen zu haben.

Michael legte eine der Keramikkacheln auf den Tisch, platzierte vier Schokokekse im Vordergrund und drehte und kippte sie so lange, bis sich ein interessantes Arrangement ergab. Dann formte er aus weiteren Cookies einen Haufen, der auf Sarah wirr und chaotisch wirkte, für ihn aber eine perfekte Anordnung ergab, was sie aus seinem konzentrierten Nicken schloss. Es war unerwartet spannend, ihm bei der Arbeit zuzusehen.

Irgendwann hatte er die Aufnahmen für sein erstes Motiv im Kasten – und es irgendwie geschafft, dass Sarah plötzlich Lust auf Kekse hatte. Nur auf Kekse.

Lügnerin.

Michael betrachtete einen Augenblick lang die Servierplatte. Dann nahm er ein Nougatstück und wandte sich an Sarah. »Würdest du für mich in diese Praline beißen?«

Sarah wich einen Schritt zurück und blinzelte überrascht. »Wie bitte?«

Er trat an sie heran, hielt ihr das Konfekt an die Lippen und zwinkerte. »Ich brauche noch ein besonderes Motiv.«

»Ähm, meinetwegen.« Sie beugte sich vor, um hineinzubeißen, und er zog es weg. Unter anderen Umständen hätte Sarah auf ein solches Verhalten ungehalten reagiert, diesmal jedoch musste sie grinsen. »Echt jetzt? Ich glaube, das letzte Mal, als ich Opfer eines solchen Streichs geworden bin, war ich in der siebten Klasse.«

»So lange ist es schon her, dass jemand mit dir geflirtet hat?« Er schüttelte den Kopf. »Kann ich ehrlich gesagt kaum glauben.«

Kokett stemmte sie ihre Rechte in die Hüfte und raunte: »Na, wenn das deiner Meinung nach Flirten sein soll, dann kann ich mich ja wohl darauf einstellen, dass du mich als Nächstes am Zopf ziehst ...«

»Das würde ich glatt tun, wenn du einen hättest und nicht diesen entzückenden kleinen Dutt.« Michael trat noch näher und der intensive Limonenduft seines Parfüms hüllte sie ein.

Sie standen sich Auge in Auge gegenüber und das Neckische in seinem Blick wich zusehends einem ernsteren Ausdruck.

Sarah blendete das aus, legte ihm ihre Hand auf die Brust und schob ihn weg. »Na schön.« Sie nahm sich selbst eine Praline und schob sie sich zwischen die Lippen. Sie genoss mit theatralischer

Mimik das Kakaoaroma, schluckte hinunter und fuhr sich abschließend mit der Zunge über die Schneidezähne. »Zufrieden?«

»Das war perfekt.« Michael wandte sich wieder der Auswahl an Süßigkeiten zu.

Langsam kam ihr das hier lächerlich vor. Klar, er war attraktiv, aber sie war keine Frau, die ständig Männer um den Finger wickelte. Ja, sie hatte schon so einige Dates gehabt, aber die waren meist oberflächlich geblieben. Warren Kensington war seit langer Zeit der Erste, der in ihr anscheinend diejenige sah, die sie wirklich war, und nicht nur die Tochter von George Bentley. Doch konnte sie sich dessen sicher sein, jetzt, wo sie die Hintergrundgeschichte kannte?

War ihr überhaupt schon mal ein Mann über den Weg gelaufen, dem zuzutrauen war, dass er hinter all dem Reichtum und dem guten Ruf ihrer Familie die eigentliche Sarah erkannte? Es sah nicht so aus.

Der Gedanke, dass ihr so jemand ausgerechnet hier begegnen könnte, erschien ihr absurd. Michael war ohne Zweifel ein guter Kerl, der sie zugegebenermaßen etwas unsicher machte. Doch sie sollte lieber eine klare Grenze ziehen und darauf hoffen, dass etwas aus Warren und ihr werden konnte. Auch aus dem Funken gegenseitigen Respekts war schließlich schon so manches Feuer entstanden, und wenn sie nur lernen konnte, auf Warrens gute Absichten zu vertrauen, dann wäre es durchaus möglich, dass sie ein gutes Paar abgeben würden …

Sarah sah Michael über eine Stunde lang zu, half ihm, die Objekte zu arrangieren, und stellte für ein paar Aufnahmen sogar ihre Hände zur Verfügung.

Irgendwann richtete er sich auf und trat einen Schritt zurück. »Ich habe eine Idee. Vielleicht kann ich dich ja dafür gewinnen.«

»Du willst doch nur, dass ich wieder irgendwo reinbeiße, oder?« Irgendwie fiel ihr das Lachen leichter, nachdem sie nun schon etwas Zeit miteinander verbracht hatten. »Du versuchst also genau wie Ginny, mich zu mästen.« Sie griff nach einem Vanilleplätzchen aus dem letzten Arrangement. Michael stand ihr allerdings im Weg, sodass sie ihm dabei erneut ziemlich nahe kommen musste. Eine flüchtige Berührung später hielt sie das Plätzchen in der Hand und ließ es sich auch schon im nächsten Moment schmecken.

Als sie in Michaels Blick eine Mischung aus Staunen und Ironie wahrnahm, verschränkte sie die Arme vor der Brust. »Was denn? Du warst doch fertig, oder nicht?«

Er schmunzelte. »Ja, war ich. Ich seh einfach gern, wie der Süßkram deine Abwehrhaltung aufhebt.«

»Was soll das denn heißen?«

»Bitte nimm es nicht persönlich. Du hast gerade einfach so gelöst gewirkt.« Mit diesen Worten hob er seine Hand an ihre Lippen.

Sarah erstarrte. *Was ...?*

Behutsam wischte er mit seinem Daumen über ihren Mundwinkel. »Entschuldige. Da war ein Krümel.«

Einen Augenblick lang wagte keiner von beiden, sich zu bewegen. Das Blut rauschte auf einmal so laut in Sarahs Ohren, dass alles um sie herum zu verschwinden schien und sie nur den Mann wahrnahm, der da vor ihr stand.

Michael räusperte sich. »Oh, ähm, ich habe übrigens über das juristische Problem nachgedacht.«

»Oh?« Sie blinzelte ein paarmal und versuchte, sich wieder auf das Wesentliche zu konzentrieren.

»Wie wäre es, wenn wir zusammen zu Rebecca gehen? Vielleicht kann ich vermitteln ...«

Das wäre tatsächlich eine große Hilfe. »Wirklich? Das wäre echt gut!«

»Kein Problem. Wollen wir es morgen angehen?«

»Ja, das ist doch ein Plan.«

Kapitel 5

»Charmant« – kein Wort hätte die *Trengrouse Bakery* besser beschreiben können. Schon die rot-weiß gestreifte Markise und das Schaufenster voller kunstvoll gebackener Brotsorten, verführerischer Scones, knuspriger Croissants und leckerer Biskuittörtchen waren einfach wundervoll. Was man von der Tochter des Eigentümers weniger behaupten konnte.

Als Sarah am Freitagmorgen den gut besuchten Laden betrat – Michael an ihrer Seite –, sah Sarah sie sofort hinter der Verkaufstheke herumwuseln. Sie hatte strohblonde Haare, eine Stupsnase und war sehr zierlich. Das Auffälligste an ihr aber war der mürrische Blick, mit dem sie versuchte, einem älteren Herrn, der auf einen Stock gestützt ganz vorne in der Warteschlange stand, eine Pastete aus den Händen zu reißen.

»Roderick, Sie schulden uns noch ein Pfund Sterling. Wir sind kein Wohltätigkeitsverein.« Ihre energische Stimme drang mühelos bis in den letzten Winkel des gerade mal zwanzig, dreißig Quadratmeter großen Verkaufsraums, an dessen Wänden entlang sich einige wenige Tische reihten.

Ein kleiner Junge drückte seine Nase an einer Vitrine mit Teilchen platt. Keiner der wartenden Kunden, die ihre Gespräche ungerührt fortsetzten, schenkte Rebeccas Gefühlsausbruch Beachtung.

»Aber Rebecca, bei deinem Vater konnte ich immer anschreiben lassen.«

Der Alte erntete einen verkniffenen Gesichtsausdruck. »Wie Sie sehen, haben Sie es jetzt mit mir zu tun. Wenn Sie etwas kaufen wollen, müssen Sie zahlen.« Noch zogen sie von beiden Seiten an der Pastete, doch die krummen, altersfleckigen Finger des Mannes lockerten ihren Griff zusehends.

»Du meine Güte. So darf man seine Kunden doch nicht behandeln.« Ohne Michaels Reaktion abzuwarten, griff Sarah in ihre Handtasche und zog ihr Portemonnaie heraus. Sie schritt an der Schlange entlang nach vorne und baute sich vor der Frau auf, die meinte, Ginny aus dem Geschäft drängen zu können, noch bevor es eröffnet war. »Hier.« Sie förderte ihre Kreditkarte zutage und drückte sie Rebecca in die Hand. »Das geht auf mich.«

»Danke, junge Dame. Echt nett.« Roderick schnappte sich die Pastete und humpelte davon.

Rebecca musterte Sarah mit finsterem Blick, war sich aber nicht zu schade, ihre Kreditkarte durch das Lesegerät zu ziehen. »Der lernt das nie, wenn andere Leute für ihn bezahlen.« Sie legte Sarah den Quittungsstreifen vor, schob ihr einen Kugelschreiber hin und murmelte: »Hier unterschreiben, bitte.«

War diese Frau immer so reizend?

»Hallo, Rebecca.« Michael gesellte sich zu Sarah, die den Zettel unterschrieb und der unfreundlichen Blonden zurückgab. »Wie läuft das Geschäft?«

»Ah, Michael.« Rebecca packte die Quittung zu den anderen neben der Kasse. »Gut, wie du siehst. Die Leute wissen eben, wo man in dieser Stadt das reichhaltigste Frühstück und das beste Gebäck bekommt.«

»Cool. Wir … äh, das ist übrigens Sarah Bentley.«

Rebeccas Augen verengten sich zu Schlitzen, dennoch nickte sie.

»Wir würden gern mit dir über den Brief sprechen, den du Ginny Rose, Sarahs Schwester, zugespielt hast.«

»Wie ihr seht, habe ich viel zu tun.«

»Kann nicht Louise kurz für dich einspringen, während wir uns unterhalten? Es dauert auch nicht lang.«

Rebecca dachte kurz nach und rief dann durch die Durchreiche hinter ihr: »Hey Louise, komm mal bitte!«

Sarah konnte sich eines Seufzers nicht erwehren. Wie sollte sie mit dieser Frau ein vernünftiges Gespräch führen? Die Anwälte, mit denen sie zu Hause tagtäglich zu tun hatte, bemühten sich wenigstens, halbwegs höflich zu sein.

Eine Frau mittleren Alters schob sich durch die Tür und Rebecca deutete auf einen Tisch in der Ecke, den gerade ein junges Pärchen freigegeben hatte. Sie folgten ihrer Aufforderung und setzten sich.

»Gut. Ich gebe Ihnen drei Minuten, Ms Bentley.«

Sarah holte tief Luft und genoss den Geruch von warmen Blaubeeren, von Zimt und frischem Kaffee. Die schöne Atmosphäre stand in krassem Gegensatz zu Rebeccas säuerlicher Miene. Dabei hätte sie mit einem Lächeln wirklich sympathisch wirken können. »Wie gesagt, es geht um die Nachricht, die Sie Ginny haben zukommen lassen. Ich wollte nur fragen …«

»Warum ich so was mache?« Der Sarkasmus in Rebeccas Stimme war unüberhörbar.

»Also, tatsächlich kommt mir das alles etwas, nun …« – *unreif? Grob? Überzogen?* – »… etwas überstürzt vor.«

»Überstürzt? Diese kleine Schnepfe denkt, sie könnte meinen Vater so mir nichts, dir nichts aus dem Geschäft drängen, das er von Grund auf aufgebaut hat!«

Schnepfe?

»Wie bitte?« Blitzartig erwachte in Sarah das Verlangen, dieser Frau ihr hübsches Gesicht zu zerkratzen, und dementsprechend fuhr sie bereits ihre Krallen aus, doch da nahm Michael ihre Hand und drückte sie sanft. Diese Geste und die Zärtlichkeit, mit der sein Daumen über ihre Knöchel streichelte, trafen Sarah so unvorbereitet, dass sie für den Moment vergaß, was sie eigentlich hatte erwidern wollen.

Michael schenkte Rebecca ein zuckersüßes Lächeln. »Seit wann bist du eigentlich wieder in Port Willis? Es muss einige Zeit her sein, dass du zurückgekommen bist. Was hast du vorher gemacht?«

»Es sind genau dreieinhalb Monate. Wie kommt's, dass du dich auf einmal dafür interessierst? Seit der Highschool hast du kein

Wort mehr mit mir gesprochen.« Sie lehnte sich mit verschränkten Armen zurück.

Seit der Highschool? Sarah gegenüber hatte Michael es so dargestellt, als ob Rebecca zu seinen engsten Freunden gehörte! Das hier führte eindeutig zu nichts. Sarah beschloss, mit Rebecca in der gleichen Weise zu verfahren, wie sie mit jeder Störung ihrer Familienangelegenheiten verfuhr – in der Manier einer knallharten Anwältin. Nicht, dass sie diese Rolle gern gespielt hätte, doch ihr blieb nichts anderes übrig.

Sie beugte sich vor und senkte ihre Stimme. »Sehen Sie, Rebecca, Sie kennen mich nicht und ich weiß nichts von Ihnen. Eine Sache aber weiß ich mit Sicherheit: Meine Schwester hat mit Ihrem Vater gesprochen und er versicherte ihr, dass er das Geschäft aufgeben wolle. Was kann meine Schwester dafür und warum greifen Sie sie an?«

»Mein Vater ist krank und momentan nicht im Vollbesitz seiner geistigen Kräfte.« Rebecca presste ihre Worte zwischen zusammengebissenen Zähnen hervor. »Also entschuldigen Sie bitte, wenn ich seinem angeblichen Plan, ein Geschäft zu schließen, das er mehr geliebt hat als alles andere, keinen Glauben schenke. Und wenn ich ›mehr als alles andere‹ sage, dann meine ich das wortwörtlich.«

Das ließ Sarah stutzig werden. Wer wusste besser als sie, wie es sich anfühlte, einen Vater zu haben, der seine Arbeit und das Geld, das sie einbrachte, mehr liebte als seine Familie? Dennoch durfte sie nicht zulassen, dass Rebecca Spielchen mit Ginny spielte, nur weil sie ein Problem mit ihrem Vater hatte.

Michael drückte ihre Hand. Oder war es eher sie, die seine drückte? Spürte er etwa, was in ihr vorging?

Es wurde höchste Zeit, dieses Gespräch zu beenden. Sarah stieß sich so energisch vom Tisch ab, dass ihr Stuhl über den Boden schlitterte. Der ganze Verkaufsraum, der ihr mit jeder Minute, die sie dort verbrachten, immer wärmer vorgekommen war, schien zu vibrieren – und das war nicht nur den großen Umluftöfen im angrenzenden Raum geschuldet, in denen zahllose Bleche mit Kuchen, Keksen, Croissants, Muffins und anderen Köstlichkeiten vor sich hin backen mussten.

Sarah sah auf Rebecca herab. »Sie wissen, dass die Bestimmung, die Sie da ausgegraben haben, vor Gericht keinen Bestand haben wird. Ich bin Anwältin und werde höchstpersönlich dafür sorgen.«

Ein verächtliches Grinsen umspielte Rebeccas Lippen, als sie sich erhob. Obwohl sie Sarah kaum bis zu den Schultern reichte, behauptete sie ihre Position, die Fäuste in die Seiten gestemmt. »Nach allem, was man so von ihr hört, wird Ginny Rose auf diese Eröffnung verzichten, wenn auch nur die leiseste Gefahr besteht, dass sie damit anderen Leuten auf die Zehen tritt. Selbst wenn das Gericht die Verordnung nach eingehender Beratung verwirft – in den Wochen und Monaten bis zum Urteilsspruch werden Löhne fällig und ohne einen funktionierenden Geschäftsbetrieb fehlt ihr der Umsatz, um diese zu bezahlen, oder etwa nicht?« Rebecca schritt hoch erhobenen Hauptes zurück hinter ihre Ladentheke.

Sarah sah ihr hinterher. Diese Frau machte sie rasend, doch sie hatte recht. Wenn der Fall vor Gericht landete, würden unter Umständen Monate oder gar Jahre vergehen, bis Ginny wie geplant ihre Bäckerei eröffnen könnte. Und bis dahin …

Aber vielleicht könnte sie, Sarah, Geld für einen Überbrückungskredit auftreiben? Noch hatte sie keinen Zugriff auf ihre Geschäftsanteile, zumindest so lange nicht, bis sie »standesgemäß« verheiratet war, aber …

»Wir gehen jetzt besser.« Michaels geflüsterte Worte strichen ihr warm übers Ohr und jagten ihr eine leichte Gänsehaut über den Rücken.

Sie verlagerte nun ihre Aufmerksamkeit von Rebecca auf die Kunden, die die unbekannte Amerikanerin neugierig anstarrten. Auch wenn es sich bei Rebecca ganz offensichtlich um eine schreckliche Person handelte, so war sie doch die Einheimische und Sarah nur die Außenseiterin.

Sarah nickte und erlaubte Michael, sie aus der Bäckerei hinauszubegleiten.

Eine steife Brise zerrte an ihrem Mantelsaum, als sie hinaustraten. Oben am Himmel brach die Sonne durch eine löchrige Wolkendecke und unten, am Fuß des Hügels, schlug das Wasser im Hafenbecken Wellen, auf denen die Boote wilde Tänze aufführten. Vor dem Gemüsehändler stand eine Mutter mit ihren drei Kindern und prüfte das Obst in den Körben, während der Ventilator eines Fischlokals den kräftigen Geruch frittierter Krabben über die Straße blies.

Abgesehen von ein paar der hier lebenden Menschen war Port Willis tatsächlich ein reizender Ort. Kein Wunder, dass Ginny beabsichtigte, hier ihr Leben zu verbringen. Sollte Sarah allerdings das Problem mit Rebecca Trengrouse nicht in den Griff kriegen, würde ihre Schwester diesen Traum aufgeben müssen.

»Ich verstehe nicht, wie das derartig schieflaufen konnte.« Sarah schlug die Hände vors Gesicht.

»Rebecca ist im Lauf der Jahre härter geworden, da besteht kein Zweifel.«

Sie sah verstohlen zu Michael hinüber, beobachtete, wie er sich mit der Hand ein paar Locken aus der Stirn strich, die unter seiner Wollmütze hervorgequollen waren. »Ich bin es gewohnt, mit schwierigen Menschen umzugehen. Du solltest die Leute mal sehen, mit denen ich im Gerichtssaal zu tun habe.«

Michael schlug den Weg hinunter in die Bucht ein und Sarah schloss sich ihm an. »Und das gefällt dir an deinem Beruf?«

Sarah seufzte und richtete ihre Augen auf den Horizont. Dicke Wolken, flauschig und weiß wie reife Baumwolle, zogen über den kristallblauen Himmel. »Nicht wirklich. Eigentlich hasse ich es, ständig kämpfen zu müssen. Doch manchmal zahlt es sich aus.«

»Inwiefern? In finanzieller Hinsicht?«

»*Nein!*«

Abrupt hielt er an, verblüfft über die Schärfe, die sie in ihre knappe Antwort gelegt hatte – und gleich wieder bereute.

»Entschuldige, das war wohl etwas zu heftig. Ich weiß nicht, ob Ginny dir erzählt hat, dass unsere Familie ziemlich wohlhabend ist. Doch das ist mir absolut zuwider. Schon immer, aber noch nie so sehr wie heute …« Oh weh, noch nie war sie so weit gegangen, so gefährlich nahe an ihre Grenze. Dabei reizte es sie weiterzugehen, nur um zu erleben, wie es sich anfühlte, einen anderen Menschen als Melissa so tief in ihre Seele blicken zu lassen.

Auf der anderen Seite hatte sie Angst vor dem, was es nach sich ziehen könnte.

Sie erreichten die Kaimauer. Michael schien ihr Bedürfnis nach Ruhe zu spüren. Er zeigte auf einen schmalen Weg, der zu einem grasbedeckten Hügel führte. Sie folgten dem steilen Fußweg, bis sie die Hügelkuppe erreichten. Von hier aus hatten sie einen herrlichen Blick über ganz Port Willis, und obwohl keine drei Meter weiter die Klippen steil ins Meer abstürzten, fühlte Sarah sich sicher und geborgen, fernab vom Treiben der Welt.

Sie atmete tief durch, setzte sich ins Gras, zog ihre Beine an und umschlang ihre Knie mit den Armen. Michael ließ sich so dicht neben ihr nieder, dass ihre Schultern sich berührten, und gemeinsam sahen sie einem blau lackierten Fischerboot zu, das an der Mole vorbeiglitt, hinaus aufs offene Meer und in die grenzenlose Freiheit, die es versprach. Mit ihm an ihrer Seite und der Sonne über ihrem Scheitel spürte sie kaum den frischen Wind, der hier oben wehte.

»Danke, dass du versucht hast, mir bei Rebecca beizustehen.«

»Sehr gern. Schade, dass ich nicht wirklich helfen konnte.« Er pflückte einen Grashalm und wickelte ihn um seine Finger. »Schon interessant … Auch wenn ich niemals behaupten würde, dass du dich auch nur ansatzweise verhältst wie Rebecca, so muss ich doch feststellen, dass zwischen euch eine gewisse Ähnlichkeit besteht – und zwar wenn es darum geht, eure Lieben und das, was ihnen wichtig ist, zu beschützen.«

»Soll ich das als Kritik auffassen?« Auch wenn sie einen leichten Vorwurf in dieser Frage verpackt hatte, schlug ihr das Herz bis zum Hals bei dem Gedanken, dass er es ernst meinen könnte. Aber warum legte sie nur so viel Wert darauf, dass dieser Mann eine gute Meinung von ihr hatte?

Michael warf den Grashalm weg und lehnte sich zurück, um ihr direkt in die Augen sehen zu können. »Nein, ich finde es nur hilfreich, die Dinge mal aus einer völlig anderen Perspektive zu betrachten.«

»Oh.« Sarah streckte die Beine aus. »Ja, ich kann durchaus einen Sinn darin erkennen.«

»Mich interessiert am meisten, warum du dich so sehr verpflichtet fühlst, Ginny zu schützen.«

»Sie ist meine Schwester.«

»Ja, und auch ich empfinde meiner Schwester Mary gegenüber ähnlich. Aber du trägst an dieser Verpflichtung wie an einer schweren Last. Letzten Endes ist das Ganze doch kein Problem, das einzig und allein du zu lösen hast.«

»Doch, das ist es. Ich bin die Einzige, die einen Abschluss in Jura hat.« Sarahs Augen folgten dem blauen Boot, das langsam am Horizont verschwand.

»Das stimmt. Aber für Ginny ist es genauso wichtig, auf Gott zu vertrauen und auf seine Hilfe zu warten.«

Sollte das heißen, dass Michael auch an Gott glaubte? Eigentlich ergab das Sinn bei einem, der so viel lächelte. Sarah erinnerte sich daran, wie glücklich sie damals gewesen war, als sie sich mit dem Glauben auseinandergesetzt hatte – wie gut es sich angefühlt hatte, ihre Hoffnung auf etwas anderes als die eigene Stärke setzen zu können und darauf zu vertrauen, dass Gottes Wirken real war.

Doch seither hatte sie zu viel von dieser Welt gesehen. Menschen, die einen verschlangen und wieder ausspuckten, wenn man sie ließ.

»Was Gott betrifft, kenne ich mich nicht aus. Doch ich habe Ginny schon einmal im Stich gelassen und das wird mir nicht wieder passieren.«

Kapitel 6

»Welche findest du besser?« Sarah hielt die beiden Farbpaletten hoch, während ihre Schwester in dem Krimskrams herumwühlte, den sie auf dem Tapeziertisch im Eingangsbereich der Bäckerei ausgebreitet hatten. Sie waren am Tag zuvor auf Einkaufstour durch Port Willis und die umliegenden Gemeinden gegangen und hatten unter anderem versucht, eine Farbe zu finden, die zu dem modernen Design passte, das Ginny für ihren Laden gewählt hatte.

Ginny sah auf und winkte ab. »Da vertraue ich ganz auf deinen guten Geschmack.«

Sarah hielt den Streifen mit dem Kanariengelb neben die Karte mit dem dunklen Türkis und schüttelte den Kopf. »Das ist deine Bäckerei. Du musst künftig mit der Wandfarbe leben, nicht ich.«

Ginny blies sich einige verirrte Strähnen ihres Ponys aus der Stirn, zog ein Haargummi aus der Tasche und strich über ihre langen Locken. »Ja schon, aber ich bin mir einfach nicht sicher. Zum Beispiel liebe ich das kräftige Gelb. Es wirkt hell und leicht und passt irgendwie zu mir. Doch ist es nicht zu krass für eine ganze Wand? Was, wenn ich mich für die falsche Farbe entscheide und dann gezwungen bin, sie bis in alle Ewigkeit anzustarren, weil es viel zu viel Arbeit wäre drüberzustreichen?« Sie band sich einen Pferdeschwanz.

Sarah musste lachen. »Okay, du Dramaqueen.« Sie schloss die Augen und versuchte, sich vorzustellen, wie die beiden Farben an der großen Wand, die der Eingangstür gegenüberlag, nebeneinander wirken würden.

Während sie so dastand und nachdachte, fiel ihr auf, wie still es war. Es war Sonntag, laut Ginny der Tag, an dem in Port Willis alles heruntergefahren wurde, vor allem im Winter. Man verbrachte den Tag mit der Familie – recht viele hier besuchten gemeinsam den Gottesdienst – und zog sich in die eigenen vier Wände zurück, um auszuruhen und am nächsten Tag wieder loszulegen. In Boston dagegen herrschte rund um die Uhr geschäftiges Treiben und ohrenbetäubender Lärm. Autos hupten, Leute schimpften herum, Sirenen heulten und Musik dröhnte durch die Gassen. Normalerweise liebte Sarah dieses pulsierende Leben – vielleicht weil es sie davon abhielt, zu intensiv über den Lauf der Dinge nachzudenken und darüber, wie sie ihn sich eigentlich wünschte. Doch mit Wünschen allein änderte man nichts. Man musste schon zupacken.

»Alles okay, Schwesterherz?«

Ginnys Frage brachte Sarah zurück in die Realität. Sie öffnete ihre Augen. »Ich überlege bloß intensiv, welche Farbe ich an deiner Stelle wählen würde.« Sie legte die Farbkarten zurück auf den Tisch, wo sich bereits ein großes Bündel Kerzen, mehrere Teedosen, weiße und gelbe Tassen und der Rest der Beute befanden, die sie am Vortag gemacht hatten. Ihr spektakulärster Fund war ihnen in einem urigen Antiquitätenladen gelungen, wo sie drei große metallene Hängeleuchter erstanden hatten, die aus uralten Rührbesen zusammengeschweißt waren. Steven hatte sich bereit erklärt, sie im Lauf des Tages über der Verkaufstheke anzubringen.

Allerdings erinnerten die Lampen an eine moderne Installation, was Sarah weniger gefiel. Ohnehin hatte sie ein anderes ästhetisches Empfinden als ihre Schwester, darum fiel es ihr auch schwer, Ginny in Geschmacksfragen zu beraten. »Vielleicht solltest du an dieser Wand auf knallige Farben verzichten und es lieber mit einer stilvollen Dekoration versuchen. Die kannst du jederzeit ohne großen Aufwand austauschen.«

»Gute Idee.« Ginnys Hände glitten über weitere originelle Trödelteile, die sie entdeckt hatten. »Ich denke, ich würde dann einen zarten Gelbton bevorzugen.«

»Super.« Sarah hielt eine kleine Schiefertafel hoch. »Die hier sieht ja fast schon antik aus?!«

Ginny legte einen Finger ans Kinn, überlegte kurz und nickte. »Anfangs hatte ich geplant, ganz in Richtung Vintage zu gehen. Passend zum märchenhaften Namen der Bäckerei.«

Sarah nahm ein paar gelbe Tassen, warf einen prüfenden Blick auf den Einbauschrank hinter der Verkaufstheke und räumte sie dann in eins der mittleren Regale. »Was mich zu der Frage führt … Warum eigentlich *Once Upon a Time Bakery*?«

»Unter anderem wegen der Verbindung zur Buchhandlung. Du weißt schon – Märchen, Sagen, historische Romane …«

»Ah! Witzige Idee.« Sarah holte sich ein Messer, um ein Paket zu öffnen, das über und über mit Klebeband eingewickelt war. Eine wunderschöne gelbe Kanne mit weißen Punkten und einem passenden Teesieb kam zum Vorschein, die nur zu Dekorationszwecken dienen sollte, da Ginny für die Teezubereitung bereits eine Reihe topmoderner Geräte zur Verfügung stand. »Du hast recht, Shabby Chic wäre der passende Stil.«

Ginny blickte nachdenklich aus dem Fenster. »Erinnerst du dich noch an mein Kinderzimmer?«

»Ja, es war wunderschön und ich war so eifersüchtig. Besonders auf die spitzenbesetzte Daunendecke. Alles war so süß und verspielt.« Der Styroporblock, in den der Teekessel eingebettet war, quietschte durchdringend, als Sarah das kostbare Stück herauszog. »Stattdessen habe ich ein Zimmer mit lauter Motiven aus der Seefahrt bekommen, voll rechter Winkel und klarer Linien.« Sie überreichte Ginny die Kanne, die sie als Blickfang auf einem der Regale platzierte.

»Unsere Mutter hat sich nicht wirklich für unsere Wünsche interessiert, oder?«

»Das tut sie immer noch nicht. Und Vater ebenso wenig.« Sarah klappte den Karton zu und stellte ihn auf den Boden. Da Ginny nicht reagierte, drehte sie sich zu ihr um.

Ihre Schwester packte schweigend Teller, Tassen und Gläser aus und räumte sie in den Schrank. Was ging ihr wohl durch den Kopf? In den fünf Tagen seit ihrer Ankunft hatten sie keinen

Mangel an Gesprächsstoff gehabt. Nun gut, es war kein tiefschürfender Austausch gewesen, aber das entsprach auch nicht Sarahs Absichten. Denn was wollte sie schon sagen? Die Vergangenheit konnte sie nicht mehr ändern. Umso mehr wollte sie die Zeit, die ihr zur Verfügung stand, nutzen, um Ginny im Hier und Jetzt zu helfen.

Sie war noch immer verblüfft, wie gelassen sie reagiert hatte, als Sarah am Abend zuvor allen Mut zusammengenommen und ihr gestanden hatte, dass sie noch keinen Ansatz hatte, um ihr juristisches Problem zu lösen. Aber vielleicht lag es ja auch daran, dass Ginny sich mit der Zeit daran gewöhnt hatte, von ihrer Familie enttäuscht zu werden. Es überraschte sie einfach nicht mehr. Oder aber sie setzte mehr Vertrauen in Sarahs Fähigkeiten, als sie selbst aufbringen konnte. Immerhin blieb ihnen noch eine letzte Hoffnung und das war die Frage, wie der Gemeinderat die Sachlage einschätzen würde. Darauf mussten sie allerdings noch acht Tage warten. Wenigstens war es Sarah gelungen, Kontakt zu den zuständigen Stellen aufzunehmen, sodass sie das Thema auf dem Schirm hatten.

Irgendwann drehte sich Ginny um und lehnte sich an das riesige Möbelstück, das erst zur Hälfte gefüllt war. »Weißt du, warum ich den Bäckereinamen wirklich gewählt habe?«

»Nein. Warum?«

»Weil ich fest daran geglaubt habe, dass Märchen wahr werden können. Bis Garrett diese Illusion zerstört hat. Und heute ... nun, ich habe wieder einen unerschütterlichen Glauben, aber der sieht ganz anders aus.«

»Und wie genau?« Sarah gesellte sich zu ihrer Schwester und lehnte sich ihr gegenüber an die Theke.

Ginny lächelte. »Früher dachte ich, eine Heldin müsse in die Welt hinausziehen und ihr Schicksal bezwingen. Dementsprechend habe ich lange befürchtet, als jämmerliche Versagerin dazustehen, wenn es mir nicht gelänge, mein Geschäft zu retten und meinen Mann zurückzugewinnen. Heute aber weiß ich, dass man nur ein Happy End wie aus dem Märchen erleben kann, wenn man auf Gott vertraut und ihn für sich kämpfen lässt.«

Hm. »Also beschränkst du dich darauf, es Gott zu überlassen, dass er sich um deine Angelegenheiten kümmert?«

Als Sarah das erste Mal mit dem Glauben in Berührung gekommen war, hatte sie trotz ihres jungen Alters die Bibel in einem atemberaubenden Tempo durchgelesen – sie hatte das Exemplar auf einem staubigen Regal in der Bibliothek ihres riesigen Ferienhauses auf Nantucket entdeckt.

Eines Tages kam sie in ihr Zimmer und fand an der Stelle, wo ihre Bibel gestanden hatte, ein Buch mit Biografien »starker Frauen«. Dazu eine Notiz mit der Handschrift ihres Vaters, die lautete: *Wenn du Inspiration finden willst, dann hier.*

Sarah hatte schon lange nicht mehr daran gedacht. Nicht an das Loch, das sie damals in ihrem Herzen gespürt hatte. Und nicht an die Angst, in der sie, um eine Konfrontation zu vermeiden, das Buch von ihrem Vater Seite für Seite durchgelesen und nicht gewagt hatte, nach der Bibel zu suchen.

Nun aber drängte sich ihr die Frage auf, wie sich die Dinge entwickelt hätten, wenn sie die Situation nicht einfach hingenommen hätte. Wäre alles anders gekommen?

Wäre *sie* heute eine andere?

Ginny spielte mit einem knittrigen Faden, der ihr aus dem Ärmel hing. »Nein, so sehe ich das nicht«, antwortete sie auf Sarahs Frage. »Wir gehen voran und folgen unseren Träumen – *unseren* Träumen, nicht denen, die andere für uns haben –, aber wir schleppen uns nicht damit ab. Wir wissen, Gott wird es so lenken, dass alles, was geschieht, zu unserem Besten ist. Und wenn wir auch meinen, keine Kontrolle mehr über unser Leben zu haben – *er* hat sie. Sollte er also diesem Bäckereiprojekt seinen Segen versagen, dann heißt das noch lange nicht, dass *ich* eine Versagerin bin.« Ginny runzelte die Stirn. »Verstehst du, was ich meine? Ich bin noch ziemlich unerfahren in diesen Glaubensfragen. Das war ja nicht gerade Bestandteil unserer Erziehung.«

»Nein, das war es wirklich nicht.« Ginny hatte keine Ahnung von Sarahs heimlichen Ausflügen in die Jugendgruppe. Wie sollte sie auch, sie hatte ja absolut niemandem davon erzählt. So lange, bis sie eine Predigt gehört hatte, in der es darum ging, dass man den Menschen, die man liebt, das Evangelium nicht vorenthalten sollte. Das hatte ihr zu denken gegeben und eines Abends hatte sie sich ein Herz gefasst und ihren Eltern von ihrem Glauben erzählt. Doch anstatt Sarahs Wunsch aufzugreifen, einmal als ganze Familie in die Kirche zu gehen, hatten sie ihr Hausarrest aufgebrummt und ihren Terminplan so gesteuert, dass es den weiteren Besuch der Jugendstunden unmöglich gemacht hatte.

Sarah trat von einem Fuß auf den anderen. Wie war Ginny wohl zum Glauben gekommen? »Gin …«

»Hallihallo!« Die Tür zwischen der Bäckerei und der Buchhandlung öffnete sich einen Spaltbreit und Sophia streckte ihren Kopf durch die Öffnung. »Dürfen wir reinkommen?«

Ginny richtete sich auf und legte ihrer Schwester ihre Hand auf den Arm. »Das Gespräch setzen wir irgendwann noch fort, ja?« Dann wandte sie sich Sophia zu, die Sarah bei einem gemeinsamen Abendessen am Vorabend bereits kennengelernt hatte. »Klar, schön, dass ihr da seid!«

Sophia kam zu ihnen herüber, ihr Mann, ein großer, schlanker Typ mit blonden Haaren und dicken Brillengläsern, folgte ihr dicht auf den Fersen. Mit seinem beigefarbenen Pullunder und dem weißen Hemd, dessen Ärmel er bis zum Ellbogen hochgekrempelt hatte, erfüllte William geradezu perfekt das Klischee, wie ein Literaturprofessor auszusehen hatte. Sophias leicht gerundeter Babybauch ließ das Glück erahnen, das die beiden erwartete. Im April sollte es so weit sein, wenn Sarah sich recht erinnerte.

William trug eine Porzellanschüssel unter dem Arm. »Wo kann ich die abstellen, Gin?«

»Hier entlang.« Nachdem sie Sophia kurz umarmt hatte, hielt sie einen Flügel der Schwingtür zur Backstube auf, damit sie alle hindurchgehen konnten.

William stellte die Schüssel vorsichtig auf die Arbeitsplatte. »Bin gleich wieder zurück.« Damit ließ er die Frauen allein.

»Was ist denn da drin?« Ginny linste unter die Alufolie und prompt wehte Sarah ein köstlicher Duft von Zwiebeln und gebratenem Fleisch um die Nase. »Du hast doch wohl nicht …«

Sophia antwortete mit einem fröhlichen Lachen. Dabei legte sie die Rechte über ihren Bauch, wie es Schwangere oft ganz unbewusst tun. »Nein, ich habe nicht plötzlich kochen gelernt.« Sie wandte sich an Sarah. »Was deine Schwester so dezent anzudeuten versucht, ist die Tatsache, dass Kochen und Backen leider nicht zu meinen vielen Talenten gehören. Das überlasse ich ganz allein ihr.«

Wenn ihr die Arbeit in ihrer Buchhandlung Zeit dazu ließ, half Sophia, die als gelernte Sozialarbeiterin selbst Opfer häuslicher Gewalt geworden war, ehrenamtlich in einer Krisenberatungsstelle aus. Sie teilten dasselbe Herzensanliegen und beim Essen am gestrigen Abend hatte Sarah daher in ihr die perfekte Gesprächspartnerin gefunden.

»Das geht mir ganz genauso«, lachte Sarah, deren Magen langsam zu knurren begann. Sanft schob sie ihre Schwester zur Seite, um selbst einen Blick auf die Köstlichkeiten zu werfen. »Sind das etwa Cornish Pasties?«

Die Hülle aus Mürbeteig schimmerte goldbraun und alles in allem sahen sie sehr verführerisch aus.

»Ja, Mrs Lincoln hat sie vorbeigebracht. Sie meinte, die dürften für uns alle reichen.«

»Oh, wie lieb von ihr!« Ginny breitete die Folie wieder über die Schüssel und zog los, um Teller aus dem Schrank zu holen.

»Das ist doch die Dame, der das Antiquitätengeschäft gehört, oder?« Sarah war noch keine Woche im Lande und hatte schon das halbe Städtchen kennengelernt. »War da nicht auch noch ein Bruder von ihr?«

»Ja, er und seine Frau sind vor Kurzem nach Port Willis zurückgekommen, um ihr zu helfen. Die Arme hat ganz schlimm die Gicht, tut aber immer noch alles, um andere im Ort zu unterstützen.« Sophia schob eine Haarsträhne hinter ihr Ohr und half Ginny, den Tisch zu decken.

»Ach übrigens, zum Thema Familie Lincoln .. « Ginny verschwand hinter der riesigen Kühlschranktür und tauchte mit einem Arm voller Mineralwasserflaschen wieder auf. »Wann kommen Oliver und Joy mal wieder her?«

Sarah eilte ihr zu Hilfe und nahm ihr zwei der Flaschen ab. »Wer ist das nun wieder?«

»Joy ist auch Amerikanerin und Sophias beste Freundin. Sie ist letztes Jahr zu Weihnachten zu Sophias Hochzeit nach Cornwall gekommen und hat sich doch glatt in einen Engländer verliebt.«

Sarahs Blick wanderte von Ginny zu Sophia und wieder zurück und sie hob ihre rechte Augenbraue. »Höre ich da etwa eine unterschwellige Botschaft heraus?«

Sie erntete schallendes Gelächter.

Sophia drohte ihr scherzhaft mit dem Zeigefinger. »Pass bloß auf, dass du nicht das gleiche Schicksal erleidest!«

Vor Sarahs geistigem Auge tauchte Michaels Gesicht auf. Und nicht nur das, sie sah sich wieder mit ihm auf dem Hügel sitzen, wo sie gemeinsam die Ruhe und den wunderbaren Blick aufs Meer genossen. Hm, irgendwie gingen ihr diese Bilder erstaunlich oft durch den Kopf in den letzten Tagen. Aber sich gleich verlieben? Auf keinen Fall! Sie konnte sich nicht mal den Luxus eines kleinen Flirts leisten – nicht mit Warren im Nacken und den großen Erwartungen ihres Vaters auf ihren Schultern.

Eine der Wasserflaschen glitt ihr aus den Händen und kullerte quer über den Küchenboden. Sarah stellte die andere auf der Arbeitsplatte ab und hob sie auf.

Hoffentlich rechneten Ginny und Sophia ihr Missgeschick ihrer allgemeinen Schusseligkeit zu.

Sarah räusperte sich und stemmte ihre Hände in die Hüften. »Bitte entschuldigt, ich habe von Ginnys ursprünglicher Frage abgelenkt.«

Ein irritierter Blick wanderte über Sophias Gesicht, doch gleich darauf lächelte sie wieder. »Ach ja, das kommt vom Schwangerschaftsgehirn.« Sie fuhr sich kurz mit ihrer Zunge über die Lippen und wandte sich Ginny zu. »Joy und Oliver planen, zu deiner Eröffnungsfeier zu kommen und bis Neujahr zu bleiben.«

»Sie leben nicht hier in Port Willis?«

»Nein, sie kommt aus Florida und dort leben auch ihre Eltern«, erklärte Sophia. »Dauerhaft weit von ihnen entfernt zu leben, kam für Joy nicht infrage, da ihre Mutter an Alzheimer erkrankt ist. Also war das zwischen Oliver und ihr ein paar Monate lang eine Fernbeziehung, bis sie vor einem halben Jahr geheiratet haben. Oliver ist dann nach Florida gezogen und kommt jeden zweiten Monat nach London, um in der Firma nach dem Rechten zu sehen.«

»Toll, wie sie das geregelt kriegen«, sagte Sarah bewundernd.

William tauchte wieder auf und brachte als Beilage eine Schale mit Erbsen und ein Töpfchen Soße mit, die er neben die Pastete auf den Tisch stellte. Dann nahm er einen Teller, überreichte ihn mit einer galanten Geste seiner Frau und holte sich einen schnellen Kuss von ihr.

Sarah hatte zu Hause nur mit katastrophalen Beziehungen zu tun, mit Männern, die ihre Frauen wie Dreck behandelten, oder ihren eigenen Eltern, die unfähig waren, Zuneigung zu zeigen, und sich gegenseitig wie entfernte Verwandte behandelten. Umso intensiver genoss sie die Atmosphäre von Harmonie und Liebe, die in Ginnys Umgebung herrschte.

Während sie ihre erste Cornish Pasty aß und mit ihrer Schwester und deren Freunden scherzte und lachte, fühlte sie, wie die Wärme, die die Küche erfüllte, sie immer mehr einhüllte und erfüllte und einlud, sich ganz und gar auf diesen Ort einzulassen.

Wenn sie nicht aufpasste, würde es ihr unglaublich schwerfallen, Port Willis am 23. Dezember den Rücken zu kehren.

Kapitel 7

Das würde nie funktionieren.

Mit langen Schritten durchmaß Sarah den Korridor in Ginnys Haus, dann machte sie auf dem Absatz kehrt und stapfte zurück in die Küche. Sie las in den Papieren, die sie in der einen Hand hielt, und nahm ab und zu einen Schluck aus der Tasse in ihrer anderen. Mit der Zeit begannen die Buchstaben vor ihren Augen zu verschwimmen, was sie nicht weiter wunderte angesichts der Tatsache, dass sie bis tief in die Nacht an ihren Notizen gearbeitet und gefeilt hatte.

Ihre Haare hingen ihr wirr ins Gesicht und ihre Augen waren völlig übermüdet. »Komm schon, Sarah, weiter, weiter, weiter.«

Na toll, jetzt führte sie schon Selbstgespräche. Aber irgendwer musste sie ja motivieren! Seit ihrer Deko-Aktion am letzten Sonntag war ihre Schwester dem Eröffnungstermin zwar ein großes Stück näher gekommen, der amtlichen Genehmigung, die Bäckerei zu eröffnen, aber keinen Millimeter. Ja, Sarah hatte beim Streichen der Wände geholfen, sie hatte die Tafel mit dem Warenangebot aufgehängt, den Wandschmuck angebracht und für ein paar letzte Verschönerungen gesorgt, die der Aufenthaltsqualität des Verkaufsraumes zugutekamen, aber Ginnys dringlichstes Problem hatte sie dadurch nicht beseitigt. Sollte es ihr nicht gelingen, den Gemeinderat, dessen Sitzung für den Abend des nächsten Tages angesetzt war, für ihre Sache zu begeistern, dann konnte Ginny ihrem Traum Lebewohl sagen.

Sosehr Ginny auch beteuerte, dass sie in erster Linie auf Gottes Zusage vertraute, alles zu ihrem Besten zu wenden – sie hatte allen Grund zur Sorge. Sarah meinte, die entsprechenden Anzeichen dafür auch erkennen zu können. Da war die auffällige Falte, die sich neuerdings über Ginnys Stirn zog, oder die Art und Weise, wie sie auf ihrer Unterlippe herumkaute, wenn sie sich unbeobachtet glaubte. Dennoch handelte sie immer noch so, als ob sie felsenfest mit Gottes Eingreifen rechnete. Wenn Sarah doch nur auch so viel Vertrauen aufbringen könnte.

»Grrraaah!« Sie schleuderte ihre Unterlagen an die Wand. Doch anstatt ihrer Stimmung entsprechend mit einem satten Plumps zu Boden zu fallen, flatterten die einzelnen Seiten wie lockeres Herbstlaub durch den Gang.

»Wow!«

Sarah fuhr herum und dabei schwappte ihr Kaffee in hohem Bogen über den Rand der Tasse und verteilte sich großzügig auf ihrem weißen Pullover.

»Oh Mann.« Mit einem Satz war Michael bei ihr in der Küche. Er schnappte sich ein Handtuch und hielt es ihr hin, als ob er ihr damit ein Friedensangebot machen wolle.

»Klopfst du eigentlich nie an?« Tränen traten ihr in die Augen, während sie ihm das Tuch aus der Hand riss, um damit den Kaschmirstoff zu bearbeiten. Sie seufzte. »Tut mir leid. Das war unverschämt.«

»Oh nein, ich bin wieder mal hereingeplatzt und hab dich rausgerissen.« Michael sah sie einen Moment lang an und sie nahm sich die Zeit, seinen Blick zu erwidern. Ihre letzte Begegnung lag schon einige Tage zurück, auch wenn sie gelegentlich ein paar Nachrichten ausgetauscht hatten. So wie sie hatte auch er sich seiner Arbeit gewidmet. Und dann hatte Sarah auch noch Ginnys Einladung ausgeschlagen, sie am Sonntag in die Kirche zu begleiten, wo sie ihn mit Sicherheit getroffen hätte.

Es war sinnlos, es abzustreiten. Sie hatte ihn vermisst, sein ansteckendes Lachen und den grenzenlosen Optimismus, den er nie zu verlieren schien. Wie gerne hätte Sarah ihm das gesagt, doch was würde sie damit auslösen?

»Ich komme nicht weiter.«

Michael hob die Blätter auf und überreichte sie Sarah. »Ist das Job-Arbeit oder Aktion ›Rette-Ginnys-Bäckerei-Arbeit‹?«

Die Papiere raschelten in ihren Händen. »Letzteres. Für meinen Job habe ich noch keinen Finger gerührt, seit ich Boston verlassen habe. Das ist schon seltsam.«

Ja, mit Melissa hatte sie fast täglich Fragen besprochen, die *New Dawn* betrafen. Auch Elise hatte sie mehrmals angerufen seit ihrem Treffen vor zwei Wochen, aber das alles fühlte sich nicht wie Arbeit an. Sie war fleißig gewesen und hatte ihrer Schwester geholfen, wo sie nur konnte, doch tief in ihrem Inneren spürte sie die Sehnsucht, etwas wirklich Sinnvolles zu tun.

Nicht dass eine Bäckerei keinen Sinn hätte. Sie hatte nur das Gefühl, Ginny in den entscheidenden Punkten nicht wirklich helfen zu können. Letzten Endes lief alles auf das Ergebnis des morgigen Abends hinaus. Ihre Notizen waren der Beweis dafür, dass sie über keinerlei Druckmittel verfügte.

Ihr Kiefer schmerzte und in ihren Ohren pochte das Blut. Irgendwo musste doch eine Lösung zu finden sein. Aber auch wenn sie existierte – Sarah konnte sie nicht sehen.

»Hey, ich habe zwar keine Ahnung, wie ich helfen könnte, doch ich erkenne, wenn jemand eine Pause braucht. Und du brauchst definitiv eine.« Michael nahm ihr die Papiere ab und legte sie auf den Küchentisch. »Geh dich umziehen, ich glaube, ich weiß genau das Richtige für dich.«

»Nein, ich muss das klären. Wenn ich jetzt irgendwas anderes mache, werde ich nie fertig.«

»Ich habe allerdings die Erfahrung gemacht, dass man eine kreative Blockade am schnellsten überwindet, indem man für eine Weile etwas völlig anderes tut.« Michael legte Sarah seine Hände auf die Schultern und der sanfte Druck seiner Berührung sorgte dafür, dass ihr Atem sich beschleunigte.

»Was hättest du denn vor?«

Ein Lächeln wanderte über sein Gesicht. »Du musst mir schon vertrauen.«

Das war genau ihr Problem. Sarah vertraute ihm tatsächlich. Aber warum war das so? Sie kannte ihn doch erst seit zwei Wochen.

Sie streckte ihm ihren Zeigfinger entgegen. »Ich gebe dir genau eine Stunde.«

»Das wird aber länger dauern.«

Ganz gegen ihren Willen ließ die Aussicht auf ein paar Stunden in seiner Gegenwart ihr Herz schneller schlagen. »Na gut, meinetwegen.«

»Wir werden viel zu Fuß unterwegs sein, vielleicht wäre es gut, wenn du diesmal auf deine High Heels verzichtest«, gab Michael schmunzelnd zu bedenken.

»Ha, ha.« Sarah schubste ihn spielerisch zur Seite und wich ihm quietschend aus, als er versuchte, sie am Gürtel zu packen.

Eine knappe Minute später stand sie lachend und kopfschüttelnd in Ginnys Gästezimmer und zog sich den fleckigen Pullover über den Kopf. Dann fiel ihr Blick auf die smaragdgrüne Wickelbluse, eines ihrer Lieblingsstücke, weil es ihre blauen Augen so gut zur Geltung brachte. Letzen Endes aber griff sie nach einem langärmeligen Shirt, zog sich ihre ausgewaschenen Jeans über und band ihre Haare zu einem lockeren Knoten.

Angesichts ihrer rot geränderten Augen und ihrer legeren Aufmachung konnte ihr keiner vorwerfen, Michael beeindrucken zu wollen. Das wollte sie wirklich nicht. Auf keinen Fall …

Sie ging wieder zu ihm, und nachdem sie in ihren Parka geschlüpft war, verließen sie das Haus. Schäfchenwolken zogen über den Himmel. Eine frische Brise biss Sarah in die Wangen. Sicher würde es noch Schnee geben, bevor sie Cornwall wieder verließ. Aber an ihre Abreise wollte sie jetzt nicht denken. Nicht heute. Stattdessen konzentrierte sie sich ganz auf die wunderbare Landschaft, durch die sie in Michaels Auto fuhren. Und ja, vielleicht auch ein bisschen auf ihre wunderbare Begleitung.

Während der Fahrt, die fast zwei Stunden dauerte, warf ihr Michael immer wieder verstohlene Blicke zu und stellte eine Reihe harmloser Fragen. Sarah saß völlig entspannt neben ihm und genoss die zwanglose Unterhaltung. Sie kamen durch reizende kleine Orte, die aber alle nicht mit dem Charme von Port Willis mithalten konnten. Über weite Strecken säumten herrliche Bäume ihren Weg. Obwohl ihre Äste, die sich wie die Pfeiler einer Kathedrale über die Straße wölbten, längst ihr Laub abgeworfen hatten, schufen sie immer noch eine geheimnisvolle Atmosphäre, indem sie die Straßen umrahmten, als wollten sie sie in Schutz nehmen.

Irgendwann erreichten sie ihr Ziel – ein riesiges Anwesen mit einer Größe von vierzig Hektar, das für seine wunderschönen Gärten berühmt war, wie Michael berichtete. Er sprang aus dem Auto und öffnete ihre Tür, um ihr herauszuhelfen. Dazu nahm er ihre Rechte, die er nicht mehr losließ. Er führte Sarah durch den Eingangsbereich und zahlte an der Kasse den Eintritt für sie beide. Dann schlenderten sie Hand in Hand einen der zentralen Gartenwege entlang und Michael, der seine Kamera umgehängt hatte, machte Sarah auf so manchen exotischen Baum aufmerksam.

Spätestens jetzt hätte sie ihm ihre Hand entziehen müssen, doch es fühlte sich so gut an, dass er sie hielt.

Ihre Schuhe knirschten auf dem sorgfältig geharkten Kiesweg.

»Schau mal, Schneeglöckchen.« Michael zeigte auf einen dichten Haufen dunkelgrüner Blumenstängel. Sarah konnte sich gut vorstellen, wie sie aussehen mussten, wenn sie zu blühen begannen und die Köpfe elegant dem Boden zuneigten. Es brauchte nur Geduld und etwas Sonnenlicht, um diese Pflanzen in ihrer Schönheit erstrahlen zu lassen.

Hach, wenn ich das noch sehen könnte!

Doch dann würde sie schon weit weg sein.

»Sie sind wunderschön.«

Michaels Blick wanderte vom Blumenbeet hinüber zu ihr und ein leichtes Lächeln umspielte seine Lippen. »Ja, das sind sie.« Er drückte ihre Hand, ließ sie los und nahm seine Kamera aus der Umhängetasche, um ein paar Nahaufnahmen von den Schneeglöckchen zu machen. »Hast du Erfahrungen mit dem Fotografieren?« Michael knipste ununterbrochen weiter, doch irgendwie schien seine Aufmerksamkeit mehr ihr zu gelten, so wie sich Sarah ihrerseits ganz auf ihn konzentrierte.

»Nein. Wie jedes Mitglied der Familie musste ich Klavier spielen lernen, doch damit endete auch schon unsere künstlerische Förderung.«

»Wie schade.« Er richtete sich auf und sah sie an. »Möchtest du es lernen?«

Sie zögerte. »Ich würde ungern deine Kamera fallen lassen.«

Er nahm den Halteriemen von seiner Schulter. »Dafür gibt's doch den hier.«

Überall um sie herum durchbrachen nun gleißende Sonnenstrahlen die Wolkendecke, drangen durch die Baumkronen und zauberten hinreißende Lichterspiele auf den Boden. Hier fühlte Sarah sich sicher, behütet, aber nicht bedrängt, frei von all den Erwartungen, die an sie als älteste Bentley-Tochter und künftige Firmenchefin von Bentley & Co. gestellt wurden.

An diesem Ort, in Michaels Gegenwart, durfte sie einfach nur Sarah sein. Und Sarah interessierte sich durchaus für die Kunst der Fotografie.

Sie zog ihre Handschuhe aus und stellte sich neben Michael. »Würdest du mir den einen oder anderen Trick zeigen?«

»Aber gerne.« So vorsichtig er konnte, legte er ihr den Haltegurt um den Hals, wobei seine Finger ihre Haut streiften. Das Gewicht der Kamera überraschte sie, denn Michael hatte so spielerisch damit herumhantiert, als habe er ein Taschentuch in der Hand.

»Also, was muss ich tun, um ein wirklich gutes Foto zu schießen?«

»Es kommt immer auf die Belichtung an. Das richtige Licht zu finden, ist die halbe Miete.«

»Und woher weiß man, ob das Licht passt?« Sie hielt sich den Apparat vor die Augen und blickte durch den winzigen Sucher. Die Welt um sie herum schrumpfte auf den Ausschnitt, der vor ihr lag, zusammen und doch kam sie ihr dadurch nicht kleiner vor. Es half ihr vielmehr, sich auf diesen Teil zu konzentrieren. Sie richtete die Linse auf die Schneeglöckchen und zoomte sie ganz nah heran.

»Wenn man Außenaufnahmen macht, sollte man im Hinblick auf die Beleuchtung am besten ganz früh am Morgen oder kurz vor Sonnenuntergang knipsen. Das Licht muss weich sein, nicht hart, aber auch nicht so weich, dass alles verschwimmt.«

»Weich ist gut, hart ist schlecht. Verstehe.« Als Sarah die Kamera absetzte, bemerkte sie Michaels intensiven Blick. Sie sah schnell zur Seite und richtete ihr Interesse spontan auf die vielen Knöpfchen an der Rückseite des Geräts.

»Darf ich mal?«, fragte er.

»Natürlich.« Noch bevor sie sich den Gurt über den Kopf ziehen konnte, trat Michael neben sie und stützte mit seiner Rechten die Kamera, die sie in ihrer Linken hielt. Er legte seinen freien Arm über ihre Schulter und beugte sich über den Apparat, um die nötigen Einstellungen vorzunehmen.

Fasziniert beobachtete Sarah, wie seine Finger über die Tasten flogen.

»So, und jetzt einfach anvisieren und abdrücken.«

Sie wagte nicht, zu ihm aufzublicken. Was würde sie in seinen Augen sehen? Würde er die Schmetterlinge bemerken, die ihr durch den Bauch taumelten? »Aber, du hast mir doch noch gar nichts beigebracht!« Nicht dass sie imstande gewesen wäre, in dieser Situation auch nur eine einzige Information aufzunehmen …

»Meine erste Lektion lautet: Bekomm ein Gefühl für die Kamera und entwickle Freude am Fotografieren, bevor du dich in die technischen Details einarbeitest. Es soll Spaß machen.«

Sie musste fast lachen. Spaß – was war das denn?

»Ich versuch's mal.« Sie nahm die Kamera wieder an sich und justierte den Sucher. Michael trat einen Schritt zurück. Mit dem Abstand zu ihm löste sich ihre Anspannung und auch ihr Herzschlag fand zu einem normalen Rhythmus zurück. *Leider.*

Doch nun war sie allein mit der Kamera. Es gab nur noch sie

und eine Welt voller Möglichkeiten. Jetzt zählten nur noch *ihre* Perspektive und die Frage, wie *sie* ihre Umgebung sah. Nur das würde der Apparat festhalten. Nicht mehr und nicht weniger.

Sie legte den Fokus auf die Schneeglöckchen, drückte auf den Auslöser und atmete zischend aus.

Erst nach etlichen weiteren Aufnahmen nahm sie sich Zeit für eine Pause. Michael lehnte an einer alten Zeder. Er hatte die Hände in die Taschen gesteckt und sah ihr zu. In seinem Blick lag etwas, was schwer zu deuten war. »Darf ich sie sehen?«

Mehr als ein Nicken brachte Sarah nicht zustande.

In aller Ruhe betrachtete er die Fotos auf dem Display. »Die sind wirklich schön, Sarah.«

Sie warf nur einen kurzen Blick auf die Bilder und zuckte mit den Achseln, »Das sind doch nur Amateuraufnahmen.«

»Das sind *deine* Aufnahmen und das ist es, was sie perfekt macht. Lass dir von niemandem etwas anderes einreden.«

Sie spürte, wie ihr eine einzelne Träne über die Wange lief und beeilte sich, sie wegzuwischen, in der Hoffnung, dass er sie nicht bemerkt hatte.

Meine Güte, dieser Mann! Wenn sie hier nicht sofort wegkam, würde sie sich in seine Arme werfen und sich komplett lächerlich machen.

»Ich glaube, ich überlasse das Fotografieren lieber den Profis. Trotzdem: Danke, Michael.«

Danke für die schöne Zeit.

Sie pflückte ein paar Blätter welkes Laub von ihren Schuhsohlen und setzte sich wieder in Bewegung, weiter den Gartenweg entlang.

Kapitel 8

Das Schöne am Beruf eines Anwalts war die Möglichkeit, anderen Menschen helfen zu können. Doch angesichts der Schwierigkeiten, mit denen sie nun konfrontiert wurde, fühlte sich Sarah wie eine Studentin im ersten Semester, die noch keinen blassen Schimmer hatte, wie Rechtsprechung wirklich funktionierte. In ihr tobte ein Kampf gegen dieses Gefühl völliger Unterlegenheit.

Zum gefühlt tausendsten Mal legte sie ein Bein übers andere, nur um gleich darauf beide auszustrecken, und hörte den langatmigen Ausführungen einer Ortsansässigen über ihre Abneigung gegen Hühner zu.

Echt jetzt? Hühner?

»… und ich muss einfach sagen, dass ich unverhältnismäßig früh in meinem Schlaf gestört werde. Ich beantrage also hiermit eine Änderung des Flächennutzungsplans.« Die Mittvierzigerin stemmte die Fäuste in die Hüften und schnaubte aufgebracht in das Mikrofon, das in der Mitte des kleinen Saals aufgestellt worden war. An der Rückwand saßen die sieben Ratsmitglieder in einer Reihe, mit ihrem Vorsitzenden in der Mitte. Den übrigen Raum füllten die Bürger von Port Willis und einiger angrenzender Dörfer. Ihr gegenüber auf der anderen Seite des Mittelgangs hatte Sarah Rebecca Trengrouse ausgemacht, die mit verschränkten Armen dasaß. Der Platz neben ihr war unbesetzt.

Genervt von der Hühnergegnerin rollte Sarah mit den Augen und wandte sich der Mappe auf ihrem Schoß zu. Nachdenklich strich sie über das Deckblatt, das die Gliederung ihrer Argumentation enthielt. Zu ihrer Rechten saß Ginny, deren unablässig wippendes Knie die Nervosität verriet, mit der sie das Ergebnis dieser Sitzung erwartete. Zu ihrer Linken hatte sich Michael niedergelassen. Er hatte darauf bestanden, sie zu begleiten, gewissermaßen als moralische Unterstützung, und er saß so dicht bei ihr, dass ihre Schultern sich ab und zu berührten.

Nach ihrem Ausflug in den Park war ihr klar, dass nicht mehr viel fehlte – wenn sie noch mehr Zeit mit ihm verbrachte, dann würde sie definitiv ernsthafte Gefühle für ihn entwickeln. Und obwohl ihr dieser Gedanke unglaublich verlockend erschien, wusste sie doch, dass er ins Leere lief. Auf jeden Fall nicht ins reale Leben. Denn was wollte sie dann tun? Etwa nach England abhauen, so wie Ginny?

Und was war mit Warren? Er hatte sie im Verlauf der letzten zwei Wochen geradezu mit Nachrichten bombardiert, in denen er ein ums andere Mal betonte, wie sehr er sich auf die Weihnachtsparty freute. Nicht, dass sie ihm gegenüber zu irgendetwas verpflichtet wäre, aber …

Als Sarah ein leiser Seufzer entfuhr, legte Michael seine Hand auf ihre, drückte kurz zu und zog seinen Arm wieder zurück.

Sie sah ihn an und flüsterte tonlos: »Danke!«

Er beugte sich zu ihr hin und raunte: »Du schaffst das, Sarah. Ich glaube fest an dich.«

In der Zwischenzeit hatte der Gemeinderat beschlossen, den Flächennutzungsplan unangetastet zu lassen, und dafür den Zorn der Hühnerfeindin auf sich gezogen. Nun war es Zeit für Ginnys und ihren Auftritt.

»Als Nächstes liegt uns ein Antrag von Miss Ginny Rose vor, die bittet, die Verordnung mit der laufenden Nummer fünf zwei sechs acht aufzuheben.«

Ginny und Sarah standen auf und traten an den Mikrofonständer, den Ginny sich sogleich schnappte und ihrer Körpergröße anpasste. »Hallo, hochgeschätzter Rat.«

Typisch Ginny! Obwohl die ganze Angelegenheit so ernst war, konnte Sarah sich ein kleines Grinsen über die nonchalante Begrüßung nicht verkneifen. Ihre Eltern wären entsetzt gewesen, aber Sarah wünschte, sie selbst hätte auch nur die Hälfte von Ginnys gesundem Selbstbewusstsein. Ihre Schwester wusste, wer sie war, ob die Welt nun Beifall klatschte oder nicht. Ob ihre Familie sie so akzeptierte, wie sie war, oder nicht.

Ginny trat einen Schritt zurück und sah sie erwartungsvoll an. *Huch.* Sarah hatte ihre einführenden Worte gar nicht mitbekommen. *Egal.* Sie straffte ihre Schultern, wechselte den Platz mit Ginny und stellte sich an das Mikrofon.

»Ich möchte Ihnen zuerst meinen Dank dafür aussprechen, dass Sie es uns ermöglichen, Ihre Aufmerksamkeit auf eine längst überholte Verordnung zu lenken, deren Weiterbestand meiner Schwester die Eröffnung eines Bäckereibetriebes in Port Wills unmöglich machen würde. Wie Sie sehen …«

Sarah erklärte dem Gremium, was die Paragrafen besagten. Sie erwähnte Mr Trengrouse und den Entschluss, den er gefasst hatte, bevor seine Tochter das Geschäft übernommen hatte. »Der Rückgriff auf diese Vorschrift – die im Übrigen nach meinem Wissen nicht weniger als drei hier ansässige Betriebe bereits gebrochen haben – kommt mir vor wie der letzte Versuch der Inhabertochter, ihr Monopol zu verteidigen, das sie im Bereich der Backwarenherstellung in Port Willis innehat.« Sarahs Blick wanderte von Ratsmitglied zu Ratsmitglied und sie meinte zu erkennen, dass sie bereits drei der Verantwortlichen auf ihre Seite gezogen hatte. Schließlich waren die meisten von ihnen ebenfalls Geschäftsleute. Sie würden sicher verstehen, dass es für eine Kommune schlecht war, wenn einzelne Betriebe eine marktbeherrschende Stellung erlangten, weil damit automatisch Preissteigerungen einhergingen und im schlimmsten Fall sogar die Qualität der Ware litt.

»Warum fürchtet Ms Trengrouse sich denn so sehr vor einem ehrlichen Wettbewerb? Und warum versucht sie so verbissen, den Betrieb weiterzuführen, dessen Schließung für ihren Vater längst beschlossene Sache war?« Vielleicht kam der letzte Satz einem Schlag unter die Gürtellinie ziemlich nahe, doch gerade Rebecca, die sonst so gern austeilte, sollte auch bereit sein einzustecken, oder? Ginny tastete unmerklich nach Sarahs Arm und drückte fest zu.

War sie zu weit gegangen? Möglicherweise. Sie atmete tief durch und beugte sich ein letztes Mal über das Mikrofon. »Ich danke Ihnen.«

Der Vorsitzende legte seine Hand über sein Mikro, wechselte ein paar Worte mit seiner Sitznachbarin und wandte sich dann wieder Sarah und Ginny zu. »Wir danken Ihnen, dass Sie uns auf diesen Umstand aufmerksam gemacht haben. Ist der betreffende Geschäftsmann beziehungsweise seine Tochter anwesend?«

»Das bin ich.« Rebecca stand auf und kam nach vorne, wobei sie nicht versäumte, auf dem Weg zum Mikrofon Sarah etwas unsanft zur Seite zu schieben.

Noch bevor Sarah ihre Hand zur Faust ballen konnte, schob Ginny ihre Finger dazwischen und führte sie zurück zu ihren Plätzen.

»Ms Trengrouse, bitte erklären Sie diesem Gremium, warum Sie sich die Mühe gemacht haben, diese Verordnung auszugraben, um sie dann in einer Art Abschreckungstaktik einzusetzen.«

»Sir, es war alles andere als eine Drohung«, flötete Rebecca und ihre Stimme troff nur so vor Scheinheiligkeit. »Ich will doch nur, dass der Gerechtigkeit Genüge getan wird. Es handelt sich dabei doch immerhin um ein Gesetz und ich dachte, dass man einem solchen Folge leisten muss. Meinen Sie nicht? Und was die anderen Betriebe betrifft, die Ms Bentley erwähnt hat – ich habe hier Unterlagen, aus denen hervorgeht, dass alle betroffenen Parteien übereingekommen sind, diese Verordnung außer Acht zu lassen.« Sie wedelte mit einem Stück Papier in der Luft herum.

Sarah hätte am liebsten laut aufgestöhnt. Warum hatte sie bei ihren Nachforschungen nicht an diese Möglichkeit gedacht?

Anscheinend spiegelten ihre Gesichtszüge ihre innere Anspannung wider, denn Michael legte erneut seine Hand beruhigend auf ihre Faust. Währenddessen kam Rebecca richtig in Fahrt. Sie schilderte, wie die Bäckerei Trengrouse im Jahre 1909 gegründet worden war, sprach von der innigen Beziehung, die sie mit ihrer Familie verband, schwärmte davon, dass zu ihren liebsten Erin-

nerungen das Kneten von Brotteig und das Glasieren von Zimtbrötchen gehörten, und beklagte, dass das alles dem Niedergang
preisgegeben würde, wenn der Gemeinderat einer Amerikanerin,
die keinerlei Bezug zu den Traditionen Cornwalls haben könne,
das Recht einräumen würde, hier einzudringen und das alles
über den Haufen zu werfen.

Dann war ihr Vortrag zu Ende und Sarah kämpfte verzweifelt
gegen die Tränen. Es war, als ob sie hier gerade das Treiben einer
Henkerin beobachtet hätte, die erst den Knoten knüpfte, dann
seine Festigkeit prüfte und ihn schließlich um den Nacken von
Ginnys Traum legte …

»Wir danken Ihnen für Ihre Einblicke. Bitte nehmen Sie wieder Platz.«

Der Vorsitzende wandte sich nun an seine Kollegen aus der
Ratsversammlung. »Alle, die für die Aufhebung der Verordnung
Nummer fünf zwei sechs acht sind – bitte heben Sie die Hand.«

Nur ein einziges Mitglied leistete der Aufforderung Folge. Und
der Mann gehörte nicht mal zu denen, die Sarah überzeugt zu
haben geglaubt hatte.

»Ich bitte nun alle, die dagegen stimmen, Handzeichen zu geben.«

Die Hände aller anderen sechs, einschließlich des Sprechers,
gingen in die Höhe.

Der Anflug eines Lächelns ging über das Gesicht des Vorsitzenden, als er Rebecca Trengrouse in der Menge ausmachte. »Der
Antrag, die Verordnung Nummer fünf zwei sechs acht aufzuheben, ist hiermit abgelehnt. Die Sitzung ist beendet.«

Bei all dem Lärm von Gesprächen und Stühlerücken, der sich
nun um sie herum erhob, kam Sarah sich vor wie in einem Bienenstock. Sie beugte sich vor und vergrub ihr Gesicht in den Händen.

Ginny strich ihr über den Rücken. »Es ist in Ordnung, Schwesterherz. Wir finden einen anderen Weg.«

Wie konnte es sein, dass Ginny ihr Trost spendete? Woher kamen ihre Stärke, ihr Optimismus, ihr Vertrauen?

Sarah fielen Ginnys Worte vom vergangenen Sonntag wieder ein: »*Heute aber weiß ich, dass man nur ein Happy End wie aus dem Märchen erleben kann, wenn man auf Gott vertraut und ihn für sich kämpfen lässt.*«

War Ginnys Haltung also auf ihren Glauben zurückzuführen?

Und was würde passieren, wenn Sarah versuchte, zu dem zurückzukehren, was sie in ihrer Jugend entdeckt hatte? Wie dachte wohl Gott über sie, die ihn verlassen und sich dem Kult ums eigene Ich angeschlossen hatte, den ihre Eltern predigten? In ihrer Welt gab es für einen Menschen, der etwas erreichen wollte, nur einen Weg, um ans Ziel zu kommen, und der bestand darin, dass er seine Konkurrenz ausbootete oder sich mit ihr zusammentat. Das war auch die Strategie, die sie selbst ihrem Vater gegenüber angewandt hatte: Im Gegenzug zu seiner Erlaubnis, *New Dawn* zu gründen, hatte sie sich verpflichtet, zu gegebener Zeit die Firmenleitung zu übernehmen.

Für sie war es wahrscheinlich schon zu spät, ein anderes Leben zu beginnen. Aber nicht für Ginny. Sarah würde nicht zulassen, dass irgendein Mensch – in diesem Fall Rebecca Trengrouse – ihrer Schwester ihr Vertrauen, ihre Tatkraft und ihre Träume raubte.

»Du hast recht. Irgendeine Lösung gibt es.« Sarah vermied es, dabei Michael anzusehen, auch wenn sie spürte, wie sein Blick auf ihr ruhte. Denn hätte sie zugelassen, dass er ihr in die Augen schaute, dann wäre ihm mit Sicherheit aufgefallen, wie viel Sorge, Selbstzweifel und Scham aus ihnen sprachen. Sie biss die Zähne zusammen, stand auf und tröstete sich mit dem festen Vorsatz, eine Möglichkeit zu finden, egal wie hoch die Kosten auch sein mochten.

ଔଓ

Ohne Unterlass trommelte der Regen gegen das Fenster, das Prasseln wollte kein Ende nehmen. Obwohl Sarah versuchte, es auszublenden, schien ihr Unterbewusstsein jeden einzelnen Tropfen zu registrieren. Es war, als ob Tausende kleiner Finger gegen das Glas klopften. Sie drehte sich auf die Seite und ihr Blick suchte im Dunkeln nach den schwach glühenden Ziffern ihres Weckers – 03:24 Uhr. Seit dem letzten Nachsehen waren ganze fünf Minuten vergangen.

Mit einem lang gezogenen Seufzer schälte sie sich aus ihrer warmen Steppdecke und streckte ihre Füße aus dem Bett. Der eiskalte Gruß des Fußbodens erwischte ihre Zehen, noch bevor sie ihre Hausschuhe ertasten konnte. Da sie wusste, dass ihr Gedankenkarussell ohnehin nicht zum Stillstand kommen würde, konnte sie genauso gut aufstehen.

Sarah warf sich den Morgenmantel über, den Ginny ihr geliehen hatte, öffnete vorsichtig die Tür und hielt kurz inne, als das Quietschen durch den Flur hallte. Dann schlich sie an Ginnys Schlafzimmer vorbei in die Küche, wo ein schwaches Nachtlicht über dem Ofen brannte. Während sie den Teekessel mit Wasser füllte, wanderten ihre Gedanken zurück zu den Ereignissen des Vorabends. Rebecca hatte sie in Grund und Boden gestampft. Doch das war es nicht, was sie in erster Linie umtrieb, sondern vielmehr das, worauf Michael sie angesprochen hatte, nachdem sie die *Trengrouse Bakery* besucht hatten: »*Mich interessiert am meisten, warum du dich so sehr verpflichtet fühlst, Ginny zu schützen.*«

Sarah drehte an einem der Herdknöpfe. Als die kleine blaue Gasflamme aufloderte, setzte sie den Kessel auf den Metallbügel darüber, holte sich eine Tasse aus dem Hängeschrank und hängte einen Beutel mit Kamillentee hinein. Dann lehnte sie sich an den Küchentresen und verschränkte ihre Arme vor der Brust.

Michael hatte zu dem Zeitpunkt keine Ahnung von ihrer Familiengeschichte gehabt. Und viel mehr hatte er auch danach nicht erfahren, abgesehen von einzelnen, bruchstückhaften Einblicken, die sie ihm vielleicht während ihres Ausflugs in den Park gewährt hatte. Trotzdem erkannte er, dass zwischen Ginny und ihr irgendwas im Ungleichgewicht war. Womit er leider richtig-lag – denn ja, wieso hatte sie eigentlich auf einmal dieses starke Bedürfnis, Ginny zu beschützen und ihr zu helfen, ihre Träume wahr werden zu lassen? Das war ihr doch früher nicht so wichtig gewesen. Warum jetzt?

Der Kessel meldete sich mit einem leichten Fiepen und riss sie aus ihren Grübeleien. Sie löschte die Flamme, hob den Kessel vom Herd und goss das kochende Wasser in ihre Tasse. Der Dampf stieg auf, streichelte kurz ihre Wangen, sammelte sich unter dem Hängeschrank und löste sich auf.

Sarah nahm die Tasse und schlenderte hinüber ins Wohnzimmer, wo ihr Blick auf den kahlen Christbaum fiel. Ginny hatte immer noch keine Zeit gefunden, ihn zu schmücken, und wie es aussah, würde das auch so bleiben. Wie viele Tage waren es noch bis Weihnachten? Zehn? Neun? Und schneller als sie glaubten, würde auch der Tag der geplanten Eröffnung vor der Tür stehen.

Falls sie überhaupt stattfinden konnte.

Sarah widerstand dem plötzlichen Impuls, die Tasse an die Wand zu schleudern, und setzte sie stattdessen auf dem Couchtisch ab. Dann wandte sie sich den Schachteln zu, die neben dem Baum aufgestapelt waren, und klappte den Deckel der obersten zur Seite. Eine Kollektion kunterbunt funkelnder Anhänger strahlte ihr entgegen. Nachdem sie ihre Suche nach den dazu passenden Haken erfolgreich abgeschlossen hatte, machte sie sich daran, die einzelnen Objekte vorsichtig aus den Kartons zu nehmen und damit zu versehen. Da gab es zierliche Eiszapfen aus Glas, Kugeln und Tannenzapfen aus Porzellan, kunstvolle Strohsterne, glitzernde Schneeflocken aus Fiberglas, niedliche Engel aus Bienenwachs und vieles mehr. Sarah hängte all diese Schmuckstücke an die Zweige der Tanne, wobei sie darauf achte-te, dass sie am Ende ein harmonisches Ganzes ergaben und eine Wirkung erzielten, die keines der Teile für sich allein erreicht hätte.

Ihr Tee wurde kalt, während sie arbeitete.

Als sie plötzlich ein Geräusch hinter sich hörte, drehte sie sich um. Ginny stand mit großen Augen hinter ihr. Ihr Staunen hielt nur wenige Sekunden an, dann ging sie zu ihrer Stereoanlage und schaltete das Radio ein. In Gesellschaft von Frank Sinatra machten sich die beiden Schwestern daran, schweigend das Kunstwerk zu vollenden.

Schließlich war nur noch ein vergoldeter Stern aus hauchdünnem Blech übrig. Sarah wollte ihn an Ginny weitergeben, doch die lächelte nur. »Diese Ehre gebührt dir.«

»Das steht mir nicht zu.« Mit einem Mal brannten ihre Augen. Mit einem sanften Blick trat Ginny auf sie zu. »Sarah, bitte. Du darfst dir doch nicht die Schuld an der ganzen Sache geben.«

Die erste Träne rollte über Sarahs Wange. »Ich hab's vermasselt, Gin. Es ... Es tut mir so leid.«

»Ach, Schwesterchen.« Ginny umarmte sie. »Die Bäckerei ist mein Traum und es ist mein Job, mich darum zu kümmern. Nicht deiner. Wenn es sein soll, dann wird dieser Wunsch Wirklichkeit. Gott hat einen Plan für mein Leben. Vielleicht weiß ich nicht, was er beinhaltet, und vielleicht bin ich auch nicht mit allem direkt einverstanden, aber ...« Sie zuckte die Achseln.

Sarah schüttelte den Kopf, während ihre Tränen Ginnys Pyjama an den Schultern durchnässten. »Ich meine nicht die Bäckerei.« Ihre Worte waren kaum zu verstehen, deshalb hob sie ihren Kopf und sah Ginny in die Augen, die nun ebenfalls feucht wurden. »Ich rede davon, dass Mutter und Vater dich praktisch verstoßen haben und ich mich nicht für dich eingesetzt habe. Ich hätte ihnen klarmachen sollen, wie beschämend ihr Verhalten war. Ich hätte ...«

»Stopp. Sarah, ich bitte dich! Ich weiß doch genau, welchen Druck die beiden auf andere Menschen ausüben können. Druck, den auch ich zu spüren bekommen habe.«

»Aber du warst stark genug, dich ihren Einschüchterungsversuchen zu entziehen.«

»Nicht wirklich. Ich habe mich einfach nur verliebt und dieses Gefühl war stärker als alle Furcht.« Ginny packte Sarah an den

Oberarmen. »*Dir* mache ich doch keine Vorwürfe, ich habe dir noch nie etwas vorgeworfen.«

»Du hättest jedes Recht dazu. Ich war dir eine schreckliche Schwester und habe dich im Stich gelassen.« Sarah seufzte, löste sich von Ginny, tastete mit den Fingern nachdenklich über die feinen Spitzen des Sterns und fuhr über die winzigen Glitzersteinchen auf seiner Oberfläche.

»Ich war diejenige, die gegangen ist, nicht du.« Ginny verpasste Sarah einen sanften Stoß in die Rippen. »Und jetzt bist du doch da, oder nicht? In den letzten Wochen hast du dir ein Bein ausgerissen, um mir zu helfen. Du hast dein alltägliches Leben unterbrochen und wichtige Aufgaben aufgeschoben, um mit mir zusammen zu sein. Egal, was aus der Bäckerei wird, das werde ich dir nie vergessen. Nie.«

Sarah hielt ihren Blick gesenkt. Trotz all der lieben und tröstlichen Worte, die Ginny gefunden hatte, schaffte sie es nicht, den Gedanken zu überwinden, versagt zu haben. Noch mal: Warum fühlte sie sich so verantwortlich dafür, dass Ginnys Träume in Erfüllung gingen? Waren es denn wirklich Ginnys Träume, um die sie sich sorgte? Oder warf sie sich so ins Zeug und ging ihr das alles so nah, weil sie wusste, dass ihre eigenen Wünsche niemals in Erfüllung gehen würden – und dass sie deshalb umso verbissener für Ginnys Glück kämpfen musste? War ihr Einsatz am Ende nur ein *Ersatz*?

Aber sollte sie das alles nur um ihrer selbst willen gemacht haben? Nein, so war es auch nicht gewesen.

Sarahs Finger zitterten mittlerweile so sehr, dass sie fürchtete, den Stern fallen zu lassen. Noch einmal versuchte sie, ihn an Ginny weiterzureichen.

Die lehnte zwar ab, umfasste jedoch ihre beiden Hände und schlug vor: »Wie wäre es, wenn wir es gemeinsam machen?«

»Gut.«

Sarah suchte einen passenden Haken heraus und fädelte ihn durch die kleine Öse. Dann fasste jede von ihnen nach einem Zacken und zusammen platzierten sie den Stern in der Mitte des Baums.

Sarah atmete tief durch, legte den Arm um Ginnys Hüfte und den Kopf auf ihre Schulter, während Bing Crosby im Hintergrund »I'm dreaming of a white Christmas« sang.

In der Zwischenzeit hatte es aufgehört zu regnen. Silberhelles Mondlicht fiel durch die Eisblumen am Fenster und tauchte den Christbaum in ein heimeliges Licht.

Zusammen hatten sie etwas Wunderschönes geschaffen.

Kapitel 9

Sarah umklammerte ihren mit einer Frischhaltefolie überzogenen Servierteller und spähte durch das Fenster in die Schankstube des Pubs. Sie war noch nicht so gut gefüllt, doch das würde sich im Verlauf der nächsten Stunden mit Sicherheit ändern. Also jetzt oder nie.

Was würde Michael wohl denken, wenn sie in aller Seelenruhe hereinspazierte und ihm Gebackenes mitbrachte? Das war doch eigentlich nicht üblich zwischen guten Bekannten, oder? Könnte er da nicht eine Menge hineininterpretieren?

Noch vor einer Stunde hatte in ihren Augen alles so unproblematisch ausgesehen. Sie wollte ihm einfach nur danken für den sonntäglichen Ausflug und den Beistand bei der Ratsversammlung. Wie konnte man das besser ausdrücken als mit den Leckereien, die er laut Ginny am liebsten mochte?

Doch weiter hier in der Kälte herumzustehen, ergab auch keinen Sinn, besonders da der Wetterbericht starken Schneefall für diesen Abend angekündigt hatte. Trotz Parka und Wollmütze begann sie, im kalten Wind, der durch den Hafen pfiff, zu zittern.

Oder waren ihre Nerven daran schuld?

Sarah öffnete die Tür zum Pub und ein einladender Mix von Düften empfing sie.

»Willkommen im *Village Pub.*« Die Kellnerin konnte ihre Augen kaum von Sarahs Teller lassen. »Möchten Sie bei uns zu Mittag essen?«

»Nein, ich habe gehofft …« *Einmal tief Luft holen.* »Könnte ich Michael Hammett kurz sprechen?«

»Klar, ich hole ihn.«

»Vielen Dank.«

Es war noch keine Minute vergangen, da kehrte die junge Frau mit Michael im Schlepptau zurück. Über Jeans und Sweatshirt trug er diesmal eine schwarze Küchenschürze. Selbst die stand ihm ziemlich gut.

Als er Sarah erkannte, begann er zu strahlen und bei ihr meldeten sich wieder die Schmetterlinge im Bauch.

Freunde. Wir sind nur gute Freunde.

»Hey, Sarah!«

»Bitte entschuldige, dass ich dich hier bei der Arbeit störe.« Sie streckte ihm den Servierteller hin. »Ich wollte dir nur das hier vorbeibringen, als kleines Dankeschön.«

Er löste die Bänder der Schürze und warf einen Seitenblick auf die Bedienung, die sich nicht allzu viel Mühe gab, ihre Neugier zu vertuschen. Als er Sarah den Teller abnahm, konnte – oder wollte? – er nicht vermeiden, dass seine Finger ihre Hand streiften. »Gehen wir ein paar Schritte?«

»Oh, gerne.« Sarah hatte es nicht eilig, nach Hause zu kommen, da Ginny mit Sophia in die nächste Stadt gefahren war, um noch letzte Einkäufe zu machen. »Ich gehöre ganz dir.« Kaum hatte sie das gesagt, schoss ihr auch schon die Röte ins Gesicht.

Michael grinste nur und deutete auf ihre Mitbringsel. »Schokoladenkekse? Hat Ginny die gemacht?«

»Nein, die habe ich selbst gebacken.« Auf seinen erstaunten Blick hin sagte sie spöttisch: »Allerdings – das gebe ich zu – habe ich auf ihr Rezept zurückgegriffen.«

»Die sehen ziemlich gut aus.« Er zog die Schürze über den Kopf und hängte sie an einen Garderobehaken, dann schlüpfte er in eine hellbraune Winterjacke, legte sich einen rot-grauen Schal um und füllte die Kekse für unterwegs in eine Papiertüte. Schließlich traten sie zusammen ins Freie.

Ohne groß nachzudenken, gab Sarah ihm ihre Hand und sie schlugen einen Weg ein, der zunächst durch den Hafen verlief, dann aber – anders als beim letzten Mal – in zahlreichen Windungen hinaus aus dem Ort und hinauf in die Hügel führte.

»Wohin gehen wir?«, fragte Sarah.

Er zeigte geradeaus. »Zum Leuchtturm.«

Im Verlauf der letzten drei Wochen hatte sie immer wieder hinaufgesehen zu dem weißen Bauwerk, das sich wie ein Monument längst vergangener Zeiten über Port Willis erhob. Es lag gerade mal eine Meile außerhalb des Ortes, doch zwischen ihren Arbeiten in der Bäckerei und für *New Dawn* war ihr schlicht keine Zeit geblieben, eine Erkundungstour dorthin zu unternehmen.

»Also, für was dankst du mir eigentlich?«, fragte Michael unvermittelt.

Wegen des frischen Windes liefen sie schnell, statt gemächlich zu schlendern, wie sie es sich gewünscht hätte. Sarah wollte jede Sekunde genießen, die ihre Hand in der seinen ruhte, jede Minute, die sie diesem Mann nahe sein konnte, der Gefühle in ihr geweckt hatte, die sie so nicht gekannt hatte. Aber vielleicht war es auch nur ihre neu gewonnene Freiheit, die ihr das Herz so leicht werden ließ. Oder die herrliche Umgebung. Oder die besondere Jahreszeit. All diese Faktoren zusammen ergaben jedenfalls das perfekte Szenario für romantische Empfindungen.

Wären sie sich zu einer anderen Zeit und an einem anderen Ort begegnet, hätte er sicherlich nicht diese Wirkung auf sie gehabt. Oder?

»Sarah?«

»Ach ja, entschuldige, ich war gerade in Gedanken.« Am Horizont sammelten sich die ersten Schneewolken und zogen zügig Richtung Küste. »Du warst einfach seit meiner Ankunft so nett zu mir, hast mich abgelenkt, wenn ich es brauchte, und mir auch geholfen, ein paar Probleme anzugehen. Ich weiß das sehr zu schätzen. Deshalb wollte ich dafür Danke sagen, dass du mir … dass du mir, äh … so ein guter Freund bist.«

Einige Augenblicke lang, die ihr wie eine Ewigkeit vorkamen, schwieg Michael. Was ging in seinem Kopf vor?

»Das war wirklich nicht der Rede wert«, sagte er dann lachend, doch es kam ihr aufgesetzt vor. Aber vielleicht interpretierte sie auch zu viel hinein.

Sie vermied es, ihn anzusehen, und ließ ihren Blick umherschweifen. Die grünen Hügel, die sie umgaben, gingen auf breiter Front in schroffe Klippen über, die ihnen den Blick auf das Meer an vielen Stellen zwar verstellen, nicht aber die Gischt zurückhalten konnten, die emporflog, wenn die meterhohen Wellen sich an ihnen brachen. Etwas weiter den Weg hinauf erhob sich der Leuchtturm mit seiner leuchtend roten Tür. Trotz seines verwitterten Äußeren lief Sarah angesichts dieses geschichtsträchtigen Ortes ein leichter Schauer über den Rücken.

Oder waren die fallenden Temperaturen und die Wolken, die nun schon landeinwärts zogen, der Grund dafür?

»Richtig beeindruckend.«

»Wenn dich das schon fast überwältigt, dann komm mal mit.«

Sie betraten den Leuchtturm, stiegen Stockwerk um Stockwerk die alten Steinstufen hinauf und gelangten schließlich in einen kreisrunden Raum mit einer umlaufenden Fensterfront, die nur von einer schmalen Tür unterbrochen wurde.

Sarah ließ Olivers Hand los und trat so dicht an das Glas, dass ihre Nase beinahe die Scheibe berührte. Tief unter ihr erstreckte sich das Meer bis zum Horizont und Port Willis war nur noch weit entfernter Haufen kleiner Häuschen an der Küste. »So etwas gibt es von meinem Büro im zwanzigsten Stock unseres Firmengebäudes aus ehrlich gesagt nicht zu sehen.«

Michael griff in die Tüte, nahm zwei Kekse heraus und bot ihr einen davon an. »Du arbeitest in einem Wolkenkratzer?«

Sarah brach sich ein Stück von dem Cookie ab und steckte es in den Mund. *Mmm!*

»Ja, und der Ausblick ist spektakulär, besonders wenn die Sonne scheint. Das hier aber … das ist wunderschön, auch wenn sich – wie jetzt – eine Wolkendecke vor die Sonne schiebt.« Gedankenverloren kaute sie auf ihrem Keks herum, dann wandte sie sich Michael zu. »Und außerdem hat es immer etwas Belastendes für mich, wenn ich aus meinem Bürofenster schaue, weil mir dann bewusst wird, dass ich durch eine Art Kerkerfenster blicke.«

»Das Büro ist ein Kerker?« Er trat so nahe an sie heran, dass sie seine Körperwärme spüren konnte.

»Mein Job. Ich hasse ihn.« Sie wischte sich die Krümel von ihrem Parka. »Mein Vater baut mich als seine Nachfolgerin in der Firmenleitung auf, was ich gar nicht sein will. Doch was mein Mr Bentley will, das bekommt er auch.«

Michael runzelte die Stirn. »Wieso das denn? Warum sagst du ihm nicht, dass du andere Pläne für dein Leben hast?«

Sarah lachte laut auf und die Bitterkeit, die darin lag, störte den Frieden, der den Raum bisher erfüllt hatte. Draußen schlugen die Brecher gegen die Klippen und am liebsten hätte sie zurückgeschlagen. »Ich kann nur verlieren – so oder so.«

»Wie meinst du das?«

»Ich will damit sagen …« Sarah brach ab und kämpfte mit sich. Es ergab doch überhaupt keinen Sinn, sich an der Vergangenheit abzuarbeiten, oder? Andererseits – warum nicht? Was sollte so schmerzhaft daran sein, ihre Geschichte zu erzählen? Lief sie nicht eher Gefahr, an den Worten zu ersticken, wenn sie sie in ihrem Innersten versiegelte? »Für meinen Vater ist Gehorsam mindestens genauso wichtig wie Liebe. Doch egal, wie unmöglich meine Eltern auch sein mögen, ich habe sie lieb. Und ich fürchte, dass mir das Gleiche passieren könnte wie Ginny, wenn ich mich weigere, ihren Vorstellungen für mein Leben zu folgen. Ich würde meine Familie verlieren.«

»Was macht dich da so sicher?« Michael schloss die schmale Lücke zwischen ihnen und legte ihr seinen Arm um die Schultern. Seine Jacke duftete angenehm nach frisch gebackenem Brot. Und nach Geborgenheit.

Sarah konnte nicht mehr anders und gab dem Drang nach, dem sie schon so lange widerstanden hatte. Sie legte ihre Arme um seinen Hals, schmiegte sich an seine Brust und lehnte ihre Stirn an seine Wange.

»Was mich so sicher macht? Dass so etwas schon einmal fast geschehen ist. Als ich dreizehn war, lud mich eine Schulfreundin ein, an einer gemeinsamen Übernachtung mit ihrer Jugendgruppe teilzunehmen. Ich mochte sie sehr gern und hatte wirklich Lust, aber meine Eltern legten ihr Veto ein.«

Natürlich war ein Mädchen, das nur dank eines Stipendiums Sarahs Schule besuchte, in ihren Augen kein würdiger Umgang für sie gewesen.

Mit dem Zeigefinger ihrer rechten Hand fuhr Sarah den Reißverschluss von Michaels Jacke auf und ab. Durch alle Schichten ihrer Winterkleidung hindurch spürte sie, wie ihre Herzen im gleichen Rhythmus schlugen.

»Ich hatte das Ausmaß ihrer Bevormundung so satt, deshalb beschloss ich, ihr Verbot zu ignorieren. Eines Abends fand in unserem Hause eine Wohltätigkeitsveranstaltung statt. Ich nutzte die Gelegenheit und sagte unserem Chauffeur, ich hätte die Erlaubnis meiner Eltern, die Nacht in der Gemeinde zu verbringen. Armer Alfred. Etwa um Mitternacht kam er, um mich von dort abzuholen. Er meinte, es täte ihm sehr leid. Dann brachte er mich zum Auto, in dem mein Vater schon auf mich wartete.« Sarah seufzte. »Vater sprach kein Wort mit mir in dieser Nacht und auch nicht während des darauffolgenden Monats.«

»Das ist schrecklich. Du warst doch noch ein Kind.«

»Aber exakt so ist er«, sagte sie gepresst. »Auch heute noch, zwanzig Jahre später, hat er mich da, wo er mich haben will.«

Sie war wie ein Fisch am Haken. Egal wie heftig sie sich auch wand – es half nichts.

Um ihr zu zeigen, wie gut er sie verstand, hauchte Michael einen zarten Kuss auf ihre Schläfe. Oder steckte mehr hinter dieser Geste?

»Kannst du dich an die gemeinnützige Organisation erinnern, von der ich dir erzählt habe?«, fragte sie. »Das ist die Art von Arbeit, die ich liebe. Ich habe *New Dawn* zusammen mit einer Freundin gegründet. Gemeinsam konnten wir schon Hunderten von Frauen aus schlimmen Verhältnissen heraushelfen. Das gibt einem so viel.«

»Und warum sagst du das nicht deinem Vater?«

»Oh, das weiß er längst.« Sie erzählte Michael von der finanziellen Situation der Organisation und von dem Deal, den sie mit ihrem Vater abgeschlossen hatte, um die Finanzierung des Projekts zu sichern.

Als sie aufsah, war Michaels Mund keine Handbreit mehr von ihren Lippen entfernt. Die Anteilnahme in seinen Augen wühlte ihr Innerstes auf und seine Nähe brachte sie fast aus der Fassung. Es fehlte nicht mehr viel und ihre Entschlossenheit, ihn auf Distanz zu halten, würde wie Schnee in der Sonne dahinschmelzen.

Schnell redete sie weiter: »In seiner Kontrollwut denkt er sogar, er könne mir vorschreiben, mit welchen Männern ich ausgehe. Kurz bevor ich hergekommen bin, habe ich herausgefunden, dass er meine letzten Dates eingefädelt hat …«

Michael runzelte die Stirn.

Warum musste sie jetzt auch noch Andeutungen in Bezug auf Warren machen?

»Na ja, egal. Wichtig ist nur, dass ich mich zum ersten Mal in meinem Leben so fühle, als ob ich es schaffen könnte, das alles hinter mir zu lassen. So wie Ginny es gemacht hat.«

»Tatsächlich?«

Sarah nickte. »Andererseits ist mir klar, dass in diesem Fall nicht nur ich betroffen sein werde. All die Frauen, die die Unterstützung von *New Dawn* dringend brauchen, könnten in Zukunft nicht mehr auf unsere Hilfe zählen. Egal welchen Schritt ich gehe, ich kann nur verlieren, so oder so.«

»Es fällt mir schwer zu glauben, dass du aufhörst zu kämpfen, nur weil du auf deinem Weg ein paar Schlaglöcher überwinden musst.« Michaels ruhige Stimme passte zu der Art und Weise, wie er ihr mit dem Zeigefinger sachte über die Wange strich. »Und ich finde es traurig, dass dein Vater ›Liebe‹ sagt und Kontrolle meint. Aber Sarah, du hast noch einen anderen Vater, der das genaue Gegenteil von deinem Dad ist.«

Einen anderen Vater? Oh. »Ich … Ich habe das auch geglaubt. Ist lange her.«

»Was hat dir diesen Glauben genommen?«

»Ich war zu schwach.« Sie blickte zu Boden, doch Michael legte seinen Zeigefinger unter ihr Kinn und hob ihren Kopf. Die Beharrlichkeit, mit der er sie ansah, überwand die letzten Reste des Widerstands, der immer noch in ihrem Herzen war.

Ihre Lippen bebten. »Nachdem sie verhindert hatten, dass ich an der Übernachtungsaktion im Jugendkreis teilnehmen konnte, war ich wütend und ungehorsam, zum ersten – und letzten – Mal in meinem Leben.« Jedenfalls bis zu dem Abend vor etwa drei Wochen. »Ich fing an, mich heimlich davonzuschleichen, um zusammen mit Rachel die Jugendgruppe zu besuchen, und ich wurde tatsächlich Christin. Doch dann ließ ich zu, dass meine Eltern mir den Glauben wieder ausredeten. Nach und nach übernahm ich ihre Art, die Dinge anzupacken, weil ich erkannte, dass es sich angepasst leichter leben ließ als im ständigen Widerstand. Und jetzt frage ich mich, ob …«

Ob ich Gottes Liebe für immer verloren habe.

Michael schüttelte den Kopf. »Komm. Ich möchte dir etwas zeigen.« Er löste sich von ihr, um sie zu der unscheinbaren Tür mit dem abgegriffenen morschen Rahmen zu führen, die das Rundumfenster unterbrach.

»Da durch?«, fragte Sarah skeptisch. Wahrscheinlich war diese Tür aus gutem Grund zu.

»Alles okay. Die meisten Leute wissen nicht, dass es hier noch weitergeht.«

Die Tür schloss sich hinter ihnen. Der winzig kleine Raum, den sie betreten hatten, lag im Dämmerlicht, das durch eine kleine Sichtluke einsickerte. In der Mitte konnte Sarah eine Art Leiter ausmachen, die zum obersten Stockwerk des Leuchtturms führte. Sie hatte nicht erwartet, bis auf das Dach dieses Gebäudes vordringen zu können, doch als sie sich sein Äußeres ins Gedächtnis rief, fiel ihr ein, dass sie ganz oben einen Umlauf gesehen hatte.

Sie nahmen auch die letzten Sprossen und landeten in einem riesigen Glaszylinder. In dessen Zentrum befand sich eine Linse, die mehrere Sprünge aufwies und mit den eingebrannten Überresten zahlloser Falter bedeckt war. Offensichtlich war der Leuchtturm schon seit längerer Zeit außer Betrieb.

Durch eine kleine Öffnung trat Michael hinaus auf den Metallsteg, der den Zylinder wie eine Galerie umgab. Vorsichtig folgte Sarah ihm, eine Hand immer am Geländer.

Oh, wow! Von hier oben aus hatte man einen noch viel besseren Überblick, die Sicht war klarer und die Natur um sie herum schien zu pulsieren. Schon eine Etage tiefer hatte sie die Aussicht genossen, doch das hier … Hätte sie den letzten Schritt hier heraus nicht gewagt, hätte sie wirklich etwas versäumt!

Sarah lachte, schloss ihre Augen und überließ sich ganz dem Zauber dieses Augenblicks. Der Ozean, der unter ihr brüllte, schien sie mit roher Gewalt beeindrucken zu wollen. Hier stand sie inmitten des aufziehenden Sturms und fühlte sich dennoch geborgen wie in einer unsichtbaren Hand. Sie drehte sich zu Michael um und tastete nach seiner Rechten, während ihr die Tränen kamen. Und obwohl ihr Herz bis zum Hals schlug, als sie ihn berührte, waren es keine romantischen Gefühle, die sie empfand, auch wenn sie sich mehr denn je zu ihm hingezogen fühlte. In diesem Augenblick spürte sie eine gänzlich andere Art von Liebe. Eine, die ihr ihr ganzes Leben lang nachgegangen war, wie sie jetzt erkannte.

Als ob er ihre Gedanken lesen könnte, beugte sich Michael zu ihr hinunter, drückte seine Stirn gegen ihre und sagte: »Sarah, wahre Liebe ist nicht selbstsüchtig.« Durch Wind und Wellengetöse hindurch hörte sie seine Worte und sie gingen ihr durch und durch. »Liebe drängt sich dem anderen nicht auf und schreit nicht ›Ich zuerst!‹. Sie äußert sich nicht in Zorn, hält dem anderen nicht seine Verfehlungen vor und ist nicht schadenfroh, wenn ihm Unrecht geschieht. Die Liebe freut sich, wenn der Wahrheit zum Durchbruch verholfen wird. Sie erträgt alles, baut auf Gott und sucht immer das Beste im anderen, schaut nicht zurück, sondern hält durch bis ans Ende.«

Auch wenn Michael diese Sätze sprach, so erkannte sie doch, an welchem Text sie orientiert waren. Vor langer Zeit hatte sie ihn in dem Buch gelesen, das das Wort eines Vaters enthielt, der sie liebte. Und genau wie damals spürte sie, was für eine tiefe Wahrheit darin lag.

Kapitel 10

Sarah saß an das Kopfteil gelehnt auf ihrem Bett und hielt ihr Handy in der Hand. Ihr Finger schwebte über dem Namen ihres Vaters in ihrer Kontaktliste. Sie hatte eine Entscheidung getroffen und hoffte, sie nicht irgendwann bereuen zu müssen.

Fröhliches Lachen klang durch den Flur. Noch vier Tage bis Weihnachten und theoretisch drei bis zur Eröffnung der Bäckerei. Sophia leistete Ginny Gesellschaft, während diese die eine oder andere Änderung an den Rezepten für die Backwaren ausprobierte, die sie als die beliebtesten einschätzte. Der Optimismus ihrer Schwester verblüffte Sarah, denn immer noch hatten sie keinen Plan, wie sie die Verordnung rechtzeitig außer Kraft setzen könnten. Da Ginny aber nach wie vor darauf vertraute, dass Gott einen Weg ebnen würde, wenn es seinem Willen entsprach, bemühte sich Sarah, es ihr gleichzutun.

Ihr Herz hämmerte wie verrückt gegen ihre Rippen. Nur zu gern wäre sie zu den Frauen in die Küche gegangen, doch erst musste sie das Gespräch mit ihrem Vater hinter sich bringen. Sie nahm all ihren Mut zusammen und drückte die Wählfunktion.

Ihr Vater ließ es dreimal klingeln, bis er abhob. »Schön, dass du dich endlich mal meldest, Sarah«, begrüßte er sie vorwurfsvoll.

»Hallo, Dad.« Ja, Dad – nicht Vater. Das war der erste Schritt, um sich die Autorität zurückzuholen, die er über ihr Leben ausübte.

»Ich freue mich, dich in wenigen Tagen zu sehen.« Im Hintergrund hörte sie das metallene Klappern von Schlüsseln. In England war es jetzt Sonntagabend, also musste es in Boston früher Nachmittag sein. »Deine Mutter hat sich bei den Vorbereitungen für die Weihnachtsparty selbst übertroffen. Es wird *das* Stadtgespräch sein.«

Los jetzt, wird schon schiefgehen!

»Genau deswegen rufe ich an.« Sie machte eine kurze Pause, die sie brauchte, um den Kloß in ihrem Hals hinunterzuschlucken. »Ich werde es wohl nicht schaffen, bis dahin zurück zu sein. Ginnys Geschäftseröffnung steht kurz bevor, doch es hat ein paar Schwierigkeiten gegeben.«

»Was für Schwierigkeiten?« Bildete sie sich das nur ein oder klang er wirklich besorgt? »Du hast mir dein Wort gegeben, dass du zur Party kommst.«

Nun ja, so groß war seine Besorgnis anscheinend doch nicht …

Okay, bei der Frage, ob sie ihren Aufenthalt in Cornwall verlängerte, ging es nicht nur um Ginny. Es hatte auch etwas mit Sarah selbst zu tun. Sie verspürte absolut keinen Wunsch zurückzukehren. Es gab hier noch so viel zu erleben. Mit Ginny – und ja, auch mit Michael. Seit ihrem Ausflug zum Leuchtturm vor drei Tagen hatten sie fast jeden Abend miteinander verbracht. Sie waren nach wie vor gute Freunde, doch dort auf der Plattform war etwas Neues, Tieferes zwischen ihnen entstanden. Und Sarah wollte dem nachgehen, allen Widerständen zum Trotz, die sich einer Liebesbeziehung zwischen ihnen in den Weg stellten.

Ihrem Vater würde sie davon natürlich nichts erzählen. Sie richtete sich auf. Er hatte keine Macht mehr über sie. Auch wenn er in ihr nur seine Tochter sah – sie war eine erwachsene Frau. Er schuldete ihr Respekt. Solange sie aber alles mit sich machen ließ und die Dinge nicht selbst in die Hand nahm, würde er ihr nie mit Wertschätzung begegnen. Melissa hatte recht – sollte er sich entschließen, seine Drohung wahr zu machen, und sein Geld abziehen, würden sie andere Möglichkeiten finden, die Arbeit bei *New Dawn* weiterzuführen.

»Es tut mir leid, wenn du enttäuscht bist, aber wir können gern später familiär miteinander feiern.«

»Und was ist mit Warren?«

»Ich habe ihn gestern angerufen und ihm mitgeteilt, dass ich unsere Verabredung absagen muss.« Er war lieb und verständ-

243

nisvoll gewesen, auch wenn in seiner Stimme so etwas wie Besorgnis gelegen hatte. Sie hatte sich bemüht, ihm so schonend wie möglich beizubringen, dass ihre Aufgaben in England mehr Zeit erforderten. Dafür hatte sie ihm ein Treffen auf rein freundschaftlicher Basis versprochen, sobald sie wieder in Boston war.

Danach hatte er nichts mehr von sich hören lassen, aber damit hatte sie auch gerechnet.

Ihr Vater räusperte sich. »Ehrlich gesagt kommt es mir langsam so vor, als ob deine Schwester einen schlechten Einfluss auf dich hat.«

»Ach Dad, gib nicht Ginny die Schuld. Ich habe meinen eigenen Willen und es wird Zeit, dass ich ihn nutze.« Das hatte sich definitiv zu schroff angehört. »Ich habe euch lieb und werde euch über die Feiertage sicher ganz schrecklich vermissen«, fügte sie sanfter hinzu. »Bitte sag Mom, dass ich ihr ein ganz tolles Geschenk mitbringe.«

»Ich werde ihr sagen, dass du bei ihrer Party nicht dabei sein wirst, und das wird sie zutiefst verletzen.«

Sarah stieß zischend die Luft aus. »Gut, ich muss jetzt los. Ich rufe an Weihnachten wieder an.«

»Wann gedenkst du denn zurückzukommen? Ich kann dir doch nicht unbegrenzten Urlaub gewähren!«

»Am 2. Januar werde ich wieder im Büro sein. Ich habe bereits mit Thomas telefoniert und ihn gebeten, mich bis dahin zu vertreten. Zwischen den Feiertagen und Neujahr passiert sowieso nichts.«

Kaum hatte sie das gesagt, trennte ihr Vater die Verbindung.

»Ausgesprochen reife Reaktion, Dad.« Sarah seufzte. Na gut, sie hatte jedenfalls ihren Teil getan und guten Willen gezeigt. Dabei hatte sie sich so frei gefühlt wie lange nicht mehr. Sie sprang aus dem Bett, legte ihr Smartphone zur Seite und lief in die Küche.

Sophia saß auf einem Barhocker und sah Ginny dabei zu, wie

sie Zimtbrötchen glasierte. Sie unterbrachen ihr Gespräch und musterten Sarah mit erwartungsvollen Blicken.

»Also?« Ginny leckte ihren Teigschaber ab und legte ihn ins Spülbecken. »Wie ist es gelaufen?«

»So, wie ich es erwartet habe. Aber hey, ich habe es überlebt, oder?« Sie trat näher ans Backblech, schnappte sich eines der Brötchen und nahm einen großen Bissen. Der Teig war luftig und herrlich süß.

»Das ist so gemein«, stöhnte Sophia. »Seit Ginny sie aus dem Ofen genommen hat, will mein Baby, dass ich sie alle esse. Wirf mir eins rüber, sonst drehe ich noch durch.«

Lachend holte Ginny ein paar Teller aus dem Schrank und legte ein Zimtbrötchen auf jeden davon. Dann nahmen sie an dem kleinen Tisch Platz, der vor dem Fenster stand, und streckten ihre Beine aus. Draußen herrschte seit dem frühen Morgen leichter Schneefall, der bis in die Feiertage hinein anhalten sollte. Vielleicht hatte die weiße Weihnacht des vergangenen Jahres eine Trendwende eingeläutet.

»So, mein Romantik liebendes Herz muss es einfach wissen.« Sophia steckte ihre Gabel in das noch dampfende Gebäck. »Was läuft da zwischen dir und einem gewissen ortsansässigen Fotografen, Sarah?«

»Oh ja, auch mein Herz beschäftigt diese Frage äußerst intensiv«, gluckste Ginny. Sie warf Sarah einen neckischen Blick zu.

So fühlt es sich also an, wenn man in einen Hinterhalt gerät.

Sarah spießte ihr Brötchen auf. »Da läuft gar nichts.«

Das musste ja nicht heißen, dass sie nicht interessiert war – aber wie sah es bei Michael aus? Klar, er flirtete ein bisschen mit ihr und er war ihr ein wirklich guter Freund. Aber er hatte noch nichts gesagt, was darauf hindeutete, dass er sich eine Beziehung mit ihr wünschte. Selbst wenn dem so war … ihm war ja klar, dass es fatal wäre, sich in eine Frau zu verlieben, die in Boston lebte.

Sophia schnaubte skeptisch, Ginny schmunzelte und dann kicherten beide verschwörerisch.

Sarah rollte mit den Augen, fiel dann aber selbst mit ein. Es tat so gut zu lachen. Die Anspannung der letzten Tage hatte sie mehr mitgenommen, als sie sich hatte eingestehen wollen. Sie hatte zugelassen, dass ihr die Umstände ihre Energie raubten, die Freude am Leben und an den Dingen, die ihr wichtig waren. Diese Freude war auch etwas, was sie in den Stunden mit Michael ganz neu entdeckt hatte – dank seiner ansteckenden Fröhlichkeit und seines Optimismus, die er sich trotz der Herausforderungen, denen auch er begegnete, bewahrte.

Er hatte ihr anvertraut, dass auch von ihm erwartet werde, ins Familiengeschäft einzusteigen, er aber beabsichtige, seine Arbeit als Fotograf voranzutreiben. Seine Eltern waren bei Weitem nicht so schwierig wie Sarahs – bei ihm war es eher seine ausgeprägte Loyalität, die ihn bewog, in Port Willis zu bleiben. Dennoch blickte er zuversichtlich in die Zukunft.

»Wir glauben dir kein Wort. Es ist nämlich so, dass wir beide auch schon an dem Punkt waren, an dem du heute stehst.« Sophia schien wirklich zu wissen, wovon sie sprach, aus ihren Augen sprach Mitgefühl.

Ginny nickte. »Außerdem wärt ihr als Paar so süß wie eine Kirschtorte. Oder, noch besser, wie Vanilleeistörtchen. Ihr übertrefft sogar meine persönlichen Favoriten – Donuts mit Schokoladenüberzug.«

Sarah verdrehte die Augen. »Ich dachte, der Preis für das weltweit süßeste Pärchen geht an dich und Steven.«

Ginny wurde rot. »Na ja, wenn man bedenkt, dass ich meine Chance beinahe verpasst hätte ...«

Sarah geriet ins Grübeln. Was, wenn sie nach Boston zurückkehrte und Michael nie erfuhr, was sie für ihn empfand? Würde sie es für immer bereuen? Der Gedanke erschreckte und elektrisierte sie gleichermaßen. Sie schob die Krümel ihres Zimtbrötchens auf dem Teller hin und her und malte damit abstrakte Formen auf das weiße Porzellan.

Okay, sie musste jetzt dringend an etwas anderes als die Liebe denken. Sie räusperte sich. »Gibt's denn was Neues von Rebecca Trengrouse?« Diese Frau verfolgte Sarah seit der Gemeinderatssitzung bis in ihre Träume. Natürlich lag ihr nichts ferner, als der *Trengrouse Bakery* einen Besuch abzustatten, dennoch fand sie es seltsam, dass sie seit Tagen überhaupt nichts von Rebecca gehört hatten.

Ginny wirkte, als habe der Themenwechsel sie auf dem falschen Fuß erwischt. Sie ließ die Schultern hängen. »Nein. Vorgestern wollte ich auf einen Sprung in der Bäckerei vorbeischauen, doch sie war bereits um sechzehn Uhr zu. Mr Trengrouse hatte immer Öffnungszeiten bis siebzehn Uhr. Doch Rebecca wird so kurz vor den Feiertagen ihre Gründe haben. Sicher möchte sie Zeit mit ihrem Vater verbringen, wenn es ihm so schlecht geht, wie sie angedeutet hat.«

Irgendetwas stimmt da doch nicht, dachte Sarah. »Hast du ihn in letzter Zeit mal gesehen?«

»Nein, keiner hat das, soweit ich weiß.« Ginny legte ihre Gabel auf den Teller und lehnte sich zurück.

»Jetzt, wo du es sagst ...« Sophia rieb sich nachdenklich den Babybauch. »Ich habe ihn schon seit einigen Wochen nicht mehr getroffen. Auch in der Kirche war er seit über einem Monat nicht mehr. Es muss zum Erntedankfest gewesen sein, dass ich ihn das letzte Mal gesehen habe. Weißt du noch, Ginny? Da hat er Brötchen vorbeigebracht und auf die Körbe verteilt, die für die Bedürftigen vorgesehen waren.«

In Sarahs Kopf reifte ein Plan heran, doch um ihn weiter verfolgen zu können, brauchte sie mehr Informationen. »Wie ist denn sein Verhältnis zu seiner Tochter?«

Sophia stand auf und sammelte die Teller ein. »Ich kann mir da kein Urteil erlauben. Gin, du lebst doch schon länger hier in Port Willis.«

»Ich weiß nicht viel über sie, aber Steven meinte, Mr Trengrouse wäre immer ziemlich streng und ruppig aufgetreten. Er hat anscheinend hohe Erwartungen in Rebecca und ihren jüngeren Bruder gesetzt.« Ginny stand auf, trat neben Sophia an die Spüle und nahm ihrer Freundin das schmutzige Geschirr ab. Dann drehte sie den Wasserhahn auf und hielt die Teller einzeln unter das fließende Wasser. »Doch seit dem Tod seiner Frau vor wenigen Jahren ist er deutlich milder geworden.«

Hmmm. Sarah war unschlüssig. Es konnte durchaus sein, dass ihr Plan, der immer mehr Gestalt annahm, scheiterte. Doch sie war beinahe davon überzeugt, dass er funktionieren würde. Um aber bei Ginny nicht vorschnell Hoffnung zu wecken, verzichtete sie darauf, die beiden Frauen in ihr Vorhaben einzuweihen. Stattdessen stand sie auf. »Ich bin gleich wieder zurück.«

Sie ging in ihr Zimmer, nahm ihr Smartphone zur Hand und schickte ein Stoßgebet zum Himmel, während sie eine Nachricht an Michael tippte.

Sarah: *Möchtest du morgen bei einer Rettungsaktion mitmachen?*

Michael: *Aber gerne. Habe gegen sechzehn Uhr Feierabend. Wen retten wir?*

Sarah: *Nicht wen – was. Die Antwort: Ginnys Bäckerei.*

Michael: *Bin dabei.*

Sarah schickte ihm drei Daumen-hoch-Emojis, schloss die App und schob die romantischen Gefühle, die erneut aufflammen wollten, energisch beiseite. Welche Empfindungen sie auch für Michael hegen mochte, sie kamen nicht gegen das Adrenalin an, das jetzt durch ihre Adern strömte.

Morgen würde sie die *Once Upon a Time Bakery* retten.

Kapitel 11

»Meinst du, das wird klappen?« Sarah schaute auf die dicken Steinquader des malerischen Cottages, das sich an den Steilhang über Port Willis lehnte. Hinter ihnen lagen der Hafen und die Geschäfte. Eine knappe Woche vor Weihnachten schoben sich ganz schön viele Menschen durch die Gassen des Städtchens. Hier oben aber, weit über dem Ortszentrum, schien für Stress kein Platz zu sein. Allerdings war Sarah gerade dennoch alles andere als entspannt.

Michael trat an den Holzzaun, der das Grundstück umgab, öffnete das Gartentor und bedeutete Sarah voranzugehen. »Ich habe keine Ahnung, aber wir müssen es versuchen. Es ist mir unbegreiflich, dass wir nicht früher daran gedacht haben.«

»Mir auch.« Sie trat durch die Tür und unter ihren Stiefeln raschelte das welke Laub, das der riesige Haselnussstrauch in der Mitte des Vorgartens abgeworfen hatte. Nach und nach schluckten schwere Wolken die letzten Strahlen der Sonne, die den ganzen Vormittag von einem blauen Himmel herabgeschienen hatte, und kündigten neuen Schnee an; bisher hatte die weiße Pracht sich nicht auf den grünen Hügeln halten können.

Als sie nach wenigen Schritten vor der Haustür standen, zitterten Sarahs Finger. »Also dann. Hoffen wir das Beste.«

Sie klopfte.

Schneller als erwartet öffnete sich die Tür, als ob der Hausherr am Fenster gesessen und nach Besuchern Ausschau gehalten hätte. Sarah kniff ihre Augen zusammen, um in dem Dämmerlicht in der Diele etwas erkennen zu können. Schemenhaft erkannte sie einen Mann in den Siebzigern, der in gebeugter Haltung vor ihnen stand. Ein weißer Vollbart umrahmte sein schmales Gesicht und seine Augen schauten durch die kreisrunden Gläser einer Nickelbrille.

»Mr Trengrouse?«

»Ja?« Er trat ins Freie und stand nun im Lichtschein einer schmiedeeisernen Laterne, die an der Außenseite des Türsturzes befestigt war.

»Hallo. Mein Name ist Sarah Bentley und das ist Michael Ham...«

»Ich kenne ihn. Wie geht's dir?«

Michael räusperte sich. »Danke, Mr Trengrouse, mir geht es gut. Lange nicht gesehen.«

»Na, so lange nun auch wieder nicht. Hast du mir nicht erst letzte Woche eine Zuckerstange von der Theke stibitzt?« Auch wenn man seine Worte anders hätte auffassen können, deutete sein verschmitztes Lächeln darauf hin, dass er Michael nur aufziehen wollte.

Michael drückte lachend seine Hand. »Vielleicht nicht gerade vor einer Woche, aber letzten Monat mit Sicherheit.« Dann wurde er wieder ernst. »Wie geht es Ihnen?«

Der alte Mann winkte ab. »Ach, ganz gut. Bis vor zwei Wochen habe ich mich mit einem schlimmen Husten herumgeschlagen und dann kam noch so was wie eine atypische Lungenentzündung dazu, aber du weißt ja, mich haut so leicht nichts endgültig um.« Damit wandte er sich an Sarah. »Ich habe von Ihnen gehört, Sie sind die Schwester von Ginny Rose, richtig?«

»Ja, die bin dich.« Er musterte sie mit seinem durchdringenden Blick so intensiv, dass sie den Eindruck bekam, er könne direkt in ihre Seele sehen. Sie musste schlucken. »Und das ist auch der Grund, warum wir zu Ihnen gekommen sind und mit Ihnen sprechen möchten. Es geht um meine Schwester. Und um ihre Bäckerei.«

»Ah ja. Jetzt steht doch bald die Eröffnung an, oder? Ich versuche schon die ganze Zeit, Rebecca zu überreden, mich hingehen zu lassen. Sie meint aber, mein Arzt wäre gar nicht damit einverstanden, mich jetzt schon außer Haus zu begeben.« Ein liebevolles Lächeln glitt über sein Gesicht. »Ach ja – Töchter, na, Sie wissen schon. Meine ist etwas überfürsorglich.« Ein plötzlicher Hustenanfall erschütterte ihn. »Bitte entschuldigen Sie.«

Michael warf Sarah einen Blick zu. Sie hatten vereinbart, dass vor allem er das Reden übernehmen sollte, weil er dem alten Herrn vertraut war – oder zumindest nicht fremd. »Mr Trengrouse, dürfen wir einen Moment reinkommen?«

Der alte Mann überlegte kurz. »Ich denke, da dürfte nichts dagegensprechen. Hereinspaziert.«

Sarah und Michael folgten Mr Trengrouse ins Wohnzimmer und Sarah nahm auf einem grünen Sofa Platz, das schon bessere Tage gesehen hatte. Im ganzen Haus roch es nach Zimt und Kokosflocken. Betätigte sich ihr Gastgeber noch immer als Bäcker? Wie fühlte sich das an, irgendwann nicht mehr in der Lage zu sein, das zu tun, was man sein Leben lang so gern gemacht hatte? Wenn allerdings stimmte, was er Ginny gegenüber geäußert hatte, dann freute er sich auf seinen Ruhestand.

Michael half dem alten Herrn in einen verschlissenen Sessel, der sich der Körperform seines Besitzers bereits perfekt angepasst hatte, und ließ sich dann neben Sarah nieder.

»Nun, was gibt es denn so Wichtiges kurz vor Weihnachten?« Mr Trengrouse faltete seine Hände über seinem Bäuchlein und lehnte sich zurück.

Sarah schürzte die Lippen. Was würde das für ein wunderbares Weihnachtsgeschenk für Ginny abgeben, wenn dieses Gespräch erfolgreich war!

Michael nickte ihr zu, anscheinend sollte doch sie den Anfang machen. Wie zufällig ließ er seine Hand über ihre gleiten.

Sarah holte tief Luft. »Mr Trengrouse, meine Schwester wird ihre Bäckerei nicht eröffnen können.«

Der alte Mann hob erstaunt seine grauen Augenbrauen. »Was soll das denn heißen?«

»Der Gemeinderat von Port Willis hat seine Erlaubnis verweigert. Verantwortlich dafür ist Ihre Tochter.« Sarah erläuterte ihm in kurzen Worten die Situation, wobei sie darauf achtete, nicht in einen vorwurfsvollen Ton zu verfallen und bei den Fakten zu bleiben.

Je länger Mr Trengrouse ihr zuhörte, desto stärker verdunkelte sich seine Miene. »Bitte verurteilen Sie Rebecca nicht. Sie ist ein liebes Mädchen und meint es nur gut mit mir, doch nach dem Tod ihrer Mutter …« Seine Augen wanderten zu dem Kaminsims, über dem ein großes Familienfoto hing. »Mit achtzehn Jahren konnte sie es kaum erwarten, aus Port Willis rauszukommen. Deshalb habe ich auch nicht damit gerechnet, dass sie bereit sein könnte, die Bäckerei nach meinem Rückzug weiterzuführen. Dass ihr Bruder kein Interesse hat, war mir klar. Doch nun ist sie zurückgekommen und ich habe den Eindruck, sie fürchtet mittlerweile, dass alles umsonst war. Vielleicht verhält sie sich so, weil sie Angst hat, das Geschäft zu verlieren.«

Dass jemand um jeden Preis eine Familientradition aufrechterhalten wollte, konnte Sarah nur schwer nachvollziehen – dass Furcht den Lauf eines Lebens bestimmte und durchaus das Zeug dazu hatte, die Entscheidungen eines Menschen zu beeinflussen, verstand sie dagegen besser, als ihr lieb war.

»Wir persönlich haben überhaupt kein Problem mit der *Trengrouse Bakery*. Ich weiß, dass Ginny aus Respekt sogar ein Warensortiment zusammengestellt hat, das sich kaum mit Rebeccas Produktangebot überschneidet.« Sie verstärkte ihren Griff um Michaels Hand und beugte sich vor. »Mr Trengrouse, könnten Sie sich vorstellen, Rebecca dazu zu bewegen, nicht weiter auf die Einhaltung dieser Verordnung zu bestehen? Noch können Ginnys Geschäftspläne gerettet werden.«

Die Stirn des alten Mannes hatte sich in tiefe Falten gelegt und sein Daumen tippte ununterbrochen gegen seine Nasenspitze. Er dachte eine Weile nach und nickte dann. »Ja, natürlich. Ginny ist wirklich begabt und hat schon so viel in dieses Vorhaben investiert.« Er richtete sich in seinem Sessel auf, als ob er diesen Entschluss mit seinem ganzen Körper bekräftigen wolle. »Ich werde mit meiner Tochter reden, wenn sie heute Abend nach Hause kommt. Sollte sie an ihrem Veto festhalten, werde ich selbst Kontakt zum Gemeinderat aufnehmen und alles unterschreiben, was nötig ist, um die betreffende Bestimmung in diesem Fall außer Kraft zu setzen.«

»Ehrlich? Oh, wie wundervoll!«, jubelte Sarah.

Michael legte ihr einen Arm um die Schulter und drückte sie. »Ganz herzlichen Dank, Mr Trengrouse. Wir wissen das wirklich zu schätzen.«

Wir. Wie schön das in ihren Ohren klang.

Sarah bedankte sich wortreich, hauchte dem alten Herrn zum Abschied sogar ein Küsschen auf die Wange und folgte dann Michael nach draußen, durchs Gartentor und die schmale Straße hinab bis zur nächsten Klippe, von deren Spitze aus sie ganz Port Willis überblicken konnten. Es schneite und die Schneeflocken malten ein bezauberndes Mosaik aus unzähligen weißen Punkten vor den dunklen Hintergrund des Abendhimmels. Unter ihnen funkelten die Lichter des Städtchens und ein prächtiger Vollmond goss sein silbernes Licht zwischen die Schneewolken.

Sie wollten gerade ihren Weg fortsetzen, als Sarah noch einmal anhielt und Michael umarmte. »Wir haben es wirklich geschafft!«

Er drückte sie an sich und hob sie ein Stück hoch. »*Du* hast es geschafft. Aber ja, wir beide sind ein ziemlich gutes Team.« Er setzte sie wieder ab und sah ihr in die Augen.

Die Wärme, die in seinem Blick lag, reichte, um sie die Flocken vergessen zu lassen, die ihr auf Stirn, Wangen und Nase kitzelten. »Danke, dass du an meiner Seite warst.«

»Jederzeit wieder.« Er nahm seine Hände von ihrer Taille, hob sie an ihr Gesicht und strich ihr sanft, aber irgendwie unentschlossen über die Wangen, als ob er nicht recht wüsste, wie er sich verhalten sollte in diesem Moment, der sich kaum von all den anderen unterschied, die sie miteinander erlebt hatten, und doch so anders war.

Sarah aber wusste es. Während Michael seine Hände wieder sinken ließ und an ihre Hüfte legte, nahm sie all ihren Mut zusammen. »Also, ich wollte dir noch sagen, dass ich am nächsten Mittwoch nicht abreisen werde.«

»Nein?«

Sie schüttelte den Kopf. »Ich bleibe noch eine Woche.«

»Äh … das ist schön.«

Was war das denn? Warum klangen seine Worte auf einmal so leblos und gehemmt? Sarah war verunsichert. Wollte er nicht, dass sie blieb? Hatte sie die Situation vollkommen falsch eingeschätzt?

Doch was auch immer seine Beweggründe sein mochten – wenn sie ihm jetzt nicht sagte, was sie fühlte, würde sie es nie tun. Nein, sie hatte keine Ahnung, wie sich die Dinge zwischen ihnen entwickeln würden oder ob sie sich *überhaupt* entwickeln würden, doch eins wusste sie: Ihr Vater würde ihr da nicht mehr reinreden. Sie war frei und dieser Luxus, selbstbestimmt entscheiden zu können, wollte genutzt werden.

Mit zitternden Fingern legte sie nun ihrerseits die Hände an Michaels Gesicht. Nicht eine Sekunde wandte er den Blick von ihr ab und trotz der Dunkelheit konnte sie erkennen, dass eine Frage in seinen Augen brannte.

Sarah wollte sie so gut beantworten, wie sie konnte. »Ich möchte ganz einfach mehr Zeit mit dir verbringen.« Sie stellte sich auf die Zehenspitzen und drückte ihre Lippen auf seine.

Eine Sekunde lang stand er wie erstarrt da, dann aber schlang er seine Arme um sie und ihr Kuss steigerte sich von einer zarten Berührung zum leidenschaftlichen Beweis ihrer Zuneigung. Sarah fühlte sich, als wäre sie genau dort, wo sie schon immer hingehört hatte. Vielleicht war dem ja auch so.

Nach einer gefühlten Ewigkeit endete der Kuss. Sarah seufzte glücklich, kuschelte sich an Michael und sah aufs Meer hinaus, während sich immer mehr Schneeflocken in ihren Haaren verfingen.

»Für den Fall, dass ich mich unklar ausgedrückt haben sollte – natürlich möchte ich auch gern mehr Zeit mit dir verbringen«, raunte Michael.

Lachend boxte Sarah ihm gegen den Arm. Er schnappte sich ihre Hand und zog ihr den Handschuh aus. Dann drückte er seine Lippen sanft auf jede einzelne Fingerspitze, bis Sarah es nicht mehr aushielt und ihm erneut um den Hals fiel, um sich einen weiteren langen, intensiven Kuss zu holen.

Schließlich legte er ihr seine Arme um die Hüften und meinte: »Ich denke, es wird Zeit, Ginny die wundervollen Neuigkeiten zu überbringen.«

»Diese wundervollen Neuigkeiten?« Sarah deutete grinsend zwischen ihnen beiden hin und her.

»Na, was könnte ich wohl sonst meinen?«

Hand in Hand folgten sie der gewundenen Straße, die sie in den Ort hinunterführte, und schmiedeten Pläne für die kommende Woche.

»Ich fände es schön, wenn du bei unserem Weihnachtsessen dabei wärst«, meinte Michael.

Sarah war seinen Eltern sowie seiner Schwester Mary und ihrer Familie bisher nur kurz begegnet und nun sollte sie gleich den halben Feiertag mit ihnen verbringen? Wow!

»Ähm, gern. Wenn du meinst, dass das okay ist?«

»Absolut.«

Na gut.

Als sie Ginnys Haus erreichten, hatte es aufgehört zu schneien. In der Küche brannte Licht. Seltsam. Eigentlich war Sarah davon ausgegangen, dass ihre Schwester sich bis spät in den Abend in der Backstube aufhalten würde. Irgendetwas musste sie veranlasst haben, dieses Vorhaben zu ändern.

Sarah drehte sich zu Michael um und legte ihm die Hände in den Nacken. »Eigentlich möchte ich noch gar nicht reingehen. Aber ich habe Melissa versprochen, ein paar Sachen zu erledigen.«

»Und ich bin mit meinen Weihnachtsgeschenken total im Verzug.«

Sie schüttelte den Kopf. »Warum überrascht mich das nicht?«

»Ich kann mir schon denken, dass du deine Besorgungen längst erledigt hast.« Er tippte zärtlich gegen ihre Nasespitze und lächelte.

»Bereits im November, wenn du es genau wissen willst.« Natürlich fehlte jetzt noch das Geschenk für eine gewisse Person, die bis vor Kurzem nicht auf ihrer Liste gestanden hatte.

Nichts von alledem hatte auf ihrer Liste gestanden.

»Du bist süß.« Michael beugte sich über sie und gab ihr einen weiteren Kuss.

Plötzlich öffnete sich die Tür hinter ihnen und die Lampe in Ginnys Hausflur warf ihren hellen Schein in den Vorgarten. Sarah wandte sich um und versuchte blinzelnd zu erkennen, wer da im Türrahmen stand.

»Sarah?«

Ihr Hände rutschten von Michaels Schultern, während sie entgeistert in den Lichtkegel starrte.

»Warren?«

Kapitel 12

Ihr Verstand brauchte ein paar Sekunden, um ihre Augen einzuholen. Vor ihr stand allen Ernstes Warren Kensington, die Hände über dem grauen Kaschmirpullover gekreuzt, und musterte sie mit einem eigenartigen Blick. »Was tust du denn hier?«

Warren trat unsicher von einem Fuß auf den anderen. »Ich wollte dich sehen.«

Offensichtlich. Aber warum? Sie hatte doch am Telefon klar und deutlich zum Ausdruck gebracht, dass sie beide nie mehr sein würden als gute Freunde?!

Michael räusperte sich. Während seine Linke Sarahs Taille nach wie vor fest umfing, streckte er Warren seine Rechte hin. »Michael Hammett. Nett, Sie kennenzulernen.«

Die Augen auf Michaels Hand an Sarahs Körper gerichtet, erwiderte Warren seinen Händedruck. »Warren Kensington. Sarahs ... äh, Freund aus Boston.«

Die beiden Männer ließen ihre Hände sinken und wandten sich Sarah zu. »Warum sehen wir nicht zu, dass wir ins Warme kommen?« Sarah löste sich aus Michaels sanftem Griff und wollte ihn hinter sich herziehen, doch als sie die Türschwelle überschritt, schob Warren seinen Arm zwischen sie und Michael.

»Hey, wenn Sie nichts dagegen haben, würde ich gern ein paar Worte mit Sarah wechseln. Und zwar allein.«

Du liebe Güte. Sie hatte Warren noch nie so grob erlebt. Aber wer wollte ihm verübeln, dass es ihn überraschte, sie nur einen Monat nach ihrem gar nicht so schlechten Date in den Armen eines anderen anzutreffen, den sie zu allem Überfluss auch noch direkt vor seinen Augen geküsst hatte?

Michaels Gesichtszüge verdunkelten sich und er suchte ihren Blick. »Möchtest du das, Sarah?«

Allein die Tatsache, dass er sie fragte, weckte den Wunsch in ihr, ihn wieder zu küssen. Aber jetzt war es wichtiger, die Sache mit Warren zu klären und den Grund zu erfahren, warum er hier auftauchte. Und ob er allein gekommen war. »Ich rufe dich an, okay? Es wird nicht lange dauern.«

Für den Moment schien ihr das die beste Lösung zu sein. Dann aber sah sie, wie sein Kiefer mahlte, blickte in sein versteinertes Gesicht und erkannte, dass sie sich geirrt hatte.

»Klar. Ja. Wir sehen uns.« Ohne ein weiteres Wort verschwand er in der Dunkelheit.

Am liebsten wäre sie ihm nachgelaufen, um ihm zu erklären, warum sie ohne ihn mit Warren sprechen wollte. Doch das konnte sie später nachholen; Warren einfach stehen zu lassen, nachdem er extra hergekommen war, wäre sehr taktlos.

Sie gingen ins Cottage. Warren schloss die Haustür und trommelte mit seinen Fingern auf dem Griff herum. »Bitte entschuldige. Ich weiß, dass ich ziemlich unhöflich war. Das liegt wohl daran, dass mich der Weg hierher einige Stunden Schlaf gekostet hat. Und, na ja …«

Bei näherer Betrachtung konnte Sarah Warrens Augenringe sehen und bemerkte, dass seine Haare bei Weitem nicht so akkurat frisiert waren wie üblich. Armer Kerl. Sie trat an ihn heran und strich ihm über den Arm. »Alles gut.« Sie zögerte. »Wie geht es dir?«

Als ob er nur auf diese Einladung gewartet hatte, umarmte er sie und sein Parfüm – eine Mischung aus Mandarinen-, Pfeffer- und Lavendelaromen – nahm ihr fast den Atem. Der Duft war durchaus angenehm, vielleicht sogar ein Stück weit unwiderstehlich, doch auf Sarah hatte er nicht mehr dieselbe Wirkung wie noch vor einer Weile.

Warren hielt sie vielleicht einen Tick zu lange fest, bevor er zurücktrat. »Du fragst dich sicher, warum ich hier aufkreuze.«

»Ich nehme mal an, dass du nicht zufällig in der Nähe zu tun hattest.« Ihr kurzes Lachen war zu schwach, um fröhlich zu klingen.

Warren brachte nicht mal ein Lächeln zustande. »Nicht wirklich. Wollen wir uns setzen?«

Er deutete in Richtung Wohnzimmer. »Ich hoffe, du bist deiner Schwester nicht böse, dass sie mich hereingelassen hat. Sie musste dringend zurück in die Bäckerei und meinte, ich könne hier gern auf dich warten.«

Sie setzten sich auf die Couch und Sarah wandte sich ihm zu, wobei unglücklicherweise versehentlich ihr Knie gegen seines stupste. Warren platzierte seinen linken Arm auf der Sofalehne und legte seine Rechte auf ihre Hände, die sie in ihrem Schoss gefaltet hatte. Bevor er das Wort ergriff, musterte er sie ein paar Augenblicke lang mit ernstem Blick.

»Ich setze jetzt mal alles auf eine Karte und spreche es aus, auch wenn es längst offensichtlich sein sollte. Ich mag dich, Sarah. Sehr. Mehr als jede andere Frau, die ich kennengelernt habe. Du bist klug, warmherzig und voller Leidenschaft. Und ich konnte nicht akzeptieren, wie wir nach unserem letzten Telefonat verblieben sind.« Er schien den Tränen nahe zu sein und sein Adamsapfel hüpfte.

Sein Anblick zerriss Sarah fast das Herz. »Warren ...«

»Bitte lass mich das noch zu Ende bringen.« Sie nickte traurig und er fuhr fort: »Ich weiß, du denkst, ich hätte dich nur gedatet, weil dein Vater das so wollte. Kann sein, dass das anfangs auch so war. Doch wenn dem so war, dann nur, weil ich davon ausgegangen bin, dass es ohnehin zu nichts führen würde. Und weißt du, warum? Weil ich es nicht für möglich gehalten habe, dass du auf mich stehen könntest.«

»Machst du Witze? Du bist so ein liebenswürdiger Mann, Warren, einer von der Sorte, die man nur selten trifft. Und es tut mir so leid, dass mein Vater dich benutzen wollte.«

»Das stand für mich nie im Vordergrund.« Während er redete, spielte seine freie Hand mit einer ihrer Haarsträhnen. Obwohl das eindeutig über eine freundschaftliche Geste hinausging, ließ Sarah ihn gewähren. Irgendetwas in Warrens Verhalten signalisierte ihr, dass sie sich entspannen konnte. Tiefere Gefühle löste seine Nähe aber nicht bei ihr aus.

»Ich glaube, ich bin nur gekommen, um dir zu zeigen, dass es mich nach wie vor gibt. Vielleicht auch, um dich mit einer großen Geste zu beeindrucken. Aber wahrscheinlich war das einfach nur idiotisch von mir.« Er machte eine kurze Pause. »Und außerdem war ich damit wohl zu spät.«

»Das ist so süß von dir, Warren.« Hätte sie Michael nie getroffen, würde sie in wenigen Tagen mit Warren nach Hause fliegen und über kurz oder lang würde sich zeigen, worauf das Ganze hinauslief – sehen, ob sich diese Freundschaft irgendwann in tiefere Gefühle verwandeln könnte. Doch sie hatte nun mal Michael kennengelernt und würde künftig jeden anderen Mann an ihm messen.

Sie strich ihm kurz über den Handrücken. »Es tut mir leid. Ich möchte dir nicht wehtun, aber …«

Er lächelte müde. »Ich versteh schon.« Er zog die Hände zurück und legte sie auf seine Oberschenkel. »Es wird wohl besser sein, wenn ich zurückfliege, um dir nicht länger auf die Nerven zu gehen.«

»Red keinen Unsinn! Bleib doch noch ein paar Tage hier. Cornwall ist auch um diese Jahreszeit wunderschön.« Nun gut, das würde ihre Situation zwar etwas verkomplizieren, doch immerhin hätte er die fünftausend Kilometer nicht ganz umsonst zurückgelegt.

Ein kurzer Blick in seine Augen zeigte ihr, was er von diesem Vorschlag hielt. »Es ist besser, wenn ich gleich morgen abreise.« Warren stand auf und sie tat es ihm nach. »Oh, da fällt mir was ein.« Er griff nach seiner Jacke, die über der Lehne gelegen hatte, und holte einen Briefumschlag aus der Brusttasche. »Der ist für dich.«

»Du hast mir einen Brief geschrieben?«

»Nein, der ist von deinem Vater. Ich musste ihm versprechen, ihn dir persönlich zu übergeben.«

»Er wusste, dass du mich besuchen wolltest?« Warren setzte zu einer Antwort an, als Sarah schon die Hand hob. »Was frage ich eigentlich? Selbstverständlich wusste er es.«

Warren warf sich seine Jacke über und gab ihr einen Kuss auf die Wange. »Solltest du doch noch deine Meinung ändern – ich bin die Straße hoch in dem B&B.«

Sie umarmte ihn noch einmal, dann machte er sich auf den Weg.

Sarah holte sich ein Küchenmesser, schlitzte den Umschlag auf und setzte sich auf einen Hocker, um den Brief zu lesen, der selbstverständlich mit dem offiziellen Briefkopf ihres Vaters versehen war.

Sarah,

wenn du diesen Brief liest, hast du zweifellos mit Warren gesprochen und gehört, was er zu sagen hat. Ich hoffe, du gibst ihm eine Chance. Was auch immer du über mich denkst – ich möchte, dass du glücklich wirst, und ich denke, dass er der Mann ist, der dir das garantieren kann. Solltest du das anders sehen, müssen wir über alternative Wege reden, wie wir die Fusion mit der Firma seines Vaters doch noch verwirklichen können.

Es schmerzt mich ein wenig, dass du das Weihnachtsfest so weit weg von deiner Mutter und mir verbringen willst, doch daran bin ich wahrscheinlich selbst schuld. Ich erwarte viel von dir und das hat wahrscheinlich einen Fluchtinstinkt ausgelöst. Mit den Ansprüchen, die ich an dich stelle, wollte ich dich nie überfrachten. Ich erkenne einfach nur das riesige Potenzial, das in dir steckt. Du hast die innere Stärke und Hingabebereitschaft, die deinen Geschwistern fehlt. Keinem anderen außer dir traue ich zu, die Firma erfolgreich weiterzuführen, wenn ich einmal nicht mehr bin.

Allerdings muss ich auch betonen, wie sehr es mich verärgert hat, dass du – genau wie Virginia – nach England abhaust

und damit versuchst, deinen Willen durchzusetzen. Ich mag
es gar nicht, wenn man meine Loyalität und Liebe auf eine
solche Art und Weise austestet.
Sarah – du hast die Wahl und der Ball liegt jetzt sozusagen
bei dir. Komm rechtzeitig zum Weihnachtsfest nach Hause
und alles ist vergeben.

Dein Vater

PS: Ich habe neulich Jeff Gentry, einen alten Freund von
mir, getroffen. Er hat mich darauf hingewiesen, dass deine
Organisation seine Frau in einer hässlichen Angelegenheit
vertritt, die schuld daran ist, dass nun in der Stadt üble Ge-
rüchte über ihn kursieren. Als dein wichtigster Geldgeber be-
stehe ich darauf, dass du dir diesen Fall noch einmal genauer
ansiehst. Es muss doch möglich sein, in dieser Sache eine ein-
vernehmliche Lösung für alle Parteien zu finden. Schließlich
wäre es schade, wenn ich meine Unterstützung zurückziehen
müsste, doch ich muss nun mal darauf achten, dass unser
Name nicht mit zweifelhaften Aktivitäten in Verbindung ge-
bracht wird. Ich bin sicher, du verstehst das, meine Liebe.

Sarahs Hände zitterten wie Espenlaub, als sie den Brief zerknüllte, und ihre Gefühle entluden sich in einem verzweifelten
Schluchzen. Nun folgten also die Konsequenzen. Ihr Vater würde
nie zulassen, dass sie ihren eigenen Weg ging. Als ob sie nicht
geahnt hätte, wie vergeblich ihre Hoffnung gewesen war, dass sich
durch ihren Widerstand irgendetwas änderte. Denn egal, ob sie
rebellierte oder die brave Tochter spielte, die ihn liebte und ständig Opfer brachte – er würde sich am Ende immer durchsetzen.
Indem ihr Vater die Existenz ihrer Hilfsorganisation bedrohte,
nahm er ihr jede Chance, ein paar schöne Tage mit Michael zu
verbringen. Ihr war klar, dass die Tage von *New Dawn* gezählt
waren, wenn sie jetzt nicht schleunigst nach Boston zurückkehrte

und den Kampf gegen ihren Vater aufnahm. Andernfalls würden nicht nur seine Zahlungen auslaufen, er würde auch mit allen Mitteln zu verhindern versuchen, dass sie ohne ihn weitermachen konnten.

Letzten Endes war all das hier – Cornwall, Michael und Ginny – nicht mehr als ein schöner Weihnachtstraum. Nach Ginnys Eröffnungsfeier würde Sarah wieder in ihre Rolle als pflichtbewusste Tochter schlüpfen. Diesmal aber mit dem Unterschied, dass sie nicht bereit war, alles aufzugeben. Weder ihren Glauben noch *New Dawn*. Und sie würde für Elise Gentry in den Ring steigen, egal was ihr Vater dazu sagte. Wo sie arbeitete und mit wem sie ihre Zeit verbrachte, war zweitrangig gegenüber der Herausforderung, ihr Lebenswerk zu erhalten und Hilfsbedürftigen Beistand zu leisten. Mochte ihr leiblicher Vater ihr auch seine Liebe und seinen Respekt versagen – es gab einen Vater, der stolz darauf war, dass sie ihr Leben dem Dienst an ihren Nächsten widmete.

Kapitel 13

Es war ihr noch nie so schwergefallen, einer Entscheidung treu zu bleiben, die sie gefällt hatte.

Sarah ging die Highstreet hinab und stemmte sich gegen den Wind, der vom Meer her blies. Der strahlend blaue Himmel täuschte darüber hinweg, dass es bitterkalt war, was sich an den weißen Atemwölkchen zeigte, die vor den Gesichtern der Menschen aufstiegen. Dieses Wetter, das Sarah gestern noch so verzaubert hatte, nervte sie heute.

Sie hatte Warren eine Nachricht geschrieben und ihm mitgeteilt, dass sie nun doch am Abend des folgenden Tages in die Staaten zurückfliegen würde. Das war ihm gegenüber nur fair, da er so weit gereist war, um letzten Endes genau das zu erreichen. Nun aber musste sie es noch Michael beibringen.

Nachdem sie praktisch die ganze Nacht grübelnd hin und her gelaufen war, standen ihre Beine jetzt kurz davor, ihr den Dienst zu versagen. Kurz nach vier Uhr morgens hatte Ginny das Kopfzerbrechen beendet und ein längeres Gespräch mit ihr geführt. Doch obwohl ihre Schwester sich nach Kräften bemüht hatte, ihr den Rücken zu stärken und sie zu ermutigen, ihr Leben selbst in die Hand zu nehmen, blieb Sarah bei ihrem Standpunkt: Ihre einzige Chance weiterzukommen bestand darin zurückzugehen.

Wenigstens stand Ginnys Traum nach den neusten Entwicklungen aller Wahrscheinlichkeit nach nichts mehr im Wege. Sarah hatte es richtig leidgetan, dass ihre Schwester sich sichtlich bemüht hatte, ihre unglaubliche Freude und Erleichterung darüber zurückzuhalten, um ganz für Sarah da zu sein.

Nun war ihr Ziel der grasbedeckte Hügel über der Stadt, wo sie Michael treffen wollte, und sie war so tief in ihre Gedanken versunken, dass sie kaum mitbekam, wie jemand ihren Namen rief.

Erst als sie sich umwandte, fiel ihr Blick auf das Firmenschild mit dem Schriftzug *Trengrouse Bakery*. Und da war auch Rebecca, die ihr zuwinkte. Bestimmt war sie auf Streit aus und wollte ihr vorwerfen, sich erneut eingemischt zu haben, indem sie ihren Vater gegen sie aufhetzte. Ach, das war nun auch schon egal. Sollte sie doch kommen. Sarah stand einfach nur da und ließ Rebecca Zeit, die Straße zu überqueren und sich mit verschränkten Armen vor ihr aufzubauen.

»Danke, dass Sie angehalten haben.«

»Es sieht aus, als ob Sie mir was Wichtiges mitzuteilen haben.« Sarah musterte ihr Gegenüber, das so ganz ohne Mantel sicher frieren musste. »Sollen wir in die Bäckerei gehen?«

»Wird nicht lange dauern.«

»Gut.« *Dann leg mal los.*

Doch anstatt Sarah mit ihrer Wut zu überrollen, ließ Rebecca die Schultern hängen. »Sie sollten wissen, dass ich auf Wunsch meines Vaters auf dem Gemeindeamt war, wo ich erklärt habe, dass ich einverstanden wäre, wenn die Verordnung in unserem Fall nicht zum Tragen käme. Ihre Schwester kann also ihre Bäckerei wie geplant eröffnen.«

Sarah biss die Zähne zusammen, um nicht zu platzen und Rebecca klarzumachen, was sie von ihrer »Großzügigkeit« hielt. Wichtig war nur, dass ihr Plan aufgegangen war. »Super.« Sie brauchte eine kurze Pause, bis sie sich überwinden konnte, ein »Vielen Dank!« hinterherzuschieben.

Rebecca scharrte mit ihren Schuhen auf dem Kopfsteinpflaster herum und starrte zu Boden.

Sarah hob die Augenbrauen. »Gibt es noch etwas zu besprechen?«

»Es ist nur so …« Rebecca wippte auf den Fersen auf und ab. »Es tut mir leid, okay? Da bin ich wohl etwas übers Ziel hinausgeschossen. Sieht so aus, als hätte ich geglaubt, mein Verhältnis zu meinem Vater verbessern zu können, wenn ich den Familienbetrieb weiterführe. Ich hatte die Hoffnung, es würde unsere

Beziehung wieder einrenken. Und am Ende wären wir beide …
glücklich.« Sie blies sich eine blonde Haarsträhne aus dem Gesicht. »Entschuldigen Sie, ich weiß gar nicht, warum ich Ihnen das alles erzähle. Fest steht, ich hatte unrecht und es tut mir leid, dass ich Ihrer Familie so viel Ärger verursacht habe.«

Vielleicht hatte Michael ja recht, wenn er meinte, sie und Rebecca hätten mehr gemeinsam, als sie zugeben wollte. Dennoch … »Sie sollten das Ginny sagen, nicht mir.«

Rebecca nickte. »Das werde ich.« Dann drehte sie sich um und ging zurück in ihre Bäckerei.

Sarah seufzte, teils erleichtert, teils beklommen. Wenn auch ihre eigenen Träume zerplatzt waren, so hatte sie doch ihre Zeit in Cornwall genutzt, um immerhin eine Sache zu einem guten Abschluss zu bringen.

Sie drehte sich um und setzte ihren Weg fort.

Das Wasser im Hafenbecken schwappte ruhig hin und her, doch außerhalb der Kaimauern peitschte der Wind Schaumkronen übers Meer. Als Sarah sich daranmachte, die Steilküste zu erklimmen, sah sie Michael, der auf der Spitze einer Klippe stand und sich den Wind um die Nase wehen ließ.

Sie nahm sich vor, alles, was in den nächsten Stunden noch kommen sollte, aus ihrem Gedächtnis zu löschen. *So* und nicht anders wollte sie ihn in Erinnerung behalten.

Sie trat ein paar Steine los, die über die Felsen kullerten und Michael auf ihr Kommen aufmerksam machten. Das Lächeln, mit dem er sich nun zu ihr umwandte, wollte ihr schier das Herz abdrücken.

»Hallo, meine Schöne!«, rief er ihr entgegen und wenige Sekunden später nahm er sie in den Arm, um sie zu küssen. Wie normal, natürlich und gut sich das anfühlte. Und Sarah, in ihrer Verzweiflung, ließ es mit sich geschehen. Wenn schon wenige Augenblicke später alles enden musste, wollte sie bis dahin noch so viel von seiner Wärme und Liebe in sich aufnehmen wie möglich.

Nicht weinen, nicht weinen. Mach das hier nicht kaputt!

Trotzdem – sie schaffte es einfach nicht mehr, ihre Gefühle unter Kontrolle zu halten, und schon kamen die Tränen schneller, als sie sie wegwischen konnte.

Michael lehnte sich zurück und legte seine Hände auf ihre Schultern. Sein Lächeln war einem besorgten Blick gewichen.

»Was ist los?«

»Oh, Michael«, schniefte sie.

Ohne etwas zu sagen, nahm er sie wieder in seine Arme. Dann führte er sie zu der großen Wolldecke, die er auf der Hügelkuppe ausgebreitet hatte. Sie setzten sich, wickelten sich ein und zogen sich den flauschigen Stoff über Schultern und Rücken.

Sarah fühlte sich erbärmlich. Obwohl sie drauf und dran war, ihrer Beziehung den Todesstoß zu versetzen, genoss sie jetzt noch die Geborgenheit, die er ihr schenkte. Es war kaum noch zu ertragen, dass er so lieb zu ihr war, sie musste es sofort beenden.

Sie nahm den Kopf von seiner Schulter, setzte sich auf und wischte sich mit der Decke über ihr tränennasses Gesicht. Erst nachdem sie sich ausführlich geräuspert hatte, wagte sie es, Michael anzusehen.

Über seine Stirn zog sich eine tiefe Falte und seine Augen nahmen die Frage bereits vorweg, die er nun stellte: »Du wirst uns morgen verlassen, stimmt's?«

Woher um alles in der Welt …?

»J-ja«, stieß sie krächzend hervor. »Im Anschluss an Ginnys Eröffnungsfeier. Wie ursprünglich geplant.«

»Habe ich was falsch gemacht?«

Sie tastete unter der Decke umher, bis sie seine Hand gefunden hatte. »Du warst wundervoll. Alles war … wundervoll. Es soll nun mal nicht sein.«

Er sah sie an, alles wolle er nach dem Warum fragen, wandte sich dann aber ab und schaute aufs Meer hinaus. Wollte er ihr nicht widersprechen? Sie anschreien? Hätte sie das nicht verdient, so wie sie mit ihm umsprang?

Doch während sie Hand in Hand dasaßen und zusahen, wie

das Wasser gegen die Felsen brandete, wurde es ihr klar: Er machte das, was bisher kein anderer Mann für sie getan hatte – er akzeptierte ihre Entscheidung. Und das machte das hier zum schönsten und zugleich traurigsten Augenblick ihres bisherigen Lebens.

Kapitel 14

Wie sollte sie jetzt auch noch den Heimflug überstehen? Sarah hielt inne und atmete tief durch. Den kompletten Vormittag und den größten Teil des Nachmittags war sie ununterbrochen auf den Beinen gewesen. Ihre Füße brannten und ihr Rücken schmerzte, doch das war es wert.

Aus ihrer Ecke hatte sie einen guten Überblick über Ginnys Bäckerei. Den ganzen Tag über waren die Kunden nur so hereingeströmt. Die Schlange vor der Ladentheke wollte nicht abnehmen und sämtliche Sitzplätze waren besetzt.

Immer neue Kunden kamen herein, klopften sich die weißen Flocken von den Schultern und streiften den Schneematsch auf Ginnys Fußabtreter ab. Mittlerweile hatte das Wetter sich Sarahs Stimmung angepasst – der Himmel über Port Willis war in ein dunkles Grau getaucht.

William, Sophia und Steven bedienten und wechselten sich an der Kasse ab, wobei die beiden Männer darauf achteten, dass Sophia nicht zu lange stehen musste, während Ginny und Sarah für Nachschub in den Schütten und Regalen sorgten und abwechselnd die Kunden begrüßten. Dass Sophia überhaupt bei Ginnys großem Tag dabei sein konnte, verdankte sie zwei treuen Mitarbeiterinnen, die ihre Arbeit in der Buchhandlung übernommen hatten.

Sarah beobachtete, wie ihre Schwester einem älteren Herrn lächelnd auf die Schulter klopfte, der ihr irgendwie bekannt vorkam. Wer war das nur? Als der Mann seinen Stock zur Hand nahm, der an seinem Stuhl gelehnt hatte, fiel es ihr ein: Es war der Kunde aus der *Trengrouse Bakery*, den Rebecca so schroff behandelt hatte.

Ein Punkt für dich, Gin!

Als ob sie Sarahs Gedanken lesen könnte, blickte Ginny auf und grinste ihr zu. Sie begleitete den Mann zur Tür und kam dann zu ihr herüber. »Ich kann kaum glauben, wie viele Menschen herkommen, um mich zu beglückwünschen!«

Sarah legte ihren Arm um Ginnys Taille und gemeinsam sahen sie den Leuten zu, die Ginnys Backwaren kauften. Im Hintergrund lief dezente Weihnachtsmusik, die Ladentür stand weit offen und es herrschte weiterhin ein ständiges Kommen und Gehen – ganz so, wie Ginny und Sarah es sich erhofft hatten.

»Sie kommen nicht nur deswegen, auch wenn ich überzeugt bin, dass dich die meisten von ihnen wirklich gern haben.« Noch während sie diese Worte aussprach, wurden Sarahs Augen schon wieder feucht. Die letzten Tage waren emotional gesehen wirklich eine Herausforderung gewesen. »Du hast immerhin ein Geschäft eröffnet, das allerköstlichste Dinge anbietet, von denen man bald im gesamten Umkreis schwärmen wird. Es wäre sinnvoll, wenn du dich schon mal nach Personal umsiehst, um den zu erwartenden Ansturm bewältigen zu können.«

»Das habe ich auch vor, aber erst, wenn die Umsatzzahlen es hergeben.« Ginny biss auf ihre Lippe. »Sarah, ich weiß, warum du abreisen willst, aber ich wünschte …«

»Ich weiß.« Sarah lehnte ihre Stirn an Ginnys Schläfe. »Ich bin stolz auf dich, kleine Schwester.«

»Und ich bin stolz auf dich.«

Dazu bestand zwar in Sarahs Augen überhaupt kein Anlass, doch sie wollte diesen wunderbaren Moment nicht zerstören, indem sie widersprach. »Nur weil ich jetzt gehe, muss das noch lange nicht heißen, dass wieder Jahre ins Land ziehen werden, bis wir uns wiedersehen. Ich habe fest vor, euch im Sommer zu besuchen.« Dabei hoffte sie im Stillen, dass sich bis dahin ihr Verhältnis zu ihrem Vater geklärt haben würde. Das würde es ihr erleichtern, einige Zeit ihrer Arbeit fernzubleiben, ohne sich gleich wieder schlecht fühlen zu müssen.

»Ich nehme dich beim Wort.«

»Das kannst du gerne tun.« Wer konnte schon sagen, was sich bis dahin alles entwickeln würde? Zwischen ihr und ihrem Vater. Und auch mit Warren ... Ihr Blick wanderte zum Eingangsbereich der Bäckerei. Dort stand Warren, der den ganzen Tag damit zugebracht hatte, Neuankömmlinge zu begrüßen und ihnen einen Produkt-Flyer zu überreichen, den Steven gestaltet hatte. Als Sarah entschieden hatte, ihre Abreise auf den ursprünglichen Termin vorzuziehen, hatte er darauf verzichtet, früher als geplant nach Boston zurückzukehren. Er hatte vorgegeben, sich einfach die Umbuchung ersparen zu wollen, doch Sarah wurde den Verdacht nicht los, dass er nur darauf spekuliert hatte, auf diese Weise unverhofft einen weiteren Tag mit ihr verbringen zu können. Zu ihrem Erstaunen hatte er dann aber darauf verzichtet, sie mit Beschlag zu belegen. Stattdessen hatte er die Ärmel seines mauvefarbenen Gucci-Hemdes hochgekrempelt und die Schwestern nach Kräften bei den letzten Vorbereitungen unterstützt. Sarah musste zugeben, dass er sie damit überrascht hatte. Keine andere junge Führungskraft, die sie kannte, wäre dazu bereit gewesen, in solchen Dingen so tatkräftig mit anzupacken ...

»Er ist kein schlechter Kerl«, murmelte Ginny.

Sarah zuckte zusammen. Ginny musste mitbekommen haben, wie sie Warren versonnen angestarrt hatte. »Das habe ich auch nie behauptet.« Aber er war auch nicht zu vergleichen mit Michael. Doch der war für sie unerreichbar geworden. Er hatte nicht mal kurz hereingeschaut, um Ginny zu gratulieren. Sicher war er zu beschäftigt ... Oder sie hatte ihm das Herz gebrochen.

Jedenfalls wusste sie, dass sie nie mehr dieselbe sein würde wie vor einer Woche.

»Achte darauf, dass du dich nicht vorschnell festlegst. Damit wäre keinem geholfen.«

»Ich weiß, Gin.« Sie würde sich alle Mühe geben, den Rat zu befolgen.

»Ich mach mal lieber weiter.« Ginny drückte sie kurz und zog los, um für eine Weile die Kasse zu übernehmen. Steven und sie wirbelten Seite an Seite und gaben dabei ein gutes Team ab.

Als Sarah sich – vielleicht unnötig verbissen – daranmachte, frei gewordene Tische abzuwischen, damit die nächsten Gäste daran Platz nehmen konnten, nahm sie aus den Augenwinkeln eine Person wahr, die in den Türrahmen trat. Sie sah auf und schluckte. Da stand Michael und in seinen Augen lag eine unendliche Melancholie. Er nahm seine Schirmkappe ab und fuhr sich mit einer Hand durch die Locken. Dann riss er seinen Blick von ihr los und richtete ihn mit einem traurigen Lächeln auf den Kassenbereich, wo er Ginny entdeckte. Er umrundete die Ladentheke, umarmte die Freundin seiner Schwester und gratulierte ihr.

Sarah wandte sich ab und scheuerte den Lappen so fest über die Tischplatte, dass ihr ganzer Arm vibrierte.

Keine Minute später verstummte die Musik. »Darf ich kurz um eure Aufmerksamkeit bitten?« Ginny stand vor der Kasse und ließ ihre Stimme durch den Raum schallen. »Ich möchte mich bei euch allen von Herzen für eure Unterstützung bedanken.« Ginnys Blick glitt von einem der Anwesenden zum anderen. Auf William, Sophia, Sarah und – natürlich – Steven ließ sie ihn etwas länger verweilen. »Es gab eine Zeit in meinem Leben, in der ich jedem, der Lust dazu hatte, erlaubt habe, ein Urteil über mich zu fällen – eine Zeit, in der ich nicht wusste, wohin ich gehöre. Diese Bäckerei vereint so viele Dinge in sich, die mir wichtig sind, doch das Allerwichtigste dabei ist, dass sie mir das Gefühl gibt, endlich ein Zuhause gefunden zu haben. Sie ist eine perfekte Kombination, so wie Zimtbrötchen mit Vanilleeis oder Spaghetti mit Sauce Bolognese oder … na ja, ihr wisst schon, was ich meine.«

Die Leute lachten, doch Sarah kämpfte verzweifelt mit den Tränen.

Nun wandte Ginny sich Steven zu. »Ich hätte das alles nicht geschafft ohne eure Hilfe. Doch ganz besonders gilt das für diesen unglaublichen Mann hier. Durch alle Täler und über alle Höhen war er an meiner Seite.« Mit diesen Worten ging sie vor ihm auf die Knie. »Und was unseren weiteren Lebensweg betrifft, den ich gern gemeinsam mit dir verbringen würde …«

Ein Raunen ging durch den Raum, manche schnappten hörbar nach Luft, manche ließen ein »Ahhhh…« hören.

Noch bevor sie ihren Satz beenden konnte, ging auch Steven zu Boden, sodass sie sich Auge in Auge gegenüberknieten. »Was hast du denn hier gerade vor?«

»Na, ich bitte dich, mich zu heiraten.«

Steven schnaubte in gespielter Empörung und fischte einen Gegenstand aus der Gesäßtasche seiner Jeans. Schelmisch grinsend öffnete er seine Hand und im Licht der Lampen glitzerte ein wunderschöner Diamantring.

Ginny hielt sich die Hand vor den Mund, während ihre Augen größer und größer wurden.

»Im Ernst, ich konnte ja nicht ahnen, dass du mir zuvorkommen würdest …« Er steckte Ginny das Schmuckstück an den Ringfinger. »Trotzdem: Ginny Rose, möchtest du mich zum glücklichsten Mann der Welt machen und mich heiraten?«

»Ja!« Ginny warf ihm die Arme um den Hals und küsste ihn.

Applaus brandete auf.

Oh, Gin.

Nun konnte Sarah die Tränen nicht mehr zurückhalten. Als die Klingel über der Tür anschlug, drehte sie sich um und sah, wie Michael den Laden verließ.

Ganz in der Nähe stand Warren. Er fing ihren Blick auf und lächelte ihr zu.

Sarah verlagerte ihre Aufmerksamkeit wieder ganz auf das glückliche Paar, wischte sich über die Augen und trat an die Ladentheke, um den beiden zu gratulieren.

ଓଃ

So schrecklich es auch gewesen war, Lebewohl zu sagen – vor den Willkommensgrüßen graute es Sarah noch viel mehr. Ein Schauer lief ihr über den Rücken, als sie sich den selbstzufriedenen Gesichtsausdruck ihres Vaters vorstellte, der sie garantiert erwartete, wenn sie am morgigen Abend auf der Party erschien.

»Frierst du?« Warren zog sich den Schal vom Hals.

Sie warteten in der Schlange vor der Gepäckaufgabe.

»Nein danke, alles in Ordnung.« Tatsächlich war es hier im Flughafengebäude ziemlich warm, was auch daran lag, dass sich in der relativ kleinen Halle eine Menge Leute drängten.

Nervös trommelte Sarah mit ihrem Pass auf ihrer Handfläche herum. Noch langsamer konnte es ja wohl nicht vorwärtsgehen.

»Ich wette, du wünschst dir jetzt, früher geflogen zu sein.« Am Abend vor dem Weihnachtsfest auf Reisen zu gehen, war wirklich keine gute Idee.

»Es gibt keinen Ort, wo ich jetzt lieber wäre.«

Oh, wie gern hätte sie ihren Knien befohlen, angesichts einer derartig charmanten Bemerkung weich zu werden. »Warren …«

»Sarah Bentley, sind Sie das?«

Sarah drehte sich um. Vor ihr stand Mavis Lincoln, die sie auf der Eröffnung kennengelernt hatte, und strahlte sie an. »Hallo, Mrs Lincoln. Was machen Sie denn hier?«

Die alte Dame hatte keinen Koffer bei sich, nur eine kleine Handtasche. Sarah musste lächeln. In ihrer Vorstellung war eine Antiquitätenhändlerin grundsätzlich mit Schrankkoffer oder einer uralten Reisetruhe unterwegs.

»Ich war auf dem Weg in den Wartebereich, als ich Sie entdeckt habe. Mein Neffe und seine Frau kommen heute aus den USA. Sie sollten eigentlich schon gestern eintreffen, aber ihr Flug wurde verlegt.«

»Oliver und Joy, stimmt's?«, fragte Sarah.

Mrs Lincoln nickte und sie stellte ihr Warren vor. »Wir fliegen heim, um morgen Abend an der Weihnachtsparty meiner Eltern teilnehmen zu können.«

In dem Blick, den Mrs Lincoln Warren zuwarf, lagen Unsicherheit und Neugier. »Hat mich sehr gefreut, dass Sie zu Ginnys großem Tag hier sein konnten! Schade, dass Joy und Oliver es nicht rechtzeitig geschafft haben.«

Warren und Sarah rückten in der Schlange einen Schritt vor. Mavis blieb an ihrer Seite, verzog dabei jedoch kurz das Gesicht vor Schmerzen.

Stimmt ja, sie hat die Gicht, dachte Sarah. *Aber warum schickt ihre Familie dann ausgerechnet sie, um ihren Neffen abzuholen?* Sarah wandte sich an Warren. »Würde es dir was ausmachen, wenn du meinen Koffer gleich mit aufgibst?«

»Überhaupt nicht.«

»Danke.« Sarah schlüpfte unter dem Band hindurch, das die Wartezone markierte, und hakte Mrs Lincoln unter. »Wollen wir uns für ein paar Minuten irgendwo hinsetzen?«

»Oh ja, das wäre schön.« Mit etwas wackeligen Schritten steuerte die alte Dame auf die Sitzgelegenheiten im Wartebereich zu. Sarah hielt sich dicht an ihrer Seite. Die beiden bahnten sich ihren Weg durch eine Traube von Reisenden und fanden zwei freie Plätze. Mit einem leisen Stöhnen ließ Mavis sich nieder. Ihre Wangen glühten vor Anstrengung. »Danke für Ihre Hilfe.«

Sarah saß zwischen ihr und einem Teenager, der apathisch in sein Handy stierte.

»Das ist doch selbstverständlich.«

Behutsam nahm Mavis Sarahs Linke in ihre faltigen Hände und neigte ihren Kopf. »Sagen Sie, wer ist eigentlich der nette junge Mann, der Sie begleitet?«

»Warren? Oh. Er ... Nun, das ist etwas kompliziert.« Sie blickte zur Seite. An den Rändern der Fenster, die zum Rollfeld hinausgingen, blühten Eisblumen. Ein kleiner Junge erklärte seiner Mutter mit Kennermiene die Flugzeuge und die Lichter, die im Dunkeln leuchteten.

»Kompliziert trifft es anscheinend ganz gut. Im Ort wurde nämlich gemunkelt, dass Sie sich mit einem jungen Mann aus Port Willis blendend verstanden haben.«

Sarah schloss für einen Moment die Augen. »Mag sein, dass da einer war. Aber mich für ihn zu entscheiden, wäre ausgesprochen unvernünftig gewesen.«

»Was hat denn Vernunft mit Liebe zu tun?«

Sarah schaute wieder zu Mrs Lincoln. »Für meinen Vater ganz, ganz viel.«

»Und sind Sie wie Ihr Vater?«

»Nein. Aber er erwartet von mir, dass ich rationale Entscheidungen treffe. Oder zumindest seinen Empfehlungen folge, und zwar unbedingt. Nur wenn ich das tue, bin ich in seinen Augen ein brauchbares Mitglied der Familie.« Sarah seufzte und massierte sich mit der freien Hand die Schläfe. »Das ist eine lange Geschichte. Ich habe es aufgegeben, ihm alles recht machen zu wollen. Aber ich trage Verantwortung für andere und habe in dieser Hinsicht das Gefühl, am richtigen Platz zu sein. Vielleicht hat sogar Gott mich dorthin gestellt. Deshalb gehe ich nach Hause und lasse alles hier hinter mir – auch einen noch so wundervollen Mann. Um ›den guten Kampf zu kämpfen‹.«

Mavis schwieg für einen Moment und musterte Sarah durchdringend. »Sie haben eben das Wort *brauchbar* verwendet. Das ist eine interessante Beschreibung. Auch ich hatte schon mit diesem Thema zu kämpfen, wenn ich ehrlich sein soll.«

»Wie meinen Sie das?«

»Nun, nach weltlichen Maßstäben bin auch ich aufgrund meiner Krankheit ›unbrauchbar‹. Ohne Hilfe kann ich meinen Laden nicht mehr betreiben. Kaum eine Aufgabe bringe ich zu Ende, ohne dass ich mich danach tagelang von der Anstrengung erholen muss. Um meine Lieben davon zu überzeugen, dass ich in der Lage bin, meinen Neffen und seine Frau hier vom Flughafen abzuholen, musste ich eine geschlagene Stunde lang diskutieren und betteln.«

Wusste diese Frau eigentlich, wie unglaublich sie war?

»Und trotzdem schaffen Sie es, die Leute, mit denen Sie zu tun haben, zu unterstützen und zu ermutigen. Von Ginny und Sophia habe ich mir sagen lassen, dass Sie für ganz viele Menschen beten. Das ist für mich das absolute Gegenteil von unbrauchbar.«

»Doch wie kann man behaupten, man liebe den anderen, wenn man diesen Worten nicht auch Taten folgen lässt?«

Sarah dachte kurz nach. »Ich schätze, das Beste, was man tun kann, ist, dem anderen das Gefühl zu vermitteln, geliebt zu werden, und damit auch ein Ziel für seine eigene Liebe zu haben.«

»Was zählt also wirklich?« Mavis' Augen funkelten.

»Ich glaube, ich verstehe, was Sie mir vermitteln wollen. Doch wie gesagt – ich habe es aufgegeben, um die Liebe meines Vaters zu kämpfen.«

»Das mag sein. Aber was ist mit Gott? Sie sagen, Sie wollen nur noch danach fragen, wo er sie sieht, und das ist auch gut so. Doch wissen Sie, was ihm am meisten gefällt? Nicht das, was Sie für ihn *tun* oder in seinem Namen vollbringen. Er liebt es, wenn Sie ganz einfach eine Zeit lang an seiner Seite verweilen. Wenn Sie seine Gegenwart genießen. Ihn lieben. Mit ihm sprechen.« Mavis drückte Sarahs Hand. »Sarah, es gibt nichts, was Sie tun könnten, um sich Gottes Liebe zu verdienen. Er liebt Sie bereits mehr, als Sie sich vorstellen können, weil er Sie geschaffen hat und Sie seine Tochter sind. Gott möchte, dass Sie die Dinge genießen, die er Ihnen schenkt. Und das sind großartige Dinge – wie zum Beispiel die Liebe eines guten Mannes.«

Jetzt hatte Mavis es geschafft und Sarah zum Weinen gebracht. Sie konnte sich an keine Woche ihres Lebens erinnern, in der sie so viele Tränen vergossen hatte wie in den letzten sieben Tagen. »Aber warum?«, brachte sie heraus. »Warum sollte er mich so sehr lieben, wo ich ihn doch immer nur enttäuscht habe? Unzählige Male habe ich ihm den Rücken gekehrt, anstatt zu ihm zu kommen. Und mein Verhalten hat so oft definitiv nicht seinem Willen entsprochen.«

Mavis drückte Sarahs Schulter. »Weil er ein guter Vater ist. Ein guter Gott. Das Opfer, das er gebracht hat, reicht aus, um all unsere Fehler und Mängel aufzuwiegen.«

Sarah konnte nicht anders, sie umarmte die alte Dame ganz fest. Dabei nahm sie in Mavis' Kleidern den Geruch von Zucker und Mehl wahr, der sie an Ginnys Bäckerei erinnerte. »Ich weiß beim besten Willen nicht mehr, was ich tun soll.«

Mavis hauchte Sarah ein Küsschen auf die Stirn, hinter der sich langsam Kopfschmerzen zusammenbrauten. »Sie vielleicht nicht, aber er schon. Bitten Sie ihn, dass er Ihnen Weisheit schenkt. Und in der Zwischenzeit hören Sie auf, sich Gedanken zu machen, was irgendjemand von Ihnen erwarten könnte. Einschließlich Sie selbst.«

Kapitel 15

»Das Boarding für den Flug nach London Heathrow beginnt in dreißig Minuten.« Trotz der späten Stunde klang die Stimme des Check-in-Mitarbeiters frisch und munter.

Um Sarah und Warren herum belegten Wartende mittlerweile jeden Platz auf den Bänken, hockten auf dem Boden oder lehnten an der Wand; manche schliefen, andere schauten Filme auf Smartphones und Tablets. Ein paar ihrer Mitreisenden hatten sich mit Kaffee oder Kakao versorgt oder holten sich noch einen Imbiss. Eine Mutter ihnen gegenüber steckte Knabbergebäck in den völlig verschmierten Mund ihres quengeligen Dreijährigen und schaukelte nebenher den Kinderwagen, in dem ihr Baby döste. Zu ihrer Linken sprach eine Frau in einer slawischen Sprache auf ihren Gesprächspartner am anderen Ende der Leitung ein und von irgendjemandem in der Nähe ging Schweißgeruch aus.

»Brauchst du noch etwas, bevor wir an Bord gehen?« Warren legte sein iPad in den Schoß. Er hatte die letzte Stunde arbeitend verbracht, während Sarah so getan hatte, als ob sie ihre E-Mails lesen würde. Melissa hatte ihr in den letzten Tagen eine ganze Menge Nachrichten geschickt und Sarah hätte sich eigentlich dringend auf den aktuellen Stand der Dinge bringen müssen. Doch in ihrem gegenwärtigen Zustand, in dem ihr Herz nicht aufhören wollte, Achterbahn zu fahren, war es ihr schlicht unmöglich, sich auf die Belange von *New Dawn* zu konzentrieren.

»Ich habe alles. Danke.« Sarah richtete ihre Aufmerksamkeit wieder auf ihr Handy.

»Sarah.«

»Hmmm?« Sie wollte nur kurz hochsehen, blieb aber an seinem ernsten Blick hängen.

Warren schob das iPad zurück in seine Tasche und verschränkte die Arme vor der Brust. »Mir ist klar, dass du mir keine Auskunft schuldig bist, aber eins würde ich doch zu gern wissen: Was stand in dem Brief, den mir dein Vater für dich mitgegeben hat?«

»Ach, nichts weiter.« Sie zuckte die Achseln und wischte hektisch auf dem Handydisplay herum. Ihr Versuch, schwer beschäftigt zu wirken, blieb allerdings erfolglos. Mit sanftem Druck nahm Warren ihr das Gerät ab und verstaute es in ihrer Handtasche.

Sie seufzte und spielte nervös an ihrem Ohrstecker herum. »Na ja, er hat alle Register gezogen, um mich zur Rückkehr zu bewegen.«

»Und wie genau?«

Sie winkte ab. Immerhin gehörte Warren – so nett er auch sein mochte – zum elitären Kreis der Bostoner Firmenbesitzer und war damit Teil der Welt, in der auch ihre Eltern lebten. Außerdem hatte ihre Mutter ihr schon als Kind eingeschärft, Familienangelegenheiten für sich zu behalten.

»Ach komm schon, Sarah. Bitte entschuldige, wenn ich das sage, aber jeder weiß doch, dass dein Vater ein ausgemachter Tyrann ist.«

Sarah starrte ihn entgeistert an. »Ähm, nein? Alle lieben ihn.«

Warren sah zu Boden. »Glaubst du das echt? Die Leute umschwirren ihn doch bloß, um von seiner Bekanntschaft zu profitieren. Kaum jemand von ihnen traut ihm wirklich über den Weg.«

»Aber dein Vater plant doch, in Zukunft enger mit ihm zusammenzuarbeiten?«

»Ja, aber wie du dich vielleicht erinnern kannst, verliert auch er seinen eigenen Vorteil niemals aus den Augen, wenn es ums Geschäftemachen geht.«

»Das bedeutet also ...« Sarah deutete erst auf Warren und dann auf sich. »Ob wir beide nun ein Paar werden oder nicht ...«

»... wird seine Entscheidung, ob er mit der Firma deines Vaters fusioniert oder nicht, in keiner Weise beeinflussen.«

Sarah lehnte sich zurück. »Ich bin so froh, das zu hören.«

»Tut mir leid, dass du so unter der Verpflichtung gelitten hast, mit mir auszugehen.« Sein Schmerz war nicht zu überhören.

»Nein, Warren, so war es nicht! Ich habe dir gesagt, für was für einen tollen Menschen ich dich halte, und ich meinte es auch so.«

»Ich weiß, aber letzten Endes hat ein anderer Mann dein Herz für sich gewonnen.«

»Ja.«

»Und doch sitzt du jetzt hier neben mir.«

»Ja.« Erneut kribbelte es in ihrer Nase. *Nicht schon wieder weinen.* Sie konnte es nicht mehr ertragen.

»Also noch mal ...« Warren beugte sich zu ihr herüber. »Was stand in diesem Brief?«

Sarah rieb sich die Augen und überlegte, ob sie seine Frage beantworten durfte. *Ach, vergiss einfach, was Mutter dir eingebläut hat.* Tatsache war, dass sie Warren vertraute. Er war ein echter Freund und sie wünschte sich sehr, dass er das für sie bleiben würde. Gute Freunde konnte sie wirklich brauchen, wenn sie sich zurückbegab in die Höhle des Löwen.

Sie holte den zerknitterten Brief aus ihrer Tasche und drückte ihn Warren in die Hand. »Lies selbst.«

»Bist du dir sicher?«

»Ja.«

Sie beobachtete ihn, während er las, und sah, wie sein Gesicht sich immer mehr verfinsterte. Irgendwann ließ er mit angewidertem Blick seine Hand sinken. »Ich hoffe, du wirst mir verzeihen, was ich jetzt tue.« Er stand auf, ging zu einem Mülleimer und warf den Brief hinein.

Sarah brach in lautes Lachen aus. »Warum hast du das getan?«

Warren setzte sich wieder neben sie. »Da gehört er doch hin.« Er trommelte mit den Fingern auf seiner Armlehne herum und sah sie an. »Sarah, ich habe dir verraten, was für einen Ruf dein Vater bei vielen hat. Ich möchte dir nicht vorenthalten, was man von dir hält.«

»Oh, das will ich gar nicht ...«

»Doch, das musst du wissen. Denn obwohl du George Bentleys Tochter bist, respektieren die Leute dich. Und weißt du, warum?«

»Weil ich so hart arbeite?«

»Sicher, das spielt eine Rolle, aber wir arbeiten alle hart.« Warrens Finger hörten auf zu trommeln. »Die Leute haben gern mit dir zu tun. Du bist ehrlich und vertrauenswürdig und beeindruckst die, denen du begegnest, indem du so bist, wie du bist. Du musst gar nichts anderes darstellen oder tun. Es reicht, Sarah Bentley zu sein.«

War das wirklich wahr? In den Augen der Leute, aber auch in Gottes Augen? Sollte das möglich sein?

Ja. Diese Antwort hallte hell und klar durch ihre Seele.

Aber was machte das aus ihr? Vielleicht eine selbstbewusstere Frau. Doch wie sollte sie sich als eine solche künftig verhalten? Vollkommen anders?

Sarah musste an die Worte denken, die Mavis kurz zuvor an sie gerichtet hatte: dass sie um Weisheit bitten und alle fremden, aber auch eigenen Erwartungen loslassen sollte.

Also gut.

Sie drückte Warrens Hand. »Danke!«

»Gern geschehen. Und da ist noch was.«

Sarah hob die Augenbrauen. »Was denn?«

»Auch ich kenne Jeff Gentry. Er ist ein schrecklicher Kerl und es überrascht mich nicht, dass er im Verdacht steht, seine Frau misshandelt zu haben.« Warren richtete sich auf. »Ich möchte *New Dawn* unterstützen und ich bin zuversichtlich, dass mein Vater sich mir anschließen wird. Sein Vater hat sich meiner Großmutter gegenüber ähnlich verhalten und auch darum kann er Leute nicht ausstehen, die die Menschen schlecht behandeln, die ihnen eigentlich etwas bedeuten sollten.«

»Wie bitte, im Ernst?« Während Sarahs Hirn noch damit beschäftigt war, das einzuordnen, was sie soeben gehört hatte, begann ihr Herz bereits wie wild zu schlagen.

»Ja wirklich, und ich bin sicher, dass wir noch eine Menge

mehr Leute finden werden, die bereit sind, für eine so gute Sache zu spenden. Ich gehe sogar noch weiter und spiele mit dem Gedanken, einen Wohltätigkeitsball zugunsten von *New Dawn* zu organisieren.«

Zur Abwechslung waren es Freudentränen, die sich jetzt Bahn brachen. »Warren Kensington, du bist unglaublich.«

Ein Lächeln huschte über sein Gesicht. »Das höre ich oft.«

»Ehrlich, tausend Dank.« Sie umarmte ihn. »Die Frau, die du einmal heiratest, kann sich wirklich glücklich schätzen.«

Er lehnte sich zurück und sah sie an. »Also, was wirst du jetzt machen?«

Sarah sah auf die Uhr, die hinter dem Mitarbeiter am Abfertigungsschalter hing. Nur noch zehn Minuten, bis sich die Schranken öffnen würden und das Flugzeug bestiegen werden konnte. Zehn Minuten, in denen sie über den weiteren Verlauf ihres Lebens entscheiden musste.

Sarah schaffte es in zehn Sekunden.

Sie zog einen Schreibblock aus ihrer Handtasche und schrieb zwei Worte: *Ich kündige!* Dann riss sie den Zettel ab, faltete ihn zusammen und übergab ihn Warren. »Würdest du das bitte meinem Vater geben?«

»Auf jeden Fall.«

»Und wäre es zu viel von dir verlangt, wenn ich dich bitte, meinen Koffer vom Flughafen mitzunehmen und so lange bei dir aufzubewahren, bis ich wieder nach Boston komme?«

»Natürlich nicht.«

»Noch mal danke!« Sarah drückte ihm ein Küsschen auf die Wange. »Frohe Weihnachten, Warren.«

»Frohe Weihnachten, Sarah.«

Sarah stand auf, nahm ihre Taschen und eilte zum Ausgang.

Kapitel 16

Der heutige Tag war wie ein Traum gewesen und Sarah betete dafür, dass das auch für den Abend gelten möge.

Von ihrem Platz im Leuchtturm aus hatte sie mitverfolgt, wie sich der leuchtende Abendhimmel in ein mit tausend funkelnden Lichtern besticktes, blauschwarzes Samttuch verwandelte, das sich über Port Willis, die Küste und ganz Cornwall spannte.

Begeistert von Sarahs Plan hatte Ginny darauf bestanden, dass Steven ihr half, die Dinge, die sie für einen Abend hier oben benötigte, in den Leuchtturm zu bringen. Zum Dank war Sarah ihrem künftigen Schwager um den Hals gefallen, doch der hatte nur verlegen mit den Schultern gezuckt und gemeint, er freue sich, dass sie nun doch das Fest gemeinsam verbringen konnten.

Sarah saß auf einem weichen Quilt, zu ihrer Rechten stand eine offene Schachtel mit Ginnys Plätzchen und links von ihr brummte ein tragbarer Heizlüfter. Sie sah durch die riesigen Fenster aufs Meer hinaus. Von hier oben ähnelte es einem Gemälde, wie es sich so wütend gegen die Klippen warf, ständig in Bewegung war und scheinbar sinnlos herumtollte.

Mondlicht erhellte den Raum und machte die Handlaterne, die sie mitgebracht hatte, überflüssig. Es war alles perfekt.

Fehlte nur noch der Mann, für den sie all das hier vorbereitet hatte.

Sarah griff noch einmal zu ihrem Handy und ließ das Display aufleuchten. 18:08 Uhr. Eigentlich hätte er schon da sein müssen. Kam er nur zu spät oder gar nicht? Sie wusste ja noch nicht einmal, ob er überhaupt Zeit hatte; schließlich hatte er auf keine ihrer Nachrichten reagiert. Und sie hatte ihm einige geschickt. Zwar hatte sie diesen Tag vor allem genutzt, um sich auf sich selbst zu besinnen, andererseits aber auch, um daran zu arbeiten,

Michael zurückzugewinnen. Sarah wollte ihn dafür um Verzeihung bitten, wie sie sich ihm gegenüber verhalten hatte.

Sie hatte ihren Respekt vor dem Linksverkehr überwunden und sich Ginnys Auto ausgeliehen, um zu dem Park zu fahren, in den Michael sie vor anderthalb Wochen mitgenommen hatte. Dort hatte sie ein Foto nach dem anderen von den schönen Pflanzen gemacht.

Dabei hatte es sie weniger gestört, dass ihr für die Aufnahmen nur ihr Handy zur Verfügung stand und nicht Michaels raffinierte Kamera. Was er damals gesagt hatte, hatte sie nun ganz klar auch so empfunden: Es waren ihre Bilder und das war es, was sie perfekt machte. Kein Mensch würde ihr jemals wieder etwas einreden, nicht nur in diesem Bereich.

Schließlich hatte sie Michael mit kalten Fingern einige ihrer schönsten Aufnahmen geschickt, allerdings ohne jede Beschriftung. Sie hatte darauf gesetzt, dass er auf seine unnachahmliche Art und Weise verstehen würde, was sie damit ausdrücken wollte.

Als Nächstes war Sarah nach Port Willis zurückgekehrt und hatte all die Orte aufgesucht, die für sie beide eine besondere Bedeutung hatten, wie die Klippen über dem Hafen, Ginnys Küche oder – natürlich – der Hügel unterhalb von Mr Trengrous' Cottage, wo sie sich zum ersten Mal geküsst hatten. Von jedem Schauplatz hatte sie ihm ein Foto geschickt.

Zuletzt hatte sie ihm vor etwa einer Stunde eine Aufnahme des Leuchtturms gesendet, diesmal aber mit einer Nachricht: *Kommst du zu mir – an den Ort, wo ich dir mein Herz geschenkt habe? Ich warte auf dich.*

Sarah warf einen letzten Blick auf das Display, doch die einzigen Nachrichten, die dort eingingen, waren die ihres Vaters. Sie hatte keine Lust, sie zu lesen. Sicher, irgendwann würde sie sich mit ihm auseinandersetzen müssen, doch diesen Abend würde er ihr nicht ruinieren.

Auch wenn Michael sich nicht mehr melden würde, wäre das

für sie in Ordnung. Am Ende durfte sie gewiss sein, dass der Allerhöchste sie liebte, und das konnte ihr keiner mehr nehmen.

Und doch … sie hatte wirklich gehofft, er würde kommen.

»Sarah?«

Sie wirbelte herum. Dort auf der Treppe stand er. Auf seinem Gesicht spiegelte sich seine ganze Verwirrung. Er trug nur einen Pullover und Jeans, keine Handschuhe und keinen Mantel. Fror er nicht ganz erbärmlich?

Michael schien völlig verunsichert zu sein, ja fast schon schockiert, sie hier anzutreffen.

»Hi.« Sie wünschte sich nichts mehr, als in seine Arme zu fliegen, doch sie konnte sich nicht rühren. Wie versteinert blieb sie auf ihrer Decke sitzen.

»Du bist wirklich immer noch hier?« Michael machte einen Schritt auf sie zu, hielt inne und blinzelte ein paarmal, als wolle er sichergehen, dass es sich bei ihr nicht um eine optische Täuschung handelte.

»Ja, das bin ich.« Sie streckte ihm eine Hand entgegen. »Möchtest du dich zu mir setzen, damit ich dir alles erklären kann?«

Schon war er bei ihr und kniete sich vor sie hin. Nicht eine Sekunde nahm er seine Augen von ihr, als wolle er ihr Bild für alle Zeiten in seine Seele brennen. Vorsichtig legte er ihr seine Rechte an die Wange. Seine Finger waren eiskalt und sie zuckte leicht zusammen.

»Entschuldige.«

Er wollte die Hand zurückziehen, doch sie hielt sie fest und wärmte sie mit ihrem Atem. Auch sie hielt ihren Blick die ganze Zeit felsenfest auf ihn gerichtet. Sie versenkte ihre Lippen in seiner Handfläche und drückte einen zarten Kuss hinein. Seine Fingerspitzen schoben sich sanft über der Schläfe in ihre Haare.

Sarah räusperte sich. »Ich habe dich verlassen, ohne dir zu erklären, warum, und das tut mir unendlich leid. Michael, ich hatte eine fürchterliche Angst und ich gebe zu, dass ich sie immer noch nicht vollständig überwunden habe. Aber ich weiß jetzt, dass du recht hattest. Wahre Liebe ist nicht selbstsüchtig.« Sie rief sich die Verse in Erinnerung, die sie schon früher so geliebt und heute nach langer Zeit wieder gelesen hatte, um sie sich fest einzuprägen. »Jetzt sehen wir nur ein undeutliches Bild wie in einem trüben Spiegel. Einmal aber werden wir Gott von Angesicht zu Angesicht sehen. Jetzt erkenne ich nur Bruchstücke, doch einmal werde ich alles klar erkennen, so deutlich, wie Gott mich jetzt schon kennt. Was bleibt, sind Glaube, Hoffnung und Liebe. Von diesen dreien aber ist die Liebe das Größte.«

»Das ist eine meiner Lieblingsstellen in der Bibel.«

»Für mich auch. Und sie passt perfekt zu meiner Situation. Michael, ich weiß nicht, wie ich das, was zwischen uns passiert ist, mit meinem Dienst in Boston, den ich so sehr liebe, in Einklang bringen soll. Doch das muss ich auch nicht wissen. Ich möchte ganz auf die Liebe meines himmlischen Vaters vertrauen – darauf, dass er Wege auftut – und von ganzem Herzen selbst lieben.« Sie machte eine kurze Pause und holte tief Luft. »Und das tue ich. Ich liebe dich.«

Könnte es sein, dass er das, was sie soeben gesagt hatte, einfach nur verrückt fand? Ja, sie kannten sich noch nicht gerade lange, aber ...

»Sarah Bentley, ich liebe dich auch. Mit jeder Faser meines Herzens.« Zärtlich strich er mit dem Daumen von ihrer Schläfe über die Wange bis hinunter zu ihren Lippen.

»Oh?« Die Erleichterung und das Glücksgefühl, die sie erfassten, ließen für den Moment keinen Platz für Worte. Sarah hob ihren Kopf.

»Ja, oh.« Michaels Mund verzog sich zu einem Lächeln. »Und ich habe noch jede Menge Urlaubstage übrig.« Er zwinkerte ihr zu. »Ich denke, ein längerer Aufenthalt in Boston müsste drin sein.«

»Oh?«

»Ist das alles, was dir dazu einfällt?«

Sie legte ihm ihre Hände in den Nacken und spielte mit seinen kurzen Locken. »Nein, eine Frage hätte ich da noch.«

Er rutschte so nahe an sie heran, dass sich ihre Nasenspitzen berührten. Durch das Fensterglas drang das Rauschen des Meeres so laut an ihr Ohr, dass man meinen konnte, es feierte bereits.
»Und welche?«

»Was hältst du eigentlich von meinen Fotos?«

Sein Lachen schüttelte sie beide durch und er lehnte sich zurück. »Das war jetzt nicht, was ich dachte, was du fragen würdest. Aber okay … Ich finde sie brillant. Man könnte schon fast sagen, dass ich ein bisschen eifersüchtig bin.«

»Hmmm, damit kann ich leben.« Sie grinste. »Und jetzt: Würdest du mich bitte endlich küssen?«

»*Das* war die Frage, auf die ich gehofft hatte.«

Und er erfüllte ihr ihren Wunsch so gut, wie er nur konnte.